万古金城

WAN GU JIN CHENG

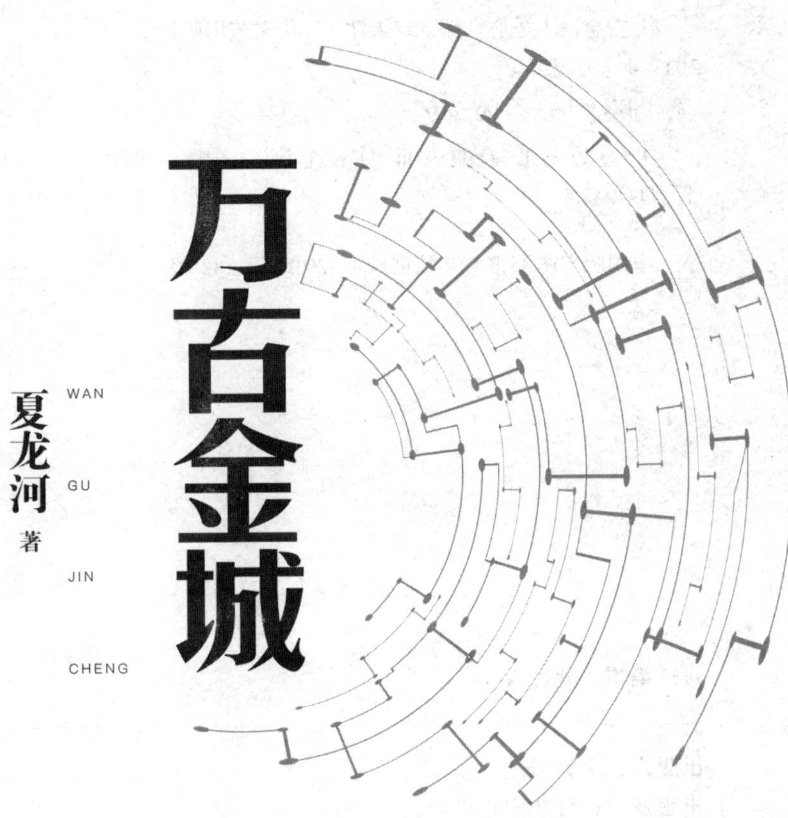

夏龙河 著

天津出版传媒集团
百花文艺出版社

图书在版编目（CIP）数据

万古金城 / 夏龙河著 . -- 天津 : 百花文艺出版社 , 2017.4

ISBN 978-7-5306-7160-3

Ⅰ . ①万… Ⅱ . ①夏… Ⅲ . ①长篇小说 – 中国 – 当代 Ⅳ . ① I247.5

中国版本图书馆 CIP 数据核字 (2016) 第 282538 号

责任编辑： 魏　青

出版人： 李勃洋
出版发行： 百花文艺出版社
地址： 天津市和平区西康路 35 号　**邮编：** 300051
电话传真： +86-22-23332651（发行部）
+86-22-23332656（总编室）
+86-22-23332478（邮购部）
主页： http://www.baihuawenyi.com
印刷： 北京雁林吉兆印刷有限公司
开本： 710 × 1000 毫米　1/16
字数： 400 千字
印张： 25.5
版次： 2017 年 4 月第 1 版
印次： 2017 年 4 月第 1 次印刷
定价： 35.00 元

「万古金城」

目 录

contents

第一章　自杀的副市长

1. 诡异的木雕和尚

杀手摸到副市长尸体的时候，彻骨的冰冷让他不由得轻轻叫了一声。

借着从隔壁停尸房透过来的昏暗灯光，杀手抬头看了看唐国军。唐国军脸色凝重，两只手在副市长的身体上游弋，细致温柔，不放过每一寸地方，似乎副市长是他的情人。

杀手看得头皮发麻。他实在想不出来，这么一具跌得破烂不堪的尸体，跟传说中的大顺宝藏会有什么关系。

唐国军抬头瞪了杀手一眼，眼神凶恶。杀手无奈，只得强忍着，伸手在副市长的身上胡乱摸索。

其实要从这个副市长身上找到什么，杀手不知道，唐国军也不知道。唐国军只是告诉他，他知道这个副市长身上或者家里会有重要线索。至于这线索具体是什么，他不清楚。只有找到了，他才会知道。

脏话飚出，这种寻找实在是太让人绝望了。

他们所在的这个房间是这个大型医院的太平间的冷藏室。紧靠冷藏室的是停尸间。刚刚他们从停尸间经过，杀手看到那些蒙着白布，在清冷的灯光下静静地躺着的尸体，似乎都做好了一跃而起的准备。短短的几分

钟，杀手被吓得两膝发软，浑身哆嗦，差点没倒在地上。

冷藏室的这点光线，是从停尸房传过来的。因此杀手总有停尸房的那些尸体正在瞪着他们的感觉。好像随时会有一具尸体蹦跶着，从那边冲过来。

杀手在副市长身上胡乱摸索了一会儿，唐国军已经把副市长的正面从头摸到了脚。他对杀手示意，把副市长翻过来。

被冰冻起来的副市长，似乎对两人的胡乱摸索非常不满意，杀手和唐国军一个扳着头，一个扳着脚，两人翻了好几次，都在最后关头，被副市长一个翻身，又翻了回来。

即便是颇见过些世面的唐国军，也有些害怕了。他起身，后退两步跪下，对着副市长磕了几个头，念叨了几句。

副市长好像终于气顺了，任凭两人把他翻了过来。

副市长的头在杀手这边。杀手抬手，拍了拍副市长的头。副市长头发浓密，郁郁葱葱。杀手感觉到，副市长的悲伤、遗憾、愤懑，正通过头发，传导到他的手上。杀手的手不由得在副市长的头顶多停留了一会儿。这一会儿，让杀手觉出了异样。副市长的头顶似乎有东西。

杀手一愣。低下头，仔细地在副市长的头顶摸索起来。

摸了一会儿，他终于确定，副市长的头顶有三颗圆圆的东西。此物很硬，深入头皮，如果不仔细摸，根本摸不到。杀手把这三颗圆圆的东西仔细摸了几遍，确认是三颗钉子。

也就是说，副市长的头顶有三颗钉子深入大脑。杀手呆了片刻，忙打手势，让唐国军过来。唐国军摸了摸，一愣，从兜里掏出聚光小手电，扒拉着副市长的头发，照着仔细看了一会儿。

杀手看到唐国军浑身一震，松了手，朝后仰了仰头。仿佛副市长的头上埋着一颗地雷。

两人把副市长装进大冰柜，然后，经过让人心惊胆战的停尸房，从太平间逃了出来。

走出医院大门，唐国军四下看了看，小声对杀手说：“去他家。”

杀手没听明白："谁家？"

唐国军说："副市长的家。"

杀手问了一个他一直想问的问题："你知道是谁杀了副市长？"

唐国军不回答杀手的问题，说："他家里肯定有东西。"

杀手继续问："副市长头顶的钉子是什么做的？我怎么感觉不像是铁的。"

唐国军说："这个你没必要知道，知道了也没用。"

杀手哼了一声说："这个真没法说。"

唐国军看了看杀手，说："那是古时做棺材用的钉子，木头的。副市长头顶的这几棵，不是一般的木钉。这是阴沉木做的，比铁还结实。"

杀手一愣："什么人现在还会有这东西？"

唐国军一脸的凝重。他没理会杀手，挥手拦了一辆出租车，两人搭车直奔副市长的家。

副市长的家在一个很旧的小区内。小区里没有路灯，没有草坪，没有树木，一排排的楼房，在黑暗中矗立，犹如一只只怪兽。

唐国军带着杀手在楼房间穿梭，犹如两条在黑暗中游动的鲶鱼。

唐国军显然曾经来过这里。他几乎不用仔细辨认，就游到了住在四楼的副市长的家门前。

副市长的家门紧锁。杀手拿出万能钥匙，捅开了副市长家的保险门，两人快速闪了进去。

这是一个看起来很普通的三居室。一进门，是个不大的客厅。客厅左侧是厨房，右侧是大卧室。厨房旁边，是一个比例颇大的书房。书架上堆满了书籍。书桌收拾得很干净，只在桌子一侧，摆着一本书。

在路上，唐国军跟杀手说，他们到副市长家，也是寻找"线索"。至于这"线索"是什么，他也不能确定。但是必定是一件非同寻常的物件。

"就像是你在副市长的头上摸到的那些钉子一样。"唐国军说。

借着从外面透进来的微弱的灯光，杀手和唐国军开始在这个空荡荡的家里寻找"线索"。

按照官方的说法，八天前，患了严重忧郁症的副市长就是从这里爬到了六楼楼顶，从楼顶一跃而下。

现在杀手和唐国军都清楚，八天前，这个副市长应该是被人杀死后，再搬到了六楼，从六楼推了下来。或者，他先被人骗到六楼杀死，再推了下来。

总之，副市长临死前的一段时间，是在这个房间里度过的。

找了一会儿，杀手在副市长的书房里，找到一个木头雕像。雕像是一个老和尚，老和尚身背包袱长剑，正大步行走。雕像古朴浑厚，极其逼真，仿佛从一个人直接从几百年以前走了过来，来到了这副市长的书橱顶上，躲了起来。

杀手拿着雕像给唐国军看。唐国军拧开小手电，仔细打量着手中的这个老和尚。手电筒照在雕像脚下的时候，两人都看到了“行脚僧”三个字。杀手听到唐国军轻轻地惊叫了一声。

杀手正要问这三个字是什么意思，两人突然听到一阵细微却很清晰的脚步声。

唐国军忙收起小手电，把雕像放进背包里，拽出短刀，对杀手示意，两人猛然冲了出去。

外面没人。

两人一直冲出房间，冲下楼梯，冲过小区，来到外面大街上。大街上依然是人来车往，一派盛世景象。

唐国军拦了一辆的士，两人搭车，连夜赶回了洛阳。

回到洛阳，天已经微微发亮。唐国军没有回家，跑到杀手在批发市场后面的出租房里，一觉睡到了下午。

杀手先醒了，他从唐国军的背包里，拿出那个木雕像，仔细看着。

光线充足，现在看这个雕像，跟晚上看到的大不一样。

杀手第一眼看到这个雕像的时候，觉得此物颇为诡异，老和尚面目凶悍。现在仔细看起来，这老和尚却显得颇为坚毅。他衣衫褴褛，着草鞋，捧化缘钵，满脸疲惫，却目视前方，脚步刚正。最让杀手觉得有些奇怪的是，和尚一般都是不带武器的，而这个和尚，却身背长剑，气势雄壮。

杀手正迷惑，唐国军醒了，从床上坐了起来。

杀手把雕像放到唐国军面前，问："唐大哥，这是个什么东西？"

唐国军依然侧躺着，瞥了一眼雕像，说："木头雕像。"

杀手说："我想知道，这个雕像跟我们要找的宝藏有关系吗？"

唐国军起身，穿衣下床，把雕像装进床下的背包，用手抹了把脸，说："现在没法说。我跟你说过，现在我也正在找线索。这个老和尚，只能算是一个线索吧。"

2. 老和尚

唐国军回家后，好多天音信皆无。杀手给他打电话，电话也关机。

杀手觉得有些奇怪，就在一天下班后，来到唐国军的家。

两人虽然交往了很多年，杀手却很少到唐国军的家。唐国军在批发市场打工，他管仓库，在仓库内有一个小宿舍，平常唐国军很少回家，一般都住在这个临时宿舍内。

唐国军的家在老城区八里窑附近，是一处简易出租房。

杀手坐公交车，在八里窑站下车，想到唐国军的那个一直病恹恹的老婆，杀手走进路边的超市，买了一盒电视上广告做得正火的江中集团的太太口服液。他提着口服液走出超市的时候，在超市门口，看到一个衣衫褴褛的老和尚。老和尚衣衫残破，手捧化缘钵，正在接着一个老者施舍的米饭。

杀手看到这个化缘的老和尚，脑子里突然蹦出那个老和尚雕像。他心里一愣，退回超市内。在超市内暗中观察着老和尚，一直看着老和尚捧着钵子走远。

路上，杀手还发现了两个瞎子。这两个瞎子背着大大的铺盖卷，铺盖卷上扣着个大脸盆。两个瞎子手持竹竿，缓慢地走在人行道上。

杀手在这个城市生活了八年，第一次看到这种远道而来的瞎子。他从

这两个瞎子身边路过的时候，他们身上的酸臭味道，他差点被熏倒。

走了几步，他不由得转身，又看了两眼那两个在苦难的深潭中蹒跚的边缘人。他突然有一种感觉，觉得自己与他们殊途同归，都是这个社会的瞎子。杀手被自己的这个念头吓了一跳，稍稍一愣，赶紧转身离去。

唐国军家里没有锁门，但是没人。

杀手觉得有些异样。他推门进去，打开灯，看到狭小的家竟然被翻得乱七八糟。杀手在屋子里转着圈看了看，在茶几上，看到了那个木雕和尚。

同乱七八糟的房间不同，茶几上很干净。除了木雕和尚，上面还放着一块锈迹斑斑的小铁块。

杀手拿起小铁块看了看，才发现这个小铁块竟然是一个箭头。铁质箭头锈蚀严重，尖端锈没了，又跟泥土等杂质粘在了一起，看起来像是一个不规则的小四方块。

杀手拿起木雕，仔细看了两眼，才发现这个木雕不是他们在那个副市长家里找到的那个。

他们找到的那个木雕很沉，像是个铁蛋子。杀手从书橱上拿下来的时候，差点没抓住。而现在这个，却轻飘飘的，像是纸糊的。

再看这个雕塑神态，显然跟那个差太多。原先的那个眉眼清楚，眼神坚毅，而这个却眉眼含混不清，眼珠子都没雕出来，显然是个赝品。

杀手正惊愕，突然听到门外有人说话："阿弥陀佛，施主在家吗？"

杀手一激灵，忙放下木雕，朝外看去。那个在超市外看到的老和尚，正一手托钵，一手立掌，笑眯眯地看着他。

杀手终究是经过些风浪，马上意识到，这个老和尚此时出现，应该大有蹊跷。

杀手边朝外走，边说："师父误会了，我是屋主的朋友，正巧路过这里，进来看看。"

和尚看着杀手，温和地说："老和尚知道施主不是屋主。老和尚只是想知道，施主是否知道屋主去了哪里？"

杀手走到离门口有三五步远的时候，站住了。他看得出来，这和尚虽然一直笑着，却钉子一般扎在门口，不想放自己出去。

杀手拧着眉头，假装在想问题，边装着不在意的样子，边徘徊着朝门口移动。老和尚一直微微笑着看着杀手，却把门口堵得严严实实。

杀手正无计，手机突然响了。杀手灵机一动，接了电话："喂，喔，是王警官啊。找我什么事儿？喝酒？这么晚了才叫我喝酒？我现在在八里窑啊，对，八里窑唐国军的家这儿。什么，你在七里香酒店？很近啊，好，我在这儿等着，你开车过来接我吧。好，好，那我就在这儿等着了。什么？叫着唐大哥？我现在找不到他，电话也打不通，好，你来了再说吧。"

杀手边信口胡说，边拿着电话，朝门口挪动。

老和尚听到杀手的话，有些迟疑，朝后退了一步，转身朝两边看了看。杀手抓住这机会，朝着门口就冲了过去。老和尚出手阻拦，杀手手持短刀，朝着老和尚虚晃一刀，老和尚下意识朝后一退，把门口让了出来。

杀手趁机冲了出来。大街上车水马龙，正是傍晚人多时候。杀手边跑，边听着手机里的女朋友骂他："你吃错药了啊，在胡扯些什么……"

杀手怕老和尚追上来，从街上拐入胡同，七拐八拐，一直觉得安全了，才停下，打了个车，回到住处。

下了出租车，杀手四下观察，发现那两个背着铺盖的盲人竟然安然坐在他住的楼下，仿佛这里是他们的家。

杀手虽然不知道这瞎子的来历，但是这些天的经历，让他几乎变成了惊弓之鸟，这两个突然出现的瞎子，让他觉得怪异。

杀手不敢进家，给女朋友打了个电话，跑到女朋友的住处住了一宿。

第二天早上，杀手早早溜了回来。他先围着住处转了一圈，没有发现瞎子的踪影，才回到家里。

杀手在批发市场有个卖包装用品的小店，因为竞争厉害，杀手又不善于管理，小店只能勉强运营。

吃了早饭，杀手去批发市场。在市场入口，杀手看到唐国军的两个小弟兄。

这两人是从本地乡下来洛阳打工的，认了唐国军为大哥后，也都买了一辆人力三轮车，在这个小市场给人送货，混口饭吃。

两人看到杀手，跑到他面前，把杀手拉到一边，问唐国军哪里去了。

杀手很无奈，说他也在找唐大哥呢。

两人说这几天唐大哥不在，那几个东北人又来找事呢，今天一早就蹲在他们拉活的南门，他们不敢过去。

杀手一听那两个东北人，冒火了，让这两人带着他去。这两个小兄弟，看大名鼎鼎的杀手大哥要替他们出头，高兴坏了，忙不迭地跑在前头带路。

这几个东北人，跟当地的黑社会勾结，强行向一些商户和在此地卖苦力的底层百姓收“保护费”，唐国军曾经带着几个兄弟，把这些东北人和几个黑社会的头头狠揍了一顿。后来唐国军在三王峪差点送命，医院里躺了三个月，回到这里后，杀手发现这几个东北人好像是有了更有力的靠山，这几天就不断在附近转悠挑衅。杀手早就有了收拾他们的想法。

三人来到那两个东北人的面前。

杀手曾经是这个市场有名的狠角色，当地的黑社会也没人敢惹，这两个东北人自然认得杀手，老远就打招呼：“大哥。”

杀手哼了一声，在两人面前站住：“你们来这里干什么？”

其中一个笑了笑，说：“大哥，干啥啊？我们就是过来玩啊，您不会连我们到这边站一站都不让了吧？”

杀手说：“你们随便站。要不是来捣乱，躺着也行。但是以为唐大哥不在几天，就可以欺负他的兄弟，那你们就是想挨大哥的铁板烧了。”

唐国军打架喜欢抡着一块大工字钢，挨谁身上，必定要掉一层皮，红肿一两个月，唐国军称之为“铁板烧”。

这两个家伙都挨过唐国军的“铁板烧”，听杀手这么一说，都缩了缩头。

其中一个讨好地笑了笑，问：“杀手大哥，唐大哥……还……还能回来？”

杀手听这话有文章，警惕道：“你什么意思？唐大哥怎么就不能回来了？”

另一个补充说：“杀手大哥，我们没说唐大哥不能回来啊。我们就是问问，大哥……大哥什么时候能回来。”

杀手问：“谁让你们问的？”

两人显然没想到杀手会问这个问题，第一个先说话的愣了愣，说：“没……没人，我们就随便问问。”

杀手冷酷的眼神杀过去：“跟我说实话，咱就是兄弟。敢骗我的，大概是不想在这儿混了。”

两人对了对眼，另一个说：“杀手……大哥，真没人让我们兄弟来问。就是……就是有人给我们钱，让我们帮忙打听一下唐大哥的下落……”

杀手张口便骂：“你大爷的，这不一样吗？是谁找你们问唐大哥下落的？”

说话的这个吓得缩了缩脖子，说：“一个老和尚。”

3. 危险出租屋

杀手来到自己的店铺门前，刚要开门，手机响了。是一个叫黄七的朋友打来的。这个黄七也曾经同杀手和唐国军一起到秦岭寻过宝，算是个可以信任的朋友。

据唐国军说，这黄七是四川人，祖辈靠捣弄古董为生。在寻宝鉴宝方面，颇有家学渊源，在洛阳甚至河南，算是高人。二十世纪七十年代，河南平顶山发现应国墓地，黄家在其中功劳不少。其时，黄家已经研究此古墓多年，并确定了位置。当发现政府也开始寻找古墓时，知道不敢造次，就顺水推舟，让人把古墓的信息透露给了政府。政府很高兴，还奖励了黄家。

黄七问杀手在哪里。杀手说刚到市场，准备开门。黄七说别开门，你赶紧过来。杀手觉得奇怪，说有什么事儿啊，我得做生意啊，我这店好多

天没开门了，总不能永远不开门吧。

黄七说是唐大哥的事儿。

一听是唐国军找他，杀手惊讶了："唐大哥在你哪里？他的手机怎么打不通啊？"

黄七的声音有些疲惫，说："你来再说吧。快点儿。"

杀手不再犹豫，出门，打了辆车，直奔黄七家。

黄家人很少与人接触。黄七也极具黄家人个性，独自一人住在老城区的一幢老房子里，房子黑洞洞的，大白天都拉着窗帘，也不开灯。据唐国军说，黄七在晚上也极少开灯。他的眼睛在晚上，跟普通人的眼睛在白天一样。

那次杀手和唐国军在黄七家黑洞洞的屋子里，跟头发老长，只能看到一个模糊的轮廓、两只亮得吓人的眼睛的黄七说了一会儿话，杀手就有种在大白天遇到鬼的感觉。

从黄七家里出来，杀手站在太阳下，狠狠地呼了几口气。连唐国军都感叹说，这个黄七是站在地狱入口，脚踏阴阳两界的人。

杀手来到黄七家，在门口犹豫了会儿，才敲响了黄七家的门。

稍等了会儿，黄七开了门，让杀手进来，又把门关上了。

从阳光灿烂的太阳底下，进入这黑屋子，杀手适应了好一会儿，才勉强看到屋子里的东西。

黄七给杀手倒了一杯茶。杀手觉得这种怪人大概永远不会洗茶杯，就没敢喝。

杀手小心翼翼地问："黄大哥，唐大哥到哪里去了？他有事怎么不打电话找我，却让您找我呢？"

黄七自己喝了一口茶，幽幽地说："唐国军遇到麻烦事儿了。他现在不敢用电话，只能托人来找我，让我跟你联系。"

杀手急了："唐大哥现在在哪里？他没事儿吧？"

唐国军曾经救过杀手一命。并且杀手跟着唐国军第一次去秦岭寻宝的时候，唐国军对杀手一路照顾得比亲弟兄还要亲。因此杀手对唐国军很有感情。

黄七用那两只闪亮的黑眼珠闪了闪杀手，说：“他没事儿。他让我捎个话给你，让你照顾一下大嫂子。还有，这五千元钱，你送给她。”

黄七从茶几下的抽屉里，摸出一个信封，递给杀手。

杀手接过信封。看着低头喝茶的黄七，小心翼翼地问：“黄大哥，您真的不知道唐大哥住在哪里？”

黄七声音冷漠：“不知道，他只告诉我他有了麻烦。这是我们这一行的规矩，别人不说的不要多问。问多了，对别人不好，对自己也没好处。”

杀手知道黄七这话是说给自己听的，知道问也没用，就告辞黄七，在街上买了一兜水果，按照纸条上的地址，找到了唐国军老婆住的地方。

还是一个狭窄的出租屋。杀手不明白，唐国军有那么多钱，为什么一直不买房。

唐国军的老婆有病，常年吃药，勉强能照顾自己。大概是唐国军很少回家的缘故，这个一脸茫然的女人，接过杀手送来的钱，也没有说什么。缓慢地移动身子，去给杀手泡茶。

杀手听唐国军说过他和老婆的故事。唐国军早年父母双亡，十五岁就成了下乡知青，在知青点，一待就是十年。这个女人当年也是知青点的一个穷人家的孩子，两人互相怜惜，常常互相接济。

有一年过年，知青们都回家了。唐国军和这个女孩在老乡家吃年夜饭。唐国军酒喝多了，发酒疯，非要跑到一个池塘里溜冰。女人只好陪着他去了。那个池塘有老乡凿开钓鱼的冰窟窿，一不小心唐国军掉了下去。这个女人竟然不要命，直接跳了下去，死命把唐国军从冰窟窿托了出来。

唐国军喊来了村里人，把女人救了上来，送进了医院。女人命保住了，却落下了病根，不能生育，身体虚弱得很。

唐国军曾经跟杀手说过，他听说只有瑞典能治好女人的病，他拼命弄钱，就是想把女人送到瑞典去治病。

杀手不忍多看这个孱弱的女人，说了几句话后，匆匆从她家逃了出来。

此时正值中午，阳光明媚，行人如织。这个世界，显得很光明，秩序井然。

杀手却知道，在这平静的表面下，诸多的暗流涌动。历史的积淀被这个庞大的社会机器给挤兑到了时空的角落里，貌似渺小灰暗，却根深蒂固，深不可测。

他明白，现在的他和唐国军，已经被卷进了这历史的暗流中。暗流会把他们带向哪里，一无所知。

没办法，像他们这种没有背景没有学历的社会底层，也许只有从历史的积淀中捞点好处了。

杀手回到家，想想还是心有不甘，换了一身衣服，又来到了唐国军曾经的住处。

他装作从他屋前路过，走到他屋前的时候，只是朝屋子瞥了一眼。

这一瞥，让他不由得站住了。这个昨天还开着门的出租屋，今天竟然大门紧锁，门帘也拉上了，仿佛唐国军刚刚从这里走了出去。

杀手强忍着没有走过去。

回到家里，他给在市场拉活儿的两个小兄弟打电话，让他们早早收工，下午睡一会儿，晚上去唐大哥的出租屋附近监视着。

两人纳闷，问大哥的出租屋有什么可监视的。

杀手说你们不用问，这是大哥的意思。你们不要靠近房子，也不要进去，在附近看着就行。有人过去，或者有什么事儿，马上给我打电话。特别要注意一个老和尚和两个瞎子。如果看到这两种人，马上打电话给我。

两人答应了。

晚上，杀手临睡之前，坐公交车来到唐国军的出租屋附近。借着淡淡的灯光，他看到那两个小弟兄在唐国军屋子对面，一个站着，一个坐着。虽然没有光明正大站在唐国军门前，却明白无误地告诉别人，他们是来监视这房子的。

杀手骂了一句，打电话给他们，让他们离唐国军的屋子再远点儿，老远能看到门口就行。

杀手看到这两人起身，朝着一边的一个小超市附近走去，才回到了家。

睡觉之前，杀手把手机铃声调到最大，放在脑袋边，便睡下了。

手机一夜没响。

第二天早上，杀手吃了早饭，来到市场，在他们等活的南门口等那两个小兄弟，一直等到中午，也没见到两人的影子。

杀手不知道这两人的住处，等人不来，只能再给他们打电话。这次电话通了，杀手破口就骂："想挨揍是不？怎么半天才接电话？"

一个阴冷的声音说："先生想揍谁？我活了这么大还没挨过揍，先生莫非想破了此事？"

这人的声音好像从地底下三千里处冒出来的，冰冷之极。杀手不由得打了个哆嗦："你是谁？手机怎么在你手里？"

"先生，你好健忘。如果我没记错，我们应该见过面，在唐先生的屋子里。"

杀手记起来了，这是那个老和尚。显然那两人落在了他的手里。杀手大骇："我的那两个朋友呢？你为什么要伤害他们？"

老和尚声音平稳："先生不要乱说话，你的那两个朋友好好的。我是一个出家人，不会伤害他们。如果先生能告诉我唐先生的下落，我也不会再为难先生。"

杀手说："我也不知道唐大哥的下落。我到唐大哥的屋子去，就是找他。"

老和尚笑了笑，说："无论先生知道或者是不知道，都不会说知道的。那我少不了还要打扰先生，先生多原谅。"

老和尚的声音不紧不慢，却透着一股狠劲。连一向以狠著称的杀手都感到对方的气势压人。他硬着头皮，质问老和尚："师父是出家人，讲究与人为善，为什么要追杀唐大哥呢？"

老和尚哼了一声，说："唐先生涉嫌杀人，杀了一个副市长。他的手下还跟踪过我，要不是我老和尚命大，恐怕现在已经被扔进河里喂鱼了。"

杀手一愣："什么？杀……杀人？你是说中州的那个副市长吗？唐大哥……还有手下？他不过是一个打工的，哪里有手下？"

老和尚说："看来先生真的是误入歧途。我只提醒你一件事，你知道唐国军是什么人吗？如果不清楚，你还是离他远些好。"

杀手问："那师父您是什么人？"

老和尚笑了笑，说："这个倒无妨。我是顺脚僧。"

杀手张大了嘴巴。顺脚僧？

杀手刚要问个仔细，老和尚挂了电话。杀手再打，却怎么也打不通了。

4. 灯花教

杀手把整个事件，甚至跟唐国军认识的过程从头至尾想了一遍，觉得唐国军不应该是个杀人犯，更不应该是杀害那个市长的人。如果真是他杀了那个副市长，那他何必还要带着他跑到停尸房，直到在副市长头上找到钉子，才算找到了"线索"呢？

可是，这个"顺脚僧"为什么说是唐国军杀了副市长呢？唐国军在副市长家里，看到了写着"顺脚僧"的木头雕像，为什么脸色大变呢？

杀手想了半天，明白了一点。那就是唐国军要找的大顺宝藏应该跟"顺脚僧"有关系。而这个"顺脚僧"则对唐国军也有了解。当然，也许这"了解"，是错的，也许是对的。

也就是说，唐国军或许真的是杀害那个副市长的凶手？

可是可是，如果真是这样，那他为什么还要夜闯太平间呢？

杀手想得头疼，也没有想出一个头绪。

第二天，那两个兄弟其中一个用公用电话给杀手打了一个电话，说他们兄弟不想在这个地方待了，要走了。杀手问那老和尚都问了他们什么，小兄弟说没什么，他们就是想找唐大哥。小兄弟告诉杀手，说这老和尚可惹不得，他比黑社会厉害多了。我们走了，再待下去恐怕命就没了。

那小兄弟说完，就挂了电话。杀手本来想问一问这老和尚的一些情况的，也没来得及。

杀手想了一会儿，打电话给黄七，问他是否知道“顺脚僧”。黄七大概不太想告诉他，沉吟了好长时间，才告诉他，“顺脚僧”其实是一个组织，是当年李自成溃败后，为了联络失散的将士，成立的一个秘密组织。当年李自成在南方建了很多小庙，这些小庙就是大顺军在各地的联络站。“顺脚僧”以庙为基地，四处联络失散的将士。一开始的“顺脚僧”大都是大顺军将士，不是真正的和尚。李自成让侄子李过出家为僧，亲自掌握这支秘密部队。

这支秘密部队一直陪着李自成完成了他对反清复明的最后部署，因此，他们掌握着李自成和大顺军许多秘密。

杀手终于明白了唐国军为什么看到“顺脚僧”三个字脸色大变了。顺脚僧掌握了大顺军的许多秘密，那肯定也包括大顺宝藏了。

杀手说：“多谢大哥。大哥觉得这顺脚僧现在还存在吗？”

黄七说：“这个谁知道呢。这些年，很多人都在找顺脚僧，却没人找得到。几百年的事儿了。”

杀手问：“黄大哥，那……瞎子跟顺脚僧有关系吗？”

黄七问道：“对了，兄弟，你怎么知道顺脚僧的事儿的？啥……瞎子？你看到瞎子了？！”

杀手顺嘴胡诌：“瞎子……街上很多啊。我这些天看到不少瞎子，就这么一问。”

黄七喃喃：“难道船帮瞎子也来了？！”

杀手问：“船帮瞎子？船帮瞎子是什么意思？”

黄七说：“你跟我说实话吧，你在哪里看到过瞎子？”

杀手想了想，说：“在唐国军大哥的出租屋那儿。哦，在我住的这个楼下也看到过。两个瞎子，背着铺盖卷。”

黄七声音有点变化，问：“你们是不是在找一个木雕和尚？跟我说实话，否则你们不可能惹到这些人。”

杀手想知道内情，就说："我们……在找。不过，没找到。"

黄七声音变了："你们真是大胆！那……那就真是他们了。他们……他们是船帮瞎子！他们是这个世界最神奇的瞎子。兄弟，你们这次可惹麻烦了，这船帮瞎子比那老和尚狠毒多了。"

杀手有些奇怪："不就是两个瞎子吗？有什么可怕的？"

黄七摇头，说："要是只有老和尚出现，或者瞎子出现，那真没什么大事。但是这瞎子和顺脚僧一起出现，麻烦可就大了。我这么跟你说吧，你知道天地会吧？知道洪门吧？知道孙中山吧？当年孙中山在美国走投无路，就是顺脚僧帮忙，孙中山才加入了天地会。这个世界上，只有一个人能调动这个世界上任何一处的天地会，这个人就是顺脚僧。"

杀手听得浑身颤抖："那唐大哥为什么要惹他们啊。"

黄七停了一会儿，叹了一口气，说："我不知道。"

杀手问："那……船帮瞎子是怎么一回事儿？"

黄七说："就是……明末的一帮瞎子。确切我也不清楚，我只知道，只要他们出现，肯定会有大事发生。你记住，离他们远远的，千万不能招惹他们。好了，不说了，我要出门了。"

黄七显然是不想回答杀手的问题了，挂了电话。

杀手想不通。即便顺脚僧跟大顺宝藏有关系，那个被自杀的副市长跟顺脚僧是什么关系呢？还有……为什么那个老和尚说是唐国军杀了那个副市长？

还有还有，这瞎子跟老和尚什么关系？为什么黄七说他们一起出现，就会出大事？

杀手想了半天，还是想不通，再次拨打黄七的电话，他的手机却关机了。

有客户打电话给杀手，要到他的小店买点包装袋。杀手本来不想出去，但是想想好多天没开门了，就下楼，徒步朝批发市场走。

走到半路，在一家小超市门口，杀手被一个发小广告的拦住了。杀手接过小广告，刚要走，发广告的中年男子却用蹩脚的普通话问他："先生知道灯花教吗？”

杀手一愣：“呃？什么东西？”

中年男子看了杀手一眼，笑了笑，掩饰说：“没，没什么。”

男人若无其事，转身走了。杀手却很明显地感觉到，这个中年男子似乎在试探他。那种感觉，仿佛电影中的地下党接头。

杀手跑了几步，拦住了他：“先别忙着走。大哥，你能把你刚才问的话再问一遍吗？”

男子站住，看了看杀手，笑了笑，说：“这个没有问题。不过我还想问先生一个问题，先生知道书会否？”

杀手摆摆手：“谁不知道书会？不就是听书的地方吗？”

男子笑了笑，说：“看来先生什么都不知道。那我劝先生一句，这事儿你还是别问了，就当做没发生过。你还是好好做你的小生意，安安稳稳过日子吧。”

杀手上来了倔劲，不肯罢休：“你不说个清楚，今天我不会放你走。”

男子还是笑着：“那先生知道船帮瞎子吧？”

杀手愣了：“船帮瞎子？你怎么知道船帮瞎子？”

男子笑了笑，说：“书会不是你去过的那种地方。我可以告诉先生，书会就是船帮瞎子，船帮瞎子也就是书会。先生别小看了一帮瞎子，当年的船帮瞎子曾经救过永历皇帝，是有大明最后一个皇帝御封金印的一帮瞎子。当年的清朝皇帝都对他们礼让三分，别说先生了。”

杀手陡然明白，敢情这人说的书会，就是黄七大哥口中“比老和尚还厉害”的船帮瞎子。这么一帮瞎子，竟然有如此来历。

杀手虽然惊愕，但是知道能从这人嘴里多问出一句是一句，就继续问：“你还没告诉我什么是灯花教呢。”

男子脸色转冷：“我告诉过先生，如果你不想多事，那还是别问为好。如果你真的想知道，那就跟我走吧。”

男子转身就走。杀手跟着走了几步，停住了脚。他明白，自己对此人不知深浅，跟着他走吉凶难卜。

杀手站在原地，看着这瘦小的中年男人汇入人流，男子走了一会儿，转身看了看杀手，还朝他笑了笑。

半路，杀手接到黄七的一个短信：不要再来我家，有事我会联系你。

杀手觉得奇怪，打电话给黄七，竟然打不通了。

5. 好奇害死猫

杀手找到一个网吧，在电脑上搜索“船帮瞎子”“书会”“灯花教”。前面两个都没有搜到他觉得满意的答案。“灯花教”却搜到了。

灯花教又名红灯教，是明末的民间秘密结社组织，倡导反清复明。网上说，灯花教因为传播封建迷信，后来被政府取缔了。

既然已经取缔了，那个人还问自己是不是灯花教的人，是什么意思？莫非灯花教还在秘密活动？

瞎子、书会、老和尚，这些人跟灯花教什么关系呢？

杀手想了半天，也没想明白。想到那个中年男子的警告，杀手心情烦躁，不想再查下去了，从网吧出来后，就回了家。

杀手安下心来，做了几天生意。

这两年生意不好做，杀手的店铺一直勉强维持。杀手开了几天门，也没来几个人，一单大生意也没做成。

杀手在店里苦撑了几天。想到再过一个月，要交房租了，再过三个月，要缴纳水电费了，心里就闷得不行。他跟着唐国军去秦岭赚过一笔钱，这几年花得光光的。杀手看着屋子角落里，积了一层灰尘的一堆包装袋，觉得还是得想法搞点钱。

有钱男子汉，没钱汉子难啊。

傍晚，关了门后，杀手跑到市场旁的小酒馆，一口气喝了六瓶啤酒。正在他启开了第七瓶啤酒，准备仰脖干掉的时候，一个美女突然笑吟吟地坐在了杀手的面前。

杀手一愣，把酒瓶子放下。美女从容地放下背包，对他笑了笑，说：

“你就是杀手大哥吧？”

杀手张着大嘴瞪着眼，迷迷瞪瞪点了点头。美女又问：“你认识唐国军吧？”

杀手抹了把嘴巴：“当然认识。他是我大哥。”

美女瞪着一双看起来很清纯的大眼睛，上下仔细打量了一下杀手，扑哧笑了，说：“没错。唐国军说你右耳朵下有颗痣，不仔细看还看不出来。”

杀手对这颗痣耿耿于怀，觉得它影响了自己的形象。美女这么一说，他有些不好意思，尴尬地笑了笑，又急问：“这么说……是唐大哥让你来找我的？唐大哥好吗？”

美女点头，说：“是。他让我在这个小酒店等你。说这儿是你们常来喝酒的地方，如果一个周不来，就等你两个周。说你两个周必定会来一次。”

杀手听得有些感伤：“还是大哥了解我。”

美女从提包里掏出一沓钱，放在杀手面前，说：“唐大哥让我带给你的。他说你收入不多，怕你没钱花。”

杀手把钱装进兜里，问：“唐大哥现在在哪里？我想见他。”

美女摇头，说：“他现在不能见人，更不能见你。”

杀手愕然：“我和大哥是兄弟，他为什么不能见我。”

美女笑了笑，压低声音说：“正是因为你们是兄弟，有人跟踪你。”

杀手有些惊讶：“跟……跟踪我？”

美女忙说：“别朝外看，装作不知道。他们想跟踪你，通过你找到唐国军。”

杀手轻轻点头，说：“妈的，这些熊玩意儿。”

美女叫过服务员，点了两个菜，一个雪碧。

菜还没上，美女喝了几口雪碧。杀手问：“唐大哥没说我什么时间可以见他？”

美女摇头，说：“没有。”

杀手装作随意地看了看四周，轻声说：“前面第三张桌靠通道处有一个瞎子。”

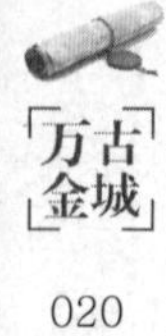

美女说："我看到了。待会儿我先出去，如果他跟着我，那我就在家乐福甩了他，你跟着他，一直跟到他们的住处。"

杀手看了看美女："跟到他们的住处？跟他干什么？"

美女说："我也不知道干什么。你尽管跟着他们。这是唐大哥让我交代你的任务。"

听说是唐国军交代的任务，杀手高兴了："保证完成任务！"

美女继续说："如果我出去后，这个瞎子不跟着我，那你就起身出去，他会跟着你。家乐福，四楼入口有个男士服装，你上四楼后，我在那个男士服装等着你，你躲进试衣间，等他出去的时候，我会把你叫出来，你继续跟着他。"

杀手看了看瞎子："他一个瞎子，怎么跟踪我们？"

美女笑了笑，说："假的。哪里有这么多瞎子？"

菜端上来，美女吃了点儿菜，结了账，就起身朝外走。

杀手看着那瞎子果然站了起来，很麻利地跟上了美女。那样子，任谁也想不到这人竟然是个瞎子。

杀手看到瞎子走出去，才起身，跟在他的后面。美女在前面疾走，瞎子不远不近地跟着，身段娴熟，脚步麻利，很是精到。杀手是老江湖，看得出来，此人来历非凡，那个美女想要甩掉他，恐怕不是很容易。

美女三拐两拐，大概也是想试一试后面跟着的这人的功夫。拐了一会儿，才走进家乐福。

时值傍晚，家乐福里人不是很多。美女在货架之间穿梭，跟踪的瞎子有经验，跟了一会儿之后，就在出口附近转悠。杀手暗中为美女捏了一把汗。

瞎子盯着美女，杀手盯着瞎子，两人一直等到超市关门，竟然也没有看到美女出来。

杀手心中豁然。美女显然是换了衣服，易容而逃了。

瞎子出了超市后，大概是发现了杀手在跟踪他，他陡然加速。杀手在后面跟了一会儿，人突然就没影了。

瞎子消失的地方，是一片行人稀少的老房子。杀手在附近转了几圈，隐约觉得此处有些阴气森森，不敢多逗留，顺原路走了回来，一直走到了大街上。

杀手多了一个心眼，从那片旧房出来后，躲在一处阴影中，监视着瞎子进去的这个路口。

他有个直觉，觉得这个冒牌瞎子还会从这里走出来。

果然，等了一会儿之后，那个瞎子就从灯光昏暗的胡同里走了出来。让杀手没有想到的是，瞎子的后面还跟着三个瞎子。

那个冒牌的瞎子跟后面三个瞎子一样，手中多了根竹棍，四个人用竹棍探着路，慢慢地从胡同走出来，走到街边。

杀手吃了一惊。他看到前面的那个假瞎子还朝自己这边看了看，然后，又郑重其事地用竹竿点着路，朝前走去。

跟踪变得无比容易。杀手跟着他们，一直走到公交车站，上了公交车。

6. 荒山古刹说书人

公交车一直到了终点站，杀手才跟在他们的后面下了车。

下车后，瞎子们依旧排成一行，随着带头的，朝前走。

此处是市郊。高楼变成了低矮的楼房和平房，灯光稀疏，车也很少。阵阵冷风吹来，杀手不由得打了个寒战。

随着瞎子们走了一会儿，前面已经没有了灯光，瞎子们的背影变得依稀模糊。听着他们竹竿发出的轻微的嚓嚓声，杀手觉得事情开始变得有些诡异。

这几个瞎子到郊区干什么？他们不是想搞死自己吧？

杀手这些年在社会闯荡，打过架，钻过古墓，也算是见过些场面，但是今天，他跟着这三个瞎子，一路朝着山野里走，心里却从上到下从里到外都觉得特别特别的冷。

道路越来越难走。

房子不见了，灯光没有了，整个世界彻底陷入了黑暗之中。

他们也已经从柏油马路走了下来，走进了路边的小树林里。杀手觉得这小树林有些眼熟，走了一会儿，看到一处破败的土地庙，终于想了起来，他曾经跟着唐国军到这地方来过。这座小山，紧靠邙山。此去不远，前面山半坡有个唐朝古寺，已经破烂不堪。他们以为附近应该有些好东西，曾经来过两次。

第二次来的时候，他们在这里遭遇了暗算，有人在他们回去的路上布了机关陷阱，唐国军掉进陷阱，杀手用手里的木棍撑住陷阱的两壁，好歹没有掉下去，却也无法上去。

一个从此路过的和尚救了他们。

对，是一个和尚。

杀手想到此事，突然联想到了一直追着他们的顺脚僧，难道……他们是一伙的？或者，救他们的那个和尚就是现在企图抓住他的顺脚僧？瞎子跟这个顺脚僧是一伙的吗？

杀手仔细地观察了一下四周。四周静谧黑暗。他们几个人仿佛掉进了无边无际的黑暗隧道。凭着直觉，杀手知道，有一个秘密将在自己面前呈现。当然，伴着秘密一起出现的，应该是危险或者是灭顶的危险。

杀手有些惧意。

但是他不想退缩。唐国军既然让人捎信，让他跟踪这些瞎子，说明这些瞎子身上有秘密，这秘密极有可能跟唐国军性命有关。自己的命都是唐国军救的，如果真跟唐国军有关系，即便是豁出性命，也要完成唐大哥交给自己的任务。

杀手在保证有效跟踪的情况下，拉大了与这些瞎子的距离。

一行人走到了山脚下。

杀手知道此处有一条极为隐秘的小路，是顺着山脚爬到半山腰的古庙的。这条小路，偶尔有企图发财的寻宝人经过。放羊的都嫌路难走，不从这里走。不过这条小路是什么人踩出来的，杀手和唐国军曾经认真调查了几个月，都是一无所获。

看着前面的几个瞎子娴熟地经过一段山石嶙峋的地段，拐进那条隐秘在山一侧的小路，杀手还是觉得有些不解，这段山路难道是这几个瞎子踩出来的？

可是这几个瞎子没事跑到那个倒塌的破庙去干什么呢？这条小路虽然狭窄，却显然不是这么三五个瞎子就能够踩得出来的。何况这些瞎子又不是住在这里，怎么能踩出那么怪异的一条小路？

杀手一路胡思乱想，一路小心翼翼跟着这几个瞎子朝前走。

从山脚到半山腰的古寺，大约有七八里路程，步步上坡，陡峭难行。这四个瞎子体力惊人，不紧不慢，匀速前进，一直没有停下歇息。杀手跟了一会儿，就有些吃不消了。

瞎子们却仿佛特意跟他作对，一直不歇息，超人一般，在黑黑的山路上勇往直前。杀手没有办法，只能拼命跟上。

终于到了半山坡。

半山坡有一处开阔地。这片开阔地刚好在古庙的门前，不知是山势如此，还是修庙的时候人力所为，奇怪的是，这片开阔地没有长树，只生长着各种野草野菜。当年唐国军曾经认为此处地下是座古墓，找了几个高手来甄别一番，被否定了。

杀手的头刚从坡下探出，就发现前面似乎多了一个橘红色的东西。

小小的橘红色，犹如一颗放着光的宝石，悬在山坡的半空，又仿佛一只红红的眼睛，瞪着杀手。

杀手惊呆，不敢动弹。

前面的四个瞎子却仿佛没有看到这个橘红眼睛，一直朝前走。

杀手愣了一会儿，观察了一下四周，弓着腰，小心地朝前走了几步，这才看出来，那橘红色的光芒应该是蜡烛一类的东西。

深夜荒山古刹，一点烛光，杀手看清了是蜡烛之后，更觉得后背发紧，浑身发凉。

他俯身，朝前走了几步。隐隐看到蜡烛似乎是放在一个不到一人高

的石柱子上。围着石柱子坐着一圈人。四个瞎子走过去，在那一圈人中坐下。自始至终，没人跟他们四个打招呼，也没人站起来。仿佛这四个瞎子刚刚就在他们中间，不过出去撒了一泡尿回来一般。

随后，杀手听到了一阵悠扬的胡琴声。

因为离得远，杀手看不出是哪个瞎子在拉胡琴。但是他能听得出来，这拉胡琴的水平非常高，声音悠扬悲戚，隐隐有悲壮之声。

胡琴响了一阵之后，有个瞎子突然打着快板，说起了快书。

瞎子的声音抑扬顿挫，时快时慢，夹杂着快板和胡琴的声音，真让杀手有一种穿越到了古代的感觉。不过，这里没听众，深山古刹荒山坡，说书给谁听呢?

这个瞎子说了一阵，在一阵激昂的胡琴曲中结束。又一个胡琴声音响起。这个胡琴的曲子杀手是太熟悉了，著名的胡琴曲《二泉映月》。这个瞎子大概知道杀手也在听曲，一直认认真真地把一首曲子拉完，另一个瞎子打着快板开始继续说书。

因为距离稍远，杀手听不到这瞎子在说些什么。

杀手四下看了看，觉得弄不好自己是想多了，这帮瞎子跑到这里，是搞说唱比赛或者聚会什么的，应该没什么危险，就又朝前凑了几步，直到能听清这瞎子的评书。

“……咱们洪家义气高，余下今日来献刀，此刀本是非凡刀，五祖遗传到今朝。小小钢刀七寸长，不斩猪来不斩羊，有人犯了洪家令，三刀六眼不容情。望楼把守是明英，清兵难到木杨城……”

瞎子的声音高亢，隐隐有金石之声。当他唱到这里的时候，杀手看到那围着的一众瞎子，陡然站了起来，朝着那烛光鞠躬磕头。杀手也没数清他们到底磕了几个头，鞠了几个躬，一连串的磕头鞠躬之后，大家一齐抱拳过顶，又重新坐下。

那个瞎子继续唱:“朵香堂火乾坤远，加庙英光日月明。惜时太祖报明王，报国忠心歌帝君……”

众瞎子站起来，围着蜡烛分成诸多小队，在其中一个瞎子的带领下，又朝着蜡烛行叩拜大礼。

这些瞎子行礼非常认真，节奏缓慢，却整齐恭谨。只是在最后磕头的时候，有人起来了，也有很多人一直在那里跪着，勾着头，很哀伤的样子。

没人扶起他们。他们就那样跪着，听那个瞎子继续唱书。

气氛肃穆。杀手都深受感动。

杀手虽然不明白他们说书的内容，但是他也看得出来，这些瞎子不是普通的瞎子。以杀手有限的知识理解，他们似乎是某个古老的江湖门派传承下来的。可是……他们跟李自成的宝藏有什么关系呢？

杀手边看边想，突然听到一阵轻微的脚步声，他正想起身，头上猛然挨了一击，倒在了地上。

7. 秘密洞穴

杀手醒来的时候，发现自己躺在一个山洞里，头顶上吊着一根蜡烛。

山洞光线昏暗。杀手忍着头疼，想爬起来，却发现自己是被绑着的，双手反剪，双脚也被绑在一起 。借着微弱的烛光，他看到了两边黑黝黝的洞壁，看到了那个自己在傍晚跟踪过的瞎子。

瞎子现在已经不用装瞎子了，他坐在杀手旁边，睁着眼看着杀手。还朝他笑了笑。

杀手心里骂了他一句，蹬了蹬脚，问："这是哪里？"

瞎子没说话，站了起来。杀手以为他要走，喊道："你给我松开！我跟你无冤无仇，凭什么绑我？"

瞎子不说话，却过来把杀手拽起来，让杀手坐在他刚才坐的木墩上。杀手歪扭着身体提意见："我不用你扶，快给我松开！"

瞎子还是不说话，抓住杀手就把他按在了木墩上。这瞎子的手劲奇大，杀手也是有些功夫的，却根本不是人家的对手，老鹰抓小鸡一般，被人家乖乖地按在了木墩上。

杀手想起来，瞎子却一直在他身边站着，他刚抬起一点身子，就被人家又按了下去。

他们的面前又出现了一个人。这人穿着同瞎子差不多的一身黑衣服，在他们的面前，点亮了许多根蜡烛。

这是一种很粗的大蜡烛，很亮。当他点亮了四根蜡烛后，杀手看清了前面的景象。

看清了的杀手张大了嘴巴，要不是身边那个瞎子扶着自己，他就从木墩上跳起来了。

他看到了自己。

没错。一个跟自己一模一样，甚至衣服也都是一样的人。“他”站着，瞪着眼看着自己。要命的是，他手里还拿着一把刀，刀上鲜血淋漓。一滴一滴鲜红的血液，正顺着刀尖滴落下来。

那个跟自己一模一样的人身后，是一个躺在血泊中的人，显然已经死了。

杀手目瞪口呆。

站在杀手旁边的瞎子看了看杀手，终于说话了：“先生，你曾经见到过这种场面吧？”

杀手摇头：“没有。从来没有。”

瞎子说：“请先生说实话。如果瞎子没说错，被杀之人作恶多端，死不足惜。”

杀手坚定地说：“不管他是什么人，我从来没杀过人。”

瞎子看了看杀手，又看了看站着的另一个“杀手”，冷冷地说：“这么说，先生没有加入花子会了？”

杀手一愣：“什么叫花子会？”

瞎子说：“先生最好不要骗我。如果你没有加入花子会，为什么要跟踪我？”

杀手不能说出唐国军的名字，只能撒谎说：“我是看你……你像我的一个朋友。”

瞎子哼了一声，说："我看先生真是不想从这里出去了。"

杀手急了："等等，你得告诉我，什么是花子会。花子会到底是什么东西，我一点都不知道啊。"

瞎子低头看了看杀手，说："先生是真不知道，还是想骗我？花子会是灯花教的一个分支。不过这个分支是在现在才有的。灯花教遭到镇压，有逃出来的头头，就把灯花教改成了花子会。"

杀手有些明白，却知道自己此刻不能表现出自己知道的样子，那会让给自己更麻烦，因此他继续问："什么叫灯花教？"

瞎子看了看杀手。大概是看出这家伙真的是什么都不知道，起身要走。杀手喊道："师父，那这个长得跟我一样的人拿着把刀，这是什么意思？"

瞎子没回答他的话，而是走过去，把那几根大蜡烛一起吹灭了。洞中又陷入了黑暗。

杀手喊瞎子给他解开绳子，瞎子转身，冷冷地说："我们不会伤害你，一会儿就送你下山。"

瞎子转身离去，杀手无奈，只得耐心等候。

瞎子没有食言，没过一会儿，他就回来了。瞎子的后面还跟着两个人。瞎子给杀手戴上眼罩，另外两人把他装进了一个大麻袋里。

麻袋的气味呛人，杀手连声咳嗽。两个人抬起麻袋，在黑暗中晃悠悠地走，杀手在麻袋里浑浑噩噩，竟然睡了一会儿。

直到瞎子停止走路，杀手才醒了过来。他们把他从麻袋里倒了出来。杀手因为还戴着眼罩，什么都看不清楚。他想解下眼罩，这才发现手还被捆着。

他对那些人喊："你们不能就这么扔了我啊，你们都是好汉，好汉放人都是给人把绳子解开的。"

那个跟杀手说话的瞎子笑了笑，说："委屈先生了。我们不是好汉。先生稍等，这路上一会儿就会有人来。"

杀手知道跟这些人祈求是没有什么用的，就问："师父能告诉我，你们

是什么人吗？”

那个瞎子说：“先生就不必问这个了。先生就权作做了一个梦吧。只要先生不再干扰我们，我等也不会再去打扰先生。”

杀手还想再跟人家说几句好话，商量他们给自己松绑，却只听得一阵脚步声，那几个人竟然扬长而去。

杀手无奈，只能在路边等车。

等了一会儿，他听到一辆车从远处飞驰而来。杀手凭着感觉，跑到路中间，大声喊救命。

那车停下，有人下车，走过来，狐疑地问：“哥们，这怎么回事？被人绑架了？”

杀手忙不迭地解释：“不是。是朋友们开玩笑，兄弟帮忙，给解开绳子。”

那人呵呵笑了：“开这种玩笑？那我不好帮忙吧？你朋友待会儿会回来找你吧。”

杀手忙说：“大哥千万帮忙，那几个混蛋不会回来了。”

那人给解开了绳子，杀手解下眼罩扔到一边，想了想，又去捡了回来。

那人把杀手捎到了公交车站，杀手坐了公交车回家，给手机充了电，这才发现，自己在那个破山洞竟然住了两个夜晚！

也就是说，那个家伙的一棍子，让自己整整昏迷了两天。杀手不由得摸了摸还隐隐作痛的后脑勺，后怕。那家伙要是下手再狠一点，自己恐怕就永远也醒不过来了。

杀手洗了澡，找到一家小饭店吃了点儿东西，回到家里，这才觉得浑身上下内外都是疲乏之极。他一头倒在床上，就呼呼睡了过去。

杀手醒来的时候，已经是天光大亮。他睁开眼，除了看到黑糊糊的顶棚外，还看到了坐在旁边椅子上的那个让自己跟踪瞎子，说是唐大哥派来的美女。

杀手忙坐起来，抓起被子，盖住露了一半的屁股，惊问：“你怎么进来了？”

美女脸色苍白，嗓音都沙哑了：“杀手大哥……真不好意思，我是来求您帮忙的。”

杀手一愣：“帮忙？”

美女朝他咧嘴笑了笑，说：“大哥先穿上裤子再说吧。”

杀手低头，看到了自己的光屁股，脸唰的红了。他喜欢裸睡，刚刚只顾跟美女搭话，把拽起的被子放下了，一丝不挂地正对着美女。

美女起身，装作看墙上的古惑仔图片，杀手赶紧套上裤子，把内裤暂且掖进被子里。

美女转过身，杀手已经穿戴整齐，把被子也朝床一边推了推。

美女依旧在椅子上坐下，杀手坐在床头，说：“我还不知道怎么称呼你，从哪儿来的呢。”

美女略一沉吟，说：“不瞒大哥了，我是从墨西哥回来的，我叫李童。我父亲是明末清初去的墨西哥。”

杀手笑了笑，说：“我想知道的不是这个。能跟唐国军大哥交往的，都不是一般人。你知道我想知道什么。”

李童看了看杀手，冷冷地说：“我们刚认识不久，能跟你说这些，我都觉得有些多了。”

杀手摇手，说：“如果不是你求我，那你确实说得有点儿多。但是现在你是求我帮忙，我总得知道帮助的是一个什么样的人吧。我总不能稀里糊涂让人给卖了。那个瞎子追你的时候我看得出来，你身手不错。”

李童一双凌厉的大眼睛盯着杀手看了一会儿，才垂下眼睑，说：“杀手大哥是江湖高手，我听唐大哥说过。唐大哥说你人也不错，那我就相信你了。我可以说实话，即便是唐国军大哥，也不知道我的真实身份。”

杀手看着李童，不说话。

李童看了看杀手，只得说下去：“我本是墨西哥城洪门老大的女儿，这次回国，是来寻找先祖遗物的。”

杀手点点头：“那你怎么说是唐大哥让你来找我的？”

李童说："我在一个地方，通过朋友认识了唐大哥，听说我要到洛阳，他就托了我这件事。"

杀手想了想，点头，说："那你说吧，你找我帮什么忙？"

李童说："我有个兄弟在市郊邙山附近不见了，想请你帮忙去找找。"

杀手一愣："邙山？"

李童摇头，说："不是那个邙山，是邙山南的那座小山。就是……你跟着那个瞎子进去的那座小山。"

8. 诡异的古庙

杀手终于弄清楚了事情原委。

那天晚上，他随瞎子上山，李童和她的师弟就跟在他们后面。他们跟着杀手上山，看着杀手被埋伏的瞎子打晕，被抬走。李童和师弟有些害怕，想溜。

两人却找不到下山的那条小路了。他们在山上转了好长时间，后来在那座破庙后面，遇到了一个采药的郎中。采药的郎中带着小帐篷，本来要在山上过夜的，这两个人商量让郎中带他们下山，郎中不肯。后来李童给了这郎中一百元钱，郎中才收拾东西，带他们朝山下走。

走了一会儿，李童觉得郎中走的路有些不对劲。他们上山的时候，转身能看到背后城市的灯光。他们跟郎中说的，就是要他带他们走那面离公路不远的山坡。可是他们明明在下山，却看不到一丝的灯光。李童发现了问题，脚步就慢了下来。

然而，已经晚了。

她刚要阻止师弟继续前行，走在前面的师弟和那个老郎中竟然突然不见了。李童忙跑进旁边的树林里，隐蔽起来。

几乎在她跑进树林的同时，十多个人在山上开始搜查。她没敢看，当然天色漆黑，她看也看不到。

她在树林里一直等到天亮，才找到山路，走了出来。比较幸运的是，她在路上拦了一辆出租车，一直把她拉到了杀手家的楼下。

杀手看了看表，这才发现现在已经快十点了。

杀手肚子咕咕直叫。他耐着性子，对李童说：“你师弟没了，你找我有什么用？你应该报警啊。”

李童说：“大哥，我如果报警，你不怕牵扯到你吗？”

杀手一愣，低下了头。

李童继续说：“我来的时候，唐大哥跟我说过，有任何事儿，都可以找你，唐大哥说你人仗义，又有本事，什么事儿都能摆平。”

小美女这高帽一送，杀手有些晕乎。

杀手想了想，说：“今天是不能去了。咱下去吃点饭，准备一下，明天再去。”

小美女不同意，说：“吃点饭可以。但是必须今天去，我那师弟胆小，这一晚上恐怕都吓得半死了。再说了，万一那些人把他弄走了，我们到哪里找人去？”

杀手说：“那些瞎子可不是一般人。李美女，如果我们再被人家抓住，恐怕我们就得到另一个世界去找你师弟了。”

李童哼了一声，说：“没想到大名鼎鼎的杀手这么胆小。我是对这里不熟悉，也没朋友，如果我是当地人，我自己就去了，何必求你。”

李童这话可说到点儿上了。杀手是个最怕激将法的人。他狠出一口气，说：“操，算了，大不了让那帮瞎子给弄死，你说去咱就去。”

李童高兴了：“多谢大哥。”

两人下楼，在楼下的包子铺要了两笼屉牛肉包子。在这个包子铺里，牛肉包子是最贵的，要三十多元一屉，普通的白菜肉包子，只要十元。杀手平常是不舍得花这么多钱，吃这么贵的牛肉包子的。

吃完包子，杀手找了一个在市场搞出租的朋友，让朋友开车把两人送到山下。

因为怕在山上待得时间太长，两人买了点儿面包火腿肠什么的，还带了两瓶水。开出租的朋友看着杀手带了这么一个美女上山，以为两人是去旅游，羡慕得眼珠子发直。

杀手看了看他，笑着问："兄弟，要不跟我们一起去爬山？"

司机笑了笑，说："算了，我这种人，哪有那福气？还是杀手大哥有能耐。"

杀手扭头瞥了一眼在后座坐着的李童，半真半假地说："真的，你要是真想去，你就陪着这位美女去爬山，我在车上等你们。"

司机说："大哥别逗我了。不过，大哥，我劝你们还是别爬那座山。这山看着不高，却有点邪乎。"

杀手问："怎么邪乎了？"

这司机习惯边开车边揪鼻子。他抬手再次揪了下鼻子，说："你不是当地人，你不知道。附近的老人都说这山上闹鬼。当年，有红卫兵上山扒山上的庙，扒了一半，被庙砖砸死两个。这帮红卫兵不敢扒了，又换了一帮，又砸死一个，伤了一个。第三帮红卫兵还带着当兵的来了，当兵的也有点害怕，先开了几枪壮胆。这次把庙一直扒到底，砸了神像，也没出事。不过当天晚上，那两个砸神像的红卫兵的头就没了。几个当兵的失踪，后来在山下找到了，枪都没了，人虽然没事，却都不知道怎么到了山下，这帮红卫兵连滚带爬下了山，从此再没人敢上去。"

杀手朝后看了一眼。看到李童两眼发直，对她说："怎么样美女，我们还去吗？"

李童坐直身子，绷着小脸，说："去。"

杀手呵呵笑了笑，说："行。那就去。不过我还是劝你再想想，这位兄弟说得没错，这山上邪性，别上去了后悔。"

李童哼了一声，说："比这凶险的地方我都去过，这么一座小山有什么可怕的？"

司机听李童这么说，吐了吐舌头。

杀手闭上眼，开始养神。他刚刚的话，不过是为了看一看这个李童的反应。看来这个女人不简单，是个自己无法掌握的女人。杀手倒抽一口冷气。

车到山下，杀手背起东西，李童背着自己的黑色背包，杀手在前，两人踏上沙土小路。

白天看这座无名小山，觉得很普通。山不高不险，有树林，也不是太茂密，就是一个普普通通的小山头。

杀手想起跟唐国军第一次来的时候，老远看到这小山头，对唐国军说："唐大哥，这种小山头到处都是，这儿怎么能有好东西。"

唐国军却说："真正的好东西都藏在你想不到的地方。越是看着平常的地方，就越蹊跷。"

现在想想，唐国军真没有说错。

他们在第二次进入此山，经过那有惊无险的一幕后，唐国军告诫他，如果不想找死，别来这座小山。

杀手当时有些不明白，他们这些年经过的凶险无数，那一次的陷阱，算是最稀松平常的了，为什么唐大哥却对此山那么害怕。

现在，他终于明白了。这座小山确实稀松平常，但是小山里肯定隐藏了一个巨大的秘密。如果有人敢揭开这个秘密，那就像打开了潘多拉魔盒，后患无穷。

杀手带着这女人朝山上走，心中祷告老天保佑，千万别在大白天再遇上那些诡异之极的瞎子。

两人顺利上了山，在山上转悠。白天的这座小山变得平顺和缓，阳光金子一般洒在小树上，微风吹着阳光，香气喷喷。

杀手不由得感叹，说："真是好地方。"

李童在一边接话说："别小看了老祖宗，山并不是越高越好，这小山面南背北，视野开阔，不是一般人能选中的地方。"

杀手转身看了看正昂头看风景的李童："你会看风水。"

李童笑了笑，没搭话。

两人一直走到山顶，走到古庙废墟前。

阳光在废墟上也开始凝滞。那种穿透千年的哀怨和愤恨在半截山墙上，在堆堆乱石上凝结散发，隐隐可见阴森和肃杀之气。

古庙前的广场，现在看起来，比晚上看到的感觉要小得多。

广场中间空无一物。杀手想到两天前的晚上，他看到那支小小的蜡烛，似乎就放在广场中间的柱子上。现在他四处寻找，竟然也找不到那柱子的痕迹。小小的平台只有颓靡的野草，与古庙互相映衬。

两人四下看了一会儿，李童抬腿就朝着古庙走了过去。

杀手虽略略有些惧意，还是勉强跟在她后面。

两人进入废墟里面。到处都是乱石。传说中的塑像早就踪迹全无。地上偶尔残存的一小堆泥土，勉强为曾经的泥塑做着见证。

杀手觉得这庙内气氛太压抑，要朝外走。转头却看到李童异常仔细地在残墙边寻觅，还不时用手中的纸巾擦拭那些墙砖，好像有什么发现。

杀手走过去。

李童蹲在一个墙角处，努力擦拭着一块庙砖。擦了一会儿，那庙砖上竟然出现了一个人形图案。但是庙砖经过一千多年的风雨侵蚀，砖面剥离严重，砖上的人形图案也模糊不清。

李童从背包里掏出一张白纸，铺在上面，用铅笔描。

杀手看得莫名其妙：这李童难道是一个画画的？

李童描了一会儿，将白纸从砖墙上取下放在包上，用铅笔把缺的地方补了补，一个和尚的形象便呼之欲出了。

杀手大惊："顺脚僧！"

李童在墙角共找出三个有和尚图案的墙砖。别的地方都被拆掉了。

杀手看到她还把这三个图案都编了号。

杀手有些不解："你不是来找你师弟的吗？画这个干吗？"

李童转过身，伸了伸腰，问他："你怎么知道顺脚僧？"

杀手说："我听……一个大哥说的。"

李童从小庙废墟走出，朝着废墟鞠了一个躬。喃喃地说："沧桑百年，英雄安在？"

杀手有些听不明白："李美女，您说什么？"

李童整理了一下背包，说："没什么。我是说这庙好几百年了，那些……和尚不知去了哪里。"

杀手撇了撇嘴，说："我读书少，李美女别骗我。唐朝的庙，到现在有一千多年了吧。还有……这些和尚早就死了呗，能去哪里？"

李童白了杀手一眼，说："怪不得唐大哥说你缺心眼。顺脚僧是李自成的联络人员，这庙有顺脚僧图案，怎么能是唐朝修的？还有，顺脚僧不是真正意义上的僧人，他们是李自成的部下，很多人都是结婚有孩子的。否则，他们怎么能传承到现在？"

杀手惊了："大家都说这是唐朝的庙啊。"

李童说："这是当年大顺军的计谋。他们修建小庙的时候，都是到各处寻找这种残破的小庙，说是做善事，重修古庙。其实这些小庙，都是失败的大顺军在全国各地的联络站。特别是从广西到陕西一带最多。"

杀手上下打量了一下李童："你年纪轻轻的，怎么知道这么多？"

李童笑了笑，说："你应该反思一下，自己怎么知道的这么少。"

杀手一脚踢飞了眼前的一块小石头："你师弟是在哪里消失的？"

李童好像这才想起来，说："走吧，找人要紧。别耽误正事。"

杀手跟在李童后面，两人转到小庙背后，四处看了看，什么也没有发现。李童想了想，带着杀手顺着小庙背后一条细如羊肠的小路朝山下走。

杀手跟在李童后面。现在他觉得有些奇怪。这个小女孩不像是来找人的样子。她边走，边很仔细地观察着旁边的山石和树木，还掐着手指，好像在计算着什么。

杀手看不明白，却知道，这个小丫头是在寻找什么东西，肯定不是在找人。

小路也怪，朝山下斜了一会儿之后，又不朝下走了，而是平着绕着山走。小女孩好像发现了什么，越走越慢，杀手能看到她脚步的迟疑。

终于，两人转到东面山坡的时候，杀手看到李童站住了。犹如泥塑，一动不动。

杀手紧走几步赶上。他看到前面不远处，右手的一块石头上，盘腿坐着一个瞎子。

9. 原来不是你

两人都愣住了。

瞎子背朝他们，盘腿坐着，犹如一块千年山石，一动不动。

杀手看了看李童。李童眼睛盯着瞎子，手里却不知道什么时候多了一把匕首。

在杀手不知所措时，瞎子开口了："是黄舵主来了吧。"

杀手一愣。李童朝后退了一步，看着瞎子，问："你胡说些什么？"

瞎子呵呵一笑，说："瞎子眼瞎心不瞎。脚踏洪船是我舟，五湖四海到此游。老舵主来了，我等岂能不知？"

杀手听得脊梁冒冷汗。一个黄毛丫头，怎么能是老舵主？这个瞎子是神经发炎了吧？

杀手转身看李童。李童仿佛看到了怪兽，倒退了好几步。因为慌张，那纤细的小身板差点摔倒。

杀手扶住李童。李童喘了几口气，问瞎子："瞎子，你怎么知道我先祖的底细？"

瞎子哼了一声："我确实是个瞎子。不过小娃娃，你怎么也得叫我一声先生吧。即便论年龄，你也得叫我一声大伯。黎川黄家，当年也算是绅士之家，怎么后代如此不通礼道。看来这蛮夷之地，确实不是人待的地方。"

李童柳眉倒竖，骂道："我就骂了！破瞎子、死瞎子！我骂你还是轻的，今天我还要杀了你，替黄家人报仇！"

瞎子一愣："你说什么？替黄家人报仇？瞎子跟你们黄家何仇之有？"

李童冷笑一声："不认账了？我们黄家从民国初年就派人回国寻找你们这些瞎子，你们以为黄家是来寻财的，这一百多年来，黄家有五六个人死在了你们手里，你敢说，你不知道吗？"

瞎子豁然站起："这件事必然有误会！船帮瞎子能从明末传到现在，都是因为小心。别的瞎子不知，自从我追随师父，入了帮，瞎子们就从来没有杀人，也没有听说过船帮瞎子有杀人之举。请黄小姐查仔细了。"

杀手惊讶地看着李童：“你不是姓李吗？怎么又是黄小姐了？”

李童瞥了他一眼：“你先闭嘴！瞎子，你说你们不杀人，那你们当年是怎么摆脱大清特务的追杀的？”

瞎子回答：“当年是当年，船帮瞎子与大清有不共戴天之仇。大清倒台后，没人再来找瞎子的麻烦，瞎子苟且偷生，怎么会无缘无故去杀人？”

李童追问：“那你怎么知道我是黄家人？”

瞎子笑了笑，说：“小姐修习的是黄家的武功，黄家武功讲究气息和步伐，我等武功同黄家武功同源同祖，瞎子眼瞎，耳朵不聋，我从小姐的气息和步伐自然能听得出来。”

李童哼了一声，说：“你们也就骗骗别人，知道船帮瞎子来历的人，都知道你们是装瞎子。”

瞎子继续说：“船帮瞎子没有杀黄家人，不过瞎子也知道黄家人一直在找船帮瞎子。瞎子也知道黄家人找我们这些瞎子的目的。我可以告诉小姐，当年黄舵主下落不明，船帮瞎子也四处寻找，没有找到。黄家人以为是船帮瞎子杀了黄舵主，此事黄家人错了，当年的船帮瞎子深受黄舵主照顾，绝对不会杀了舵主。”

李童哼了一声：“谁会信你？黄家有先祖的书信，说船帮瞎子在追杀他。”

瞎子说：“此是天地会的叛徒伪装成瞎子，当年的船帮瞎子曾派人送信给黄家解释此事，信中还有那个伪装成瞎子的天地会叛徒交代的追杀黄舵主的过程。当然，他们最后也没有杀了黄舵主。”

李童说：“谁信？那个所谓的过程，黄家也没人对质，谁知道真假？”

瞎子嗟叹：“可惜黄舵主从此音信皆无。否则瞎子帮也不会受此大冤。”

李童说：“算了，这么多年了，冤家宜解不宜结，瞎子，你把先祖手中的紫铜匣子还给黄家，黄家从此再不找你们的麻烦。”

瞎子说：“小姐还是不明白，我们根本没找到黄舵主，哪里有他的紫铜匣子？”

李童狠声：“看样你们是不想还了？”

瞎子叹气："小姐怎么就不相信瞎子呢？如果真有那紫铜匣子，我们这些瞎子留着何用？"

杀手看李童又把短刀抽了出来，怕她鲁莽，伸手握住了她的手腕。

李童用脚踹他。那瞎子趁机起身，说了一句："瞎子该说的话都说了，信不信由你了。"

瞎子身形陡起，几个跳跃，竟然没影了。

李童挣脱杀手的手，闪电般跟了上去。身形之快，让杀手看得目瞪口呆。

杀手现在明白了，感情这个李童整个是骗自己的。她姓黄不是姓李，她昨天晚上根本没有跟什么师弟在一起。她骗他带着她到这山上来，竟然是来找瞎子的麻烦。杀手想到黄七的话，觉得自己无意中又得罪了瞎子，心情很是沮丧。

这个黄小姐的身手显然比自己要好多了，杀手知道自己跟不上人家，就没追下去。杀手在原地转悠，等这个黄小姐回来，一直等到太阳要落山了，黄小姐踪影皆无，杀手才匆匆下了山，坐公交车回了家。

这一夜，杀手在床上辗转反侧，脑袋里车轱辘一般转着黄小姐和那个神秘瞎子的话。

瞎子说她是黎川黄家后人。多年寻宝的杀手知道，黎川黄家，指的就是江西黎川那个著名船屋的主人黄徽柔。电视台还为此事做过节目，说此地是天地会的藏宝之所。

杀手和唐国军当年也装成游人，到过那个神秘诡异的船屋。两人在船屋附近转悠了五六天，还花钱雇了人，带他们找到了山中黄徽柔的墓地。黄徽柔的墓地被盗，两人在墓地附近转了两天，没有收获。后又回到传说中有天地会的船屋寻宝，也是毫无所获。

这个女子是黄家后人，那她肯定应该了解宝藏的下落了。

杀手躺在出租屋里，想到一堆一堆的金银财宝，不由得浑身焦躁，心头起火。要是早知道，她是那个天地会舵主的女儿，怎么也得想办法跟她套套近乎。

挨到下半夜，杀手好不容易睡了过去。

第二天早上醒来，突然想到了一个问题。若论武功，这个女孩肯定不是那些瞎子的对手。她得罪了那些瞎子，那些瞎子能放过她吗？

自己该怎么办？上山救人，那跟白白去送死差不太多。找人帮忙，唐国军不知下落，李师刚也走了，他在洛阳的朋友就这些，怎么办？要不，报警？

杀手拿起电话，犹豫着。

他太清楚了。如果报警，自己和那个黄小姐还有瞎子，弄不好就会陷进无头无绪的麻烦之中。

妈的，怎么办呢？

杀手正犹豫，手机响了。

杀手也没看，接了电话。对方说："黄小姐没事，你别报警。"

杀手狠狠地吓了一跳："你是谁？你怎么知道我要报警。"

对方笑了笑，说："我们都没必要知道对方是谁。不过我可以告诉你，黄小姐的事，你千万别报警。打扰先生了，拜拜。"

第二章　神秘的顺脚僧

1. 唐国军的电话

这是一个阳光明媚的下午。杀手百无聊赖地在他不到十平方米的小店内，看着两只苍蝇飞舞。

因为近些日子小店常常关门，加上竞争激烈，杀手的包装材料店生意越来越差。整整两天，都没有一个客户上门。杀手给他曾经的几个关系户打电话，都说最近没单子，不用包装。

杀手深深叹息。他知道，现在是服装加工厂的旺季，平常这些厂长们一天两个电话，来催塑料袋，现在他们却选择离他而去了。

对于杀手来说，这真是一个很哀伤的春天。

自己曾经寄予希望的生意，到了倒闭的边缘，最信任的唐国军大哥，不知去向。昂首四顾，杀手心中一片茫然。

这天下午，店里来了一个神秘兮兮的老女人。这个老女人，像是领导视察一般在杀手的店里转了好一会儿，一言不发，又在杀手疑惑的目光中，转身走了。

这个女人虽然不言不语，一条大围脖遮住了大半脸，杀手却能感受到她略带哀伤的目光中，露出来的杀气。

女人走了后，杀手关了店，一溜烟跑回家中。

此后十多天，杀手不敢开门。有时候忍不住过去看看，也是隐身在远处，瞄一瞄小店就完事。

店铺门口似乎也没什么特别之处。杀手在周围观察到第十天，终于看到一个女人急匆匆朝着自己小店走去。

她来到门口，看了看大门上挂着的铁锁，似乎有些不甘心，扭头四下看了看。

杀手差点叫出来，这不是那个说自己叫李童的黄小姐吗？

黄小姐四下看了看，仿佛是特意到此亮个相，让杀手看一看似的，然后，扭头就走。

杀手刚要从藏身处出来，发现在黄小姐身后跟着一个人。这个人背着一个大编织袋，仿佛是来市场进货的。然而，来市场进货的人的眼神是散的，是需要四处寻找的。这人却眼神专注，紧紧地盯着前面的黄小姐。

此人的举止非常霸气。在他前面的黄小姐，仿佛一只在老鹰追逐下的小鸡。

杀手没有犹豫。他从旁边一家店铺借了一辆拉货的汽油三轮车，一路拼命摁着喇叭，追过这只老鹰，一直追到了黄小姐的身边。

杀手对愣着的黄小姐说："快上车！"

黄小姐跳上车斗，杀手开着三轮车拐出了市场。

那人在后面紧紧追赶。这段路人流量大，所以三轮车在这儿丝毫不占便宜。眼看那人越追越近，黄小姐要跳车自己跑。杀手让她把住车厢两边，他开着三轮车避开人流，从不高的花坛上越了过去，上了马路。杀手看看朝逆向方向没车，直接拐过去，加油猛跑去。

跑了一会儿，杀手知道那人徒步是追不过来了，怕他搭车追上，又在几条巷子里拐了几拐，才一路开车，朝着他的住处跑。

快到他住的小区了，黄小姐在车上喊他："不能回你家！"

杀手脑袋一激灵，开车经过小区门口，继续朝前跑。

跑了一会儿，杀手问："不能回家，咱到哪里去啊？"

后面没声音。杀手在路边停车，回头看，车斗里早就没人了。

杀手瞪大眼睛，朝四周看。这里不是闹市去，因此行人稀少，哪里有黄小姐的影子？

杀手在心里狠狠地骂了几句这个妖怪一般的女子，在路边蹲了一会儿，开车回到了市场。

他先把车还了人家，自己溜达着走到住处附近，在周围转着圈看，没有发现什么危险迹象，才回了家。

晚上，杀手接到了唐国军的电话。

杀手惊喜异常，问唐国军在哪里。

唐国军的声音很无力，他说他在长沙呢，在长沙人民医院。

杀手惊讶了，问怎么到医院了。

唐国军让他别问了，带上家里所有的钱，到长沙医院找他。杀手说他没什么钱，就上次他让人捎给他的那几个，他没花。不过，他可以出去借一点。唐国军说那就算了，你赶紧来长沙医院吧。

第二天，杀手先打电话委托一个朋友帮他照顾一下店铺，自己收拾了一下，直奔火车站。

打车经过批发市场门口，杀手好像在门口的一堆人中，又看到了黄小姐的身影。杀手心一动，怕她有危险，想下去看看，但是想到昨天下午她不辞而别，杀手狠了狠心，没下去。

杀手顺利地买到了当天下午去长沙的火车票。第二天，天还蒙蒙亮，他就在长沙下了火车。

去年，杀手常来长沙。唐国军在三王峪受伤，抢救过来后，在长沙医院住过一段。

一年之后，再次来到长沙，杀手心情复杂。

清晨的火车站广场很静谧。即便有旅客下火车，也是很快就消失在了晨雾茫茫的城市里。

看着这寂寥的清晨，特别是看到一对穿着时髦的年轻人相拥着匆匆走过广场，杀手突然觉得异常空虚。

自己三十多岁，混到现在，没钱没房子。曾经引以为傲的能打能拼，现在自己想想都厌恶。仔细想来，在这个世界上，自己除了远在山东那个穷山村的老爹外，竟然没有一可以说是与自己有关的人和物。

想到那个当了一辈子石匠，穷了一辈子，一辈子没出过比县城更远的地方的老爹，杀手在这个异乡的广场上，真想放声痛哭。

没错，老家和老爹算是自己在这个世界唯一的“财产”了。那里不仅还有三间破屋，实在没地方混了，可以回家种地吃粮，还有老爹。

自己当年跟着亲戚到河南打工，本来以为可以赚钱回家娶媳妇。却阴差阳错，搞成了现在这种局面。

杀手在广场上溜达了一会儿。直到公交车开始发车，他的心情才略微有些平静。看到公交车进站，他拍了拍脑袋，上了公交车，直奔医院。

2. 隐藏的秘密

在医院门口，杀手给唐国军打了个电话。

唐国军告诉了他自己的住院房间，杀手先在医院外转了几圈，看没人跟着，才进了医院。

不到一个月，靠在病床上的唐国军脸色苍白，憔悴之极。

杀手还没说话，唐国军先问他：“没有人跟着？”

杀手说：“我在医院外面转了几圈，没发现人。”

唐国军脸色凝重：“这些人是绝顶高手。惹上了他们，算是无处可逃了。”

杀手被唐国军的话吓着了：“唐大哥，他们有这么可怕？”

唐国军点头，说：“当然。不过也别怕，咱也不是没有办法。你最近怎么样？”

杀手低头：“还……行吧。大哥，你这是怎么到了这里？”

唐国军笑了笑，说：“没事，受了点伤，不敢在洛阳住，就到了这里。

还有八九天就可以出院了。”

杀手急了：“伤得重不重？”

杀手要掀被子，唐国军摆手说：“没事了。跟你说了，八九天就可以走了。那边有水，自己倒水喝，说说你那边情况。”

杀手看桌子上个有个空杯子，倒了一杯水，喝了一口，说：“大哥，我先问你几个问题……我先想想，我想问你的问题太多了。都把脑子堵死了。”

唐国军说：“那你先想想，我先帮你开个头。你想问那个木雕和尚到底是怎么回事吧？”

杀手说：“对对，就先问它吧。”

唐国军朝后靠了靠身子，说：“这事还得从李自成说起。李自成兵败后，逃到广西一带的大山中，厉兵秣马，准备东山再起。为了联络失散的将士，他动用大批资金，在湖北湖南广西一带，还有从湖北一路到陕西李自成老家，修建了数不清的小庙。这些小庙里，有的住了一两个真正的和尚，有的都是大顺军将士扮成的假和尚。这些人的任务，就是联系失散的大顺军将士。在大顺军内部，把这些到处寻找失散大顺军将士的和尚叫‘顺脚僧’。这个顺，就是大顺的意思。顺脚僧受李自成的侄子李过统一指挥，李过后来改名李锦，在江西出家，号黄龙真人。多少年后，李自成看大顺军复兴无望，为长期抗清，就创办了洪门，也就是天地会……”

杀手大惊：“什么？天地会是李自成创办的？”

唐国军点头：“此事在广西恭城，很多老百姓都知道。我当年也是跟着我师父他们在广西寻宝，听师父说起过这件事。李自成当年在各地建的小庙和庙里的和尚，就成了天地会在各地的联络机构。”

杀手说：“照这么说，现在还应该有很多顺脚僧了。”

唐国军摇头：“怎么会呢。清兵平定中原，是一路杀过来的。天地会的万提喜和尚暴露，清兵探子追查，发现了顺脚僧这一条线，派了十八路高手捕杀，顺脚僧逃的逃，亡的亡，到了清末，只剩下了李过一支。”

杀手：“李过不是道士吗？”

唐国军摇头："其实顺脚僧，很多不是真正的和尚。李过也不是真正的道士，他出家为道，不过是为了掩饰身份而已。"

杀手惊讶："如果这'顺脚僧'是李过的嫡传弟子，那么……李自成的宝藏……"

唐国军示意杀手小声，点头说："应该是。这些古事真假难辨，还不敢确定。但是有一点，'顺脚僧'最起码掌握着李自成一部分宝藏的秘密。"

杀手点头："原来是这样！那，那个死去的副市长……"

唐国军摇头，说："我原来以为他就是秘传至今的顺脚僧。现在看来，顺脚僧另有其人。"

杀手疑惑："那他怎么会被人杀了呢？"

唐国军黯然摇头："不知道。不过这个副市长被杀，肯定跟顺脚僧有点关系。"

杀手问："大哥，我还是不明白，那官员头顶怎么能有三根钉子？什么人会这么杀人？"

唐国军说："这种杀人方法古代有，后来，就没听说过。我也不知道什么人用这种方法杀人。不过我觉得这种杀人方法，跟某种古老的宗教有关。"

杀手瞪大眼睛："明教？！"

唐国军瞪了杀手一眼："你以为这是金庸小说啊？明教在中国也叫祆教，从来就跟江湖无关。中国有许多本土宗教，却在江湖上兴风作浪。比方白莲教、青莲教、黄道会、妙道会，从宋到清末，几十个教派。我不知道这是什么教会的杀人方式，但是肯定应该是某个古老门派干的。"

杀手惊愕："现在还能有这些门派？"

唐国军说："这些门派都经历过大清剿杀。有人灭亡，也有的侥幸在清兵的刀下逃出命来，这次逃出来的，很多坚持到了现在，不过更加隐秘而已。不说这个了，说说你那里发生了什么事儿。"

杀手说："我还没问呢。唐大哥，你知道船帮瞎子吗？"

唐国军狐疑地看看杀手："你怎么知道船帮瞎子的？"

杀手解释说:“你跑了后，我去你住的地方找你，在门口遇到两个瞎子。后来，您让我帮一个黄小姐跟踪瞎子，我跟踪他们到了郊外的一个小山上，看到一帮瞎子在对着一根蜡烛磕头什么的。他们还把我抓住，问我是不是灯花教的人。”

唐国军一愣:“他们还抓住你了?”

杀手点头，说:“把我关在一个地洞里。我说我不是灯花教的人，他们又把我放了。”

唐国军脸色苍白如纸:“这些瞎子再没有找你?”

杀手点头:“没有。不过，那个说你让她找我的黄小姐，又让我帮忙带她上了那座小山。在山上我们遇到了一个瞎子。瞎子说她是黎川黄家的后人。那个小姐跟瞎子要什么紫铜匣子，瞎子说跟他们没关系。瞎子要跑，那个黄小姐追上去，两个人就没影了。”

唐国军说:“你怎么知道这些瞎子是船帮瞎子?”

杀手觉得今天的唐国军有些奇怪。却没细想，他说:“我听黄七大哥说的。后来，那个黄小姐也说他们是船帮瞎子。黄大哥还说这些瞎子比那个顺脚僧还要厉害。”

唐国军闭上眼，沉静了一会儿，才说:“确实。这些瞎子，没人知道他们的真实来历。我只知道，他们的前身，是一帮流浪在广西湖南一带的说书的瞎子。当年他们在湘江两岸四处流浪，以船为家，以说书算命为生。南明的最后一个皇帝永历，被清兵追杀，逃到江边，被这帮瞎子救了。后来，清兵追杀这帮瞎子，李自成听说后，派人杀退清兵，救了他们。这些瞎子见多识广，能谋划，李自成便把他们分散开来，让一些大顺将士扮成瞎子，混进瞎子帮，以说书为名，混进清兵驻防之地，搜罗情报。李自成死后，这些瞎子就成了天地会的主要联络人。所以说，船帮瞎子和顺脚僧，都是天地会的核心人员。”

杀手说:“他们都是瞎子，怎么联络，怎么送信啊。”

唐国军笑了笑，说:“就像顺脚僧不是真正的僧人一样，瞎子也不一定都是瞎子。他们只是一个组织的名称而已。”

杀手说："唐大哥，那个黄小姐怎么那么恨那些瞎子？"

唐国军想了一会儿，说："这个……我也不太清楚，我觉得大概是误会吧。黎川黄家，说的就是黎川船屋的屋主黄徽柔。黄徽柔是天地会分舵主，应该掌握着一部分宝藏的秘密。紫铜匣子或许与这个有关吧。"

杀手说："黄小姐的意思，是当年的船帮瞎子杀了黄徽柔。"

唐国军摇头，说："几百年的烂账了，现在没法查。不说这些了，兄弟，这些日子你要多加小心，防备有人找咱的麻烦。"

唐国军不提这个，杀手还真忘了。唐国军这么一说，杀手想起来了："大哥，你这伤……就是那个顺脚僧……"

唐国军摇头，说："不知道。不敢确定是谁。"

杀手问："那你……你是在哪里受的伤？"

唐国军沉着脸说："不说这个了。你去吃饭吧，也顺便帮我买点吃的。"

3. 被监视

杀手在医院门口看到一个穿着怪异破烂的老女人。这女人穿着一身类似古人穿的黑衣，跪在医院门口一侧。她的面前放着一个盛着几个零钱的搪瓷缸子。

女人很瘦，脸色黑黄如铁，皱纹如刀砍斧削，虽然是一个乞讨者，看起来却很高冷。杀手走到她面前的时候，扔了一元硬币给她。

女人给他磕了一个头。杀手从女人面前经过，走了几步后，觉得身后似乎有什么东西炙烤着后脑勺，他转头看，看到了女人正盯着自己。女人的两道目光像是两束激光，杀手只与她对看了一眼，就觉得从两眼要被烧爆了。

杀手一愣。再看的时候，女人已经低下了头。

此后几天，这个女人一直跪在那里，犹如雕像。杀手每天从她面前走过，都要扔下一枚硬币。他期望她再次抬起头来，他要仔细看看，她到底是个什么样的女人，她的眼里为什么会有那么吓人的光。

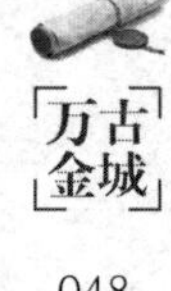

可是，此后无论他怎么努力，再没有看到过这女人的眼神。

最怪的是，即便是半夜，杀手从医院出来，走到这女人面前，女人还是那样跪着，一动不动，仿佛她真的是一块石头。

杀手走到她面前，问她："你不吃饭，不睡觉吗？"

女人仿佛没听到他的话，依然一动不动。

杀手站着看了这个雕像一会儿，觉得浑身发冷。他突然觉得现在的这个人弄不好不是个人，或者是一个怪物呢。杀手不敢再待下去，赶紧转身回到了病房。

杀手跟唐国军说起过这个女人。唐国军只是点点头，说："没事。多加注意就是。"

杀手对这个来历不明的女人很忌惮，有一次特意抽出一天时间，监视她。他不相信，她能不吃饭，不睡觉。杀手从早上监视到中午，一直到了傍晚，才终于发现，有个穿着同样衣服的人替换了她。

这两人行动都很麻利，选择的又是晚上人少，匆忙回家的时候，"换岗"几乎无人发觉。如果不是蓄意观察，没人会发现她们的"换岗"。

杀手再次愕然。没听说过乞讨者还需要"换岗"。显然，另有目的。

杀手觉得这两人应该不是船帮瞎子的人，显然更不是顺脚僧。那她们是什么人呢？她们有什么目的呢？

杀手百思不得其解。

两天后的深夜，天降大雨。杀手在窗边站了一会儿，突发奇想，撑着雨伞穿过院子，来到大门外。

不出他所料。那个女人依然石头一般跪在那里。她的身上披了一个雨衣，显然雨衣无法遮挡雨水从地下流过，也无法遮挡被风吹着的雨水扑在她的腿上。她的身上肯定很多地方都湿透了，她肯定很冷，但是这个女人依然石头一般一动不动。

杀手看着茫茫雨夜，看着这个仿佛从地底下生出来的石头一般的人，感到非常震撼。

在这种雨水滔滔的夜里，还能毅然不动，其人无论是有什么目的，都是让人敬佩。

杀手现在已经可以确定，这些女人对自己和唐国军没有什么恶意。他想了想，走过去，对跪在那里的女人说："回家吧。或者找个地方避避雨，现在没人会来了。"

杀手说了两遍，那个女人才稍稍朝他这边歪歪头，说："谢谢。"

杀手问："你能告诉我你们是干什么的吗？"

女人不说话。杀手问了两遍，女人似乎又变成了石头。杀手无奈，只得转身，回到病房。

杀手回到病房，看到唐国军没有睡觉，问他："唐大哥，你是不是认识外面的女人？"

唐国军翻起眼皮，看了杀手一眼："怎么这么问？我怎么能认识她们？"

第二天早上，杀手在医院门口看到了让他惊愕的一幕。

那个跪在地上的女人，竟然站了起来，在跟一个人吵架。

杀手跑过去看，发现这个人有些眼熟，却想不起来在哪里见过。但是，那个女人的一句话，让他惊醒了，女人说："你不是装瞎子吗？今天怎么真瞎了……"

瞎子？！

杀手连滚带爬，跑到病房，对唐国军说："大哥，那帮瞎子找来了。"

唐国军已经下了床，穿好了衣服。他说："我知道了，赶紧走。"

两人从医院侧门逃出，搭出租车到了火车站，坐火车逃到了郑州。

在郑州住了三天，两人看看没人跟踪，回到了洛阳。

到洛阳后，唐国军和杀手都没回家，两人住进了一个唐国军提前租好的房子里。

晚上，杀手看到唐国军拿着那个木雕"顺脚僧"在研究。走了过去，看了一会儿，问："大哥，看出点道道来没？"

唐国军慢慢摇头。

杀手说："我在您租的屋子里，也看到这么一个雕像。应该是那个老和尚放的。不过木质不一样，雕得也没这个好。"

唐国军把雕像放下，看了看杀手：“在我原先住的屋子里？……奇怪，老和尚放这个东西什么意思？”

杀手说：“所以，我就考虑这个雕像是不是跟宝藏没关系啊。”

唐国军摇头，说：“这个……不一定。顺脚僧身边肯定有关于宝藏的资料，到底是什么资料，现在没法说。也许这个跟宝藏有关系，也许没关系。干这种事要有耐心。”

杀手点头，问：“大哥。在长沙医院，那些女人是你的人吧？”

唐国军摇头，说：“不是。最起码说我不知道她们是什么人。也许……是我曾经帮助过的人。”

杀手说：“看她们的穿着和说话语气，像是南方少数民族的人。”

唐国军喔了一声，拿起那个木雕，继续仔细研究。

杀手看他不想再与自己说话，就转身回到自己住的房间。

杀手躺在床上，觉得很是郁闷。这次到长沙，他就感觉唐国军似乎变了。以前那个坦荡、有些粗鲁的唐国军，变得言语吞吐，心机重重，让人捉摸不透。杀手想了半天，越想越乱，躺了一会儿，就关灯睡了。

半夜时分，杀手被一个很怪异的声音惊醒。

这种声音类似鸟叫，却非鸟叫。像是一种乐器在模仿某种鸟儿。

杀手本来就没睡踏实，这种怪异的声音仿佛有一种直入他心底的力量，让他惊骇。他躺在床上，虽然是一动未动，却拼命竖起耳朵，听着外面的声音。

杀手听到了轻微的脚步声，然后是开门的声音。

门开了之后，脚步声出了门，就听不到了。

杀手从床上起来，追了出去。

前面的唐国军出了小区，右拐，贴着马路边疾走。

马路边栽着各种树木，路灯的灯光被树木遮挡，唐国军的身影就在这暗影中疾行，杀手跟踪得很吃力，好几次差点跟丢了。

终于，唐国军来到一处老房子外。他在老房子的门前站住，四下看了看，推门走了进去。

杀手躲在拐角处观察了一会儿，确定没人，才走了过去，耳朵贴在门上，听声音。

门里面有声音，很小，杀手听不清楚里面都说了些什么，也听不清楚都有哪些人在说话。

里面的几个人说了好一会儿，停止了，杀手听到屋里的脚步声朝门口走了过来，杀手忙闪身到门一侧。

有人开门，朝外看了一会儿，又关门。门里面说话声音再起。

杀手听了一会儿，还是听不清里面在说什么，干脆不听了。他跑到门对面马路边的树荫下，继续监视着那个门口。

等了一会儿，杀手突然看到街头闪过两个黑影。凭感觉，杀手就知道，这两人应该是船帮瞎子。

杀手稍一犹豫，跑过去就拍门，里面一阵忙乱的脚步声，杀手喊道："唐大哥！是我。我看到两个瞎子过来了。"

4. 教派之间

唐国军开门出来。

杀手说："大哥，那边过来两个瞎子！"

唐国军二话不说，拽着杀手朝大街的另一个方向就跑。

出乎杀手意料之外，那两个本来离他们很远的瞎子，竟然飞快地追上了他们。

两个瞎子一身黑衣，手中的竹竿点地，杀手看得明白，这两根竹竿，现在可以说是很趁手的武器。

杀手掏出短刀。

双方对峙了一会儿，一个瞎子说话了，声音冰冷："这位先生，请把属于我们的东西归还我们。我劝先生一句，非份之物，不可贪得，贪欲太大，会害人性命。"

杀手听得出来，此瞎子，正是那天晚上在山洞中把自己像小鸡一样提

溜起来的那个。想到他那让人根本无法抗拒的力量，杀手不由得倒抽一口冷气。

唐国军说："你们是什么人，凭什么说我有你们的东西？两位说的话我还真是听不明白。"

瞎子哼了一声，说："先生最好不要自作聪明，你拿了什么东西，你心里明白。大顺国是没有了，但是先生以为大顺国的宝藏就没有主人了吗？"

唐国军说："奇怪了，宝藏的主人都没有了，那这宝藏自然就是没有主人了。"

瞎子的话里带了杀气："以我对先生的了解，先生肯定知道这宝藏的主人尚在。"

唐国军说："师父实在是了解错了。我从来就不知道什么宝藏，也不知道什么宝藏的主人。"

瞎子说："这么说，先生也不承认偷了顺脚僧的信物了？"

唐国军冷声说："我从来就不知道什么顺脚僧，更不知道什么信物。"

瞎子的声音里的杀气更甚："我最后再问一遍，先生有没有偷走一个木雕和尚？先生不知道不要紧，我可以告诉你，那个木雕和尚就是顺脚僧的信物。如果先生不知道顺脚僧是什么人，那我还可以告诉先生，顺脚僧是天下唯一可以给世界各地洪门发号施令的人。先生以为大顺宝藏已经成了没有主人的宝藏了，我还可以告诉先生，顺脚僧就是当年大顺皇帝李自成的侄子李过，命令管理大顺宝藏的人。先生明白了吧？"

唐国军暗中扯了杀手的袖子一下，杀手不明其意。唐国军说："这个跟我们没有关系，师父，请让一下路，现在是共产党领导下的中国，不是大顺王朝。"

瞎子说："先生是想跟天下洪门为敌了？"

唐国军咳嗽了一声，还没说话，突然从他们后面的阴影中，冲出十多个手持利刃的黑衣人。这十多个黑衣人悄声无息，黑水一般，朝着这两个瞎子就冲了过去。

唐国军喊了一声"跑"，杀手跟在唐国军后面，两人撩开脚丫子，整个世界，都只剩下了两个人的脚步声了。

两人跑出胡同，跑到大街上。这儿已经离他们的住处不远了，唐国军还是搭了一辆出租车，在街上胡乱拐了会儿，才拐到他们的住处。

两人进了屋。杀手低着头，回到自己的房间。

唐国军走了进来，拍了拍杀手的肩膀，说："兄弟，别误会，有些事不让你知道，是对你好。"

杀手没说话。

唐国军说："今天晚上聚会的，都是我以前的老朋友，我们一起干过活。你去了不方便。"

杀手抬头看了看唐国军，说："唐大哥，既然……我觉得这船帮瞎子说的话有道理。这些宝藏现在还有人在守着，他们还有天下洪门帮会撑腰，这盗宝……还是算了吧。"

唐国军哼了一声："听他们胡说。天下宝藏是天下人的。这李自成的宝藏还是从明朝皇帝那儿抢的呢。再说了，大顺宝藏应该分成了很多部分，咱不多要，够咱用的就行。兄弟，我早就跟你说了，这寻宝，就是虎口拔牙，随时都能送命的活儿，你要是不想干了，可以退出。"

杀手说："我就是觉得，咱这么做，有点……不仗义。"

唐国军笑了："仗义？什么叫仗义？大顺国都没了，还什么仗义不仗义。听他们胡说，什么都不要干了。"

杀手说："咱在三王峪，好歹那个李年头帮过咱，我看……"

唐国军挥手说："这个跟他们没关系。我跟你说过，当年李自成的宝藏分成许多部分，其中有的已经被徐家人给盗走了。咱要的只是其中一部分，咱要是不把这部分弄到，这些宝藏早晚都成了徐家人的。你以为那个李年头和顺脚僧真能保护好所有的宝藏？他们要是有那本事，徐家人早就让他们给灭了。这个世界，胆壮吃得胖，要是什么事儿都像你这么想三想四的，兄弟，我们什么都不用干了。当年我们在秦岭盗墓，人家还是私人的财宝呢，那不是更不仗义？"

杀手沉默。

唐国军拍了拍他的肩头，说："别想那么多了。想发财，就别想仗义不仗义。"

三天后，唐国军看没什么情况了，就让杀手带了些钱，去送给他老婆。

杀手觉得有些奇怪，说："大哥，你还是回家看看吧。你出来这么多天了，嫂子挂念你呢，现在离家又不远。"

唐国军摇头，说："你去一样的。你不是不知道，我在市场干活的时候，常常十天半月不回家。你大嫂精神有点问题，我回家她更烦，她照顾自己没问题。"

杀手先到药店买了点儿药，在街上买了些水果，然后，到了唐国军家中。

唐国军的老婆神情落寞，看到杀手不惊不喜，只是淡淡地问了问唐国军的情况之后，便不再多话。

杀手把钱和东西给了这可怜的女人，就从唐家出来了。杀手走了不多远，发现自己背后跟了两个人。

杀手心下一振，忙快速朝前走。走了一会儿，前面又出现了两个人。杀手看到旁边有条小胡同，忙拐了进去。没想到，刚走了几步，从小胡同的一个发廊里，又走出两条精壮汉子。

杀手看这架势，知道自己是没法逃了，只得站住。

六个人围上来。其中一个拿起证件朝杀手亮了亮，说："我们是公安局刑侦队的，有事想让你协助调查一下。"

杀手说："我就是一个做小生意的，你们找我干什么？"

其中一个年龄大些的笑了笑，说："找你干什么，你到地方我们就告诉你了。"

六个人押着杀手出了胡同，其中两个押着他上了一辆警车，两辆警车一前一后，直奔公安局。

以前杀手因为打架，常进派出所，公安局也不是没来过，算是常客了。但是这次进来，杀手却很忐忑，不知道公安局掌握了自己什么案子。

车在奔驰，他在车上想来想去，觉得弄不好就是秦岭的事儿犯了。如果那个案子坐实了，恐怕自己要在监狱住个十年八年的了。妈的，真是倒霉。

进了公安局，他们马上就对杀手进行了审讯。

那个抓杀手的主审，核实了名字之后，他说："李文福（杀手真名），你知道我们叫你来是为了什么事儿吗？"

杀手说："我怎么知道？我老老实实做我的生意，怎么能知道我犯了什么事儿？"

主审笑了笑，说："好吧，就算你一直老老实实做生意，我问你一件事，你知道中州市自杀的那个副市长吧？"

杀手一愣："知道。"

主审皮笑肉不笑："恐怕不止是知道这么简单吧？"

杀手有些心虚，说："你们意思是我杀了他？"

旁边坐着的一个警察吓斥："李文福，你不要胡搅蛮缠，你说，你是不是邪教成员？"

5. 杀手被审讯

杀手一愣："邪教？"

主审瞪了那个警察一眼，说："李文福同志，我们只是想调查一下。你原先跟这个副市长熟悉吗？"

杀手摇头："我是个草民，人家是堂堂市长，我倒是想跟人家熟悉，人家愿意吗？"

主审："如果不熟悉，那你半夜到人家去干吗？还是在人家死了以后？"

杀手心中波涛汹涌，嘴上却说："我是跟我的一个朋友一起去的。那个朋友认识那个副市长。"

主审点头："你的这个朋友叫什么？"

杀手说了个假名："他叫高……高山。"

主审笑了，说："不是叫大海吧？别跟我们玩这一套，我可以替你说，你的这个朋友叫唐国军。唐国军跟副市长熟悉吗？”

杀手说：“大概……熟悉吧？”

主审点头，旁边陪审的在笔记本上刷刷地记录着。主审问：“唐国军是否参加过什么教？”

杀手想了想，很真诚地说：“没有。唐大哥不信佛，也不信道。”

主审说：“佛和道都是国家允许的。他没有参加过邪教？比方……灯花教？”

“灯花教？”杀手心里一惊：怎么又是灯花教？瞎子问自己是否参加过灯花教，这个警官怎么也这么问？

“没有。”杀手斩钉截铁地说：“我和唐大哥在批发市场天天在一起，他如果参加过什么教，不会不告诉我，他也没法瞒过我。”

警官点头，说：“我们暂且相信你。不过，你如果看到这个唐国军，让他到公安局来一趟，我们跟他了解点情况。”

杀手点头，说：“我一定把这个信捎到。不过……警察同志，为什么凭空怀疑我们信什么灯花教呢？”

警官说：“我们不是凭空怀疑。我可以告诉你，中州警方在副市长家里找到一本灯花教的经书，也就是说，那个副市长很可能是灯花教成员。”

杀手惊愕。

警察告诉杀手，可以放他走，但是他要随时协助调查。为了能保证做到这一点，他需要找个人担保一下。这个人还必须是洛阳本地人。

杀手在自己的朋友中想了一圈，想到了黄七。但是，他对黄七太没有信心了。他那个形象不说，黄七能否愿意给自己担保不说，最要紧的是，恐怕现在找不到他。

杀手想了好长时间，把两个审问他的警察都累得直打瞌睡，他也没想到第二个可能帮自己的人。

他只好给黄七打电话。

有些意外的是，电话竟然通了。

杀手把事情跟黄七一说，黄七沉吟了一会儿，答应了。杀手很有些意外，感动地说："黄大哥，您真是我的救命恩人……"

黄七的声音还是一如既往的冰冷："别说这些，我帮你，是因为你是唐国军的兄弟。"

跟着黄七从公安局出来，黄七在小饭店，请杀手吃了一顿饭。

黄七沉默了一会儿，问杀手怎么回事，他怎么跑到公安局来了。

杀手此时更有许多的疑问，他憋不住了，说："黄大哥，警察说唐大哥可能是灯花教的人，您觉得呢？"

黄七边喝茶边说："胡扯。"

杀手点头，说："我也不信。我跟唐大哥认识这么久，他不管有什么事儿，从来都没瞒过我。可是这个唐大哥现在变了，我总觉得，他有事瞒着我。"

黄七摇头，说："他不可能瞒着你。老唐这个人我了解，如果他有事不告诉你，那是为你好。你别问就是。我刚跟他见过面，很多事他不想让你牵扯进来。"

杀手一愣："你们见过面？"

黄七点头，说："是。他拿着一个木雕像，让我帮忙看一下。"

杀手惊讶："那个写着'顺脚僧'的雕像？"

黄七淡淡地说："小点声说话。那个晚上，后来，你也去了啊，拍门说什么……你看到有人过来了。"

杀手一愣："那天晚上您也在？"

黄七说："所以我知道你现在跟唐国军在一起。否则我今天才不会来给你做这个保人呢。"

杀手告别黄七，回到住处，发现唐国军不在。

一直到晚上九点多，唐国军才回来。

杀手问唐国军吃饭没有，唐国军说吃了。

杀手就到他房间坐下，把自己到他家见到了他老婆，然后出门被警察请到了公安局，警察都说了些什么，自己找了黄七把自己保出来的事儿都说了。

唐国军很惊讶："这个副市长……是灯花教的人？"

杀手说："他们说是。"

唐国军点头，说："这种事真是没法说。灯花教虽然被取缔了，即便有几个骨干没抓到，也都跑到边远地区了。真没想到这个副市长能是灯花教的人。"

杀手说："唐大哥，这么说他们说的是真的？"

唐国军摇头："我也不清楚。"

6. 陈年旧事

李师刚突然打电话给杀手，说他回来了，想请他和唐国军吃饭。

杀手大喜，说："好，你选个地方吧，我这些日子憋闷死了。正想找人说话呢。"

李师刚说："还是咱常去吃饭的那个小牛肉面馆吧。"

杀手说："那里不行，得换个地方。"

李师刚说："要不川菜馆吧。"

第二天，杀手和唐国军一起来到了在他住处附近的一品川菜馆。

李师刚这次去缅甸弄一批木材，半路却被缅甸的政府军给拦住了。他们证件不全，花了大钱找人疏通，人才回来。木材自然是被没收了。

李师刚问唐国军："唐大哥，有没有好活儿，带着兄弟一起干一次。"

唐国军说："我和杀手正在研究一个活儿。就是有点儿麻烦，不过我们已经有了点儿眉目。如果你想干，就跟着我们一起干就是。"

李师刚大喜："真的？那谢谢大哥了。什么活儿，能说说吗？"

唐国军说："还是李自成的宝藏。不过，我们这次要找的不是那个三王峪的了。我们要找的是当年李自成成立天地会后，拨给天地会某个分会的一部分宝藏。"

李师刚也是不明白："什么？天地会是李自成成立的？电视上说不是那个什么陈近南吗？"

唐国军笑了笑："那是金庸小说。真实的天地会是李自成密谋成立的。我和我师父当年在广西寻找天地会的宝藏，恭城一带民间有各种证据和流传在民间的传说，证明是李自成成立了天地会。所以，天地会的宝藏，其实也是大顺宝藏的一部分。"

李师刚惊愕："大哥你太有学问了。"

唐国军笑了笑，说："我这算什么学问，我师父才有学问呢。我师父活着的时候，北京的历史教授都找我师父请教问题。我们这些人的丁点儿知识，那可是从地底下或者民间搜索整理出来的，实打实的。有些人研究天地会，说天地会是万提喜和尚建立的，他们就不想一想，就凭那么一个穷和尚，没有金银撑着，凭什么建立起那么庞大，延续至今，遍布世界各地的天地会？"

李师刚点头："这么说……现在世界各地的天地会还跟总会有联系？"

唐国军："自然有。不过非常隐秘，没人知道。我师父也是掌握了一点线索，可惜他在香港失踪了。要不，我们也不必这么难。"

李师刚惊讶："大哥，如果他们还有人在，那不就成了我们跟天地会的人抢财宝了？我们怎么能抢过他们？"

唐国军摇头，说："我师父还在的时候，就说过，中国经过这么多年的动荡，现在管理宝藏的人恐怕都不知道宝藏藏在哪里了。也就是说，这个宝藏现在没人知道在哪里。我们去找，怎么能算跟他们抢？"

李师刚说："他们都不知道在哪里，那我们怎么能知道？"

唐国军笑了笑，说："这就需要我们去找啊。要不怎么叫'寻宝'？"

李师刚说："看来大哥是有眉目了。"

唐国军说："不瞒二位兄弟，我师父的师父在土改的时候，曾经救了一个逃亡的地主，带着那个地主隐居在终南山中。这个地主临死的时候，告诉了我师爷一个关于天地会宝藏的秘密，这个秘密跟大顺军在全国各地建立的庙宇有很大的关系。你们都知道，'文革'比较乱，红卫兵吃香，我师爷易容变成了一个年轻人，和我师父打扮成红卫兵，坐火车吃饭都不花钱，跑遍了全国。那时候还有很多庙都没拆，他们因此得到了很多资料，

还在湖南深山的一处寺庙里，遇到一个被红卫兵打得半死的和尚。这和尚是山外一处寺庙的主持，红卫兵逼他还俗，要拆他的庙宇，这和尚不肯，给他们讲佛法，讲因果报应，红卫兵小将们火大了，不但把他住的庙宇拆了，还把这和尚打得只剩下了半条命。这和尚性格刚烈，被打成了那个样子，还要回去，说庙里有重要东西。我师爷他们不知道怎么想的，总之是陪着这和尚乘着夜晚，回到了那个庙，和尚让我师爷他们帮忙，终于找到了那个东西。和尚把东西交给我师爷，让我师爷千万保存好，会有人来找他取这个东西。到时候，师爷可以拿这个东西，换一笔大钱。那个和尚死在了庙里，师爷按照他嘱托，把他埋在了庙后的山里。那个和尚大概没想到，他让师爷代为保存的东西，就是师爷他们到处寻找的顺脚僧雕像。”

杀手一愣：“顺脚僧雕像？”

唐国军点头，说：“是。师爷非常兴奋，说他还需要一种东西，就可以找到天地会的宝藏了。师父问师爷是什么东西，师爷不肯告诉师父。只是说到时候他就知道了。其实，他是怕师父起异心，害了他。但是，师爷寻找这种东西却很不顺利，他们到了江西黎川三次，都没找到。后来，好不容易找到了那个黄徽柔的墓，那墓却已经被盗了。师爷后来自己又去了多次，也没收获。一直到‘文革’结束，有人找到师爷来要那个雕像，师爷不给。后来……后来师爷和木雕像一起就没了。”

李师刚惊讶：“没了？”

唐国军点头：“没了。我师父到处寻找我师爷，在洛阳白马寺发现了师爷留下的暗号，师父才带我来到了洛阳。”

杀手惊讶：“原来如此。”

唐国军说：“我跟你们说这些，就是想让你们明白，天地会的宝藏，是真有的，并且，我们很有可能会找到。”

李师刚问：“你师父没找到你师爷？”

唐国军摇头，说：“没有。不但我师父没找到我师爷，后来我师父也失踪了。不过我师父比我师爷要好得多，他告诉了我一些寻找的方法，因此，我才能再次找到那个木雕。”

李师刚轻轻点头："大哥，您觉得师父和师爷的失踪，跟这雕像原先的主人有关？"

唐国军摇头，说："这个……我现在还不敢断定。我敢肯定的是，现在这个雕像在我们手里，我们就已经掌握了找到宝藏的钥匙。"

杀手有些兴奋："那我们就去把宝藏弄出来啊。实在不行，可以多找几个人，像我们当年在秦岭。"

唐国军摇头，说："李自成的宝藏，可不是那么简单。我们找到了钥匙，但是还没找到锁呢。那个副市长既然是被别人杀的，我们从他家里找到了这个和尚雕像，那就说明，杀人的人跟宝藏有很大的关系。"

杀手插话："你曾经怀疑他就是顺脚僧，现在应该否定了吧？"

唐国军摇头："这个没法说。顺脚僧是一个组织，我们要找的是顺脚僧的衣钵传人，也就是他们的头儿。能在这个副市长家里找到木雕和尚，起码说明他是顺脚僧其中的一员。至于他是不是头儿，现在还没法断定。"

杀手说："怎么警察说他是什么灯花教的人呢？"

唐国军说："这个很难让人相信。其一，灯花教现在基本灭迹了，即便有，也在边远地区秘密流传，很难传到这里，更何况是一个副市长了。其二，如果他是灯花教的人，他又收藏了这个木雕，说明他肯定是灯花教的重要人物，这可能吗？"

杀手点头："那是这警察弄错了。"

唐国军笑了笑，说："这个有很多可能，也许是他们故意的呢。"

杀手惊讶："故意？"

唐国军点头："我师父曾经说顺脚僧现在手下众多，有的还是大官。万一有个当警察的，造个假信息给我们也说不准。"

7．惨死的瞎子

沉寂了多日的杀手女朋友打电话给他，让他把他放在她那里的东西拿走。

杀手问为什么。女朋友说不为什么，你赶紧来拿吧，要不我就要扔掉了。

按照杀手往日的脾气，他早就对这个只喜欢跟他要钱的女人开口大骂了。但是，现在的杀手已经沉稳多了。他长出一口气，压下胸中的怒火，说明天去拿。

第二天，杀手来到女朋友住的出租屋。女朋友一脸冷酷，坐在她曾经和杀手一起睡过觉的床上。杀手的东西已经被收拾到了一起，扔在地上。

杀手看了曾经的女朋友一眼。他曾经以为他会跟着唐国军搞到很多钱，然后在洛阳买一套房子，跟女朋友结婚后，把家乡的老父亲也接过来，让老人享受一下天伦之乐。现在，他不但是个穷光蛋，连小命都随时可能不保，还怎么能给人家带来幸福呢。

杀手提着东西，走出女朋友家门的时候，有点不舍地转身朝后看。他看到女朋友低着头，竟然还掉了几颗眼泪。

杀手心一软，豪气上来，把唐国军前些日子给自己的几百元零花钱都拿了出来。他走回来，放在她旁边，嘟哝着说："对不起，我没本事。这是我的最后一点钱了，你下次找男人，一定找个有正经工作的。"

前女朋友哭出了声。杀手稍停，心一硬，抱着东西，从女朋友家里走了出来。

他知道，现在的他无法保证自己的前程，自己即便这次说服了女朋友，恐怕也不一定能给人家带来幸福。

说起来，这女朋友还是自己从老家带出来的。杀手边抱着东西在街上走，脑袋里不断出现自己跟前女朋友在附近逛街的情景。

女朋友刚从穷山沟来到洛阳的时候，看着繁华的洛阳大街，和杀手一起，两人满脑袋的憧憬。那时候杀手在市场帮工，女朋友在一家饭店洗盘子，干的都是最苦最累的活儿。即便如此，下班后，这两个年轻人还是充满幸福的满大街乱逛，花很少的钱吃最便宜的小吃。那时候，他们总以为通过自己的努力，会有机会 ，会有好日子过，谁会想到，许多年过去，女朋友依然在饭店洗盘子，每月赚一千多元钱，杀手赚的钱，开了一个店，这几年赔得精光。

杀手心情不好，跑到一家小酒馆喝酒。边喝酒，边看着窗外的车水马龙，他有种被这个世界给踹到下水道的感觉。

喝了几瓶啤酒后，杀手掏钱付款，这才发现自己竟然一分钱都没有了。刚刚在女朋友家中，他掏光了身上所有的钱。

杀手一愣，酒醒了大半。

想了想，他打电话给李师刚："李大哥，你在哪里？"

李师刚说："我今天到郑州见一个朋友，刚下火车。有事吗？"

杀手忙说："没……没事，你忙吧。"

李师刚说："好。回去喝酒。"

杀手放下电话，心里乱了。

杀手想了一圈，都没有想起谁能来给自己送钱。他又掏遍了身上所有的口袋，还是一无所获。

正在他考虑让唐国军想法给自己送点钱的时候，一个美女走过来，坐在他面前："怎么了？我有什么能帮你的？"

杀手惊愕地抬头，看了看这位美女，更加惊愕不已了。坐在他面前的美女，竟然是那个李童，不……黄小姐。

黄小姐看着杀手，微微笑了笑："怎么，不认识我了？"

杀手这才觉得自己的表情有些太夸张。忙缩回脖子："李……小姐，你怎么……在这里？"

黄小姐不好意思地笑了笑，说："你已经知道我姓黄了，别叫什么李小姐了。我叫黄榕，正式认识一下。"

杀手笑了笑："这个名字不会是假的了？"

黄榕白了杀手一眼："哪里有那么多假的。"

黄榕招呼服务员，又要了两瓶啤酒，递给杀手一瓶，她自己启开一瓶。

她调皮地朝杀手挤挤眼："是不是喝酒没带钱？"

杀手窘迫地笑笑，说："出门走得急，忘了。"

黄榕呵呵一笑，说："今天这钱我付了，你放心喝。"

杀手说："不行，那怎么好意思。"

黄榕说："大男人的，怎么这么婆婆妈妈？喝酒，我还没谢你帮我呢。"

杀手想问她是什么时候，怎么从那个小山上出来的，但是看她的表情，应该是不想告诉自己，他就把这个话头压下去了。

他说："对了，黄小姐……"

黄榕打断他的话头，说："叫我黄榕。在中国叫'小姐'，可不是好事儿。"

杀手笑了笑，说："你知道的还真不少。黄榕，唐国军大哥现在在洛阳，你不想跟他见面？"

黄榕笑了笑，说："我还有别的事儿呢，暂时就不见唐大哥了。"

杀手有些疑惑，却点头，说："好。不见就不见，唐大哥最近麻烦事也不少。"

黄榕的好奇心上来了："他有什么麻烦事儿？你跟我说一说。"

杀手想了想，说："其实……都是些小事。喔，他老婆最近身体不好，他也有些别的事儿，没大事。"

黄榕的大眼睛洞察一切地瞄了瞄杀手。杀手心里骂了自己一句，低下头，装作没看见。

喝完酒，两人走出小酒店。杀手这才觉得自己抱着这么一堆乱七八糟的衣物什么的，跟这个美女一起逛街很难看。

好在黄榕只是看了他怀里的东西一眼，没细问。

两人走了一会儿，杀手发现他们竟然走到了唐国军在八里窑租住的房子附近。杀手心里突然有了一个想法，他想看看这个古怪的黄榕到底跟唐国军什么关系，想看看她是否知道唐国军曾经住过的这个路边的出租房。

他就带着黄榕，朝着那个小屋子走。

拐进小胡同，黄榕还很好奇："这条胡同好有年代感啊。"

杀手问她："你没来过这里？"

黄榕边看着两边建筑，边摇头："没有。"

杀手带着黄榕一直来到唐国军曾经居住过的小屋前。他发现，这次屋子竟然没有上锁。

两人经过屋子的时候，黄榕皱了一下眉头："这屋子……好像有股臭味。"

杀手一愣："臭味？我怎么没闻到。"

杀手看看两边没人，就来到门旁，把鼻子凑到门缝处，使劲抽了抽鼻子。没错，臭味，恶臭。

杀手看了看黄榕。黄榕更不含糊，一脚就把门给踹开了。

伴随着恶臭一起冲出来的，是满屋子轰炸机一般的苍蝇。杀手朝后退了退，躲过苍蝇，待苍蝇大都飞出来后，他再次走到门口，朝屋里看。杀手只看了一眼，不由得叫了一声，手里抱着的一大堆衣服掉在了地上。他们看到了一具尸体。尸体躺在茶几一侧，上面蛆虫涌动，苍蝇飞舞。

黄榕拉着杀手跑到胡同中间。杀手要报警，他刚拿出电话，黄榕制止了他："别报警！报警就麻烦了。"

杀手想想也是。他们身上都有许多不能让警察知道的事儿。

杀手还在发愣，不知如何是好。黄榕从兜里抽出一根黑纱蒙住脸，就冲进屋子。杀手也跟着走了进去。

屋子里充满让人窒息的臭味，苍蝇撞得人脸麻酥酥地疼。

黄榕一只手驱赶着苍蝇，弯腰，仔细观察着这具尸体。

因为浮肿和腐烂，尸体鼓胀破烂得不成人样。让杀手敬佩的是，这个看起来娇娇的小姐，竟然能忍着肮脏和恶心，用手把侧躺的人脸给正了过来。

正过来后，两人都不由得叫出了声："船帮瞎子？！"

8. 神秘力量

没错。就是那个曾经审讯过杀手的瞎子。

杀手和黄榕互相看了一眼，从屋子里退了出来。

黄榕脸色惨白，一言不发。杀手过去抱衣服，手脚发抖，抱了好几次，才都抱了起来。

黄榕拉着杀手疾走，直到觉得安全了，才在一处树荫下站住。

黄榕嘴唇都发抖："这个人是船帮瞎子的护卫之一，武功非常厉害。谁能在这里杀了他？黄家人都说洪门的秘密是这个世界最严密的秘密之一，船帮瞎子是洪门秘密中的秘密，这个世上知道船帮瞎子的没几个人。这个人能杀了这个护卫，肯定对船帮瞎子非常了解……这得是什么样的人啊……"

黄榕嘴唇哆嗦，声音发颤，杀手第一次看到这个狂妄的小女孩吓成这个样子。

其实杀手心里也乱哆嗦。在他的心里，这帮瞎子简直就是无所不能的大罗天神。有人能杀了大罗天神，这个世界简直是太可怕了。

他看了看惊恐的黄榕，强撑着说："别怕，也许他是得罪了仇家。"

黄榕摇头，说："没有这么简单。这绝对不是一个复仇就能解释得了的。这些船帮瞎子虽然有点可怕，但都是好人，都是可怜人。是一些陷在历史里无法走出来的人。"

杀手文化水平低，对黄榕的这个话有些不明白："为什么走不出来？"

黄榕笑了笑，说："这人死在这里，那些瞎子恐怕还不知道呢。杀手大哥，得麻烦您一下，上山跟那些瞎子说一声。"

杀手一愣："上山？"

黄榕点头："就是那个有古庙的小山，他们应该还在那里。"

杀手惊愕："告诉他们？他们那么狠……"

黄榕冷冷地说："他们不狠。他们要是狠，你们这些寻宝的早就没命了。"

杀手点头："那倒是。"

黄榕说："我得走了。这件事就拜托你了。"

杀手犹豫了一下，说："好吧。我先回去跟唐大哥说一声。"

黄榕说："你不能回去，唐国军不会让你去。你拿的这些东西，我先替你拿着。你从山上回来后，我再还给你。”

杀手点头，说：“行。黄榕，等我从山上下来，我到哪儿找你呢？”

黄榕说：“我会找你的。”

黄榕从兜里掏出一沓钱，塞给杀手：“拿着，我知道你没带钱。”

杀手接了钱。黄榕接过杀手抱着的衣服等物，催促他说：“你赶紧走吧，搭车去。”

杀手上了车，看着一个那么时髦美丽的小姐抱着自己的一堆乱七八糟的东西，觉得有些滑稽。

出租车不愿意朝市郊跑，因为这边没有回头客。杀手好说歹说，又给司机加了钱，司机才带着三分不情愿，开车直奔市郊。

杀手靠在车座上，闭上眼，休息了一会儿。杀手的身体不累，心却是累极了。今天他的天塌了两次。

第一次当然是抱着衣物从前女朋友的家里出来的时候，第二次是看到了被杀死的瞎子。

以前杀手总觉得这瞎子太强大，太可怕。可是看到被杀死的瞎子之后，杀手才感到了一种更加深邃的恐惧。这种恐惧无边无际，让人绝望，让人无处躲藏。

车一直到了山下，杀手还没有从恐惧中回过神来。

出租车司机有些烦：“到了！还没坐够？”

杀手喔了一声，忙下车。出租车扭头回去，很决绝的样子。杀手看着有些愤愤的出租车司机，觉得他们跟自己相比，是那么的幸福。

现在想想，自己在小市场的那种威风，实在是不值一提。

犹豫了一会儿，杀手走下了柏油路，朝着那个无名小山头走去。

以前来，他总是怕有人看到，今天他却希望赶紧有人看到自己，然后自己把瞎子被杀的事儿告诉他们，就可以回去了。

杀手甚至想，回去后，就劝唐国军收手，什么宝藏不宝藏的，小命还是最要紧的。

杀手一直爬到古庙前，也没发现人。此时阳光已经西斜，杀手喊了几

声："有人吗？人呢？"

连喊了几声，也不见人出来，杀手有些气恼，喊道："人都哪里去了？你们的人被人杀了，也不去收尸，躲在这里不出来，算什么英雄好汉？"

喊了一阵，杀手见还是没人出来，就喊："不出来算了啊，是黄小姐逼我来给你们送个信的，要不我才不来呢。既然你们不出来，那你们就听好了，在八里窑，也就是你们去监视唐国军的地方，你们的那个什么护卫死了，死好多天了，都臭了，你们要是……"

杀手刚说到这里，突然觉得后脖颈冷飕飕的。他知道，有人把刀架在了自己脖子后，忙说："干嘛？我来送信的，拿把破刀子吓唬我干吗？"

背后一个冷冷的声音问："谁让你来的？"

杀手说："黄小姐，黄榕，就是江西黎川黄家那个黄小姐，从墨西哥回来的。"

刀拿下了。杀手转头，看到自己的身后站了两个人。这两人都是跟瞎子一模一样的打扮。两人站在杀手两侧，其中一个把短刀插进腰里，对杀手说："那麻烦先生跟我们见一见我们的舵主吧。"

杀手一愣："舵主？"

这人不温不热地说："先生请吧。"

杀手哼了一声，说："我把信给你们送到就行了，我见你们什么舵主啊。"

这人冷冷地说："既然来了，先生不妨见我们舵主一面。请吧。"

杀手看了看这两个人，知道不去见他们的舵主恐怕不行。那个刚刚把短刀收回腰里的人，又拿出一块黑布，对杀手说："对不起先生，您得先蒙着眼睛。"

杀手愤怒了，说："我花钱浪费时间来给你们送个信，你们应该感激我才是，不仅逼我见你们什么舵主，还要蒙着我的眼，这也太不讲道理了吧？"

后面这人不卑不亢："先生委屈一会儿吧。蒙着先生的眼，是为先生好。这儿是是非之地，先生知道得太多，弄不好会丢了性命。"

这人的话提醒了杀手。自己虽然是个来报信的，但是万一这些人翻脸，想取自己性命，真是太简单了。

杀手只得闭上眼，让人家蒙上。然后其中一个人递给杀手一根木棍，杀手就手握木棍，跟着人家走。

这山不大，杀手和唐国军来过两次，这些日子，他也来过两次，但是丝毫都没有发现那里有山洞入口。想到上次自己被审问待过的山洞，杀手的好奇心上来，想看看这些人是怎么进的山洞。

他睁开眼，却因为蒙着眼的布太厚，什么也看不到。

他装作脸上发痒，想用手掀开眼上的布，被跟在后面的那个发现了。他说："先生，如果你不想找麻烦，最好老实点儿。"

杀手心下气愤，却不敢造次，乖乖地被这两人夹在中间，跟着他们走。

不知道走了多长时间，杀手觉得跟着他们上坡下坡，似乎绕着这山转了很多圈，杀手被蒙着眼，这种走路的感觉太难受了，晕晕乎乎上坡下坡的时候，不知道踩在哪里才好，摔了好多跤。不知道走了多长时间，他终于闻到一股霉味儿，脸上感觉一阵发凉发潮，他知道，现在他们走进了山洞了。

三人在山洞里又走了一会儿，终于停下。

那个带着杀手走进来的人说："舵主，属下把在山上喊叫的那个人带来了。"

杀手听得一个很苍老的声音，说："给他解开吧。"

有人解开了杀手脸上的黑布，杀手揉揉眼，迷瞪了一会儿，才看清了山洞里的情形。

几根大蜡烛，使得山洞里充满了呛人的蜡烛燃烧的味道。杀手的正前方，约十几米外，端坐着一个身材矮小，面容枯槁的老人。老人的前面两侧，分别坐着三个瞎子。

老人虽然面容枯槁，却目光如炬。杀手只看了一眼，就心生惧意。他觉得如果把这个老东西吊在洞顶，他的两个眼珠子，恐怕跟电灯泡也差

不多。

老人打量了杀手两眼，说：“听说英雄是来送信的，我等非常感激。因此特地让人请先生进山洞一叙。请问先生高姓大名？”

杀手说：“您老人家不是审问我的吧？”

老人笑了笑，说：“英雄怎么这么说？不过既然英雄不想说，那就罢了。铁山，把准备好的礼物送给英雄，送英雄下山吧。”

那个一直跟着杀手的黑衣人，转身走出去，一会儿，捧着一个木盒过来，递给了杀手。

老人说：“都是一帮瞎子，没什么好东西，这点心意请英雄笑纳。”

杀手打开木盒子，里面竟然躺着一个金元宝！杀手激动了：“这，这个太贵重了。”

老人笑了笑，说：“不贵重。我们的人死在外面，英雄能不惧生死，来山上送信，金银珠宝都无法表达瞎子们的敬意。”

杀手惊讶：“不过送个信而已。老人家……喔，舵主何必说得那么伟大。”

老人凄然一笑：“看来英雄是不知道何人与瞎子们作对，算了，不知道也好。不过，英雄以后千万不要再回那个小屋了，也不要到这山上来了。当然，你再来也看不到瞎子了。”

杀手一愣：“你们要走？”

老人说：“不瞒英雄，我们最迟今天晚上就要离开此地。瞎子几百年前的仇家寻上门来，我等不是对手，想活命，只得跑了。”

杀手瞪大了眼：“几百年前的仇家……那你们不给我们看到的那个护卫收尸了？”

老人满脸悲痛，摇头，说：“顾不得了。让官家处理吧。英雄不知道，我们船帮瞎子已经死了三个人了。所以，我们也不留英雄吃饭了，铁山，把英雄送下山去吧。”

杀手上来了倔劲儿：“等等。舵主，您能否告诉我是谁追杀你们？”

老人摇头：“我知道英雄是个仗义之人，不过，此事英雄还是不知道为好。能杀了瞎子的，不是一般的江湖人物。几百年前，天地会跟这帮恶魔争斗，天地会总舵聚集天下好汉，才打败了他们，不过从此也跟他们结下了梁子。这次他们寻上门来，天地会已经四分五裂，船帮瞎子更是英雄迟暮，能逃出命就算是大造化了。”

9. 瞎子之死

杀手从山上下来，趁着天还没黑，搭车回到城里。

唐国军问杀手到哪里去了，怎么这么晚才回来。杀手把事情经过，从头至尾跟唐国军说了。把那个金元宝也拿出来，给唐国军看。

唐国军看了看，非常惊讶：“有人杀了船帮瞎子的护卫？太疯狂了吧？”

杀手收起元宝，说：“那些瞎子都害怕了，这些人看来真是很厉害。唐大哥，你不知道他们是些什么人？”

唐国军摇头，问：“那些瞎子没说，这些人是不是也是为了宝藏？”

杀手摇头：“没说。”

唐国军想了会儿，说：“管他呢。咱跟这些人没仇，这些人来了，把瞎子吓跑了，反而是帮了我们。这是个好事，终于可以行动了，这些日子把我憋死了！”

杀手有些忧虑：“那些追杀瞎子的人，不能再来追杀我们吧？”

唐国军摇头：“不会！”

没了瞎子帮的监视，第二天，杀手就回到了自己的住处。

他回来后不久，黄榕就拖着一个大包进门了。杀手忙接过那个大尼龙袋子，看着一脸汗水的黄榕笑了，说：“黄小姐，不知道的人还以为你带着这么多东西投奔我了呢。”

黄榕白了杀手一眼，说：“昨天你找到他们了？”

杀手点头，说：“找到了。不过……他们要走了。”

黄榕一愣：“什么意思？他们要走？走也得给人收尸啊。”

杀手摇头，说：“他们顾不得了，也不敢。那个舵主说，追杀他们的那

帮人，追了他们几百年，他们不是人家的对手。对了，舵主还说，那些人杀了他们三个人。他们如果不赶紧跑，恐怕一个人也不会剩下。”

黄榕听到这里，愣了一会儿，喃喃地说了一句：“难道真的……难道是真的？”

杀手看她的样子，疑惑了：“怎么了这是？什么真的假的？”

黄榕扭头，看了一眼杀手，说：“我得走了。”

杀手惊愕：“这么急？你要去哪里？”

黄榕一只脚已经跨出门口，她扭头对杀手说：“我要去找他们！”

杀手问：“找谁？”

黄榕说：“瞎子！”黄榕说完，扭头就朝外跑。

杀手看黄榕的样子，知道肯定有很重要的事情，也知道拦不住她，他怕她一个人去危险，忙说：“你稍等，我关了门，跟你一起去。”

黄榕站住，杀手锁了门，两人急速下楼，在街上拦了辆车，直奔郊外的小山。

在车上不方便说话，下了车后，杀手劝她：“黄榕，那个舵主说最晚昨天晚上他们就要走，现在都快十点了，他们肯定走了。你去也找不到人。还有，既然老舵主走得那么匆忙，肯定是觉得那些人会找上来，如果我们去了，刚好遇到那些人，我们不是送死吗？”

黄榕站住，看着杀手：“别这么啰唆，你愿意帮我就跟我一起去，你怕死就回去，我也没拉着你一起来！”

杀手看着扭头疾走的黄榕，叹了口气，忙追了上去。

山还是那座小山，初夏的天气，树木葱茏，生机盎然，杀手今天看着这山，却觉得让人望而生畏。

黄榕不管不顾，小豹子一样朝山上冲。杀手边警惕地注意四周，边紧紧跟着她。

虽然心情急迫，这个黄榕也算很有江湖经验。快到古庙的时候，她拉着杀手，两人猛然在一块大石头后藏了起来，四下观察了一会儿。四周很安静，一点嘈杂的声音都没有。杀手捡起一块石头，朝前面扔去。

仍然很安静。

两人互相看了一眼。即便是黄榕，现在也似乎对这看来丝毫没有异样，却静得出奇的小山，有了惧意。

黄榕稍一犹豫，继续朝山上爬。

两人一直到了古庙前，在周围转了一圈，什么都没有发现。

黄榕转到古庙后，在古庙的残墙角落里搬开一块砖，看了一眼，站了起来，喃喃地说："他们真的走了。"

杀手蹲在那里仔细看了看，什么都没有看到，就问："这块砖跟他们走没走有什么关系？"

黄榕说："这里原本有根绳，拽动绳子，下面山洞里的铃铛就会响。他们就会知道我来了。"

杀手惊讶："他们把这个都告诉你了？"

黄榕转身看了杀手一眼："有什么好奇怪的吗？黎川黄家先祖黄徽柔，本来就是天地会的一个舵主。"

杀手觉得今天的小山特别恐怖。那种感觉，就像空中有一张无形的网，把他们紧紧地扣在里面。他看不到网的存在，却能感觉到，这不存在的网，比有形的网更具威慑力。

杀手说："那我们就赶紧走吧。今天这山怪怪的。"

黄榕冷冷地笑了笑，说："没什么好奇怪的。我在山下就感觉到了，他们已经把这山周围给控制了。"

杀手惊讶了："他们？他们是什么人？"

黄榕说："我不知道他们是什么人。但是我能感觉到。我在墨西哥的时候，黄家人口中相传有这么一种人，没想到，他们还真的存在。"

杀手惊恐地看了看四周，朝着黄榕靠近了一步，仿佛这样就会安全一些似的。他问："那黄家也不知道他们是什么人？"

黄榕摇头："没人知道。我只听说，当年李自成兵败退出北京城，这个帮派起到了很大的作用。"

杀手惊愕："还有这么厉害的帮派？"

黄榕继续说："当年李自成进京城，他们也帮过忙。后来因为李自成在京城逼饷，他们与李自成闹翻了，李自成才因此连败。后来，一直退到广西一带大山里。天地会为了对付这个帮派，死伤无数。后来他们为了对付天地会，与清勾结起来。听说过高溪庙大屠杀吗？"

杀手摇头。

黄榕说："清兵在高溪庙杀了天地会弟兄三千多人。其实真正的凶手就是这个秘密帮派。"

杀手惊惧："那我们还不赶紧跑？"

黄榕说："如果他们来了，我们是逃不出去的。"

杀手脸都黄了："如果他们现在没来，但是快要来了呢？姑奶奶，别如果行吗？赶紧走吧。"

黄榕突然脸色一凛，说："他们来了。"

杀手转身四顾，一个人也没有看到。他转身看着黄榕："你精神过敏了吧？"

杀手声音刚落，一个人影突然从一棵树上跃起，朝着他们扑了下来。黄榕拽着杀手，朝一边跳开。

那人落在地上，却好久没有爬起来。

杀手和黄榕都手握短刀，看着这个人。这人也是一身黑衣，趴在地上一动不动。

两人看了一会儿，觉得蹊跷。黄榕走过去，把那人扳正。杀手不由得大惊："这不是瞎子吗？"

黄榕自然也看出来了。这是众多瞎子之中的一个。这个瞎子的嘴角和耳朵流出黑血，血液黏稠浓黑，显然不是刚死的。

黄榕手中短刀陡然飞出，朝着那棵树就飞了过去。树上有人悠悠地说："不愧是黎川黄家后人，这刀甩得利落。"

声音刚落，黄榕甩出去的飞刀，竟然朝着黄榕就飞了回来。

黄榕刚要躲，突然从旁边飞出一人，接住了飞刀。

10. 留守的瞎子

黄榕和杀手一愣。

接住飞刀的人稳稳地站在他们面前，对二人说："你们快走，再待下去就来不及了！"

这人身后还背着一个铺盖卷，手持竹竿，是瞎子。

黄榕惊讶："你们不是走了吗？你怎么还在这里？"

这是个真正的瞎子。他一边侧耳听着树林里的声音，一边说："舵主让我们等在这里，他怕小姐过来。现在小姐应该相信舵主的话了吧？好了，你们赶紧走吧。"

黄榕问："那你怎么办？"

瞎子淡淡笑了笑，说："我们这种人早就是两世之人，生死没有区别。舵主让我捎话给小姐，还是回到墨西哥吧，此地险恶，他希望小姐以后不要再回来了。"

瞎子话音刚落，树林里那个人说："瞎子，你这叫自作多情，自投罗网。这两个人虽然让我不高兴，我却没想杀他们。我的兴趣只在你们身上。你自己来找死，真是好得很。"

瞎子侧耳对着树林，说："瞎子留下来，就没想活着回去。"

树林里的人笑了，说："没想活着回去？那还背着铺盖卷？打算背着去见阎王爷啊？"

黄榕对瞎子说："师父，您赶紧走吧。您也听见了，人家不想伤害我们。"

瞎子哼了一声说："你们快走，他们的话也敢信？"

黄榕和杀手转身朝山下跑，瞎子手拄竹竿，威严屹立。

两人跑了一会儿，藏身在一处石头后，朝后看。

此时的瞎子已经与两个人打在一起。

这瞎子武功不弱。一会儿的工夫，那两人就被打倒在地。杀手看得目瞪口呆，说："这瞎子要是参加全国武术大赛，准拿冠军。"

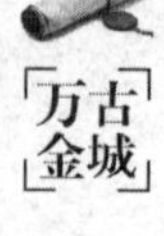

不知道从哪儿又冒出几个人。这几个人功夫比刚才那两个要好得多。瞎子把这几个打趴下，人也多处受伤，腿折了，竹竿也没了，靠在庙后的破墙上喘气。

黄榕眼泪都掉下来了，要冲上去帮忙，那瞎子似乎知道了黄榕的意图，猛然跳起，朝着那大树扑去。

从树上飞出两道白光。白光疾如闪电，打穿了瞎子的身体。鲜血如喷泉，从瞎子的身体上喷涌而出，在阳光下，就像从瞎子的身体上猛然冲出了几条红蛇。

瞎子则如一个猛然破了的气球，坠落下去。

两人目瞪口呆。

此时，杀手突然看到有几个人朝他们这边走了过来，忙拉着黄榕朝山下跑。

那些人紧追不舍。两人跑到山脚下，已经没了一丝力气。后面的人离他们只有不到一百米远了。杀手让人黄榕先跑，他说不能两个人都折在这里。黄榕不答应。杀手无奈，只得拽着黄榕继续朝前跑。

突然一辆越野摩托车从小路一头朝着两人冲了过来。

杀手绝望了："完了！这次我们无路可逃了！"

两人正想朝旁边的小树林钻。摩托车上的人对着他们喊："杀手，快过来！"

是黄七的声音。杀手大喜，对黄榕说："我朋友来了，快跑！"

黄七调转摩托车头，杀手和黄榕爬上去，黄七一加油门，一会儿就蹿上了柏油路。

黄七骑着摩托车一直跑到城郊，到了一处农家饭店。黄七停下摩托车，带着两人进了饭店，黄七给两人介绍说开饭店的是他朋友，摩托车也是借人家的。

黄七的朋友给三人做了几个菜，端了上来。

吃饭的时候，杀手问黄七怎么知道他们到了这山上，为什么要救他们。

黄七又恢复了那种古怪的样子。他边喝水，边告诉杀手，是唐国军让他来救他们的。别的他不想说，让他们去问唐国军吧。

杀手和黄榕吃饭，黄七说他刚吃过了，让他们吃。两人闷闷地吃完，黄七说他先不回去，他还要在这里住两天。黄榕和杀手跟他告辞，坐车回到城里。

杀手带着黄榕去见唐国军，唐国军却不在家。黄榕坐了一会儿，唐国军还没回来，杀手给他打电话，电话不通，黄榕就走了。她嘱咐杀手，等唐国军回来后，给她打电话，她有事要请教他。

唐国军第二天才回来。

杀手不敢隐瞒，把他和黄榕到山上的过程跟他说了。唐国军告诉杀手，他昨天问了很多人，还是没人知道敢跟船帮瞎子作对的是什么人。只有一个老和尚告诉他，如果真的是当年跟李自成做对的那帮人，那他们很有可能是大阳教。

杀手惊讶："还有个大阳教。"

唐国军说："这只是这个教派的一个临时名称。其实他们很神秘，真正叫什么，没人知道。这个教派是北魏时期从西域传过来的，在西域叫琐罗亚斯德教，传入中原叫祆教，唐朝叫拜火教，元朝叫明教。明教曾经帮助朱元璋当上了大明皇帝。朱元璋当上皇帝后，知道这个教派的力量，派人剿灭，教派的很多长老就分散隐蔽了，并把教派改称大阳教。李自成起兵，推翻明朝，大阳教的人帮忙不少。后来大阳教人跟李自成闹矛盾，他们又跟清结交，攻击李自成。当然，现在的这些人到底是不是这个教派，没人知道。老和尚也是推测。喔，对了，据说宋朝之后，这个教派的人专门推翻看着不对眼的皇朝，他们自称是'皇朝终结者'。"

杀手咧嘴："这牛吹的。"

唐国军说："不管他们是什么人，都跟咱没关系。记住了，这些人千万惹不得。他们是一帮比船帮瞎子更隐秘更邪性的人。"

杀手点头，说："对了，大哥，那个黄榕说想见你。"

唐国军愣了一会儿，摇头，说："等等再说吧。这些日子事儿太多。"

杀手有些疑惑："唐大哥，黄榕是你的老朋友了吧，我怎么觉得你好像不太愿意见她。"

唐国军笑了笑，说："你不懂，这些女孩子都是不好惹的角色。她是洪门的大小姐，我们做的事儿不能让她知道，所以还是少来往的好。"

杀手点头，说："大哥说得对。"

唐国军说："别的不说了，你回去准备一下，这两天我们要到江西去一趟。"

杀手一愣："江西？去江西干嘛？"

唐国军说："你不用多问，做好准备就行了。"

回到家后，杀手给黄榕打了一个电话，跟她说唐国军没有回来。黄榕说那就算了。

杀手终于没忍住，说："你这两天要少出门，我们要到江西去一趟。"

黄榕一愣，问："你也要到江西去？"

杀手听出了话里的意思："怎么了？你们也去吗？"

黄榕忙说："不，我……我的一个朋友要去。"

第三章　江西之行

1. 老马

唐国军叫了李师刚，三人一起去了江西。到达目的地江西黎川的一个小镇的时候，是一个淅淅沥沥的下雨天。

杀手看着烟雨茫茫的这个小镇，真有种今夕不知是何夕的感觉。

小镇上行人不多，皆不急不慢，仿佛这小雨已经如此下了千百年，他们已经见雨不是雨了。这里的节奏舒缓，气候温润，即便他们这三个外乡人，看到如此景象，呼吸了几口这里的空气之后，也不由得受了感染，人立马变得温润起来。

李师刚感叹："真是好地方。当年天地会选择在这里建基地，应该觉得这里天高皇帝远吧。"

唐国军说："是个好地方。不过地方好，不一定就能成大事。江西天地会在这里遭受过一次灭顶之灾。当年这里聚集了上万名天地会成员，准备起义，清兵提前得到消息，悄悄把附近包围了。等天地会发现，已经晚了，上万人没有几个人逃出。尸体把周围的山和水都染红了。所以，在黎川有条河叫红河。"

杀手问："那个黄榕的先祖，就是从那次屠杀中逃出来的吧？"

唐国军摇头，说："这么多年了，具体是怎么回事，没人知道。走吧，别学人家站在这儿淋雨了，咱得先找地方住下。"

三人找地方住下，吃了晚饭，就各自休息了。

杀手在床上躺了一会儿，觉得无聊，就从房间里出来，在街上溜达。

傍晚的小雨略微大了些，整个小镇被小雨抱在了怀里。

杀手任凭小雨湿透了衣服。

杀手心情忧郁。眼泪一样的小雨，让杀手想到了那些穷苦的天地会成员。他们为了改变自己的命运，惨死在了清兵的屠刀之下，因此白骨盈野，血流成河。他们像自己一样穷……也许比自己还要穷，他们家里有等着他们背着钱粮回家的妻儿父母，有残破亟需修补的茅屋。可是，他们却在某一天，或者像这样的一个下雨天里，突然就死了。没有预兆，犹如风吹蜡烛。一条鲜活的生命变成了白骨和流淌的鲜血，无数个家庭支离破碎。

黄榕先祖的家，也许便是这无数个家庭中的一个。他们哀痛无绝，心如碎纸。而清兵，却正四处追查这些天地会的妻儿老小，准备斩草除根。无奈，这些人在剩下的壮男的带领下，寻找门路，逃到海外。于是，洪门的会徽镶嵌到了世界各地。

杀手不由想到了黄榕。这个娇小的身体之下，背负了几百年来黄家的仇恨和期望，也真是不容易。

杀手突然想给黄榕打个电话。她说他要到江西来，杀手有种预感，她来的地方，应该也是这里，或者附近。

杀手拿出手机，拨通了黄榕的电话。

黄榕声音就像这天气，缱绻而平静："杀手大哥，有事吗？"

杀手说："没事。你现在在哪里？"

黄榕说："我刚到黎川，累着了，现在宾馆躺着。"

杀手心里一惊："在县城，还是镇上？"

黄榕有些奇怪："问这个干吗？你也在黎川？"

杀手忙岔过话题："……我有个朋友在县城，如果需要，我可以找他照顾一下你。”

黄榕说：“不用，谢谢大哥了。你在干吗？这边在下雨，真烦人。”

杀手说：“那你不要出去了，别淋着。”

黄榕说：“我知道。”

杀手说：“黄榕，我问一点事儿，你如果不想回答可以不回答。你到黎川，是跟你先祖的事有关系吗？”

黄榕回答得很干脆：“当然。我这次回国，就是寻找先祖的遗迹，和先祖留下的紫铜匣子的。这几百年来，黄家一直在寻找，从来都没有间断过。”

杀手问：“找了几百年都没有找到，你就能找到了？”

黄榕笑了笑，说：“我当然也不一定能找到，但是找不到也要找啊。我们黄家人活着的使命，就是寻找先祖遗迹，我们不能让先祖不明不白地就没了。即便找不到人，我们也要知道先祖去了哪里，他是怎么没的。不过我们也不是一点线索都没有，民国的时候，有一个先祖就差点找到了。要不是日本鬼子进了江西，我那个找人的先祖被日本人当国民党军统给杀了，现在说不定我也不用来中国了。”

杀手惊愕：“还有这种事儿？”

黄榕说：“当然。不过……我也很幸运，通过唐大哥找到了船帮瞎子。不说了，我累了，想歇下了。”

第二天，唐国军带着杀手，在当地一个朋友的带领下，去拜访住在山脚下的一个老猎人。

老猎人无儿无女，已经八十多岁，身体还算强健。政府禁止打猎后，老人在山脚下开垦了荒地，种了点蔬菜，赶集的时候，推到镇上卖，加上村里救济，日子还算过得去。

路上，那个朋友告诉唐国军，这个老人姓马，其母亲是安徽人，老人的父亲是国民党的一个营级军官。他的母亲当年是个妓女，被其父亲相中，花钱从妓院买了出来。

后来，军队换防，这个军官就带着他老婆来到了江西。日本鬼子进江

西，这个营长带着兵逃进山里，后来被日本人抓住，砍了头。营长的老婆带着儿子给营长守坟，老婆死了后，儿子继续守，直到现在。

当然，也因为这个关系，老马在“文革”时受到牵连，老马的老婆带着他儿子逃到了外地，这个老马从此几乎变成了哑巴。后来，有人给他介绍老婆，他也不要，分田到户的时候，他也不种，只在山下自己开了这片荒地，自己种点吃的，过着几乎与世隔绝的日子。

唐国军有些担心：“这种人可不好交往，恐怕我们很难从他嘴里问出什么。”

那朋友笑了笑，说：“这个老马平生最好酒。我给他带六箱酒，够他喝一个月的，他还不得高兴死？放心，我打听这个老马半年了，怎么让他说话，我心里有数。”

杀手说：“这么一个老人，他能知道什么？”

那朋友朝杀手笑了笑，说：“这种人也许知道一般人不知道的东西，你待会儿就知道了。”

车跑了一会儿后，左拐，进入了一条土路。土路越来越窄，面包车有时不得不擦着两边的树枝走。司机心疼车，不愿意继续朝前走。那朋友跟他理论，说都说好了的，你现在半路要扔下我们，我们要是不带东西那无所谓，可是我们带了这么多的酒，你扔下我们，让我们一人扛着两箱酒进去？

司机说谁想到这边路这么差，这树枝都要把我车给捅破了。

唐国军说没事，不就是擦了点车漆吗？我给你加三百元钱，你回去后补漆，赶紧走吧。

司机这才闭了嘴，开车继续前行。

小路在山里左拐右拐，走了大约半个小时，终于豁然开朗，老人在山林里开垦出的一片土地，就像一个小小的广场，让大家觉得心胸陡然开阔，众人心情舒畅起来。

大家下车。唐国军看着这片约有半个足球场大的平整的土地，赞叹说：“在这里开这么一片地，真够难为老人的。”

司机把车开到老人的茅屋前，杀手等人把酒卸下。

茅屋门没关，那朋友推开门，屋里却没人。

朋友说："人没出去。那辆小推车在呢。今天不赶集，老人应该就在附近，我去找找。"

朋友顺着田边小路走到靠山的地方，朝山里喊："老马，老马……"

大山回应着："老马……老马……"

朋友转着喊了一会儿，终于有个穿着破旧迷彩服的老人从山里转了出来。老人背着一个背篼，背有些佝偻，步子却很稳健。

朋友跑过去，跟老人说了一会儿话，老人就随着朋友一起，朝着茅屋走了过来。

老人走到杀手等人面前，唐国军忙打招呼："您好，老人家。"

老人停下，上下打量了几个人一眼，问："你们不是专门来给我送酒的吧？"

朋友笑着说："老马大叔，我可是常买您的菜啊。您怎么也得让我们进屋坐坐，喝口水啊。"

老人满脸沧桑，却一脸傲气，哼了一声，说："先说说你们来干什么的，不许废话，不许骗我，我老人家没时间陪你们闲聊。"

朋友刚要说话，唐国军抢先说："老人家，我们是想打听一下，民国时期您家老人在山里遇到的那个黄先生的事儿……"

老人脸色一变，断然说："我不知道什么黄先生，对不起了，拉着你们的酒走吧。"

那个朋友忙说："老马大叔您别生气，我们只是来问问……"

老人转身进了茅屋门，砰一声，把门关上了。

三人面面相觑，只得在外面等着。

他们一直等到中午，又从中午等到下午，也不见老人出来。那朋友多次在门边求老人开门，屋子里一直寂静无声。朋友气得要砸门，被唐国军拦住了。

唐国军说："别急，老人家说不定是在考验咱的耐心呢。咱等到傍晚，

傍晚，他总得出来抱柴火做饭吧。”

杀手闲得无聊，在茅屋附近转圈。转到屋后的时候，他发现屋后好像有一趟隐隐的脚印。

杀手顺着脚印走到屋子后墙，发现离后墙不远处，堆着的一堆柴火翻倒了。杀手走过去，发现柴火下面竟然有一块大石板。他把石板推开，发现了一个洞口。

2. 怪人怪事

杀手喊众人过来。唐国军看了后，说：“这是从屋子里出来的山洞，老人肯定进山了！”

杀手跑到茅屋门口，踹开门，果然老人不在屋子里。在屋子角落，一个搬开的木箱旁边，露出一个仅容一人进出的洞口。杀手从洞口下去，走了一会儿，果然从屋后洞口走了出来。

朋友看着唐国军和杀手，目瞪口呆。

唐国军对朋友说：“你别对开车的说这个事儿，你带着他回去。什么时候来接我们，等我电话。”

朋友问：“那……这酒呢？”

唐国军说：“无所谓了。要不……你搬进老人的屋子里吧。”

朋友转身而去，杀手返身，从车上背下背包，和唐国军两人，仔细辨别着脚印，朝山里走去。

这地方山势陡峭，很多地方都是乱石嶙峋，根本看不出脚印。好在唐国军和杀手也算是跟踪高手，两人总能在乱石丛中发现有人经过的痕迹。

一边走，一边要辨别踪迹，两人的追踪速度就慢了很多。一直到傍晚，他们也没有追上这个古怪的老人。

杀手有些泄气，提议干脆回去算了。这么追，恐怕永远追不上人家。

唐国军不同意，说他找这个姓黄的找了十多年，终于有了点线索，无论如何得找到这个老东西。

听唐国军这么一说，杀手心中掠过了一丝不安。他问："唐大哥，您说的这个姓黄的，跟黎川黄家有关？"

唐国军犹豫了一会儿，才狠狠地说："没错！"

杀手继续追问："那……跟黄榕有关？"

唐国军瞪了杀手一眼："跟她有关怎么了？宝藏是天下人的，又不是他们黄家的。"

杀手有些惊愕："大哥，你跟她是朋友啊。她当初找我，还是你介绍的呢。不管怎么说，咱现在是找他们家的人，你们是朋友，总该跟她打声招呼吧？"

唐国军烦躁地说："你应该知道她是什么身份吧？墨西哥洪门分舵舵主的大小姐，你要是跟她打招呼，那还有我们什么戏？你别神经病了，这老家伙能不能找到，还不一定呢。"

杀手愣了一会儿，叹口气，跟着唐国军继续朝前走。

到了一处峡谷地带，脚印明显清晰了，唐国军让杀手加快速度。两人跟踪到峡谷的中间地带时，杀手觉得情况有些古怪。

这一段的脚印也太清晰了，即便是在有石头的地方，也必定会踢开几块石头，让人看出有人经过的痕迹。

杀手拦住唐国军，说："小心点儿，这儿恐怕有情况。"

唐国军一心追人，说："这么个老头，会有什么情况？"

杀手用短刀砍了一根木棍，边在前面试探边走。走了一会儿，他觉得前面似乎有点问题，就停下了。唐国军问怎么回事，杀手说好像这里有陷阱。唐国军拿起木棍试了试，说没有吧，这上面还有脚印呢。

杀手搬了一块大石头，朝着那地方狠狠砸了下去，果然，地面塌陷，一个有三四米深的大洞漏了出来。

唐国军凑过去，看到那洞里躺着几副人骨，不由得惊叫了一声。

杀手过来看了一眼，用木棍朝里捅了两下，拉着唐国军疾走，一直走出了峡谷，才松了手。

唐国军愤怒，骂道："这个老头子竟然敢杀人！真是太险恶了，不行，

我得告他！”

杀手说：“我们告了他，恐怕我们也走不了了。这几个死在洞里的，恐怕也跟我们一样，是来找那个姓黄的，我刚刚用木棍试过了，时间都不短，衣服都朽烂了。弄不好这个陷阱，就是那个姓黄的设计的。”

唐国军拍了下脑袋，说：“刚刚把我气糊涂了。没错，有这个可能。”

杀手看了看已经开始发暗的四周，说：“唐大哥，这个地方太凶险，我们又没有什么准备，我看还是先回去吧。”

唐国军想了想，点头，说：“行，回去。明天再说。”

两人急匆匆下了山。半路，唐国军给那个朋友打了个电话，等他们走到茅屋，朋友的车就等在那里了。

两人上车，直奔住宿的旅馆。

回到旅馆，李师刚正焦急地等着两人。三人吃了饭，各自回房间睡下。

半夜，杀手被楼下的一声惨叫惊醒。叫声凄凉、哀怨，初听似乎是有人在受虐，听到第二声的时候，就觉得声音平缓多了，倒像是有人在恶作剧。这人似乎在边走边喊，因此，第三声就有些远了，杀手又觉得这第三声似乎是某种曲调的节拍，像是某种古老的呼唤。

杀手心里一动，忙下床穿衣。等他跑到楼下，那声音就更远了，幽幽的，仿佛是黑夜的精灵在咏唱。

杀手在门外听了会儿，转身进了屋里。

一楼简单的吧台里，老板边打瞌睡边跟杀手打招呼：“咋跑下来了？”

杀手笑了笑，问老板：“这个人天天晚上这么喊吗？”

老板没反应过来：“谁？谁……喊什么？”

杀手说：“就是刚刚在附近喊的这声，好像有人要杀他似的。”

老板说：“喔，你是说这疯子喔。喊了几十年了，天天这么喊。我小的时候就听着他喊，一直到现在。我老爸说他小的时候也是听着这疯子在喊，真怪了，疯子真是长寿。”

杀手点了点头，笑了笑，说：“我刚刚还以为是发生什么事儿了呢，原来是个疯子，谢谢了。”

杀手上楼，李师刚也似乎被疯子惊醒，穿着内衣，站在房间门口。

杀手走进他的房间，关上门，对李师刚说：“大哥，你没觉得这疯子的喊声里有问题？”

李师刚说：“我觉得这叫声有点奇怪，原来是个疯子啊。”

杀手摇头，说：“我觉得不是这么简单。疯子都是乱喊乱叫，这个疯子叫的声音怎么都这么一致呢？还有，我刚刚在楼下听老板说，他小的时候，就听到这疯子叫，他老爸小的时候也听到这疯子在叫。这老板四十多岁年纪，他老爸怎么也得六十了吧？这疯子这么一直叫了五十年，那这疯子怎么也得七十多岁，你听着这声音，走得很快，七十岁的人了，还是个疯子，怎么能走得这么快？”

李师刚骤然惊醒：“你是说……这是有人一直在用这种方式传递信号？”

杀手点头：“我们那次在秦岭，遇到一个推着小车焗锅焗盆的，二十多年了，一直在那附近的村镇转，喊焗锅焗盆，当时你还说这年代了哪里还有焗锅焗盆的，都用不锈钢锅了。当时唐大哥就说这人肯定有蹊跷。后来发现这人是一伙盗墓贼的眼线。那帮盗墓贼为了等另一帮能找到盗墓的，在那里等了二十年。而这个疯子在这里喊了五十年，我觉得有些蹊跷。”

李师刚穿上衣服，对杀手说：“去问问唐大哥，他经验多，听听他怎么说。”

两人来到唐国军住的房间门外拍门。拍了好长时间，却一直没有人应声。

杀手跑到楼下，喊来老板。老板给开了门，两人惊呆了，房间里没人。

老板也惊讶了：“我一直在一楼，没看到这位客人下去啊。”

3. 老马的秘密

李师刚和杀手只得给唐国军做掩饰，说他们忘了，唐大哥刚吃了晚饭，就走了，看一个朋友去了。

老板半信半疑，拿着钥匙下了楼。

杀手走到窗户边，推开窗户，朝下看了一眼，然后，关了窗户。

两人回到李师刚的房间，闷坐了一会儿。杀手说："李大哥，我总觉得唐大哥最近有些不对劲。"

李师刚问："怎么不对劲了？"

杀手说："咱们做的这营生，不是光明正大的好营生，但是在我心里，我一直很尊重唐大哥。这不只是唐大哥曾经救过我，你也知道，他对每个兄弟都很仗义，不管什么事儿，从来都没瞒着我们。来江西前几天，那个黄榕想见他，有事请教他，唐大哥竟然不见。我跟你说起过，我认识这个黄榕，还是唐大哥让她来找我的。现在我们做的事儿，就跟她们家有关……这个先不说了，就说今天晚上，唐大哥肯定发现什么问题了，他为了不让我们知道，自己从窗户爬了出去，这太不像唐大哥的做法了。"

李师刚想了想，说："我比你了解唐大哥，他不是那种只为自己考虑的人。他有些事不想让咱知道，恐怕是怕咱有危险，或者……或者是想先查清楚，再跟咱说吧。"

杀手想了想，说："但愿是这样。不过……我怎么就觉得不是这么回事呢？"

李师刚打了个哈欠，说："行了，睡觉吧。咱现在去找唐大哥，也找不到他。等明天他回来，咱再问他。"

李师刚回到了自己的房间。杀手坐在床上，越想越觉得这里面有事儿。他关了自己房间的灯，把房门开了一条缝，想听听唐国军到底什么时候回来，没想到的是，他坐了一会儿，竟然睡着了。

等他醒来，天已经大亮了。杀手洗了脸，来敲唐国军的房门。唐国军开了门，打着哈欠，满脸疲惫。门只开了一条缝，显然不想让杀手进来。

杀手只管走进来，坐在他的床边。

唐国军抹了几下睡眼惺忪的脸，说："起得这么早。"

杀手说："我半夜就醒了。"

唐国军看了杀手一眼，说：“哦，怎么了？没睡好？”

杀手说：“唐大哥，你昨晚睡得好吗？”

唐国军摇头，说：“我这刚睡着一会儿，昨天晚上我发现有情况，就出去了。”

杀手没想到唐国军这么坦诚，有些措手不及：“你……出去了？”

唐国军倒了一杯水，喝了一口，说：“出去了。你们都睡了，我怕惊动你们，就从窗户下去了。跟了半宿，什么也没看到。”

杀手问：“跟着那个疯子？”

唐国军看了一眼杀手：“你也听到了？”

杀手说：“我和李大哥都听到了。”

杀手想了想，就没说他们到唐国军房间来过的事儿。

唐国军说：“我是被惊醒了，那个疯子在楼下那一嗓子，太吓人了。不过等他走远点，我就觉得他这叫声好像在跟谁发暗号。我就下楼，跟着这人。半路，我还发现一个黑影跟着这疯子。这疯子好像在玩我们，一直在这个地方的几条街上转圈，我跟了一会儿，看天快亮了，就回来了。”

杀手问：“那另一个跟着的黑影呢？”

唐国军说：“我没注意什么时候就没影了。也许……是我想多了。行了，你先回去，我还得睡一会儿，待会儿我叫你，今天咱们一起去昨天去的那地方。”

杀手也没睡好，回到房间也睡了一会儿，直到唐国军拍门才起来。

三人吃了饭后，准备了一些进山必备的东西。唐国军打电话，叫了那个朋友，还是昨天的车，几个人又朝山里进发。

今天，杀手才知道，唐国军的这个朋友姓曹，叫曹文超。名字很文气，人却长得很鲁莽。这曹文超当年也跟着唐国军发了点小财，现在改邪归正，开了一家药铺，中西药都卖。

三年前，唐国军就给了这个曹文超一笔钱，让他打听关于黎川黄家的所有消息。前些日子，曹文超终于打听到了这姓马的老人。他听人说，这老人的前妻活着时，曾经跟人说过，这姓马的年轻时就很古怪，即便是不

打猎，也喜欢往山里钻。前妻觉得奇怪，就尾随着他，一直跟着他跑到一个山洞里。她发现老马拿出一堆吃的用的给了一个衣衫褴褛的人，前妻大怒，跟老马当场就打了起来。

这个老马变得非常凶狠，差点打死她。后来，那个住在山里的人讲情，老马才放了前妻。不过要前妻发誓，不许把这件事说出去，如果她说出去一个字，老马就会要了她的命。

第二年，文化大革命来临，前妻跑到公社革委会，控告老马是反革命军官的后代，革委会马上把老马抓了起来，老马的前妻才趁机跑了。

曹文超当时只是觉得此事奇怪，后来又听人说，当年“文革”小将把老马抓去，说他跟深山里的国民党特务勾结。老马直喊冤枉，说那个住在山里的人，是个跟他一起打猎的老猎人，曾经救过他，所以他一直接济他。

小将们自然不信，多次进山搜捕，都扑了个空，只找到了一个有人生活过的痕迹的山洞。这件事当时引起了当地驻军的警觉，他们派了部队满山搜捕，直到在山里搜到了一个衣衫褴褛的尸体，此事才算结束。

不过，据一个当年参加搜捕的小将讲，他们搜到的那个死人很老了，根本不是老马说的那个人。但是特殊时期，把那个人埋了，就撤了。

后来这个人就趁机把老马偷着放了。老马在山里躲了好多年，“文革”结束，才从山里出来生活。

最让曹文超在意的是，老马的前妻说躲在山里的这个人姓黄。当年姓黄的这个人的父亲，曾经在山里救过被日本兵追杀的老马和他母亲。

也就是那几年，远在墨西哥的黄家曾经派人回到黎川，查询先祖黄徽柔的最终去向和黄家的紫铜匣子。这个人回到中国，先是遭到国内很多江湖帮派的跟踪袭击，最后据说被日本的间谍组织黑龙会抓住，从此去向不明。

曹文超怀疑这个人很有可能是黄家人后裔，因此就在前些日子打电话告诉了唐国军。

杀手问那个每天夜晚都在镇子上嚎叫的疯子，是不是本地人，他住在哪里。曹文超说这疯子很怪，别说知道他住在那里，白天能看到他的人都很少。他只在晚上出来。本地精神病医院派人来找他几次，都没有找到。

车从小路钻出来，大家终于又看到了老马的茅屋和菜地。

还有老马。

老马端坐在茅屋前的木墩上，侧身对着众人。

大家从车上下来，他也没有转过身来。

曹文超走过去，喊了一声："老马大叔，您今天不忙啊？"

老马还是一动不动。

曹文超伸手，要拍老马的肩膀，李师刚喊了一声："别动，好像不对劲！"

4. 前功尽弃

曹文超转过头："怎么了？"

李师刚跑过来，围着老人转了一圈，对曹文超和唐国军说："人死了。"

唐国军瞪大了眼睛："死……死了？！"

众人跑到老马面前。果然，老马闭着眼，一副心满意足的样子，脸色惨白，显然已经死去多时了。

唐国军对曹文超说："报警吧，别惹上麻烦。对了，顺便也打个120。"

唐国军又对杀手说："注意点，咱到他屋里看看，先看看是不是能有什么东西，否则警察一来，就没我们什么事儿了。"

杀手看着这个老人，摇头说："他不会留下什么东西的。他选择死，就是把自己这唯一的线索掐断。我敢说，这屋子他收拾得非常干净，我们一点线索都不会得到。我们进去乱翻，等会儿警察来了，反而是个麻烦。"

唐国军长叹一声："这就叫前功尽弃啊！"

曹文超凑过来说："唐大哥，其实也没有那么严重。你们昨天不是跟着他上山了吗？等警察走了，再顺着那路进去找找。说不定能找到那个人呢。"

唐国军摇头，说："他知道我们昨天去过，他选择了死，也肯定把山里的事儿处理好了，我们进去，恐怕很难找到什么。这山不大，一夜之间，藏在里面的人说不定早出山了。要不，他也不会这么放心的死了。"

一会儿，警察过来了。曹文超说他们是来找老人买菜的，没想到，来到后看到老人死了。

120赶到，医生看了看，说是心肌梗死。至于是不是服了什么药导致如此，得到医院检查才能知道。

医生问谁是家属。曹文超说这是个孤寡老人，没有亲属。

一个警察开始联系当地政府。一会儿，两个村干部模样的人，骑着摩托车来到。警察把他拉到一边，跟他说了一会儿话，然后这个村干部就陪着警察进了老马的茅屋。

曹文超认识村干部，在唐国军的授意下，也跟着跑了进去。李师刚说得没错，屋里空空，除了居家用品，什么都没有。

警察草草看了一下，拍了几个照，就出来走了。120的医生问村干部，这人是不是需要做解剖。村干部说只要不让我们花钱，你们只管拉走。

医生们上车，也一溜烟走了。

唐国军过去跟村干部套近乎，说："老人没儿没女，麻烦你们领导了。"

村干部有些警惕地斜了唐国军一眼："你们是干什么的？"

曹文超忙说："我朋友。跟我来山里看看的。"

村干部朝着唐国军笑了笑，点头说："哦！这老人平常很健康，也不用村里照顾，没想到死得这么快。唉，活着的时候是个好人，临死也不给人添麻烦。"

唐国军指了指屋后的山："这山里没人住吧？"

村干部说："有几户，都在山脚。都是些老人，年轻人都跑城里了。谁住这里？"

小路上来了一辆三轮车，几个人从车上下来，村干部指挥人，收拾老人屋子里的东西。

杀手看着老人的样子，突然觉得有些哀伤。这个与世无争，只想着报恩的老人，却被他们的贪欲逼得走了绝路，他们其实就是杀人凶手啊。

唐国军和李师刚站在屋子门口看人搬东西。杀手信马由缰，转到屋后。他刚抬头，突然看到在不远的山坡上，有个人正朝着这边跪着。

杀手一惊。那人大概也看到了杀手，猛然跳起，朝着一边山坡跑了过去。杀手朝着他跑了两步，又止住了脚。

他一直看着那人消失在树林里，才收回神。

杀手转回屋前，也没跟唐国军说此事。

村干部们把老人的东西和老人都搬走了。此时，天已正午，唐国军等人回到旅馆。

一路上，杀手一直不说话。老人的死，和那个在半山坡上跪拜的人影，让他深深地感觉到了罪恶。是的，是罪恶。

吃饭的时候，唐国军商量让曹文超明天找个向导，到山里找找那个姓黄的。杀手终于忍不住，说："唐大哥，我看我们还是算了吧。这个老马就是被我们逼死的，我们不能做得太过。"

众人看了看杀手。唐国军笑了笑，说："兄弟，这话什么意思？老马怎么死的，医生都不知道呢，你怎么知道是被我们逼死的？"

杀手说："我们心里都有数。"

唐国军变了脸色："我们想发财不假，但是我们找的都是没主的财宝，这些财富是天下人的，谁能找到就属于谁。我们只是跟老人打听一点信息，老人的死跟我们有什么关系？兄弟，这事你也有份啊，我怎么觉得你好像说我是凶手？"

杀手定了定神，说："我没那个意思。我只是觉得我们不应该这么找下去了。你虽然不说，我们也知道，我们要找的这个人是黄家后代，黄家找了几百年，这个人肯定掌握了一些线索。但是，你知道，黄家的那个紫铜匣子是黄家祖传下来的，我们去跟黄家人找这个，这不是等于跟人家抢吗？"

唐国军声音都变了："你怎么知道我要找的是紫铜匣子？"

杀手声音低了："黄榕也在找这个。你带着我们找黄家人，不是找这个

还能找什么？”

唐国军犹豫了一下，才说：“没错，我找的也是这个。我手里现在有了木雕和尚，要找到宝藏，还需要找到黄家的紫铜匣子。我们要找的是当年天地会江西分舵的宝藏，这些宝藏是李自成宝藏的一部分。有谁不愿意要，可以退出！”

大家都看着杀手。

杀手低声说：“我……没说不要啊。我们可以换一种办法……找到宝藏，别跟黄家较劲。黄榕……还是你朋友呢。”

唐国军哼了一声：“换一种办法？如果有别的办法，天下宝藏早就被人挖光了！明天上山找人，你要是不愿意，可以不去！”

下午，唐国军和曹文超出去找向导。杀手跟李师刚坐在房间里聊天。

李师刚也有些郁闷，说：“我怎么觉得这个唐大哥跟以前的那个唐大哥真的很不一样了。”

杀手点了点头。

李师刚说：“这个老人其实没必要这样。他如果什么不说，我们也不能强逼他。”

杀手说：“老人肯定发现了别的事儿。要是只是我们来找他，他不必这么做。我总觉得，我们这次寻宝，好像有些蹊跷。”

李师刚惊讶：“你神经病吧？寻宝就是寻宝，有什么蹊跷？”

杀手神情忧郁：“你应该相信我。”

5. 搜山计划

唐国军的搜山计划进行得很不顺利。

前两天，他们基本是一无所获。最让唐国军沮丧的是，那天下午他和杀手发现的陷阱竟然也在一夜之间被填平了。也就是说，这个国民党军官的后人，在一夜之间，几乎消灭了他进山的所有痕迹。

当然，他们发现了有人住过的山洞，山洞烟熏火燎得厉害，显然不是一年两年所致。他们甚至还在山洞里发现了一个很现代化的可以遥控飞翔的飞机玩具，飞机的一个翅膀没了踪迹，另一个也耷拉着，很像电视里常常出现的飞机失事的场面。

但是仅此而已。即便是长于搜索的李师刚，也再没发现多余的线索。他们想寻找的黄家后裔，只给他们留下了一个还有烟火味道的山洞。

三个人都清楚，黄家人不会走得很远。这些年，他一直住在这里，这里是他最熟悉的地方，唐国军还认为，他没离开这里，应该是一直在附近寻找什么东西。

黄家人能在这里寻找什么呢？显然就是大家都在寻找的紫金匣子。

第二天晚上，大家在一家小饭店吃饭，唐国军突然问了一个问题："这两天晚上，你们听到那个疯子的叫声没有？"

杀手和李师刚一愣，都摇头："没有！"

唐国军长出一口气，说："疯子没有出来，我觉得有两方面原因。第一，那个疯子就是老马伪装的；第二，这个疯子叫了这么多年，这两天跟他要找的人接上头了。"

李师刚摇头，说："我觉得第一条不太可能。老马八十多岁了，不能跑得那么快。再说了，他成宿地叫，还怎么出去卖菜？"

杀手说："也可以有另一种解释，这个疯子不止一个人，卖菜的老马是装成疯子的其中一个。"

唐国军看了两人一眼："有没有可能，刚好在这几天，人家接上头了。"

杀手摇头："不能这么巧吧？"

唐国军点头又摇头："是啊。怎么就这么巧呢。我怀疑有人在利用我们。"

李师刚看了看杀手，又转头四下看了看："利用我们？谁能利用我们啊？"

唐国军长出一口气，说："我现在也不知道。这只是我的一种猜测。总之，这个叫了几十年的疯子不叫唤了，恐怕要出大事了。"

沉默了一会儿，唐国军转身看着杀手："杀手，那个黄榕最近没到江西？”

杀手摇头：“不知道。上次她说要见你，你说不见，我再没联系她。”

唐国军点头，说：“这丫头刚来中国不久，什么底儿都没摸清，要找到这里，恐怕还得两三年呢。”

杀手心里一沉：难道……跟黄榕有关？

第二天，几个人继续在山里搜查。按照唐国军的计划，这是搜查的最后一天了。

大家对于今天的搜查，并没有寄予太多的希望。因此，上山之后，大家也是松松垮垮，没有干劲儿。午饭后，唐国军突发奇想，说要回到大山里头，到前天他们看到的那个山洞看看。

李师刚说：“什么都没有啊，还要看什么？”

唐国军说：“前天什么都没有，不一定今天什么都没有。稍微休息一下，就回去看看。”

从这边山坡到那个山洞，直线距离也就七八里路，但是因为山险坡陡，他们无法直接过去，只能从北边山坡绕过去。这一绕，就远了，几个人超速度行进，一直到太阳快落山时，才到了山洞附近。

以防里面的人对他们发起袭击，唐国军让大家各砍一根齐眉木棍防身。

临近洞口，走在前面的杀手首先发现山洞洞口竟然挂了一块黑布！

唐国军兴奋异常：“妈的，幸亏咱们杀了个回马枪。”

为了稳住对方，唐国军让大家在附近埋伏，如果有人冲出来，就冲上去抓人。然后，他跟曹文超一起，放下木棍，装作旅游迷路的，过去问路。

两人走过去，咳嗽几声。曹文超走近洞口，着当地口音问：“有人吗？问个路啊。”

没人应声。

曹文超和唐国军对看一眼，唐国军示意曹文超过去，掀开布帘。

曹文超小心翼翼过去，刚掀开布帘，吓得大叫一声，冲了出来。

杀手和李师刚吃了一惊，各自从隐身的地方跳出来。几个人一起过去，杀手掀开了布帘。

山洞里点着几根大蜡烛。地上躺着一个人，浑身是血，已经死亡。

还有一个人坐在木墩上，手持钢刀，刀尖上还滴着血。最让人惊讶的是，坐在木墩上，手持滴血钢刀的人竟然是唐国军！

也就是说，山洞里坐着的这个跟外面站着的唐国军一模一样。

杀手一愣。他在那个山洞里也看到过这种场面，不过那时候杀人的是他自己，一个跟自己长得一模一样的人。现在这个人变成了唐国军，妈的，这是什么意思？

杀手身边的唐国军浑身哆嗦，但是他还毕竟是大哥，见多识广。他抖着声音，厉声喊道："你是谁？怎么长得跟我一模一样？"

手持杀人刀的这个人没动，也没说话，山洞里却有人冷冷地说："先生又是谁？灯花教残花败叶，生存不易，先生莫要胡作非为，葬送一个百年老会。"

唐国军哼了一声，说："你是什么人，请出来说话。"

山洞里的人说："我只怕我出来，你就从这里走不出去了。我的话别人听不明白，我想唐先生是能够听得明白的。"

李师刚横着木棍，就要往里冲，被唐国军拦下了。唐国军像看到了嗜血恶魔，脸色惨白，两只手哆嗦着，说了一声"走"，转身就朝山下走。

李师刚不明白："唐大哥，你不是要找人吗？怎么找到了又不进去了？"

唐国军沉着脸不说话。

杀手说："要找的不是这个人。这个人……是到处找唐大哥的人。咦，不对啊，唐大哥，如果他们真是那些瞎子，他们怎么不出来抓我们？"

唐国军说："或许……这里就一个瞎子。总之，快走吧。我们不能与瞎子为敌，咱惹不起他们。"

李师刚问："那……那个跟唐大哥一模一样的人，还握着刀杀人……是什么意思？"

杀手接话说："我也不知道是什么意思。不过我被他们抓到过一次，他们也是这么摆弄着，弄一个跟我一模一样的人，也杀了一个人，然后问我

是不是灯花教的人。我说不是，他们就把我放了。也许……这是瞎子的一种仪式，是不是唐大哥？”

唐国军脸色非常难看，只说：“瞎子在这里，我们走得越远越好，越快越好！”

回到旅馆，唐国军说他要出去办点事儿，让杀手和李师刚在这里等他几天，匆匆忙忙收拾了东西就走了。

唐国军一走，李师刚和杀手两个人闲着没事，天天躺在床上看电视，天南海北聊天。如此住了几天，两人正无聊之极，杀手接到了黄七的电话，黄七问他在哪里。杀手说在江西呢。

黄七说他也在江西。杀手一愣：“黄大哥，您也来到江西了？呵呵，这几天这里真热闹。”

黄七很焦急的口气：“你们在江西哪里？”

杀手说：“我们在一个小镇上，黄大哥，您在哪里？”

黄七说：“你们打个车，到黎川县城来，车费我报销。”

杀手说：“我们在等唐大哥啊，我们要去，得先问问他。”

黄七说：“那行，你快打电话问问他，给我回个电话。”

杀手打电话给唐国军，说黄七找他，好像有事要找他们帮忙。

唐国军很惊讶：“这个怪东西也到江西来了？怪事，他来干啥？”

杀手说：“我也不知道啊。他只是打电话让我们过去，说要我们帮忙。”

唐国军沉吟了一会儿，才说：“行吧。不过要小心，这个黄七是个古怪人。多长个心眼，对了，如果他也是为了紫铜匣子，你要发短信跟我说一声。”

杀手答应，跟李师刚两人收拾了一下，下楼结了账，搭车直奔黎川县城。

6. 地下赌场

黄七用电话指挥着他们，两人在一家赌场的地下室里，见到了黄七。

地下室里灯光昏暗，黄七坐在一张破沙发上，闭着眼，像是一只随时都能死去的老狗。

听到脚步声，黄七睁开眼，跟两人打招呼："坐。"

李师刚点头："黄哥好。"

黄七点头，说："你也来了，好。"

两人坐下，杀手问："黄哥，您来这儿……有什么事儿？"

黄七依旧半闭着眼，说："自然是有事。不说这个了，黄哥有事求你们，希望你们能帮忙。"

杀手说："大哥不必这么客气，您吩咐就行。"

黄七睁开眼："真的？如果有性命之危呢？"

杀手和李师刚一愣，杀手拍了一下大腿，说："我们这种人，死活都差不多，请黄哥说话。"

黄七看了看李师刚："老李呢？"

李师刚说："咱兄弟，一起经历过那么多事，黄哥就别婆婆妈妈了。"

黄七点头，说："那我就说了。黄榕被一帮人抓走了，我们三个要在今天晚上把她救出来。"

杀手大惊："谁抓的她？她人在哪里？"

黄七叹口气，说："我也正在找呢。我黄七，在江湖混了这么多年，天下堂子黑帮没有不知道的，可是这次我就不知道是什么人把这个小丫头抓走了。我这些年闭门养性，不管江湖事，看来这样下去，还真是不行。"

李师刚小心地问："黄哥……这个黄榕跟您……是一家子吗？"

黄七摇头："五百年前是一家。我帮她，是我们祖上有点交情，这点交情，这次我还了她，就算两清了。这丫头天天惹事，我再跟她搅和下去，小命就该没了。"

杀手有些怀疑："大哥，谁绑了她，您一点儿线索都没有吗？"

黄七睁开眼，看着杀手："一点儿线索没有，我怎么能有法救她？我们黄家，别的本事没有，老行业里人脉还是有的。"

李师刚说："黄哥那就交个底吧。"

黄七点头，说："我让一个故人打听了，绑她的是一帮山里人。不过具体是谁干的，还没打听到。"

杀手一愣："山里人绑她干什么？"

黄七摇头："不知道。听说这帮山里人很有势力，没人敢招惹他们。"

李师刚和杀手瞪大了眼："这么厉害！"

黄七瞥了两人一眼，说："所以，如果你们害怕，那就算了。毕竟我们出来混，是为了钱，送了命可就亏大了。"

杀手眼一瞪："谁说怕了？您说吧，我们该怎么去救黄榕，黄榕现在被关在哪里？"

黄七说："那行，送了命可都别怪我。这次救人，我跟你们两个一起去，怎么进，怎么出，我都谋划好了，如果我们运气好，小命还是能保得住的。"

李师刚问："黄哥，这黄榕被关在哪里？"

黄七闭了眼，说："待会儿你们就知道了。先吃饭，吃完饭休息一下，天黑了，咱就动身。"

这黄七行事确实与常人不同。他的话刚说完，就有人给送来了饭菜，还有一瓶酒。

杀手和李师刚奔波了大半天，确实是饿了，饭菜不错，蟹子鱼虾都有，酒也可以，茅台。虽然这地下室有股骚哄哄的味道，也只好将就了。

黄七对杀手说："打开酒，咱三人匀了，今天不能多喝，活干完了，咱再敞开喝。"

杀手打开茅台，对着鼻子闻了闻，说："好酒。黄哥就是厉害，在这种地方待着，还有人给送好酒好菜。"

黄七说："我这次来江西，到现在为止，只有你们几个知道。我们这些人，讲究的是来无踪去无影，像你们不管走到那里，还拿着个身份证去登记，哼，能成事就怪了。"

黄七吃饭比兔子都快。杀手和李师刚的酒刚喝了一半，黄七就已经吃饱了，对两人说："你们慢慢吃。"

杀手和李师刚都跟他一起到秦岭去过，了解他这个怪人，因此也没当回事，哥俩只管慢慢吃喝。

酒喝光了，饭也吃饱了，黄七咳嗽两声，有人进来，黄七对来人说："给这两位先生找个地方歇一会儿。"

来人对着黄七一躬身："是，黄爷。"

杀手心里吐了吐舌头：黄爷！看人家这派头！

两人随着这人上楼下楼，眼前陡然开阔。眼前是一个还算讲究的大厅。大厅一侧，是长长的走廊，走廊两侧，有两排标着号码的房间。

杀手和李师刚两人交换了一下眼神。这县级市的赌场如此排场，实在是让人惊叹。

那人给他们开了一个房间，很礼貌地说了声："两位请进。有事房间里有电话，直接拨零就行。"

杀手进了房间。

这房间里有地毯有电话有电视还有宽带，看装修，也达到了四星级宾馆的标准，杀手不由得惊叹："这赌场也太牛了！"

李师刚关了门，示意杀手小点声，说："这种地方说话小心点儿。"

杀手点头，压低声音说："没想到黄七这么有本事。"

李师刚在床上躺下，说："人家是家传的本事，几代了，全国各地都有人。没听说过吗，人家跟这边的人也是几代的交情，不像咱，急赤白脸的穷人一个。"

杀手羡慕地说："什么时候能赶上人家的一半就行了。"

李师刚闭上眼，说："别瞎羡慕了，睡会儿吧，晚上还不知要忙活到什么时候呢。"

7. 老母降法

杀手和李师刚睡意蒙眬中，被人叫了起来。

还是带他们来的那个小伙子。小伙子给他们带来了两套怪里怪气，好像五千年以前古人穿的衣服，让两人换上。

杀手翻着看了看，好大不乐意。说怎么像是从坟墓里挖出来的啊。小伙子笑了笑，说："先生说笑了，这是刚找人做的，不信您闻闻，还一股新衣服的味道呢。"

杀手果真闻了闻。不过他没闻出新衣服的味道，他只闻到刺鼻的樟脑的味道。显然，这衣服，或者说是做衣服的这块布，是被人收藏了很长时间了。

李师刚只看了一眼，就懒洋洋地开始穿衣服。

杀手心中疑惑，也只得把衣服穿上，两人随着小伙子，从地下通道走出来，来到地下停车场。

停车场灯光更加昏暗，只有一辆越野车，已经启动。越野车的灯光像是两把凶恶的利剑，威风凛凛地劈开了这漆黑的夜色。

赌场的小兄弟给他们拉开车门，两人上了车，越野车急不可耐地低吼一声，朝前奔去。

前面座位坐着黄七。但黄七自始至终没说一句话，死人一般。

汽车三转两转，从县城转了出来，跑了一会儿，就进入山区。

杀手看了看表。刚刚他们上车的时候，是八点半，出县城的时候，是八点五十。

汽车在山区公路跑了将近两个多小时，临近十一点的时候，在一个集镇外停下了。

黄七转身，对两人说："下车！"

杀手和李师刚从车上跳下来。三人顺着道路，朝着灯光稀疏的集镇走了一会儿，突然从一棵大树后，跳出一个人。

杀手拔出刀，黄七小声说："自己人！"

那人也听出了黄七的声音，走过来，用很蹩脚的普通话打招呼："黄爷，您来了。"

黄七站住，说："来了，头前带路吧。"

这人答应了一声，转身就带着他们朝前走。这人是夜行高手，脚步迅疾，落地无声。杀手和李师刚紧紧跟着他们。

他们靠近镇子，却没进去，贴着镇子外的一条公路走了会儿，公路在朝镇子里面左拐后，他们却朝右拐，进入一条小路，顺着小路，朝着山里走去。

走了一会儿，他们的周围就全是黑暗了。进山的小路越来越窄，两边除了山坡就是树木，他们脚下的路仿佛深陷地下，天空因此离得特别远，远得星星都看不到。

前面带路的突然停下，朝后急退两步，拉着黄七隐身在路边的小树林里。

杀手和李师刚也忙朝旁边的小树林里闪避进去。

小树林非常安静，没有一丝的声音。静得杀手都能听到自己心脏怦怦地跳动之声。

等了好长时间，等得杀手都有些不耐烦了，他们才看到有隐隐的亮光，从前面的小路上，朝他们移动过来。

这光似乎是一个光圈，光线朝着光圈里面照着，加上这光线看起来也很柔和，故此几乎照不到光圈外面。

这个光圈移动缓慢，好长时间，才走到杀手等人附近。

经过杀手面前的时候，杀手差点惊叫出来。

两个大脸女人，脸色雪白，抬着一个坐在轿子里的大脸女人。轿子没有轿帘，只有一个框架，坐在轿子里的大脸女人头上有个光圈，光圈发着淡淡的光，照得这个大脸女人的脸上一片清白。

最诡异的是，这三个女人都是长得一模一样，脸大如盆，白似雪。

三人边走，边低低吟诵着什么。这样子，简直就是电影里的鬼怪出行。

三人走了一会儿，没顺着他们来的路去镇上，而是折向右边，似乎那里有条小路。

等他们走远，向导和黄七从隐身处出来了，杀手和李师刚也跟着走出来。杀手惊魂未定，问：“大哥啊，这是什么鬼怪？”

那个向导小声呵斥：“别乱说话！跟上！”

向导带着三人跟着前面淡淡的光线走。

前面那三人依旧不急不慢，在一条几乎人看不到的羊肠小路艰难行走。

大山中，黑暗如胶似漆，杀手感到这寂静加上这黑暗，压得他都快喘不过气来了。

前面的灯光突然停下了。四个人忙钻进旁边的小树林里。

那个光圈在静止了一会儿之后，竟然缓缓地升入高空中。光圈在高空中显得比刚才亮多了，仿佛天空中多了一轮圆月似的。

光圈在空中转动了一会儿，又慢慢地落了下来。

然后，这光圈又缓慢地朝前移动起来。

四人继续跟进。

走到刚刚那光圈停止的地方，走在前面的向导突然压低声音，惊叫一声。黄七眼疾手快，忙伸手拽住向导。

杀手和李师刚快走几步赶过去，看到向导刚刚从一个陷阱边缘被黄七拽了上来。

向导惊魂未定，坐在地上稍事休息，突然有个声音冷冷地在耳边响起：“老母降法，入者皆亡。”

四人吓了一跳。杀手和李师刚条件反射，抽出短刀。

那个向导惊慌失措，爬起来就朝后走：“我们被老母发现了，快走！”

杀手朝前看，那个诡异的幽光却还是缓慢的朝前走，丝毫没有管他们的意思。

黄七拽了他一把，低声说：“快走，这种地方不可大意！”

四个人连滚带爬顺着原路返回，一直走到了镇子外，他们下车的地方。

黄七太累，说要在这镇子里歇下，那个向导高低不让，说如果他们在这里住下，第二天，山里的那些人就会知道他们三个进了山，弄不好还能拖累到他。

黄七想在镇子里雇车，那人也不允许。黄七无奈，只得跟向导告辞，边朝着镇子外走，边打电话让原先的车回来接他们。

回到住处，几个人疲惫不堪，回到房间，就都睡下了。

第二天，三个人坐在一起讨论情况。

杀手先问黄七："大哥，黄榕就是被这帮怪物抓住了？"

黄七闭着眼，面无表情："嗯。"

李师刚问："他们到底是什么人？怎么弄得像鬼一样？"

黄七睁开眼，两眼无神："跟二位说实话，我也不知道他们是什么人。只听我的线人说，他们可能是信奉一种什么老母教，这种教在古代叫花子教，在这边有几百年了。小教派，大清的时候，信这种教的人不多，他们也不发展，清代打击邪教很厉害，看看他们没几个人，也懒得管他们。他们很谨慎，信教的必须全家都信，也不乱发展教徒。最绝的是，他们集会，都是戴着面具，所以，谁入了会，如果不是一家人，连亲戚都不知道。"

杀手惊讶之极："还有这种教会？"

黄七点头，说："少数民族地区这种教会多着呢。有的属于半教会半迷信活动，他们不作恶，教人向善，政府也不好干预。"

李师刚说："这么说，他们的那个雪白大脸，不是真人了？"

黄七说："哪儿有这种人？都是面具。"

杀手郁闷："既然他们不作恶，也不干涉别人，那黄榕怎么能在他们手里？"

黄七摇头，说："内中原因，我也不知道。"

李师刚一拍大腿："晚上他们作怪，这山咱也不熟悉，那白天去总可以吧？"

杀手眼睛一亮："对啊。多简单的事儿，非得晚上去？"

黄七闭上眼睛："白天去绝对看不到这些怪物。不过，白天进山，我们就完全暴露在他们面前了。我的眼线说，在那个镇子附近，有多少人信这个教，都谁信这个教，他完全不知道。白天，他们都是好好的老百姓，看

起来跟别人没有两样。白天进山，我们是在明处，人家却把我们看得清清楚楚。这种教派，能存在这么多年，这里面肯定有高人，白天进去，恐怕死都不知道怎么死的呢。”

杀手郁闷了：“既然这么厉害，我们晚上去，即便是他们看不到咱们，咱们就能把人救出来了？”

黄七缓缓地说：“救人确实很困难。不过，我也不是一点办法没有。这山里有一个山洞，据说是当年石达开的部将在此驻兵的时候开凿的，直接从山洞通到山外。这个教派的人把这个山洞跟他们举行聚会的山洞打通了，此事外人不知，我这个向导，当年曾经到此处寻宝，找到了那个山洞，并差点让人家抓住。这个山洞很长，没有几个人守卫，我们只要能找到人，就能从这个山洞逃出来。”

杀手说：“那不如从这个山洞直接进去多好？”

黄七摇头：“从山洞进去，肯定会暴露，那他们堵住山洞入口，我们可就没有退路了。只有从别的地方想法进去，找到人后，马上跑进山洞，跟他们赛跑，还要跑得比他们快，咱才能跑出来。”

杀手和李师刚想了半天，都摇头，想不出什么好办法。

最后，还是黄七说：“我有一个冒险的办法，你们要不要听一听？”

两人来了精神：“什么办法？”

黄七慢条斯理地说：“我们假扮他们的人进去。”

李师刚点头：“这倒是个好办法。不过，我们到哪里去弄那个面具呢？”

黄七叹了一口气：“老李，你怎么那么死脑筋呢。在宁夏那个看守古庙的村子，咱是怎么进去的？”

李师刚想了想，眼一亮：“你是说……抢他们的面具？”

黄七点头：“差不多是这个意思。”

8. 普度众生

据黄七的情报，这些人是每周聚会两次。他们等了两天后，才又在夜里赶到了山里。

这次，他们比上次来得略早些。杀手与向导一组，藏在小路一侧，黄七与李师刚藏在另一侧。两组人马藏好，等了好一会儿，那个幽幽的光圈才在远处出现。

光圈靠近，看着三个雪白的女人脸来到面前，杀手等人从隐身处猛然冲了出来。抬着轿子的两个人身手也很矫健，放下轿子，跟他们四个人打了起来。杀手等人好一阵忙活，才把两人制服。

坐在轿子上的那个人却一动不动。把那两个抬轿的用绳子捆好，堵住嘴，杀手握着短刀朝着这人冲过来。

一直到他的短刀逼近这人的脖子，此人依旧那么稳稳地坐着。

杀手心中疑惑。向导走过来，小声说："可能是个塑像。"

杀手喔了一声，要伸手拽，被向导拦住。向导对着这人拜了拜，才小心翼翼地动手捏了捏，对杀手说："是塑像。"

黄七等人已经把捆住的两个人拖进树林，走了过来。杀手小声对黄七说："坐着的这个是个塑像。"

黄七点头，对众人说："李师刚和老高换上这两个人的衣服和面具，抬着轿子朝前走。杀手跟我跟在轿子后面，保持一段距离。"

李师刚跟向导老高换上那两个人的衣服，抬着轿子，沿着那条依稀的小路走。

走到昨天那两个人站住的地方，在附近寻了寻，看到一处高杆，从高杆顶端垂下一根绳子，绳子上竟然还有个钩子，杀手把钩子挂住轿顶中间的十字木框，扯动绳子，这轿子就晃悠悠地升高了。

大白脸像昨天晚上一样，在半空中发光了。

几个人约莫着时间差不多了。就把轿子放下，又抬着继续顺着小路朝前走。

小路隐隐约约，崎岖难行。几个人常常走错，钻进树丛里。在树丛里乱钻了一会儿之后，又能重新找到小路。

这条怪异的小路，因此好像无处不在，却难以把握。

四人在这样的地方穿行，真有种进入了迷宫的感觉。

好在向导对这山还是有点了解，他在前头带路，大家也略微有点信心。

他们遇到几拨埋伏在半路的教会人员。这些人负责驱赶进入山中的非教众村民。对于抬着大脸女人的向导他们，没有阻拦。黄七和杀手因为也穿着类似他们的服装，虽然没有戴面具，但是因为他们两人紧紧跟在轿子后面，埋伏的人员也只是问了几句话，由向导回答之后，他们也就放行了。

走了约莫三个小时，他们终于来到一处山谷开阔地。

跟他们想象的完全不同。这处开阔地很安静，跟平常的山谷无异。没有灯光，没有火把，也没有声音，开阔地的中间却坐满了人。

这些人俱戴着面具，面朝杀手等人走来的方向。因此，当大家猛然从山林中探出头，看到下面一片雪白的仿佛突然从地底下钻出来的一片大蘑菇在看着他们时，众人猛然吓了一跳，都不由得倒退两步。

这么多的人在，山谷里却没有一点灯光，没有一支火把。因此，当众人出现在山坡上时，他们轿子上的那幽幽的光芒，顿时吸引住了所有的目光。

这一片大白脸略微愣了一会儿之后，都突然站了起来。

有一小片白脸，看着大概有几十人模样，朝着轿子这边就走了过来。

大家进退不得，不知道下一步该如何应对。黄七低声说："看到山谷左边那个山洞没有？洞口有灯光，只管朝着这个山洞走。"

向导也没了主意，听了黄七的话，就同李师刚抬着轿子，朝着洞口方向走。黄七和杀手则躲在了小树林里。

向导和李师刚尽量压着脚步，显得不慌不忙的样子。朝着他们围拢过来的那片大白脸，看着轿子朝他们走过来，站住了。躲在树林里的杀手和黄七暗中长出一口气。

不过杀手的这口气还没有出完。那片大白脸又朝着轿子围拢过来。李师刚还能压住气，那个向导却慌了，抬着轿子要跑，被李师刚轻声呵住。

他们下到谷底，那片白脸就完全包围了他们。

其中一个用李师刚勉强能听懂的方言问他们：“你们两个叫什么？”

向导哆嗦了一会儿，说：“我们叫什么教主知道，不能……告诉你。”

有个白脸冷冷地说：“你们违反了规矩，香主自然要问你们姓名。”

向导惊讶：“我们……违反了规矩？我们没有违反规矩啊。”

那个被叫做香主的白脸陡然喊道：“你们是什么人？胆敢冒充本教人员，亵渎老母，给我拿下！”

跟着舵主过来的这几十人显然是教会里的保卫人员，他们身手矫健，李师刚和向导还没回过神来，就被这些人摁在地上，用绳子捆了起来。

香主等人先把这两人扔到一边，对着轿子里塑像跪下磕头，祷告：“老母宽大，刚才这两人冒充老母之子，亵渎了老母，请老母赎罪！孩子马上派人另请老母巡视，升天教诲。”

祷告完毕，舵主吩咐人先把这两个假货押进山洞里看好，然后，吩咐两人抬着老母巡山，并派了几个人保护。

杀手和黄七眼睁睁看着他们把李师刚和那个向导押进了山洞。杀手要出去救人，被黄七压住。黄七说：“先别动，待会儿再说。”

那几个人抬着那个塑像走了，山谷中一片大白脸重新跪下，仰脸看天。

等了一会儿，那个幽幽的光亮在北方升起来。跪着的一片大白脸，忙朝着北方跪拜，跪拜的同时，一片念叨声嗡嗡响起。直到老母像落下，众人方直起身。

等了一会儿，老母像在东北方升起，众人又跪拜念叨一番。

如此在东南西南西北正东正西正南等八个方向，轮番升起这老母像，众人皆跪拜祷告。最后，这老母像从杀手他们一路走过的地方出来，直达山谷正中位置，吊在半空。

众人环伺，对着老母像跪拜之后，皆盘坐。有人大声念叨经文，众人跟着念叨。

山谷万籁俱寂。只有众人念叨经文的声音如咒语般在山谷回荡，仿佛

这山河树木都在听着这古里古怪的经文。老母头上的光环幽幽地在谷地正中发着光，如一只巨大的眼睛，在监视着杀手等人。

杀手和黄七终于明白，原来这位老母巡视的时候，需要从八个方位升起来。杀手愤愤："这个老母难道是要在天上练八卦？"

黄七说："中国古代的很多宗教，都跟佛教道教有点牵扯，这个没啥好奇怪的。"

排山倒海般的咒语似乎没有尽头。那一片海洋般的大白脸低着头，嘴里叽里咕噜，无休无止，起起伏伏，真如万里大海千里波涛。

两个人站了一会儿，又蹲下。有夜行的小动物发现了这二位，在稍远处观察了一会儿，有的惶然逃离，有的却很好奇，朝着这两人凑近。

杀手怕这些山林里的主人对他们发起攻击，只得从地上捡起石子，朝它们扔去，把它们吓跑。

然而，小动物竟然越聚越多，小动物们以兔子居多。仿佛它们觉得这两人是两块美味食品，颇有准备分享的意思。

杀手看着环伺两人的一圈小眼睛，害怕了，小声问黄七："这些畜生这是准备分着吃了我们？"

黄七看了看四周，说："应该不是吧。没听说过兔子吃肉。"

杀手说："没法说啊，说不定这个老母把兔子都给教坏了呢。"

黄七低声呵斥说："别胡说！头上三尺有神灵，这周围的人这么信奉老母，说明这老母肯定是得道大神。"

杀手信口说："照你这么说，这些畜生也是来听经的？"

黄七点头说："有道理。你看到没有，这两边很多这种小东西。"

杀手朝着两边看去，果然两侧站着种类繁多的小动物。它们胆子比他们两个大多了，有的跑到了树林外，端坐在树林边上，很坦然地看着前面这些信徒祷告。那架势，让杀手不由得想起了小时候，在老家过年，坐在圈子最里面，看老人祭奠老祖。

杀手有些震撼。不由得感叹："妈的，都成精了。"

黄七说："从灵性上来说，动物并不比人差，人也不比动物善良。时间长了，这些小家伙弄不好真能有所悟呢。”

杀手说：“这么说来，这个老母教的人都应该很善良了。那他们为什么还要绑架黄榕？”

黄七说：“任何教派，都有很严厉的教规。也许黄榕是触犯了人家的教规了吧。”

终于等到了仪式结束。那些大白脸一起站起来，朝着中间的老母磕头鞠躬，然后解散。

让两人想不到的是，这些大白脸却突然朝着小树林涌来。两人吓得转身跑了几步，黄七停下了。杀手催促他：“快跑啊！你等着被抓啊。”

黄七说：“等等。我觉得他们不像是来抓咱的。”

杀手细看，发现那些人虽然朝着树林涌过来，却走得很慢，不像是抓人的样子。

杀手走到一侧，探头朝外看了看。他看到了让他此生永远都不会忘记的一幕。那一片大白脸停下了，然后，那些从树林里浪潮一般涌出来的各种小动物，兔子、蛇、獾、松鼠、老鼠等，动物们朝着那些大白脸狂奔不止，杀手仿佛看到了地球末日，不由得一屁股坐在地上。

黄七也过来。他终究是比杀手见识多，他声音平静地说：“看到了没，我说这些东西的灵性不比人差吧。”

这些小生灵跑到那些大白脸们前面停下了。大白脸好像都带了什么东西，朝着这些小生灵抛撒过去。

小生灵们边吱吱叫着，忙着吃了起来。

大白脸们开心地大笑，继续朝小动物们抛撒食物。

那个在半空中的老母，静静地看着这人兽同欢的一幕，头上的光环依然淡淡地发着光。

黄七感慨地说：“人和动物可以不防备，可是人和人却无时无刻不戴着面具。人心啊，即便是老母也无法真正教化他们。”

第四章　逃出老母教

1. 洞口的机关

喂食结束，大白脸们散去。那些小动物吃了一会儿，也各自散进了树林中。杀手和黄七听得阵阵窸窸窣窣的声音，声音持续了约半个小时光景，渐渐消失。

有人把那个老母像落下，抬进了山洞中。喧闹的山谷终于寂静下来。

杀手和黄七从树林中走出来，先四下观察了一会儿。然后，一前一后朝着山洞走去。

两人走到离山洞不远的地方，才发现这山洞洞口处经过整修，并且显然是经过高人指点，颇有些学问。

山洞正前方是一条石板路。这条石板路不是直着进入山洞，而是在离山洞一步之遥之际，小路突然没了，变成了个水池。水池却也不宽，一步可以迈过去。最让人觉得奇怪的是，这水池只在洞口正中位置。洞口的两边留有余地，虽然不是石板路，却可以绕过水池，走进山洞。

两人都算是老江湖了，见过很多机关。谁都知道，机关讲究的是出其不意，暗箭难防，而这种特意显出心机的机关做法，并且显得很笨拙的样子，两人却是第一次遇到。

杀手头脑简单，说道："妈的，这些人弄个机关也是笨手笨脚的，这也太简单了啊。"

杀手要上去，被黄七拽住了。黄七说："你先说说，这山洞怎么进？"

杀手说："这显然是故布疑阵的那种呗，专门搞那些没有经过机关的。石板路顶着水池，那些没有见过机关的，肯定会以为石板路和水池有机关，因此从两边进入山洞。所以，这水池和石板路都是没有问题，水池两边能进入山洞的地方，应该会有机关。"

黄七问："那设这机关的人，为什么要故布疑阵呢？"

杀手想了想，没想明白，说："管他为什么呢，咱只管找到路就行了。"

黄七说："你想不清人家为什么要故布疑阵，那怎么能找到路？如果布置机关的，恰巧猜到了像你这样的想法，特意为你们这种设置了机关呢？"

杀手一愣："不能吧？这种地方……能有多高明的人。"

黄七说："兄弟啊，千万不要小看了这种偏僻之地。中原之地确实是能人集中之地，各种奇巧机关都有。不过，你想过没有，很多官宦富贵，甚至皇亲贵族江湖豪杰，为了躲避追杀或者遇到改朝换代，都会隐居在世人不知的偏僻之地。他们隐居之后，往往把毕生所学或者财富构建一个最出其不意的机关。秦岭的墨家最后一个巨子墓地，你没听说过吧？"

杀手摇头："没听说过。"

黄七说："我也是听我父亲说的。他当年以为能有墨家的宝贝，和湖南的几个高手去过。我父亲说那是他一生见过的最简单，却又最危险的机关。看着没机关的地方，偏偏有机关，你知道这里有机关了，机关却又没了。刚刚你确认了没机关的地方，又被触发了机关。环环相扣，真真假假，看着就是一个破落的山神庙，硬是让去的六个人，留下了五条半性命。如果不是后来去的一个中日联合考古队救了他，他连半条命都剩不下。"

杀手惊讶："这么厉害？那现在这个墨家的墓地还有吗？"

黄七说："没了。那个考古队进去的几个人也都没活着出来。抗日战争时，日本人派人再次进去，又死了不少人，日本人一生气，用炸药把那个

地方给炸平了。”

杀手说：“喔。这里应该跟墨家没什么关系吧？”

黄七说：“我这只是打个比方。这种地方，大拙大巧，最不可小看。咱先去砍几根长棍，长要两米以上的，万一有陷阱，可以横在陷阱上，否则掉下去肯定会没命。这种偏僻地方有机关，肯定比古墓里的要凶得多，造墓的人往往给双方留有余地，能躲到这种地方造机关的，都是走投无路之人，机关启动，必定取人性命。”

杀手听得有些害怕：“谁会躲到这种地方造这种大杀器？”

黄七说：“这个就不是我们能知道的了。走吧，先去砍棍子去。”

两人返回树林，砍了棍子回来。黄七在前面，让杀手在离他三步外，两人一前一后，横着木棍，踏上了石板路。

石板是当地很常见的一种青石。宽大，平整，借着淡淡的光线，可看得出这些宽大的石板做得非常工整，杀手特意在两块石板中间用脚前后拖了几下，两块石板之间对接平整，感觉几乎跟一块石板没有什么区别。

黄七走到水池前，站住了。水池宽半米多一点，抬抬脚就可以过去。杀手也走过来，怕水池有机关，伸棍子朝水池里捅了几下。

黄七想阻止，已经晚了。他忙拉着杀手爬下。

他们身下的大青石突然剧烈晃动起来，石头之间的裂缝越来越大。两人在石头上无法保持稳定，不由得朝着两边或者裂缝滑去。

杀手刚想索性跑到青石两边的泥地上，两侧泥地上突然钻出尖刀。杀手躲避不及，被划破了小腿。

他对黄七喊道：“两边有刀子！”

黄七一边艰难地稳住身体，一边把手中的棍子横起来。他示意杀手也这样做，两根棍子搭在几块青石上，两人边移动棍子，边朝外爬。

杀手听到一阵利刃破空的声音。他抬头，看到从山洞里竟然飞来一片雨点利箭！杀手叫道：“黄大哥，有暗箭！”

黄七动作比他声音都快，在棍子上一个转身，从腋下的暗袋里掏出祖传的金刚伞张开，两人蜷缩在伞下，堪堪躲过了这阵箭雨。

两人挪动棍子，一直爬到青石板的尽头，从青石上下来，还没站起身，洞口淡淡的灯光突然熄灭了，洞口看不到了，最让两人惊异的是，近在咫尺的青石，也突然消失了。

这简直太诡异了。纵然是见多识广的黄七，也害怕了：“妈的，这也太能搞了吧？”

现在，他们眼前的世界完全静谧下来。不但耳朵里听不到一点的声音，眼睛也什么都看不到。两人似乎感觉到，这个无生老母正躲在暗处，时刻准备伸手掐死他们。

黄七镇定了一会儿，问杀手：“你现在知道咱刚才藏身的小树林的方向吗？”

杀手想了想，说：“应该知道。”

黄七说：“那快走，朝着小树林方向走。”

两人起身，朝着小树林的方向走。因为小树林的位置比较高，走了一会儿，终于能看到摸着天边的小树林的树梢了。黄七长出一口气，说：“妈的，我还以为这个设局的家伙会乾坤大挪移呢。”

两人来到小树林里，找到那条隐隐的小路。

杀手问：“黄大哥，我们……回去？”

黄七说：“不回去怎么办？刚刚那机关你也看到了，这山洞，我们肯定是没法进去。即便拼死进去了，肯定没法活着出来。”

杀手问：“那黄榕不救了？还有李师刚大哥。我们走了，这种山高皇帝远的地方，恐怕他们命就没了。”

黄七站住：“那怎么办？”

杀手想了想，说：“这个山洞肯定有办法进出，我们刚刚看到了，老母教的那些人就是从这山洞进去了，还有他们抓着李师刚大哥和那个向导，都是从山洞进去的。”

黄七说：“这个我知道。不过以我的能力，我没法破解这个洞口的机关。何况现在大青石都没有了，洞口又有了新机关布置，我们现在去，跟送死没区别。”

杀手问:“那你打算怎么办?”

黄七说:“我去请个高人，下次再来。”

杀手说:“如果他们把李师刚和那个向导转移了呢?”

黄七沮丧地说:“跟你说实话，这个向导可是我的亲戚。当年我爷爷特意安置在此地的。”

杀手说:“所以，我们更不能就这么走了。”

黄七有些担心:“杀手兄弟，我知道你这人仗义，不怕死。不过这事儿不是胆大就能搞定的。这不是小混混打架，弄不好，真的能送命。”

杀手笃定地说:“没人不怕死。我有个办法，我们能顺利进到山洞里去。”

黄七说:“先说说你打算怎么进去。”

杀手说:“刚刚我注意到了，就在那根吊着无生老母雕像的杆子旁不远，有一堆柴火。我去打个火折子，点燃柴火，我们看看山洞里能不能出来人救火。我们现在也能确定山洞的大体位置，我们趁火还没有燃起来，先摸到山洞旁藏起来，看看那些人怎么出来，只要有人出来，我们就能找到进去的办法。”

黄七想了想，说:“好。试试看吧。”

2. 会动的石人

为了不在黑夜中走散，杀手和黄七两人一起找到了那个柴火堆。

柴火堆很大，堆得很整齐，底窄上宽，顶端还用茅草搭了顶。杀手用步子量了一下，这个柴火堆长竟然有一百多米。

杀手有些犹豫:“这么一堆柴火，不知道他们堆了多少年。”

黄七说:“别废话了，快动手吧。”

杀手踮着脚，从顶上拽下一把茅草，放在底下，打了个火折子放在茅草上，借着越来越大的火光，两人迅速跑到洞口旁边，躲了起来。

柴火熊熊燃烧起来。让两人始料未及的是，洞口非常安静，却不知道从哪里冒出来一群人，围着柴火堆救火。

黄七急了："妈的，这个山洞竟然还有别的出口。"

杀手也没有主意了："怎么办？黄哥？"

黄七说："反正这个洞口不能进，我们看着这些人，跟着他们找到另一个入口。"

两人折回，跑到离救火之地不远的地方，监视着他们。

有几个人救了一会儿火之后，离开火堆，朝着另一个方向跑，杀手和黄七跟在这几个人后面，一直跑到了一侧山坡上，他们跟着的几个人突然消失了。

两人不敢造次，藏身在一处小树林中，悄悄观察着周围的动静。

这几个人突然消失，如果他们不是发现了他们两个而躲起来了，那就是他们跑进了山洞里。所以，这里如果没有危险，那就是离另一个洞口不远了。

两人在小树林里躲了一会儿，觉得应该没有什么危险了，就从小树林里走了出来。

这是一个布满大大小小乱石的山坡，树木稀疏，怪石嶙峋。在暗淡的星光下，那些怪石颇像一个个或蹲或站的人像，让两人看得浑身冒冷汗。

杀手轻轻骂了句："这是什么鬼地方，黄榕那个死丫头，怎么能跑到这里。"

黄七示意他不要出声。

这些石头简直太像人了，江湖万金油黄七越看越觉得这些石头有问题。但是，走过去，用短刀柄朝着石头砸一下，却是货真价实的石头。他觉得很疑惑。

黄七拽着杀手走到一块大石头后藏起来。杀手不解，问："怎么了？"

黄七小声说："别出声。我觉得有问题，我们先藏会儿再说。"

杀手知道黄七是真正的老江湖，别说家学了，人家从小就跟着老爹在这条道上混，吃的盐比自己吃的米饭还多。

两人一声不响，观察着四周。

看了一会儿，杀手也看出问题来了。自己左前方刚刚还有一躺一蹲两块大石头，他刚转头朝别的地方看了一会儿，那块像蹲着的人的大石头不见了！

杀手惊叫："不好，这石头怎么不见了？"

黄七喊声："快跑！"

两人刚来得及站起来，发现身后，已经站了一圈石头。

杀手挥着短刀，朝着一块大石头刺去。在他的心里，这些石头应该是人伪装的。没想到短刀刺在石头上，震得他虎口生疼，差点把短刀丢了。

黄七喊道："别跟它们打，它们是石人。找缝隙逃出去！"

杀手不敢再造次，看准一个空隙，就朝外钻。没想到这些石人竟然也会打人，其中一个石臂一挥，就砸在了杀手的肩膀上。杀手被打得趔趔趄趄，被另一个石人一拳，砸在地上。

杀手艰难地爬起来，看到黄七也躺在离自己不远的地方。因为是躺着朝上看，光线稍微明亮一些，他看到从旁边小树林里走出几个大白脸。

杀手对黄七喊："黄哥，来人了！"

两人咬着牙爬起来，背靠背，亮出了短刀。

几个大白脸却不跟他们拼。他们只是围着两人，像几只饿狼围着他们的食物。

刚刚那个石人一拳砸在杀手的腰上，因此杀手现在能咬着牙站在这儿，已经是拼尽全力了。现在别说是跑，即便是挪动脚步，杀手都觉得异常艰难。

黄七看来也好不到哪里去。杀手了解他，黄七能在各种险境中来去自如，靠的是机灵和经验，如果拼体力和打架，他那个大烟鬼一般的小身板，能吃得下这石人的一拳，算是很牛了。

黄七挺了一会儿，突然靠在了杀手的背上，他很悲哀地说了句："兄弟，我真不行了。"

黄七身子一软，还没等杀手转过身来，就躺在了地上。

杀手知道，生死关头到了。他突然大吼一声，猛然下蹲，拽起黄七就扛在了肩上，一只手挥舞短刀，就朝后跑。

那几个大白脸这次不干了，各自亮出了手中的木棍，围住了杀手。

杀手的短刀伤不到他们，他也冲不出他们木棍的围堵，僵持了一会儿，腰部的剧痛又泛上来，杀手大汗淋漓，浑身颤抖。

黄七看着那么瘦小的一个干巴人儿，此时在杀手背上，也似乎有几百斤重。杀手想动弹，已经没有了一点力气。上身艰难地躲过了对方的一棍子，腿却没有躲过了，一前一后两棍子砸在腿上，杀手大叫一声，坚持了一会儿，终于摔倒在地上。

大白脸们毫不客气，看杀手还在地上挪动，努力想爬起来，其中一个挥起棍子，一棍子砸在了他的头上，杀手终于像块石头一般，一动不动了。

3. 被俘的船帮瞎子

杀手在一阵剧烈的头痛中醒来。

不止是头痛，醒来后，他发现自己全身上下，几乎没有不疼的地方。

他想动一动，这才发现，自己根本动不了。他被五花大绑，反绑在一根柱子上。四周漆黑。他努力朝四周看，什么也看不到，他抬头朝天上看，看到的也只是黑暗，没有一颗星星。没有风，空气里有一股霉味和淡淡的香味。杀手明白了，他现在应该是被人绑在了山洞里。妈的，终于进来了，却是被人家绑着弄进来的。

杀手咳嗽了几声，想到了同来的黄七和李师刚等人，就喊道："有人吗？黄大哥……李大哥，你们在不在？"

没人应声。山洞里嗡嗡响了一阵，复归沉寂。

杀手低头歇了一会儿，又抬头喊道："谁绑了老子？妈的，给老子出来！"

还是没人应声。

杀手愤怒了，骂道："都死了？"

依旧没有答应。杀手骂了一会儿，又累又困，虽然浑身疼痛，还是又昏睡了过去。

杀手再次醒来的时候，一睁眼，差点被面前的光亮刺瞎眼睛。他眯上眼，适应了一会儿光线之后，才又睁大眼，打量着周围。

他的正前方不远处，有一个简易的木头架子，上面搁着一盏杀手少年时在农村见过的那种汽灯。汽灯嗞嗞响着，吐着惨白的光线。

隔着汽灯，杀手看到一个人。这人一身皂衣，低着头，一头乱糟糟的花白长发，让杀手觉得很有些眼熟。但是杀手看不到他的脸，因此也无法确定此人是谁。这个人背后竖着一根很粗的木头，人就像一块破布一样被捆在木头上。

山洞不是很大，所以杀手能轻易看到周围的洞壁。在他右侧的洞壁上，雕刻着一个头顶金光的神像，不是如来佛，也不是那个大白脸女人，虽然面目不清，佛相倒也庄严，好像还涂了金漆，发着淡淡的金光。佛像下端，有一个不大的香炉。香炉没有点香。显然这个佛不是很重要，不必天天供奉。

山洞左侧有一个出口。杀手的位置是在凹进去的地方，因此看不到出口处是不是有个门。按他的推测，这个地方应该是这个老母教关人的地方，还应该有一个铁门才对。

对面的破布微微动了动。杀手忙喊道："喂，你醒醒啊，醒醒……咱说会儿话……"

听到喊叫，对面这个人头又动了动。但是他好像受了很重的伤，或者说已经生命垂危了，头动了几次，似乎想抬起来的样子，都又无力地垂下了。

杀手鼓励他："老兄，你不要放弃啊。你要努力，你看四川大地震，那个小女孩在废墟中坚持了那么长时间，你一个大老爷们，还留着这么帅的长发，简直就是从明朝穿越来的……你咬咬牙，跟我说几句话呗，这个破地方，简直能憋死人。"

那人似乎被杀手说得有些不好意思了，头抬得越来越高，但是每次都要在杀手就要看到他相貌的时候，又无力地垂下了。

杀手连连叹气，继续鼓励他："努力老兄，就差一点点了，对，再努力，再努力，就差一点点了……"

就在两人配合得越来越好，那人的头抬得越来越高的时候，杀手听到一阵锁链响，然后是钥匙插进锁孔的声音，继而锁吧嗒一声开了。杀手听得清晰，终于证实了，这个地方，就是这个什么老母教关押人的地方。妈的，老子出去一定要去报警，你们这算是非法拘禁。杀手心里恨恨地想。

毫无悬念，一阵铁门响之后，一个大白脸女人走了进来。

他的身后，跟着两个戴着同样面具的女人。当然，或许他们是男人。

三人看了看杀手。杀手瞪着眼看着他们，来了个先发制人："你们是什么人？你们凭什么关押我？你们这是非法拘禁，是犯法的……还把我打成这样。你们快把我放下来，送我到医院，否则，我出去后要去报警！现在是法制社会，你们懂不懂？"

那三个人对他的话置若罔闻，像看一只兔子或者一只狗一样，只看了一眼，就转头去看那个黑衣人。

黑衣人还在努力想抬起头来。其中一个大白脸说话了，女人的声音，虽然很不标准，但是说的是汉语，杀手将就着能听懂："别让他醒过来，喂药！"

她身后的两个大白脸走到这个正在试图把头抬起来的人面前，其中一个把他的头擎起来，另一个不知从哪里拿出一个小瓶子，用一块竹板撬开那人的嘴，把小瓶子对着那人的嘴，朝里倒药。

这人的头一抬起来，杀手就看出来此人是谁了。

竟然是瞎子！船帮瞎子！

这个瞎子杀手只看到过一次，是他在唐国军的出租屋内看到那个瞎子的尸体，到山上报信时看到的。当时，最老的瞎子坐在高处，这个瞎子就在杀手的旁边，所以能清楚地看到他的相貌。

杀手记得他们当时非常恐慌，简直就是末日来临时的感觉。他们说跟他们做对的是一个极为恐怖的组织，即便是当年在极盛时期的天地会也不

过与这个组织战成平局，因此他们船帮瞎子只能赶紧逃命。

现在看来，他们的逃亡没有成功。难道……难道让他们恐慌的、曾经与天地会一决雌雄的这个古老的组织，是老母教？靠，不会吧？

杀手被自己的这个想法吓呆了。如果老母教就是那个极为恐怖的组织，那他们岂不是小命休矣？

喂完药，那个先进来的大白脸女人转过身，看了看杀手：“你怎么哑巴啦？”

杀手从惊恐中挣扎出来：“你……你们是什么人？”

那人笑了笑。这笑声很有些纯朴，杀手的心有些平缓。她说：“你们既然来到这里，肯定知道我们是什么人了。不过我可以帮先生证实一下，我们是老母教，大善至尊救苦救难的老母圣教。”

杀手说：“好。既然你说你们是大善至尊，那为什么要把我打成这样，还捆得像个粽子？”

大白脸女说：“对善人要更善，对恶人要更恶，才是大善。你们私闯老母圣地，烧毁圣柴，罪大恶极，你们还活着，就已经不错了。”

杀手说：“我们是来找一个朋友的。再说了，我们是中华人民共和国公民，只要在自己的国家，哪里都可以去，这里怎么就不能来了？”

女人哼了一声，问：“那中南海你们能去吗？”

杀手老实回答：“不能。”

女人说：“你不是说你哪里都可以去吗？”

杀手说：“这里又不是中南海。”

女人正色说：“这里是老母圣地，更不允许你们随便进来。你说你是来找人的，那找的是什么人？是不是一个女人？”

杀手忙否认：“不是。”

女人侧身，指了指瞎子：“那你们找的是他了？”

杀手很有些气愤：“你们怎么把瞎子也抓来了？你们到底是什么人？”

女人说：“他不是瞎子。”

杀手差点说出他不是瞎子，但是他是船帮瞎子的人。好在杀手还算有点脑筋，他估计这些人也应该了解这人的真实身份，但是他不能让他们知道，自己也知道这些，这样会使问题复杂起来。

因此他说：“就算他不是瞎子，你们为什么抓他？”

女人却抓住了他的话柄，问：“你为什么说他是瞎子？你认识他吧？”

杀手说：“认识怎么了？不认识又怎么了？你们打算把我们怎么办？”

女人阴森森地笑了笑，说：“那你们是认识了。男子汉大丈夫，说话何必吞吞吐吐的？不就是一个船帮瞎子吗？”

杀手心里一惊，索性亮开了：“你们为什么要抓船帮瞎子的人？”

女人哈哈笑了：“终于忍不住了啊。你能先说说，你是怎么认识船帮瞎子的人吗？”

杀手心里那个憋气啊，这女人简直是太鬼了。

杀手不说话。女人凑近过来，那个诡异的大白脸看得杀手心里发毛。

女人看了杀手一会儿，才说：“不说也没关系。我们老母教也不想知道那些乱七八糟的事儿，但是，任何人闯进老母圣地，都要给个说法。否则别说老母教不客气！”

女人转身要走，杀手喊了一声：“等等！”

女人站住，转过身来：“想要说话了？”

杀手问：“我想知道，你打算把我们怎么办？喔，我先不管他，我先问我自己，你打算把我怎么办？”

女人说：“老母教的规矩，私闯老母圣地，先关上一个月，怎么处理你们，到时候再说。”

杀手头都大了：“关一个月？在这儿？怎么睡觉？吃饭怎么办？还要上卫生间，要洗澡，你不会就这么一直绑着我们吧？”

女人冷冷地说：“别想得那么周到了，还洗澡呢，绑上一个月，能活着就不错了。”

杀手看女人又要走，急了，喊道：“那总要上厕所吧？总不能拉尿都在这儿，弄得臭烘烘的怎么办？你们这儿不是老母圣地吗？圣地总得讲究点卫生吧？”

女人不搭话，直接走了出去。

杀手喊道："你说话啊。我现在就要撒尿了，你总得放开我，让我先撒泡尿吧？国民党的监狱还让人撒尿呢……"

铁门哗啦啦关上，上锁。这些人走路没声音，鬼似的，因此杀手也听不到她们的脚步声。

杀手绝望透顶，骂道："你们这些假善人，你们一点人道主义都不讲！"

杀手喊出这句话，连自己都有些惊讶。这么有水平的话，他还是第一次能说出来。

他继续喊："人道主义，人道主义你们总该讲吧？"

4. 下水帮

没人应声。杀手又吼了几声，估计人走远了，为了节省力气，只得闭嘴。

汽灯还嗞嗞响着，光亮却有些弱了。杀手抬头看了看灯光。他知道，这种在很多地方已经消失了几十年的灯叫汽灯，需要打气。如果没人打气，最多能亮一个小时，光线就会越来越暗，最终熄灭。

对面的瞎子一动不动，就像死人一样。杀手虽然也算经历过江湖，瞎子的样子也让杀手从脚后跟直冒凉气。

船帮瞎子都能被人家整成这样，看来这偏僻之地绝对不可小瞧。这些人到底是什么来头？如果只是一个偏僻之地的小教派，船帮瞎子怎么能到这里？怎么能有如此厉害的机关？

难道他们真的就是船帮瞎子所说的那个恐怖帮派？杀手有些怀疑。这老母教虽然看来是不可小觑，却也不像是能横行天下的大帮派的样子。何况唐国军说过，那个教派或许应该叫大阳教。其实跟明教差不多。

对了，黄七呢？刚才应该问问她们把黄七关到哪里去了。杀手直后悔，怎么能忘问这个呢！

看刚才那女人说话的样子，好像是船帮瞎子跑到了她们这儿，她们才把他抓了起来，那这船帮瞎子到这里干什么呢？难道也是救黄榕？那……黄榕到这里干什么呢？

这些人……难道与大顺宝藏有关系？

或者说，能与前些日子自己跟唐国军寻找的黄家人有关系？

杀手知道，这种小教派，一般都是尽量与外界隔绝的。当然，能在历史的大潮中存活了几百年，并且活得如此生机勃勃，除了尽力与世隔绝，不被牵连进朝代更替的漩涡中外，还需要高人引导。这个高人是谁？刚刚那女人的话，说明她知道船帮瞎子之事，显然这个老母教虽处偏僻之地，却并不是与世隔绝。或者说，即便是看起来与世隔绝，其实是身在世外，却眼观六路，耳听八方。

这是一帮什么样的人呢？她们的头儿是谁？他为什么把老窝弄在这么个偏僻的地方？当年曾经被皇帝追杀过吗？现在她们的头儿是谁？为什么要抓黄榕和船帮瞎子？黄家的紫铜匣子能在这里？

杀手现在多么期望对面的瞎子能尽快醒过来，一解心中疑惑啊。可那瞎子却无论他怎么叫喊，都是一动不动。

灯光也越来越暗，变成了淡黄色的火苗。杀手被捆的胳膊和腿都已经麻木了，头疼也轻多了，但是饥饿感却汹涌地泛了上来。

杀手忍不住又喊了几声，没人答应，他只能绝望地看着灯光渐渐熄灭。

山洞又陷入完全的黑暗中。

杀手憋闷，狼一般号了几声，终于被无边无际的黑暗包裹起来。山洞里的黑夜很沉重，压得杀手连吼的力气都没有了。近在咫尺的瞎子也陡然消失不见。杀手胡思乱想了一会儿，终于抵不过疲倦，又昏沉沉地昏睡过去。

杀手再次醒来的时候，不知道是眼睛适应了黑暗，还是因为天亮了，他能依稀看清这山洞里的一些东西了。

这让他微微有些兴奋。

杀手先用目光找到了黑糊糊一团的瞎子。用沙哑的声音跟他打招呼：

“喂，师父，你醒了没有？”

黑糊糊的一团一点反应都没有。杀手喊了几声，就不喊了。刚醒来的时候，脑袋昏昏沉沉，现在他觉得自己口渴得厉害，身体从里到外，都在冒烟。

杀手积攒了些力气，突然喊道：“有人没有？我要喝水！”

没人应声，只有他的声音在山洞里冲撞了一会儿之后，渐渐远去。

杀手喊了三声，精疲力竭。身上阵阵酸疼犹如成千上万只蚂蚁在他的身体里举行星球大战，身体的任何一个部位，都会突然疼得要死，杀手只剩下呻吟的力气了。

突然有声音传来，好像是瞎子问了句什么。声音细微，加上杀手也在呻吟着，没听清。

杀手忍着疼，问了一句：“你说啥？”

瞎子声音断断续续，像九十岁老爷子尿尿：“你是……上水帮……的吗？”

杀手一愣：“啥？上水……帮，上水帮……是啥意思？”

瞎子显然明白了杀手不是他们的人，又不说话了。

杀手喊道：“师父，上水帮是啥意思啊？你怎么哑巴了？他们是你们的人吗？他们能来救你吗？”

……

杀手喊了几句，瞎子像死了又活过来似的，来了一句：“你不是我们的人……我怎么听你的声音有点……有点耳熟呢？”

杀手说：“我见过师父。在洛阳郊外的山洞里。我去给你们报信，你们有个瞎子被人杀死在城里的一个出租屋里。我去的时候，您坐在你们舵主的下首。你们舵主说你们的强敌来了，你们打不过人家，只能逃走。你都忘了？”

瞎子的声音终于有点热乎：“想起来了，想起来了。唉，人老了，这些年的记性越来越差了。英雄，您……怎么到了这里？”

杀手快人快语：“我们来救人，被人拿下了。你呢？你们怎么跑到了这里？你们的人……都……都死了？”

瞎子声音低沉：“还有几个。”

杀手说：“那你怎么到了这里了呢？”

瞎子沉默了一会儿。杀手听到了压抑的拉屎拉不出来似的呻吟声。他知道，瞎子应该是在努力调整自己的姿势，使得自己尽量能舒服一点儿。但是，从瞎子变得粗重的喘息声中，杀手知道，他的努力白费了。

瞎子喘息了一会儿，才说：“请英雄原谅，这个我暂时不能跟您说。”

杀手没介意，继续问：“你刚刚说的上水帮是什么意思？是你的朋友吗？”

瞎子略停了一会儿，才说：“瞎子帮到了今天……也没什么秘密可守了。当年船帮瞎子遍布大半个中国，除了联络失散的大顺官兵，还要搜集清兵的情报，因此船帮瞎子当年有上万人，势力庞大。瞎子以长江为界，分上水瞎子和下水瞎子。我们属于上水瞎子，上水瞎子主要在汉江和丹江一带活动，总舵在丹凤县，现在丹凤县的丹凤会馆，曾经是我们上水帮船帮瞎子的总舵。下水瞎子还在长江湘江一带活动，是老窝，人马比上水瞎子精壮。”

杀手惊愕：“这个我第一次听说。”

瞎子苦笑了笑，说：“船帮瞎子兴盛的时候，分一帮二水四庙八大属，每大属又分十二小属。人才济济，威震江湖，不过，那时候的船帮瞎子或者是暗中行事，或者是以天地会的名义行事，自然少有人知道。”

杀手问：“那……师父，那个追杀你们的神秘帮派，会去杀下水瞎子吗？”

瞎子说：“会。不过……下水瞎子人多势众，这个神秘帮派是否能消灭得了下水帮，很难说。”

杀手说：“那就好，那就好。咱不说这个了，师傅，你们的人会来救你吗？”

瞎子呻吟了一会儿，才说：“应该……会吧。不过……老母教的人不好对付，能不能把我们救出来……难说。”

5. 见到教主

瞎子大概是筋疲力尽，跟杀手说了一会儿话，又昏睡过去。这次的瞎子似乎有了生机，睡觉的时候还打着呼噜，呼噜声排山倒海，似乎在演绎船帮瞎子曾经的辉煌。

光线微微又亮了一些的时候，终于有几个大白脸举着灯笼，走了进来。

大白脸分成两拨，一拨走到瞎子旁边，一拨来到杀手面前。

杀手嚷着要喝水，大白脸不理他，先把他双脚用绳子绑在一起，然后把他从木桩子上解下，把他的两只手用绳子连在一起，留出一段距离，让他可以端饭。

杀手的双腿双脚麻木，站立不稳，扑通摔倒在地上。

大白脸似乎觉得杀手不是人，他们不看他，任凭杀手在地上躺着痉挛，满头大汗。他们把米饭放在杀手面前，转身就要走。

看到他们要走，杀手急了，喊道："水，我要喝水！你们听到没有？"

大白脸根本没理他，转身就走。

杀手躺在地上，绝望地看着大白脸关上铁门，走了。

瞎子也躺在地上。他对杀手说："别喊了，没用。"

杀手沙哑着嗓子："这些妖怪也太他妈不讲理了！他们起码要给点水喝啊。"

瞎子呵呵惨笑，说："别想得那么美了，能活下去就不错了。这碗稀饭，是咱一天的饭，权当有水又有粮了。"

杀手惊愕："啥？这点饭……这是一天的？"

瞎子说："一天的。吃了饭，有人会带着咱去一次茅房，一天一次。"

杀手躺在地上，等胳膊能动了，端起稀饭，小心地喝了几口。他又累又饿，平常没菜吃不下的稀饭，现在觉得香得不得了。但是他不敢多喝，喝了几口后，把碗放下了。

等了一会儿，果真那些大白脸又回来了。他们用布蒙了两人的脸，带着两人到另一个地方方便了一下，把瞎子送了回去，却把杀手带到了另一处山洞。

杀手还是被蒙着双眼，跟着他们左拐右拐，走了好一会儿，几个人才站下。

杀手听到有个男人的声音，喊："罪人，跪下！向老母请罪！"

杀手还在莫名其妙，就猛然被人按在地上，几乎同时，他的背上、头上落上了许多拳头，一阵阵炸雷一般的吼声在他耳边响起："请罪！请罪！"

"杀了他！杀了他！杀了他！"

……

愤怒的众人把杀手拳打脚踢，杀手觉得自己几乎被砸扁了，被砸进了土里。那个刚说话的人等众人发泄了一会儿，才慢吞吞地说："老母是个宽容大度的无上大神，她老人家教化我等，要慈善要宽恕，所以，这个罪人侮辱了至圣至尊的老母，老母也要给他机会，兄弟姐妹们，先放了他吧，让他向老母忏悔。"

众人停止叫喊。

杀手挣扎着，摇摇晃晃站起来。有人给他解下了头上蒙着的面巾，杀手眨巴了几下眼，腿上挨了一脚，人不由得扑通跪下了。

那个来自前方的声音说："下跪的罪人，你来自没有敬仰的混沌肮脏世界，那里没有法度，没有教诲，你们就像心中充满恶念的孩子，需要来自老母的指引。因此，只要你能向老母忏悔，谨遵老母教诲，老母就可以赦免你的罪过。罪人，你听到没有？"

杀手虽然浑身疼痛，听了这话，却大喜："真的？"

那个声音稳稳地说："你抬起头来。"

杀手抬起头，被眼前的景象吓了一跳。幸亏早就见过这些怪异的大白脸，要不真能吓死人。他的两边，是站得整整齐齐的两排大白脸。在灯光下，近距离见到这么些恐怖的大白脸，让杀手从脊梁骨里朝外直冒凉气。

正前方，稳稳坐着一个同众人一样的大白脸。距离有些远，杀手看不出这个大白脸跟众人是否有什么不同之处。他心下疑惑，大白脸都一模一

样，他们怎么能分辨出谁是头儿呢？

前方的大白脸很肃穆地说：“罪人，你要诚实回答我的问题，你如果欺骗老母，谁也救不了你。你明白吗？”

杀手忙答应：“明白，我明白。”

大白脸很满意，说：“明白就好。那你回答我，你为何要到圣谷？跟你一起来的几个人，都是什么人？”

杀手这才想起李师刚和唐国军他们，忙问：“教主，我的那些朋友呢？”

大白脸说：“你没有权利向老母发问，请回答我的问题。”

两侧的大白脸都看向杀手，即便是隔着面具，杀手也能感觉到他们的愤怒。杀手忙说：“行，那我就不问了。我们几个闯到这里来，是……是来找一个朋友的。”

大白脸逼问：“朋友？什么样的朋友？”

杀手想了想，索性说：“女的。你知道的，就是那个黄榕。”

大白脸说：“你倒是诚实，比你的那几个朋友好多了。说吧，你们为什么要来救人。”

杀手说：“我们是朋友啊。黄榕被你们抓了，作为朋友，我们自然应该来救她。”

大白脸哼了一声，说：“救她？她擅自闯入老母禁地，伤害了我们的人，你们还想救她？“

杀手说：“那也要救！她是我的朋友，我不能见死不救！”

大白脸恼怒，说：“怪不得世间忠奸不分，清浊难辨，都是你们这些脏人闹的！你们这种人如果不信老母教，必定打入地狱十八层，永世不得翻身！我劝你还是留在山中，让老母终身给你教诲吧。”

杀手大喊：“我还得赚钱娶老婆呢，我不信你们老母教！要是你们这些信教的人都像你说的那么好，那你们何必还互相不相信，还要带着这大面具呢？”

两边站立的人大怒，喊着要打人。那个端坐着的头领说：“你虽然冥顽不化，这个问题却是问得好。世间有些人说我们老母教的兄弟姐妹戴着面具是为了避免互相告发，我可以告诉你，罪人，我们带着老母的圣面，是为了表示对老母的忠心，不让一些刚入教的人看到我们的面目，只是其中目的之一。我可以告诉你，我们老母教真正的兄弟姐妹在一起，都是不必戴着面具的。老母教至真至善，清明高阔，天地可鉴。”

杀手眼珠子一转，说：“好，既然你们老母教这么光明正大，我想问几个问题，希望教主能够回答。”

两旁的大白脸愤怒，有人喊道：“你算什么东西？竟敢向教主发问？”

教主平静地说：“让他问吧。”

教主的话声音不大，却很有威力，众人马上止声。

杀手有些心虚，看了看两边排列整齐诡异的大白脸。

教主倒和善起来，笑了笑，说：“你尽管说，说错了也无妨。”

杀手说：“教主，您得先答应我，我说错了，您得拦着您的手下别打人，还有……”

教主说：“行了，别啰唆了，你只管问吧。”

杀手说：“那我就得罪教主了。我就问三个问题，第一个问题，黄榕是什么人您肯定了解，她到这里干什么您也知道，我想问教主，老母教跟当年的天地会是什么关系？黄榕是到这里寻找家传的紫铜匣子的，她为什么会找到这里？

第二个问题，教主您平时是干啥的？您有老婆孩子没有？在城里有房没有？第三个问题比较简单，您打算什么时候放我们出去？那个黄榕您打算怎么办？希望教主能够回答。”

杀手说完，那些大白脸都呆住了，仿佛被杀手给施了定身法。教主也好长时间没反应过来。

杀手惊愕地看看众人，看看教主。教主缓缓地站了起来。

那些大白脸猛然醒悟过来似的，哇哇乱叫着，冲了过来。杀手绝望地看着教主起身而去，大白脸把杀手一阵胖揍，打得他七魂出窍，蒙上眼，给拖了回去，又绑在柱子上。

杀手被绑到晚上，也没给放开。剩下的大半碗米饭，他也无福消受，

只能眼巴巴地看着，任凭肚子里山呼海啸。

这些大白脸下手特别狠，杀手觉得自己的骨头都被这些家伙砸碎了。只有舌头和牙齿还算完好，因此他只能用这两样报仇，把这些男女教众的上下八辈骂了个遍。

瞎子等他骂累了，才说："兄弟，歇歇吧，骂也没用，别惹祸上身。别小看了这个老母教，我听舵主说，这个老母教非常不简单。"

杀手咬牙切齿："师父，这个老母教是个什么来头？我要问明白，等我出去，非灭了他们不可！"

瞎子摇头，说："没人知道。灯花教分支花子教是老母教的前身。不过花子教，都是头戴红花布，不是戴这么一个大白脸。花子教怎么演变成了老母教，没人知道。这也正是老母教的厉害之处。此教历经几百年而不倒，不同寻常啊。"

杀手问："这个老母教跟追杀你们的那个神秘帮派，是不是会有什么关系？"

瞎子说："不好说。江湖之大，东海之水，深不见底啊。"

住了不知多长时间，几个大白脸进来，把瞎子结结实实地捆在了柱子上。杀手嚷着让大白脸把他放下来，他被捆了整整一天了，大白脸根本不看他，把瞎子捆上之后，强逼着给瞎子喂了药，人就走了。

杀手喊瞎子，瞎子没了半点声息。杀手知道，老母教的人这是忌讳瞎子功夫厉害，晚上就把他用药灌晕。

虽然看不到天空，但是杀手明白，孤独、令人绝望的晚上又降临了。

杀手浑身疼痛，又饿又困，迷迷糊糊一会儿，又醒过来一会儿，如此折腾了不知道多长时间，突然听到有脚步声隐隐的传到耳朵里。

杀手是老江湖，听声音就知道这不是老母教的人。他不知道是福还是祸，想了一会儿，觉得还是让他们知道和瞎子在这里比较好，万一是来救人的呢？

他小声喊瞎子："瞎子大哥，有人来了！"

瞎子毫无声息。

他索性对着声音小声喊："你们是船帮瞎子的人吧？瞎子大哥和我在这里啊，你们快过来啊，我实在是坚持不住了。"

杀手的话音一落，本来朝这边行走的脚步声，突然消失了。

杀手迫不及待，喊道："你们还犹豫啥！你们……是船帮瞎子的人吧？我叫杀手，我曾经到洛阳城外那个山上给船帮瞎子的人送过信，说你们的人在洛阳城里被人杀掉了。你们不会忘了吧？"

脚步声迟疑了一会儿，终于又响起来。快到杀手面前，有人打着一个小手电，照了照杀手，问："你是那个上山送信的人？我们的人呢？"

杀手说："当然了。你不认得我？你们的人在前面那个柱子上绑着，被喂药了。喂，也给我松绑啊！你们不认识我，绑着的那个大哥可认识我，我去给你们送信的时候，他就在你们舵主跟前。"

两个人过去给瞎子松绑，其中一个过来，解开了杀手身上的绳子。

杀手手脚血液不通，动弹不得。正在着急，突然从不知何处传来惊慌的叫喊声："有人进来了！快告知香主！"

杀手急了："这咋办啊？我们还有好几个兄弟……还有黄榕还没有救出来呢！"

船帮瞎子的人不理他，其中一个看他不能走，扛起他，另一个扛起瞎子，众人朝着山洞外狂奔。

这些瞎子好像认得路，一行人在山洞里左拐右拐，终于出了山洞。在山洞外，杀手终于看到了李师刚、黄榕还有向导三人。杀手问大家看到黄七没有，船帮瞎子的人不认得黄七，李师刚说他被人家抓起来后，就没看到黄七。此时，许多的大白脸像是从地底下涌出来似的，朝着他们追来。

众人也顾不得黄七了，仓皇朝着山下跑去。

6. 逃出险境

杀手和那个瞎子还有黄榕，一开始都被人背着跑。跑了一会儿，杀手觉得腿脚血液活了，就要求下来。没想到腿脚还是不太适应，摔了两跤

后，才勉强跟上了大家。

众人跑到半山腰，都已经累得不行了。正待准备歇息一下，突然从树林里蹿出四个黑衣人。

跑在前面的两个船帮瞎子高手，还没明白是怎么回事儿，就躺在了地上。剩下七八个瞎子把黄榕和还没有醒过来的瞎子放在一边，把那几个黑衣人围住了。

杀手看得出来，这几个船帮瞎子武功不弱。但是八个人对付四个黑衣人还是很吃力，一会儿工夫，就有三个船帮瞎子受了轻重不一的伤，有两个躺在地上挣扎，一个剩下了半条胳膊，退回到了树林里。

剩下五个船帮瞎子见不是这四个凶恶的黑衣人的对手了，就有些惊慌。黄榕对五个船帮瞎子喊道："师父退后！"

五个船帮瞎子急急朝后退，四个黑衣人紧追不舍。黄榕从怀里掏出一物，朝着四个黑衣人就抛了过去。

四个黑衣刚好迎面撞上。那东西陡然散开，离得比较远的杀手都闻到一股刺鼻的味道，眼泪差点流出来。

五个船帮瞎子扛起躺在地上的两个，跟着向导，钻进了小树林。

那个被老母教抓去的瞎子刚刚有点苏醒，却还不能自己走路。五个船帮瞎子照顾三个人，虽然是竭力奔跑，跑了一会儿，那四个强悍的黑衣人，还是追了上来。

众人在树林里连滚带爬，一直跑到一条小路边，跑在前面的向导突然停住脚步，回头拽着大家跑到一处小土坡下藏了起来。

四个黑衣人从他们的面前经过，踢起的石头和泥土打了杀手一脸。四个黑衣人蹿到小路上，杀手突然听到从小路上传来一阵怒吼，然后是刀棍碰在一起的声音，和惨叫声。

杀手等人被惊得目瞪口呆。

杀手轻手轻脚，挪到树林边，朝外看。他看到众多的大白脸包围了那四个黑衣人，四个黑衣人虽然刀法凌厉，却也无法冲出众多大白脸的包围。大白脸功夫不如黑衣人，他们却很会打架，几个人协同作战，轮换进攻，四个黑衣人招架不及，竟然连连受伤，看得杀手目瞪口呆。

给杀手解绳子的那个船帮瞎子过来，看了会儿，扯着杀手回来。众人趁机逃跑。在向导的带领下，在树林里转来转去，天快亮了，才从山里走了出来，找到了船帮瞎子在外面接应的人。

众人上了面包车。

黄榕因为这几天的折磨，加上在树林一夜逃亡，累得几乎虚脱。上车后，她靠在杀手的身上，昏沉沉就睡了过去。两个重伤的船帮瞎子，靠在面包车后座上，已经是弥留状态。一个年龄约莫在五十多岁，瘦削冷峻的男子大概是这帮人的头，杀手听众人称呼他为“红香主”。后来，他才弄明白，船帮瞎子的“二水”，指的是上水船帮瞎子和下水船帮瞎子。说书人奉周庄王为说书人的始祖，二水的舵主都奉周庄王为祖舵主。四庙是各水都有四个“庙主”，也就是“香主”。这四个香主分别为“红、海（有的称黑）、青、黄”。每个香主下面又各有八个小头目，称为八大属。这个瘦削阴沉的男子，则是下水帮红堂的香主。

车上除了红香主和那个跟杀手囚于一个山洞上水帮瞎子之外，还有两个上水帮船帮瞎子。其中一个受了重伤，正奄奄一息，另一个掉了半截胳膊，已经包扎完毕，也靠在座椅上，脸色惨白。

曾经有上万人马的上水帮船帮瞎子，到现在，只剩下这三个人了。跟杀手被囚在一起的瞎子，是上水帮瞎子青堂的香主，下水帮的瞎子们，对这个青堂主还比较恭敬，青堂主却一脸沮丧。

杀手吃了几根红香主拿出的香肠，觉得身上有了些力气。

红香主告诉众人，老母教在明末清初之时，在江南颇有影响，曾经暗中支持过大顺军南下抗清。大顺军失败后，老母教收留了许多大顺军将士还有南明将士，李自成成立天地会后，这些大顺军将士试图说服老母教加入天地会，老母教教主没有同意。不过老母教也曾经帮助过天地会。天地会江西分会的舵主黄徽柔，就曾经多次在老母教藏身。

杀手惊讶："这个老母教还有这么多故事。"

青香主说："看到老母教的人跟那些黑衣人过招了没？老母教的战法，就是当年大顺军赫赫有名的三人战术，这种战术可以把三个人的力量和速度融合在一起。我以前只听说过这种战法，今天第一次看到实战，真是开了眼界。"

杀手看了看依然闭着眼的黄榕，说："那……老母教跟黄家的紫铜匣子会有关系吗？"

杀手的话题，让大家沉默了。

众人都看了看闭着眼一言不发的黄榕。阳光透过车窗，照在黄榕的脸上。看着一个穿着这么时髦清秀的女孩，谈着这么远古的话题，杀手真有一种穿越的感觉。

红香主长出一口气，摇了摇头，说："这个没人知道。谁也不知道，这个老母教到底有多少秘密。即便是当时，也没人知道老母教到底是一个什么样的宗教，何况现在。据说当年天地会江西分舵被清兵围剿，清兵对天地会了解得十分清楚，哪个山上的和尚是天地会的，哪个铺面是天地会的联络处，天地会哪天聚会，清兵都了如指掌。清兵在江西屠杀三个月，杀人无数。江西有一个叫血水岭的地方，就是因为天地会人的血从这个山岭上奔涌流下，才叫了这个名字。黄徽柔的船屋旁的小溪叫红水，也是天地会人的血流成河，流进了小溪里，小溪成了红色的，当地人才把这条河叫做红水。有人说江西很多教派因为跟天地会有交往，都遭到灭顶之灾，唯有老母教活到现在，就是因为老母教告密所致。不过……这也只是传说，至于是不是真的，没人知道。"

红香主看了看黄榕。黄榕眼皮动了动，依然没有说话。

车到县城，黄榕要下车。

杀手劝两位香主把受伤的三人送到医院救治，红香主笑了笑，说："多谢英雄好意，我们有更好的办法救护我们的兄弟。"

杀手和李师刚还有那位向导都跟着黄榕在县城下了车，面包车绝尘而去。

向导跟杀手等人告别。杀手问他黄七是否能从老母教逃出来，向导摇头，说他也不知道。杀手等三人看着向导摇摇晃晃走了，心里一片茫然。

杀手和李师刚黄榕等三人找到黄榕原先住的小宾馆住下。

歇息了一会儿，杀手和李师刚觉得此处离黄七住的那个地下赌场不远，三人吃了点儿饭，黄榕睡下后，两人从小宾馆出来，想找到黄七的那个地方，拿出自己的皮箱。

两人在周围没找到，又扩大范围，围着小县城转了大半个圈，也没找到想象中的那个地方，只得放弃，回到小宾馆。

但是，两人没有想到的是，黄榕不见了。

7. 线索是纸条

两人回到宾馆已经是傍晚。

杀手到黄榕的房间喊她吃饭，拍门，没人应声。转动门把手，却发现门被锁上了。杀手继续拍门，终于惊动了服务员，服务员上来，问明了情况，拍了几下门，见没反应，只得用钥匙开了黄蓉的门。

屋子里没人。黄榕床上的被子打开着，好像她睡着觉，就掀开被子，直接走了出去。

杀手和李师刚找遍了这个小宾馆，在附近又找了一会儿，也没找到。两人疲惫不堪，回到宾馆，吃了点儿饭，坐在房间里，垂头丧气。

李师刚安慰杀手："这个黄榕可不是一般人，别看一个小女人，见的世面比咱都多，功夫也厉害，不会有事。"

杀手仰靠在小床上的铺盖上，看着顶棚上的圆形节能灯，说："这个小女孩……不知天高地厚的，唉，早晚得出事儿。"

李师刚看了看杀手，笑了，说："兄弟，在洛阳那个小市场一带，你可是大名鼎鼎的心狠手辣，连唐大哥都很服你，怎么现在心肠这么软了？是不是喜欢上这个女孩了？"

杀手也笑了笑，叹口气："喜欢上有屁用。人家是什么人？墨西哥洪门

老大的女儿，有钱有势人长得漂亮，咱是山村穷农民孩子，没钱没势，长得也不行，咱喜欢的女人多了，得看人家喜欢不喜欢咱。”

李师刚说：“别说，我看这个黄榕对你还真不错。昨天你上车，她就靠着你坐着。”

杀手苦笑：“这就不错啊？现在的女孩子哪个不是喜欢有钱有势的？”

李师刚摇头，说：“也别这么说，好的也有。再说了，咱这儿的女孩势利眼，人家说外国的女孩还是以感情为主。”

杀手摆手：“不扯这些没用的了。睡觉，快累死了。明天起来，再去找黄榕吧。她千万别再让老母教的人给抓去了。想起那些大白脸，我现在就觉得瘆得慌。”

两人真是累惨了，上了床，都睡得昏天黑地，直到有人在外面拍门，才把杀手惊醒。

杀手昏昏沉沉开了门，黄榕生机勃勃的就站在了他的面前。

杀手一愣，狠狠摇了摇头，又看了一眼，看到真的是黄榕，杀手高兴了：“你怎么回来了？我们昨天晚上找了你好长时间都没找到，打算早上起来就去找你呢。”

黄榕推了一把杀手，说：“我进去有事跟你们说。”

杀手忙挡着黄榕，说：“我这还没穿衣服呢，李大哥还没有起来，你先回你屋里去，我待会儿去找你。”

黄榕这才看到杀手只穿了一条三角内裤，身上物件形神俱备。黄榕脸一红，转身走了。

杀手看着黄榕娇小却凹凸有致的背影，愣了一会儿，才转身回去，麻溜穿了衣服，看了看还在呼呼大睡的李师刚，出了房间，关门，来到黄榕住的房间。

黄榕正坐在床上发呆。杀手过来，搬过椅子，坐在她对面，问她：“你昨天下午去哪儿了？”

黄榕看了看杀手，说：“我觉得你应该先问问我，我是怎么被老母教的人抓住的。”

杀手点头，说："行，那你就先告诉我，你是怎么被人家抓住的。"

黄榕看着杀手，说："杀手大哥，现在想想，我是被人骗了。不过骗我的人是什么目的，我现在还不知道。"

杀手惊讶："被人骗了？骗到那个老母教的地方去了？"

黄榕摇头，说："具体说，我是被人骗到这儿来了。在洛阳，我收到一个纸条，纸条上说，要想找到紫铜匣子，就得到黎川来。我到了黎川之后，又有人通过快递送了一张纸条给我，让我到那个山里去，就是老母教的那个山。"

杀手问："那个纸条上没说，让你到山里干啥？或者说去找个什么人？"

黄榕摇头，继续说："没有。纸条上只说我想找到先祖的紫铜匣子，就得到那山里去，还说我在县城直接打个车，就可以去了，说到了那山里，我就什么都明白了。我就去了。"

杀手看黄榕似乎要陷入沉思中，忙拍了拍她的手，问："你去了没看到什么？或者……遇到什么人？"

黄榕抬起头，说："我快中午了才到的，顺着进山的小路朝山里走。走了一会儿，我就觉得似乎有人在跟着我。我就躲到一个小山坡下，藏了会儿，我真的看到了几个人，应该是两拨人。是几个人在跟踪前面一个男的。我觉得奇怪，就跟在了他们的后面。"

杀手惊讶："等等……你现在想想，是不是老母教的人在跟踪那个人？"

黄榕点头，说："不知道，反正没戴那个大白脸。你别打扰，先听我说完。最前面的那个男的，很瘦，差不多……四五十岁的样子，当地山民打扮，比一般山民穿得还要破，后面跟踪的那几个穿得比他整齐多了。我跟着那些人，觉得那些人似乎在山里转圈，感觉吧……就像前面的那个男子在找什么人，跟踪了一会儿，那几个人突然跑了起来，要抓前面的那个男子的样子。我当时就愤怒了，你知道我这个人的性格，觉得他们那么多人，欺负一个穷人，我也就冲了上去。前面那几个人没防备，还被我打倒一个呢。那些人就转身来抓我，我跑了几步，被树枝绊倒，就被他们抓了起来，他们蒙着我的眼，带着我走了好长时间，又把我交给了一帮人，我就被这帮人带进了山洞里。后来，你知道，是船帮瞎子把我救了出来。”

杀手想了想，说：“可是……船帮瞎子怎么也到了那个山洞里呢？”

黄榕摇头：“这我就不知道了。”

杀手说：“我是说第一个到老母教的那个船帮瞎子，他跟我被关在同一个山洞里。后面的船帮瞎子是为了救他，才到了老母教的这个地方的。这个瞎子……难道是为了救你，才被老母教的人抓起来的？还是他也是到老母教找什么东西的？”

黄榕摇头，说：“我也不知道。”

杀手想了一会儿，没想出头绪，又问：“那你昨天傍晚到哪儿去了？这次是又有人送纸条给你了？”

黄榕说：“不是。我看到了那个人。就是我在山里看到的，老母教的人追着的那个人。我虽然没看清他的面貌，但是我能感觉到，我在山里看到的那个人就是他。我躺下睡了一会儿觉，做了一个梦，梦到那个人来找我，好像有什么话要跟我说，却找不到我。我很急，真的就急醒了，我下床，从宾馆里出来，就真的看到了那个人，你说这怪不怪？不过这个人没看我，还是像在山里那样，匆匆从我面前经过，我差点就喊他了！我跟在他后面，跟了好长时间，一直到天黑，出了县城，我正准备要喊他的时候，他没了！现在想想，真是后悔，要是我早早喊住他就好了。”

杀手吓了一跳，说：“你不知道他是什么人，你敢喊他？”

黄榕摆摆手，很后悔的样子：“最起码我能问问他是什么人？这个黎川……我觉得跟我们先祖肯定有关系。”

杀手咧嘴一笑，说：“废话。你们先祖就是黎川人，他能没关系吗？不过……你要找的紫铜匣子，现在在哪里，还不好说。”

黄榕说：“我来中国，不只是想找到紫铜匣子，我还想找到先祖最终的下落呢。”

杀手说：“你说你们黄家，自从清末就一直派人到中国寻找你们先祖和紫铜匣子的下落，派了这么多人，就没一个回去过？”

黄榕黯然摇头：“没有。都没回去。黄家总共派了六位先辈来中国，只有一位捎了一封信回去，其余的都下落不明。黄家没人愿意来中国了，我有一个哥哥，他也不愿意来。我父母觉得也得留下一个男的给黄家传宗接代，就把我派来了。”

杀手惊愕：“你……父母，也太狠了。”

黄榕笑了笑，说：“终究得有人来，我哥哥武功还不如我，人也太老实，他来我还不放心呢。”

杀手看着黄榕，摇了摇头，苦笑：“你啊，真是不知道天高地厚。”

8. 背影太像

李师刚起床后，三人一起吃了早饭。杀手和李师刚的手机都让老母教的人给没收了，杀手跟黄榕借了钱，两人每人买了一部便宜手机，办了电话卡。

杀手试着给黄七打电话，竟然打通了。

杀手惊愕不已：“黄大哥，你是怎么从那个山洞逃出来的？”

黄七依旧不冷不热的口气：“沾了那些瞎子的光。你们现在怎么样？黄榕跟你们在一起吗？”

杀手说：“我们都出来了，住在黎川县城。黄大哥，您告诉我们地址，我们去找您。”

黄七说：“那就好。我没在黎川，等你们回到洛阳再来找我吧。”

杀手听黄七不想说下去的样子，忙说：“黄大哥，您别忙挂电话。您没在黎川，我和李师刚的背包还在您那儿呢，我们怎么去取啊。”

黄七说：“这样，你把你住的宾馆的名字和地址发短信给我，我让人把背包送过去。”

杀手说：“好。黄大哥，我还有事想问您呢……”

黄七打断杀手的话，说：“等回来再说吧，我这边还有事，挂了。”

杀手挂了电话，对着电话恨恨地说：“妈的，用人往前不用往后！”

骂完后，杀手还是下去问老板要了宾馆的详细地址，给黄七发了

过去。

不到半个小时，就有人打电话给他，让他到宾馆门口取东西。杀手和李师刚下去，把两人的背包背了上来。

黄榕这才问杀手，他们怎么到这黎川来了。

杀手想了想，觉得应该把他们跟唐国军来此地找黄家人的事儿跟黄榕说一说，就竹筒倒豆子，把经过跟黄榕详细说了一遍。黄榕听完坐不住了，非要杀手带着她去山上找他们黄家人。杀手和李师刚商量了一下，觉得反正待着也没事儿，就带着黄榕，坐车去了那个小镇。

到的时候，已经傍晚了，杀手等三人依旧在他们住过的那个小旅馆住下，简单吃了点晚饭，三人在小镇上溜达。

李师刚说起他当年跟着唐国军闯江湖的经历，杀手想起唐国军，拿出手机，给唐国军打电话，唐国军的电话却还是关机。

杀手不由得感叹："唐大哥也不是当年的唐大哥了。当年他对我们兄弟那么好，现在连人都找不到了。"

李师刚说："唐大哥大概是有苦衷吧。为那个木雕和尚，他得罪了船帮瞎子和顺脚僧，不得不四处躲藏。"

黄榕哼了一声，说："我第一次认识唐国军，觉得他这人还挺仗义，没想到他这么有心机，还跑到江西来找我们黄家人，这人……不够意思。"

杀手说："唐大哥是好人，以前我们一起出去，对我和李大哥都不错。这次来找你们黄家人……也不能就说明他是坏人，他不过是来调查一下。"

杀手边说，自己都觉得自己的分辨有点勉强。

黄榕有些不耐烦，说："行了，别说了。我看你们两个，就是两个大傻瓜。他要真是个好人，到江西来，叫着我一起来不就得了？他不让我来，自己来找我们黄家后人，不是为了我们黄家的宝贝还能是为了什么？"

杀手声音微弱，却继续分辩说："这个黄家人是不是有你们家宝贝的线索，还没法说呢。"

黄榕气得踹了杀手一脚，恼怒地说："你这个人怎么这么笨呢！没法说就是不知道我们黄家的人是否拿到了我们黄家的紫铜匣子，这万一是黄家人拿到了呢？或者说唐国军觉得我们黄家人拿到了呢？你告诉我，唐国军如果觉得这黄家人跟这个宝藏毫无关系，他闲疯了来这里找我们黄家人啊！”

杀手没话说了。黄榕气呼呼一个人在前面走，杀手和李师刚在后面跟着。

黄榕大概也没心情跟他们逛街了，走了一会儿，突然折回头，朝后走去。

杀手和李师刚愣了愣，也转身，跟着黄榕朝后走。

两人刚转过身，看到在黄榕的前方约一百米远的地方，有个黑影陡然转身，也朝前走。

黄榕喊了一声：“你是谁？你别走！”

前面的黑影显然是听到了黄榕的喊叫，加快了速度，顺着大街走了一会儿，转身走进了一条小胡同。

黄榕拔腿便追。杀手和李师刚也跟着追了上来。

小镇街上有几盏稀疏的街灯，胡同漆黑如墨。他们看不到前面的黄榕，也看不到那个黑影，只能听到前面的脚步声，杀手怕撞到黄榕身上，也不敢加速。

跑了一会儿，适应了这黑暗，杀手能看到依稀黄榕的影子了，脚下加速，追了上来。

黄榕对他说：“快……快点……就他……”

因为奔跑，黄榕没说清楚这个“就他”到底是谁，不过杀手心里明白，这人，应该就是黄榕在山上看到，在县城宾馆门口看的那个影子。可是……他怎么又到这个小镇上来了呢？这人到底是谁？

杀手心中疑惑，加快速度，猛追不舍。没想到，前面那人速度更快，他带着杀手他们从胡同跑出来，一直朝着小镇外的大山上跑去，一会儿就没了影子。

杀手停下，看着茫茫山野，不知所措。黄榕和李师刚追上来，黄榕一边气喘吁吁，一边问：“人呢……人呢……你怎么不追了？”

杀手指着茫茫黑夜，说："朝前跑了……我追到这儿，就看不到了。妈的……这人肯定是狗变的，跑得太他妈快了。"

黄榕焦急地乱转圈："这人肯定是找我的……说不定就是我们黄家人……这怎么办啊？！人都没影了。"

李师刚安慰她说："这人既然能从黎川跟到这里，那他想找你，肯定会找到你。如果他真是你们黄家人，那他也肯定会去找你。现在他不想见你，应该是还不到见你的时候。"

黄榕哭唧唧的："他不想见我……那他跟着我干什么？"

杀手说："没人知道他跟着你干什么，但是我知道，这肯定是有原因的，他不想见你，也是有原因的。等着吧，时机成熟，他肯定会去找你。"

黄榕说："那……杀手大哥，我们明天到山里找他，是不是就能见到他啊？"

杀手想了想，说："这个……不好说。不过我想……应该差不多吧。"

9. 破落的古庙

第二天一早，三人直奔老马的菜地。

从柏油路拐到砂土路，走了一会儿，砂土路太窄，两边的杂树刮得车嘎嘎直响，司机下车看了看，不往前走了，说这路是纯粹的山路，汽车进不去。

杀手等三人无奈，只得下车步行。

前些日子坐车进来的时候，觉得这段山路不长，现在用脚量着走，三人都有种遥遥没有尽头的感觉。

这是个阴冷的早晨，天空呈铅灰色，整个天空犹如一口倒扣的大铁锅，把他们三个以及树林和前面的小路，都扣在了大铁锅下。他们现在看不到远处的山，看不到汽车，看不到公路，他们所能看到的，除了一小块天空，就只剩下两边的树林和前面的小路了。

这阴森的气氛让三人都有些害怕。黄榕朝后看了看，说："这地方让人觉得怪怪的。”

杀手朝她笑了笑，带头在前面走。

黄榕第一次来这儿，不知道。他和李师刚自然都清楚，这条小路，是那个老马天天都要走的小路。他每天推着装着各种蔬菜的小推车，到小镇上卖，然后推着小推车回来。在这个几乎与世隔绝的地方，老人用自己的方式，保护着世代相交的黄姓好朋友，这条小路，就是他们与外面世界相接的一个通道。现在这个老人死了，唯一在这条通道上活动的生命没有了，这个通道不阴气森森才怪呢。

杀手和李师刚都是进过古墓见过古尸的人，但是走在这条小路上，还是觉得后脖颈有些发凉。感觉异常灵敏的杀手，还觉得好像有人或者有什么东西在跟着他们。大白天的不可能有鬼，那跟着他们的只能是人了。

可是，在这种地方，怎么会有个跟踪呢？难道还是那个跟踪黄榕的神秘人？

杀手转身看了看一脸肃穆的黄榕，没把这事儿告诉她。这个女人，经历了这么多的事儿，已经变得有些疑神疑鬼了，不能再在她心里加什么事儿了。

黄榕却好像也觉察出了什么，问他：“杀手大哥，你是不是发现了什么？”

杀手说：“没有啊。一条小路，清清楚楚的，这里能发现什么？”

黄榕嘟哝：“我怎么觉得有什么不对劲呢。”

李师刚抬头看了看天，说：“我觉得这路好像通往阴间的路。”

杀手说：“李大哥，这地方本来就阴气森森的，咱别瞎说了行不？”

李师刚笑了笑，三人不说话了，杀手走在前面，带着两人，匆匆赶路。

终于看到了老马那间小小的茅屋。

杀手看着茅屋，茅屋蹲在小路尽头，也好像在看着他。几天不见，茅屋好像更加矮小了，却满腹机密的样子。

三人走到小屋前。

黄榕被陡然出现的大片菜地所惊愕："这也太牛了，谁能在这儿弄出这么大一块菜地啊。"

杀手看着茅屋，努力想把它看透，看明白，他总觉得这个小屋子里似乎还隐藏着一个秘密，却想不出来，这里还能隐藏着什么。茅屋的主人死了，那个不知是否存在的黄家人，失去了茅屋主人的帮助，或者过着更加贫困的生活，或者已经远走他乡了，这个小茅屋会日益破旧，直至倒塌。

杀手围着小茅屋转了一圈，没发现什么异常，就带着两人朝山里走。

因为顾忌山谷有机关，杀手带着两人直接爬山。

老马死去的那个上午，杀手发现这个山的半坡上，有人朝着老马的茅屋方向跪拜磕头，杀手觉得藏在山上的这个人，应该常在这山坡上行走。杀手就带着两个人，朝着这山上爬。

山不高，却颇陡。三人披荆斩棘，迂回而上，累得气喘吁吁，终于爬上了这个小山顶。

李师刚和黄榕坐在大石头上歇息，杀手找了一处视野比较开阔的地方，朝山下看。他发现朝着山下东南角的方向，似乎隐隐有人走过的踪迹。

杀手回到李师刚和黄榕坐着的地方坐下，休息了一会儿，就带着两人，朝着那条隐隐的小路走去。

走到近前，三人仔细看，发现这儿的藤蔓很多被人扯断了，隐隐有一个长长的通路。

三人顺着通路朝前走，一直走到山脚下，进入山谷，通路隐隐约约在山谷中蜿蜒而去。

此时，天已经由阴转晴，太阳已经稳稳当当照在了头顶。杀手看了看手机，已经十二点多了。

三人商量了一下，不敢耽误时间，边走路边吃了几根火腿肠，喝了点儿水，继续顺着这隐隐约约的通路朝前走。两点多的时候，这条通路到了一个山脚下，竟然消失了。

他们的面前，是一座荒芜的小山，山脚都是石头和乱草。三人仔细分辨了一会儿，看到在山脚的右侧有一条隐隐的上山的小路。大概是从这边走路的人，特意不让人看出小路的痕迹，所以小路依稀难辨。

三人顺着小路朝山上爬。爬了一会儿，小路有些清晰了，三人大受鼓舞。又爬了一会儿，当他们终于看到一堵矮矮的山墙时，三人兴奋了。黄榕似乎疲惫尽消，跑在了两人的前面，朝着那山墙跑去。

杀手怕她有闪失，也加快了步子。

三人跑到山墙下，顺着隐隐的小路转过山墙，一个塌陷的小庙呈现在三人的面前。

顺着没有山门的门洞进去，三人站到了小庙的院子里。三间小庙塌陷了两间半。剩下半间，被人用木头支着，上面搭了一块破旧的塑料布，勉强没有倒下。

黄榕从地上捡起一块掉落的青瓦。古代的筒形小瓦，轻巧，在太阳下泛着青灰色的光芒。

杀手走过来，看了看黄榕，又看了看还剩下四分之一扇木门的破烂小庙，摇了摇头，说："没戏。"

黄榕把青瓦扔了，朝着小庙走过去。杀手和李师刚跟在她的后面。

不成形状的一截木门，杀手轻轻一推，木门就倒了下去。半间小庙里的一切，就都呈现在了三人的面前。让三人没有想到的是，庙里竟然还有一个比较完整的塑像。

塑像金漆掉落，但是看得出来，此塑像是一个武将。武将稳稳地坐着，依然英气逼人，器宇轩昂。

塑像的前面，还有一个方形小香炉。香炉里有香灰，杀手拈起香灰闻了闻，对两人说："这香灰不超过一个月。"

李师刚惊讶："还有人到这里上香？没听说这里有座庙啊。"

杀手瞪了一眼李师刚："咱才来几天？谁能特意跑到咱面前，告诉咱这儿有庙吗？"

黄榕说："看这样子，也没太多人知道这个地方。或者说……没几个人到这里上香。"

杀手想了一想，说："这种地方……或许只有老马知道吧，弄不好这香也是他上的呢。"

李师刚在破庙的外墙上，发现了不少孔洞。杀手过来看了看，说："子弹打的。当年日本鬼子和老马的爹，就是那个国民党的营长，在这山里干过几次仗，弄不好这是日本鬼子的子弹打的呢。"

李师刚骂道："狗日的小鬼子，好好的庙给打成这样。"

黄榕说："塌成这样，跟小日本没什么关系。都是咱中国人不知道保护古迹，就知道捞钱，塌了也没人管。"

杀手笑了笑，说："别咱咱咱的，你现在已经不是中国人了好不好？"

黄榕哼了一声，说："幸亏我不是。现在的中国人越来越不讲究，你看你们的那个唐大哥，除了想钱，什么都不管了。"

李师刚说："唐大哥是个好人。现在谁不想钱？想钱的时候能讲点义气，就算是好人了。"

杀手转身，看了看塑像，对李师刚和黄榕说："别说没用的了，既然来了，咱三个给这位大仙鞠个躬吧。"

黄榕拧着眉头说："这塑像不是如来佛也不是菩萨金刚，会是谁呢？"

杀手刚要说话，突然听到树枝折断的声音。三人一惊，也顾不得鞠躬了，杀手和李师刚拔出刀子，跑出院子，朝着那声音传来的方向追了上去。

三人循着声音，找了半天，也没有找到断裂的树枝，更没有找到什么可疑的地方，三人下来，又来到小庙前，在小庙周围寻找线索。

李师刚发现小庙的砖墙上刻了一些莫名其妙的图案，喊杀手过来看。杀手跑过来，看了看这些乱七八糟好像茶杯、筷子一类的东西，说："乱画的，想吃的喝的想疯了。"

黄榕走过来，问："什么东西？"

李师刚说："墙上画了些酒杯。杀手大哥说是什么人想吃的想喝的乱画的。"

黄榕走过去，只看了一眼，就呆住了。她蹲下，捡了一块石头，把这些乱七八糟的画面画线分开，看了一会儿之后，又掏出手机，把画面仔细拍下，站起来的时候，黄榕两眼放光，对两人说：“真是我们黄家的人留下的！”

10. 山洞凶案

杀手惊愕地看着黄榕：“什么？你们黄家的人留下的？这些乱七八糟的东西……你怎么知道是你们黄家的人画的？我也没看到写个‘黄’字啊。”

黄榕转圈看着茫茫群山，激动地说：“真是没想到！我们黄家人竟然还活着，竟然就在这里，爸爸啊，要是您知道咱黄家还有人在中国，您得多高兴啊。”

李师刚更惊讶，说：“黄榕，不是我扫你的兴，这不大可能啊。你们黄家上次派人到中国来，不是抗日战争时期吗？就算是四十年代，你们黄家的这个人当时二十岁，那他现在也九十多了，就算他活着……恐怕也不能动弹了，况且，有多少人能活到九十岁？如果他四十岁，现在都一百一十多岁了……这东西就算真的是你们黄家的人画的，恐怕……人也不在了。”

李师刚的话颇有道理，黄榕马上有些蔫巴。杀手安慰她说：“别听李大哥的，他这个人一根筋。万一当年你们黄家的人在这里找了个老婆，有后代了呢？”

李师刚说：“那也得六七十岁了。”

杀手有些恼怒：“你怎么净泼凉水呢？万一人家的后人也有老婆呢？”

李师刚笑了笑，不说话了。

黄榕说：“杀手大哥说得对，我们黄家人适应力可强了呢。”

李师刚问：“黄榕，那你们黄家人留下的这些符号，是什么意思呢？”

黄榕说：“这是我们黄家独有的联络暗号。是……告诉来人怎么去找他。”

杀手说：“那还等什么？快走呗！都半下午了，再不走就太晚了。”

黄榕迟疑了一下，看了看两人，说：“可是……我们黄家有规矩，看到

黄家人留的这种暗语，按照暗语找人，不能有外人在场。”

杀手摇头，说：“这个时候，你还讲究这些？现在这儿是不是你们黄家人都难说呢。”

李师刚说：“黄榕，我们陪你一起去，等看到了人，或者有人住的地方，我们就躲起来，暗中保护你，怎么样？”

黄榕点头，说：“行，那咱就走吧。”

黄榕按照黄家暗语的指示，朝着庙后的山上爬了一段，看到了一段陡峭的山坡。在山坡裸露的岩石上，找到了暗语，又顺着山坡走了一段，绕到山后，继续朝山上爬。

黄榕找到了黄家人留下的印记，精神抖擞，脚下更加有了力气。黄榕的脚力本来就不错，速度一加快，杀手和李师刚在后面跟着就很有些费力了。

黄榕带着他们走的这段路，其实一点路的痕迹都没有。忽缓忽陡的山坡，漫天的树林和灌木，他们的行走非常艰难。

最让两人苦恼的是，这山上有一种小灌木，漫山遍野都是，他们爬坡或者下坡的时候，需要借力，抓住了这种小灌木，愤怒的小灌木会扎你一手的刺。

杀手最先被扎。他把此事告诉了李师刚，李师刚却还是不由自主地抓了两次，弄了一手的伤。

黄榕带着他们绕到山后，顺着山后，又绕到山的西侧，朝上爬了好长时间。

黄榕不断寻找那些越来越隐蔽的暗语矫正路线。到达山洞附近后，却找不到洞口。三人在附近转了好长时间，才发现一个十分隐蔽的山洞。洞口低矮，人要低头弯腰才能进去。洞口用一个木栅栏门挡着，显示这里是有人居住的。

杀手和李师刚躲到山洞不远处的树林里。看着黄榕走到山洞前，喊了几声，然后推开栅栏门，走了进去。

杀手和李师刚瞪大眼睛，竭力透过树林盯着洞口。

突然，从洞口传来黄榕的惨叫。两人从树林里蹿出，朝着山洞就扑了过去。

杀手握着短刀，一马当先，冲进山洞里。

山洞里光线昏暗。因为进来的太急，他没有看清山洞里面的形势，差点撞在黄榕身上。

杀手勉强稳住身体，看到黄榕无恙，心里略微放心。他问呆站着的黄榕："怎么了？你喊啥啊？"

黄榕似乎没听到他的话，缓缓蹲下。杀手朝地下看，看到地下好像有什么东西。

杀手也蹲下，这才看清，地上躺着一个人。此人仰着脸，脖子被人切开了，血还没完全凝固，显然死了不久。

此人瘦削，穿着破烂，山民打扮，那样子，跟黄榕描述的跟踪她的人很像。

黄榕伸出手，摸着此人乱糟糟的头发，眼圈红了。

杀手看了看这个简陋之极的"家"。这个"家"里，最显眼的家具，就是支在山洞中间的一口锅。锅灶用石头简单垒成，没有烟囱。杀手能够想象到，烧饭的时候，这个山洞里应该都是黑烟。山洞尽头，恍惚是一张简单用木头搭成的床。床上，有黑糊糊的一团东西，大概就是被褥了。

杀手握着短刀，正待仔细搜查一下山洞，突然听到在洞口警戒的李师刚喊："有人！"

杀手从地上拽起正在流泪的黄榕，两人冲出山洞。

李师刚已经从洞口一侧朝山上爬，杀手和黄榕紧紧跟在后面。

大概觉得这个人就是凶手，急于报仇的黄榕发疯一般手脚并用，一会儿就超过了李师刚，冲在了前面。

杀手和李师刚害怕黄榕有失，也加快速度，朝上爬。

这段山坡很长，爬了一会儿，三人都是筋疲力尽，也没找到人。杀手气喘吁吁地问李师刚："那个人是朝着这个方向跑了？"

李师刚茫然四顾，说："不知道。在洞口的时候，我看到他朝山上跑

了，谁知道是不是一直朝着山上爬？”

杀手对黄榕说：“黄榕，咱不能一直朝上爬。这个人如果真是杀人犯，那他肯定不是一直在这山里住着，杀了人后，必定要朝后跑。李大哥看到他朝山上爬，他应该是有意误导我们，朝上爬了一段之后，趁我们没注意，找路下山了。天就要黑了，山上没人也没吃住的地方，他朝山上爬有什么用？”

黄榕报仇心切，头脑混乱，她看着杀手：“杀手大哥，你说我们怎么才能找到那个混蛋？”

杀手叹口气，说：“黄榕……你听我说，你朝四周看看，到处都是山和树林，他随便跑个地方一躲，咱就很难找到他。别说他是一个人，咱就三个，当年那个马营长带着几百人藏在山里，日本鬼子找了多年，也没把他们全部杀光。你说……”

黄榕悲愤：“你的意思，咱找不到就不用找了？”

杀手想拍拍黄榕的肩，被黄榕一扭身躲了过去。杀手尴尬地笑笑，说：“黄榕，我理解你的心情，不过……这么说吧，你也经历了不少的事儿，你理智点儿说，咱三个今天能找到这个人吗？”

黄榕赌气地说：“今天找不到明天，明天找不到后天！我一定要杀了那个畜生！”

杀手点头，说：“我同意你的说法。但是，现在天不早了，咱得先下山了。今晚回去休息一下，吃饱休息好了，明天才能有精力来找人啊。”

李师刚疑惑：“明天来找人？人家杀完人了，还能一直待在这儿，等着咱来找？”

杀手点头，说：“李大哥说得对。这个人杀完人了，肯定不会一直待在这里，所以，咱还是先回去分析一下，找船帮瞎子或者黄大哥他们帮帮忙，才可能找到凶手。黄榕，咱得动脑子，不能感情用事。”

黄榕绝望地闭上眼，一屁股坐在地上。

杀手和李师刚在周围转着搜查了一会儿，黄榕也调整好情绪，站了起来。

三人下山，来到洞口。

黄榕突然又想报警，被杀手拦住了。杀手说："先不说报警能不能抓到人，只要一报警，那咱三个首先就要被调查。先不说你，我和李大哥两个原先干的那点儿事，被查出来，我们就得先被抓进去。如果你把你来中国的原因跟他们说了，那他们首先就得控制你，别说调查案子，弄不好你连自由都没了。"

黄榕又没有主意了："那怎么办？"

杀手说："咱得先把这个人埋了。埋到哪里，做个记号，万一等你查清楚了，或者你们黄家人从墨西哥来了，也好来悼念。江湖的事儿江湖了，沾上政府，麻烦就多了。"

黄榕看了看李师刚。李师刚点头，说："杀手说得对，咱只能这么办了。"

杀手从山洞里找了一把铁锹，和李师刚两人在树林里挖坑。黄榕趁着还有些光线，在山洞里搜索了一遍，也没找到什么有价值的东西和线索。最后，她用铺盖把人卷了，李师刚和杀手把坑挖好，把人抬出去埋了。

杀手把旁边的一棵略大些的树，砍了皮，做了标记，黄榕对着坟头跪下，突然号哭了起来。两人有些惊愕。但是让两人没有想到的是，黄榕只是哭了三声，竟然就戛然而止，朝着坟头磕了四个头，三人一起匆匆下了山。

第五章　JL集团

1．灵异事件

三人回到镇上的旅馆，吃了饭，聚在杀手的房间里，商量怎么找这个杀人犯。

杀手觉得，杀人者应该跟老母教有关。可是，这好几十年了，为什么老母教的人等到现在，才杀了这个黄家人呢？为什么他们早不杀，晚不杀，偏偏在黄榕找到了老母教，找到了黄家人的线索，他们才动手的呢？

杀手皱着眉，说："这肯定有原因。"

黄榕又掉眼泪了："都是我害了他。我要是不找到这儿，说不定他还能活着。"

杀手摇头，迟疑着说："我觉得有点奇怪。你们黄家人都会武功，派到中国来的人，武功更应该不差。这个人如果是那个黄家人的后代，那他的父亲肯定会教他练武。他被杀，不可能一点搏斗的迹象都没有啊。"

黄榕抬头，看着杀手："你什么意思？"

杀手说："万一……我是说万一啊，万一他不是黄家人呢？"

黄榕有些疑惑："那……他能是什么人？一个不相干的人，那谁会去杀一个不相干的人呢？"

杀手刚要说话，看了看黄榕，又把话咽了回去，说:“咱在这瞎猜疑也没用，还是先调查清楚再说吧。”

第二天早饭后，黄榕自己去找船帮瞎子帮忙去了，杀手和李师刚闲着没事，在房间休息了一天。傍晚，黄榕回来，杀手问她怎么样了。黄榕疲惫不堪，说她找到了船帮瞎子在此地的一个联系人，把黄家人被杀的事儿跟他说了。联系人说他也不确定红香主现在在哪儿，等他找到后，他肯定会把这件事儿跟香主说。

“就这么个情况。唉，这些瞎子，连个电话都没有，不被时代淘汰就怪了。”黄榕失望之极。

杀手问:“你给他留了电话号码了?”

黄榕说:“留了。不过看那样子，留了也未必有用。这种人……活着还有什么价值呢?”

李师刚一脸严肃，说:“不能这么说，我倒是觉得他们是一帮很值得尊敬的人。他们虽然不属于这个时代，但是他们在坚守着自己的信仰，不为名利，就值得现在的人学习。”

杀手也点头，说:“李大哥说得对。我杀手也算一条汉子，活了这么多年，第一次遇到我让我佩服得五体投地的人。现在的人，个个都离钱不说话，这些瞎子比咱高尚一万倍。想想他们，看看我们这些人，我都觉得自己肮脏。”

黄榕斜了杀手一眼，说:“这么说……我们反倒不如人家了?”

杀手笑了，说:“我没说你们黄家啊。你们黄家先祖当年也是英雄，可惜逃到墨西哥去了。人家这些船帮瞎子哪儿也没去，一直这么苦苦地守在这儿，没名没利的，这事儿看起来有点傻，不过如果人人都精明透顶，那也不是好事儿。”

黄榕感叹:“你说的也有道理。上次我在洛阳郊外的那个小山上，跟那个瞎子说了会儿话。我问他，都这个时代了，他们怎么还当这个屁用没有的船帮瞎子干什么，那个瞎子说，他们都是船帮瞎子的后代。当年的船帮瞎子几万人，他们的后代很多也跑去赚钱、跑去当官了，甚至有的直接跟他们作对，专门寻找大顺国留下的宝藏了。所以，船帮瞎子越来越少了。能留下来的，都是忠勇刚正之人。傻，却正直。这种人，如今真是太少了。”

杀手摆手，说：“不说这个了。咱是小草，连吃饭都还没解决呢，想这些干啥？我觉得不管怎么样，咱三个明天还是到那个山洞再去看看，或者能找到什么线索。”

黄榕和李师刚同意。

第二天一早，三人出去搭车。这次为了能让司机把他们送到山脚下，三人搭了一辆小三轮。

三人顺利到达那个小茅屋，上了山，沿着那天上山的路径，一直到达山洞。

三人在山洞周围搜寻半天，也没有发现什么线索。黄榕要去拜拜那个黄家人，然后就下山。杀手和李师刚坐在山洞外的石头上歇息。黄榕突然在那边喊叫起来：“杀手大哥，你们快过来！”

杀手和李师刚忙跑过去，眼前的情景让他们惊呆了。

那个坟墓变样了，原先高高鼓起的坟堆变得平平的。昨天他们把坟堆周围收拾得干干净净的，现在坟堆一侧堆着很多土，好像是那人从坟堆里钻了出来的样子。

黄榕吓得脸色干黄，靠在树干上，瑟瑟发抖。李师刚凑过去看了看，说：“这人……活了？还是变成鬼了？”

杀手起了狠劲，说：“怕什么？我就不信，还能大白天见鬼了！”

杀手跑到山洞里，拿出铁锨，疯狂地挖坟。

黄榕拦阻，杀手恶狠狠地说：“你不想知道你们黄家人是不是活了过来？万一真活了过来走了呢？”

黄榕呆住了。杀手继续挖。

李师刚把黄榕拽到一边，看着杀手挖土。

杀手疯挖了一会儿，把铁锨一扔，一屁股坐在了地上。

李师刚和黄榕凑过来，朝坟里看去。那个死人扔在，但是卷着他的被子竟然没有了！也就是说，有人是挖开了坟墓，把被子抱走了，又把人草草埋了起来。

三人都看着坟墓发呆，没法说话。

看了一会儿，黄榕跪下，朝着坟墓里的死人磕了几个头，拿起铁锨，填了土。

李师刚骂道："死人的东西也来抢，真是畜生啊！"

杀手坐了一会儿，从黄榕手里抢过铁锨，把人又埋了起来。

黄榕蹲在一边，头一直垂着不说话。

李师刚走过来，说："也许……是那些穷山民干的。"

黄榕摇头。

杀手埋完人，走过来，拉起黄榕，三人走出小树林。

杀手把铁锨放进山洞，出来，也不说话，带着两人匆匆下山。

一直走到老马的茅屋旁，杀手才说："这个鬼地方……太邪门了！"

李师刚抬头，看了看已经西斜的太阳，喃喃地说："邪门！"

黄榕一脸铁青，不说话。杀手给早上送他们来的出租车师傅打了电话，师傅一会儿开车过来，把三人拉了回去。

第二天，黄榕又去找船帮瞎子的那个联系人，李师刚和杀手在宾馆里闲得无聊，在小镇上转悠了一会儿。中午回到宾馆的时候，在宾馆门口，看到了一个穿着一身脏衣服，头发乱糟糟，身材瘦削的看不出年龄的人。

两人惊呆了。这人怎么那么像那个在夜里跟踪过他们，也跟踪过黄榕，在山洞里被人杀了，被他们埋了的那个人啊！

两人还没有醒过神来，那人没了。杀手和李师刚跑到刚刚那人站着的地方，四下寻找，哪里还有他的影子？

杀手拍了拍自己的脑袋："妈的，我是不是看花眼了啊！"

李师刚也疑惑："不能啊……你一个人能看花眼了，不能两个人同时看花眼啊。"

两人不信邪，在四周转着找了一会儿，鬼影子都没见到一个。两人越找越觉得邪乎得厉害，赶紧跑回了宾馆。

两人回到房间，越想越觉得此处实在太可怕，不可久留。

下午，黄榕回来，两人对黄榕说起此事。黄榕也是惊讶不已。

杀手忧心忡忡，说：“黄榕，这个地方我们不能待下去了。这里面好像有个陷阱，我现在觉得那个死去的人不一定是你们黄家的人。”

黄榕说：“那……你的意思，是我们黄家的人还活着？”

杀手摇头，说：“难说。我怎么觉得这事儿很邪气。是不是这根本就是个骗局，这里根本就没有你们黄家的人呢？是有人特意在等你……或者说，在等着我们呢？”

黄榕瞪大了眼睛：“不能吧？那个黄家留下的暗语怎么解释？还有那个死人呢？”

杀手说：“暗语是黄家人以前留下的啊，留了几十年了。那个死人……”杀手拍了拍脑袋，说：“我脑子乱了……不管怎么说，这事儿邪性，我们都不应该在这里待下去了，否则肯定出事儿。我就说一样，你们听说有人把死人的被子偷去的吗？我操……这太吓人了。”

黄榕也有点害怕：“那……杀手大哥，你说我们该怎么办？”

杀手说：“走！这地儿一天都不能待了！再待几天恐怕命都没了！”

黄榕还是有些不甘心：“你觉得……死去的那个人不是我们黄家的人？”

杀手摇头：“很难说。别管是不是，就算他是黄家人，现在这事儿弄得这么古怪，你值得去为一个死人冒险吗？你别忘了，你来中国是寻找你们黄家的宝贝的！在这里，不但找不到宝贝，恐怕把命也能弄丢了。”

黄榕长出一口气，点了点头，说：“我来江西，本来也是有人给我送纸条让我来的，来到就让老母教的人给抓住了……现在想想，这些事儿确实古怪。行，那就走吧。反正我给船帮瞎子留了电话。”

2. 暗语

三人回到洛阳，下车后，黄榕请二人吃了顿饭，然后跟二人告辞。杀手带着李师刚回到住处。

杀手开了门，屋子里空空无人。杀手给唐国军挂了个电话，还是没有开机。两人在屋子里坐了会儿，杀手又给黄七打了个电话，电话通了。

杀手告诉黄七，他回到洛阳了。唐国军还没有音信，不知道到哪里去了。

黄七告诉杀手，他听人说有人想杀唐国军，现在唐国军藏起来了。他有事会跟你们联系。

杀手心情郁闷，问黄七："黄大哥，唐大哥要藏起来，怎么也得跟我打个招呼吧？我怎么觉得他有事就找我，没事就不理我啊。好歹我们是兄弟，这些日子我觉得唐大哥变了。"

黄七还是阴阴的声音："这个我不知道。不过唐国军现在确实很危险，你要是真认他是你大哥，你就得理解他。"

杀手想了想，只好说："那……黄大哥，我们怎么办？唐大哥本来跟我们一起干点事儿，现在他人也找不到，我们散伙？"

黄七冷冷地说："我不知道。你想散伙就散伙。不过我要是你，就在屋子等着他。他会想法联系你们。"

黄七挂了电话。

杀手放下手机，和李师刚坐在沙发上，面面相觑。

两人无声地坐了好一会儿，李师刚说："唐大哥变成这样，也说不定真有苦衷。"

杀手还是不理解："真有苦衷那也该跟我们说说啊。说来就来，说走一点话头都没有，这还当我们是兄弟吗？黄榕那么相信他，我认识黄榕，还是他介绍的呢。他去江西找黄家的那个人，他都瞒着黄榕。这个唐大哥，我现在对他真是不敢相信了。"

李师刚说："先看看再说。"

杀手摇头，说："不说他了。李大哥，你说，咱这个宝藏，还应该再找下去吗？"

李师刚有些惊讶："什么意思？咱的希望都在这宝藏上，不找咱干啥？"

杀手说："我看到那些船帮瞎子，觉得咱……有点儿太不仗义了。就像

船帮瞎子说的，宝藏还是有主人的，咱以前是寻宝，现在我觉得咱确实是在盗宝了。妈的，想到这个‘盗’字，我心里就不舒服。”

李师刚摇头，说：“你想多了。这些宝藏本来就是李自成从明朝皇宫里抢出来的，兴许他不仁，就不许咱不义了？退一万步说，就算咱不仗义了，咱不去寻宝，现在咱能干什么？有权有势的人到处都能搞到钱，也到处想法捞钱。咱呢？要房子没房子，连个老婆都娶不起，不想点歪招，等着饿死啊？”

杀手苦笑了笑，说：“听着你这话还挺有道理。”

李师刚说：“船帮瞎子自小就接受教育，保护大顺宝藏，在他们的世界里，履行祖辈传下的承诺，就是他们的全部。咱是在这个世俗社会长大的，娶妻生子，发家致富，是咱要做的。庙里的和尚，不吃荤不娶妻，他们有他们的信仰，他们的信仰也让人敬佩，咱不能去学他们，咱得走咱小老百姓的道儿。正道让人堵死了，怎么办？只能走点邪道了。咱只要不害人那就算对得起自己的良心。”

杀手点头，笑了笑说：“你说话还挺有道理。”

李师刚说：“别的不多想了，能想法活下去就算本事。”

两人闲聊了一会儿，收拾了一下房间。李师刚本来也在市里租了房子，现在看唐国军这边没人，两人就把东西搬了过来，住在了一起。

两天后，黄榕给杀手打电话，要请两人吃饭。两人正闲着，欣然赴约。

黄榕要了个小包间。杀手和李师刚走进包间，看到黄榕脸色阴沉，眼神忧伤。

杀手在她身边坐下，问：“怎么了？咋一天不见变成瘟鸡了？”

黄榕白了他一眼：“你才瘟鸡呢！”

李师刚笑了笑，说：“黄榕，你的脸色真的不好看。咋了？”

黄榕忧郁地笑了笑，说：“也没啥事。就是……这两天老做噩梦，梦里总是梦见那个跟踪我的人，还向我求救。我快完了，只能向你们两个求救。”

杀手和李师刚交换了一下眼神，杀手拍了拍头，说："这个……还真是麻烦，不行，就吃点安眠药呗。"

黄榕被他气笑了："我的傻哥哥，我不是睡不着觉，吃什么安眠药啊？我就是做噩梦，那梦……就像真的一样。我醒了，也总是觉得在做梦，安眠药治这个？"

杀手无语了。

黄榕喃喃地说："我快疯了。你们两个得帮帮我。"

李师刚摇了摇头，说："我真不知道怎么帮你。要不……咱再回一趟江西？"

黄榕摇头，说："我现在不想回去。我有种预感，现在回去也没用。"

杀手点头，说："如果那个跟踪你的人真是你们黄家人，那他肯定会想法跟你联系。在江西，咱特意去找他，他都不露面，说明他还有顾虑，或者还不到跟你见面的时候，那咱去也没用。"

黄榕问："杀手大哥，你为什么说如果他真的是黄家人，他肯定会跟咱联系呢？"

杀手说："你想想啊，他一个藏在大山中的人，能知道你是黄家人，能有本事跟踪你，从老母教的山里跟着你到了黎川，从黎川又跟你到了小镇上，那这个人跟踪你到洛阳，不是不可能。"

黄榕轻轻点头，又摇头，说："小镇离老母教的大山不远，也应该都是他熟悉的地方，他跟踪容易。要跟到洛阳，恐怕不那么容易。"

李师刚突然问："对了，你不是说过你到江西去的原因是有人给你送了个纸条吗？这纸条能不能是你们黄家人送的呢？"

杀手否定了李师刚的话："如果黄家人知道黄榕的身份，那还费那个劲干吗？不如直接来找她了。"

黄榕也说："纸条应该不是黄家人送的。黄家人联系，有很多可以试探对方是不是黄家人的暗语，这张纸条上什么都没有。"

杀手说："李大哥这么说，我倒是想到了一个事儿。这张纸条不是黄家人写的，但是肯定是知道黄家人的秘密，起码知道黄榕身份的人写的，黄

榕，你在洛阳……或者说你来到中国，有几个人知道你的身份呢？”

黄榕想了想，说：“在洛阳，最先知道我身份的当然是唐国军大哥了，再就是你和李大哥，再没有了。在中国，我知道的，现在就是船帮瞎子的人。”

杀手摇头，说：“唐大哥肯定不是那个写信的人，我和李师刚也不是。妈的……找到这个给你写信的人，很多谜团就能解开了，可是……这个人是谁呢？”

李师刚说：“咱先别说这个了吧，不是来吃饭的吗？现在咋一个菜没上呢？”

黄榕忙笑了笑，说：“忘了，没点菜呢。准备等你们来了再点，你们快去点吧。”

杀手出去，招呼小姐进来，点了四个菜。

小饭店菜上得很快，李师刚和杀手真饿了，每人喝了两瓶啤酒，肚子里有了底儿，又继续刚才的话题。

杀手说：“唐大哥现在也不知道上哪儿去了。这半年多，他都是神龙见首不见尾，连我这个最好的兄弟，都不知道他到底为什么要常常闹失踪。”

黄榕幽幽地说：“你们的唐大哥好歹还能见个面，我们黄家人是死是活还不知道呢。”

李师刚举杯，说：“碰一个。不管怎么说，咱三个也算是生死之交了，干了！”

三人把杯中啤酒喝光，李师刚说：“黄榕，我说句话吧，不管你爱听不爱听，我这话都要说。”

黄榕笑了笑，说：“李大哥你尽管说，我爱听。”

李师刚点了点头，说：“我是喝酒了啊，不过……我没喝多。所以，我说的话不是瞎说，但是呢，说多了你也不要介意。”

黄榕笑了：“李大哥真有意思，你直说呗，这么啰唆。”

李师刚坐正身子，很认真地说：“黄榕，你们黄家人在墨西哥也算是有钱有势吃穿不愁了，你说，你在墨西哥过着多好的日子，非要到中国寻找什么紫铜匣子……唉，钱这东西，够用就行，你得到的钱再多，死了能带走吗？”

黄榕微微点头，说：“李大哥，您这话有道理。不过，我到中国来寻找这紫铜匣子，并不是为了钱。紫铜匣子是我们黄家先祖的遗物，那里面有我们黄家的族谱，当然还有天地会宝藏的秘密，先祖是天地会江西分舵舵主，我们黄家只想保存着这份秘密。”

李师刚点头，说：“原来是这样，我敬你们黄家一杯。我们这些人，唉……跟你们没法比啊。我和杀手现在是寻宝，找不到财宝，我们就没法生存，妈的，人比人，气死人啊。”

黄榕笑了笑，说：“李大哥，人在什么时候说什么时候的话。听父亲说，黄家在清朝也是很穷，先祖没法活下去了，才加入了天地会。”

杀手说：“你先祖做得对，要是现在还有天地会啥的，我也加入。”

李师刚举起酒杯，说：“别扯这些鸡巴淡了，喝酒。”

黄榕举起酒杯，说：“两位大哥，我今天找你们来，是还有件事儿要跟你们说，你们帮我参谋一下。”

两人一愣。杀手问：“什么事儿？”

黄榕拿出一张纸条，递给杀手。

杀手打开看了看。上面画了一些杯子筷子乱七八糟的东西。杀手还给黄榕，问：“这是什么意思啊？”

黄榕说：“还是我们黄家的暗号。让我两天后，到一个地方去。”

李师刚从黄榕手里接过纸条看了看，皱着眉：“这些乱七八糟的东西……黄榕，你确定是你们黄家人给你的吗？”

黄榕点头，说：“确定。”

杀手问：“你打算怎么办？”

黄榕决绝地说：“我当然要去看看。”

杀手点头，说：“行。你什么时候去，给我打个电话，我们哥俩老远跟着你。”

3. 诡异夜行者

两天后的傍晚，杀手接到黄榕的电话，叫上李师刚，两人坐公交车，来到市北冢头村的一个老房子附近。

这是一幢非常破旧的老房子，没人居住，门窗破烂。老房子周围灯光明亮，更加衬托得老房子阴森黑暗。

两人躲在一处楼房后，监视着老房子的大门。按照黄榕的说法，她将在天完全黑下来后，来到这楼房，跟那个给她黄家暗语的人秘密见面。

李师刚说："这个地方怎么能叫冢头村？听着都阴气森森的。"

杀手说："一个村名怎么能阴气森森的？"

李师刚说："兄弟，你知道冢是什么意思吗？"

杀手摇头："不知道。我就读了四年书。"

李师刚说："那算了，别说出来吓着你。"

杀手笑了笑，说："李大哥也太小瞧人了。忘了在秦岭盗墓的时候？找到墓道了，你都不敢进，还是我打头进去了。"

李师刚也嘿嘿笑了笑，说："那我就跟你说说，这个冢头村的这个'冢'字，在书里就是坟墓的意思。这个人选择在这个地方跟黄榕见面，我都怀疑他是不是人了。"

杀手哼了一声，一摆手，说："管他是啥呢。他真的是鬼，今天晚上我也得踹他两脚。妈的，这家伙害得咱跑到江西，还差点被人弄死，抓住他，我先给他两个耳刮子。"

李师刚说："万一这人真是黄家人呢？"

杀手摇头："我就不信，黄家人真的能在那个大山里活到现在？不知是什么人在装神弄鬼呢！"

晚上的秋风有点凉，杀手和李师刚转移了一下位置，找到一处避风还能看到大门的地方，躲了起来。

两人刚躲好不久，就有一个黑影走进了这个废弃的二层小楼里。

此人行动敏捷，看样是一个青壮年男子。两人着急地寻找黄榕的影子，杀手打算找到她，就跑过去提醒她一下。黄榕的身影迟迟没有出现，李师刚突然拍了一下杀手的肩膀，小声说：“那边过来了一个人，似乎就是朝着这边来的。”

杀手朝着李师刚手指的方向看去，在他们右侧的一条小胡同里，一个黑影朝着这里走了过来。

黑影走得不是很快，似乎在犹豫，也似乎在边走边观察着四周。虽然隔着还远，但是从这人身上透出的那种戒备和与这个世界的疏离感，却很清晰地让杀手感觉到了。

就像他们不远处的这个旧房子一样。

这人越走越近，杀手看了一会儿，突然觉得这个的身影有些熟悉，却想不起此人是谁。难道……是船帮瞎子的人？杀手在脑子里，把见过的船帮瞎子都过了一遍，觉得没有能对上号的。能是谁呢？不是唐国军不是黄七，不是……顺脚僧！

杀手突然想到了他！没错，顺脚僧！杀手对上号了，陡然紧张起来。他想起了几个月以前，他在唐国军的出租屋里，看到这个浑身上下透着沧桑和浓重杀气的僧人。

杀手不由得朝后退了几步，一直退到墙角。李师刚有些奇怪：“你这是哆嗦什么啊？”

杀手质疑：“我哆嗦？我哪里哆嗦了？”

李师刚说：“你还不承认。你自己看看，你两条腿都在哆嗦。”

杀手不相信，低头看，却发现自己的两条腿果然都在哆嗦。杀手狠狠地揪了自己两条腿各一下，狠狠地骂自己：“不就是一个和尚嘛，有什么好怕的！”

李师刚惊讶：“和尚？你怎么知道他是一个和尚？”

杀手说：“还……不能确定。不过我感觉他就是那个顺脚僧！黄七大哥说，现在唯一能给天下所有的洪门发号施令的人！”

李师刚也一愣：“什么？唐大哥不是说……那个被人杀了的副市长是顺脚僧吗？”

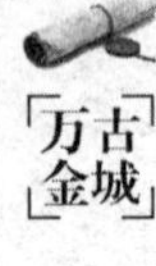

杀手怕冷似的缩了缩肩膀，说："不是。唐大哥现在也应该知道那个人不是顺脚僧了。要不，他也不会吓得说跑就跑，比兔子都快十倍。"

李师刚说："你们不是从那个副市长家里找到了木雕顺脚僧吗？如果副市长不是顺脚僧，他怎么能有顺脚僧的信物？"

杀手摇头："我不明白。这事麻烦了……顺脚僧怎么能到这儿来呢？"

李师刚说："说不定，给黄榕写暗号的人就是他呢！"

杀手想了想，点了点头，说："有点道理。比如那个黄家人在中国遇到了顺脚僧，把黄家的暗语教给了他，让他代替黄家人跟后来的黄家人联系……别说，有点道理啊。"

那个身影越来越清晰，杀手终于确定，这人就是那个神秘莫测的顺脚僧了。李师刚看着这个越来越显出魁伟轮廓的身影，说："我怎么觉得也有点害怕呢？"

杀手示意李师刚小声，说："这就叫煞气。这人现在就是大顺王朝和天地会的代表人物了，气场能小吗？"

顺脚僧走得慢，还没有走到路口，从另一侧的路边突然出现了黄榕的身影。黄榕大概是一直躲在黑影中，她一出现，就已经站在了这个二层小楼大门的对面。她四下看了看，迅速走进了门洞里。杀手和李师刚根本没有反应的时间。

此时，顺脚僧还没有从那边的路口拐弯过来。

黄榕身影刚进入楼洞，左前方的路口马上出现了一队黑衣人。这一队人马行动敏捷，快如刀锋，在两人惊愕的目光中，如一道黑色的闪电，一刹那间，就进了门洞。

两人目瞪口呆。

杀手要跑过去看个究竟，被李师刚拉住了。

因为顺脚僧已经拐了过来，正处于这个十字路口的中间，离杀手和李师刚藏身的地方，也就几十米远。

顺脚僧站在十字路口，略一停顿，突然脚下加速，朝着楼洞疾行，一会儿，就进入了楼洞之中。

杀手和李师刚不约而同，朝着小楼跑了过去。

4. 旧屋

两人跑到楼洞门口。小楼破旧的木头大门紧紧地关着，似乎这许多人，正在里面秘密开会。

两人站住，耳朵紧紧地贴着大门，听了一会儿。里面一点声音都没有，只有秋风吹着破烂的木头门窗，发出吱吱嘎嘎的声音。

杀手拍了拍李师刚，示意要进去。李师刚点头同意。

两人抽出短刀。杀手轻轻推门。让两人意外的是，看似异常破旧的木门，推起来竟然没有声音。

把门推开一条缝，两人闪身进来，李师刚在后面把门关上。

借着外面透进来的些许光线，杀手迅速打量了一下房间。房间很大，不出意外地破烂、空阔。

两人先在这个房间里搜寻了一遍。房间两侧，各有走廊，通向两边。然后，除了在房间东侧有两排老式排椅外，房间里什么都没有。安静、肃穆，似乎刚刚根本就没有人进来过。

李师刚在排椅上发现一根木条。木条纤细，半圆形凸起，是现在人装修常用到的装饰条。李师刚拿起木条，走到大门旁，横别在两扇大门的老式把手上。

杀手在前，两人先朝着左侧的走廊走过去。

走廊不长，杀手数了数，走廊两边各有四个房间。这些房间有的还挂着大铁锁，有的房门大开。挂着锁的两人就没进，开着门的或者能推开进去的，两人都进去看了看，别说人，这些房间里，比大厅还干净，连一根小木条都没有。

李师刚感叹："这家人搬家搬得真干净。"

从左侧走廊出来，两人经过大厅，又走到另一边走廊。

走廊两边还是各有四个房间，这次更利索，四个房间的门都关得紧紧

的，里面也一点声音都没有。别说是刚刚进来的这些人的声音，在这个诡异的屋子里，外面的车马声，甚至汽车喇叭声都一点也听不到。

两人觉得浑身发冷。

李师刚嘀咕："这地方……是不是风水里说的极阴地啊。"

杀手打了他一下："别胡扯了！"

两人从这一侧的走廊出来，站在楼梯下，朝上看了看。

不用说，两人都对这个鬼地方有些怕了。可是想到黄榕进到了这个屋子，现在死活不知，下落不明，杀手咬了咬牙，握紧了短刀，顺着楼梯一步步朝上走。

李师刚跟在杀手的后面，两人一前一后，小心翼翼，一直来到楼上。

两人站在楼梯口，先朝两边看了看。

两边走廊还是跟楼下的走廊一样的肃静。没有人，没有任何的声音，也没有任何的杂物。走廊两边的房间，犹如几只硕大的眼睛，在互相对视。

两人把两边走廊的房间都看了个遍，还是什么都没有发现。两人长出了一口气。一口气喘完，李师刚说："这么多的房间，一个人也没有，这个楼房没有后门，后窗也都好好的，也没有地方能上到楼顶，这些人都哪儿去了？莫非……这地儿是个鬼屋？"

李师刚的话一说完，两人都愣了。眼睁睁地看着十多人进了这个屋子，现在毛都不见一根，那不是有鬼了是什么？

经过李师刚无意中的一提醒，两人再看这个屋子，就浑身发冷起毛了。

杀手也顾不得装好汉了，带头走下楼梯。

两人来到大门旁。李师刚提醒他："看看门把手上的木棍，看看还在上面没。"

杀手忙低头看了看，那跟木棍完好无损地横在两个门把手上。李师刚过来，拿下木棍，过去放在排椅上，又走了回来。

杀手有些奇怪，问他："这是干啥？"

李师刚没正面回答他的问题，说：“那些人没从这里出去。这个屋子有问题。”

杀手想了想，突然说：“是不是这个屋子里有机关？比方有地洞什么的。”

李师刚正要拉开门，听到杀手这么说，愣了一会儿，缩回了手，说：“走，咱看看，应该是有机关。”

两人打开手机上的手电筒功能，在房间里仔细寻找。那打不开的房间自然不用进，他们把一楼能打开房间的墙壁、地下，甚至所有的角落都找了个遍，也没有找到哪怕是一点的蛛丝马迹。

两人没有办法了，只得走出屋子。看着这房子一筹莫展。

杀手突然想到应该给黄榕打电话。他找到黄榕的号码，就拨了过去。电话通了，却没人接。

李师刚说：“如果黄榕他们还在房子里，或者是房子的地下，弄不好在房子里能听到她电话的声音，走，进屋子再打。”

两人返身进了屋子，杀手又拨通了黄榕的手机。手机还是通了，还是没人接，屋子里却也没出来手机声。

杀手拨打了两遍，正要出去，突然听到脚下传来惨叫的声音。

两人一愣，再次打开手机上的手电筒朝脚下仔细观察。脚下是老年代的方砖，杀手和李师刚用短刀撬起几块，方砖下面是硬硬的水泥，根本不想是有机关的样子。两人扩大面积，直到把整个大厅的方砖都撬完，也没发现丝毫有机关的样子。

两人累极，坐在地上休息。杀手有些绝望：“这次黄榕恐怕是没救了。”

李师刚沉默了一会儿，说：“兄弟，要不你给黄七大哥打个电话，问问他有没有办法。”

杀手摇头，说：“黄七那人不好求。现在正半夜，找他他会烦死，别说给咱出主意了，不骂咱那就是好的了。”

李师刚说：“骂就骂呗，多说句好话，这可是人命关天的大事儿。”

杀手想了想，掏出手机，拨通了黄七的电话。电话响了好一会儿，黄

七才接了，满腔的不悦："兄弟，深更半夜的，你是家里死人了还是啥的？你特意不让我睡个安稳觉啊！"

杀手忍着怒火，赔着笑，说："黄大哥，我知道半夜打扰您不好，不过我也真是没办法了啊。有人约黄榕到一个老屋子去，黄榕去了，很多人也跟着进去了……喔，还有那个顺脚僧，可是，我们进来后，发现这个屋子里一个人也没有。现在黄榕生死不明，我们着急啊，真没办法了，才打扰您，黄大哥，您就帮帮忙，跟我们说说，我们怎么才能找到机关，救出黄榕啊。"

黄七声音惊异："你说啥？你们在老屋子？哪个老屋子？在什么位置？"

杀手站起来，靠在墙上，说："在冢头村的老屋。"

黄七说："是不是二层小楼？"

杀手惊讶："黄大哥您知道这儿啊？太好了，您快告诉我们，怎么能找到机关，黄榕他们到哪里去了？"

黄七冷冷地说："我劝你们还是别找了。要是真找到了，你们恐怕活不过今晚。知道那个地方的人都是世外高人，我也只是偶尔听人说起过。那种地方的机关，我怎么能知道。你们两个，都是不知死的鬼！"

黄七说完，挂了电话。

杀手想再打，人家已经关机了。

杀手骂道："姓黄的，你这个没良心的家伙，你求我们的时候，我们兄弟二话不说，生死没问一个字，现在求你了，就摆谱了。"

杀手一屁股坐在地上。

歇了一会儿，杀手拿起刀子，继续撬砖。李师刚说："别撬了，这种机关应该是墨家手法，藏得很深，找不到机关，是没法找到洞口的。"

杀手绝望："那怎么办？总不能看着黄榕被他们弄死吧！"

李师刚说："实在不行，还是得报警。或许……警察能找到办法。"

杀手摇头："不行！报警我们就都完了！"

李师刚说："那我也没办法了。"

两人正在无奈之际，杀手的手机突然响了。杀手拿起手机，竟然是黄榕来的短信："速到北郊一个废弃的养牛场救我。"

杀手问李师刚："李大哥，你知道北郊哪儿有养牛场吗？"

李师刚想了想，摇头，说："不知道。"

杀手说："黄榕来短信了，说让咱到北郊的一个养牛场救她！"

李师刚急了："那赶紧走呗！"

杀手说："可是我们不知道养牛场在哪儿，怎么走？"

李师刚说："出去搭车。开车的或许能知道哪儿有养牛场，或者你给黄榕打电话，问明地址。"

杀手给黄榕打电话，黄榕不接。杀手又接到一个短信："速来！我不能接电话！"

杀手回短信："养牛场具体地址在哪儿？"

黄榕回："不知。我受伤了不能动弹，看样子，我觉得这是一个废弃的养牛场。"

5. 黑衣保安

杀手没办法，只得和李师刚跑出大门，跑到胡同头的大街上，搭出租车。

上了出租车，杀手问司机师傅是否知道北郊的废弃养牛场。司机不知道，杀手没办法，说："那就到北郊吧。"

两人没想到，这司机却不干了。大概是深夜拉着这么两个神秘兮兮的壮汉有点怕了，走了一会儿，就把车停下，逼着两人下车，车钱也不要了。

两人商量不通，没办法，只得从车上下来，重新搭车。

这次两人变乖了，不说到北郊废弃的养牛场，而是随口说了北郊一个超市的名字。出租车司机走了一半，杀手才问他，是否知道北郊废弃的养牛场。司机说不知道，不过这个司机人不错，他通过出租车司机的联络专线，问别的司机是否知道这个地方，终于有司机告诉了他行走路线，杀手

和李师刚大喜。

司机对北郊不是很熟悉，带着他们左拐右拐，耽误了很长时间，好几次，司机要求他们下车，他说他不能这么耽误时间了。杀手安慰他，说给他加钱，司机才勉强同意。

天蒙蒙亮的时候，他们终于找到了养牛场的大门。出租车费，加上杀手跟人家说好的加价，总共要二百多。两人掏遍了全身，也只有一百多一点。司机不让，杀手急着进去救人，只得要了司机的电话，把自己的身份证押给了司机，司机才不高兴地开车走了。

黄榕说得没错，这是一个废弃的养牛场。大门油漆剥落，一把大铁锁，牛皮哄哄地把两扇门紧紧地锁在一起。其中一扇铁门上，还写着养牛场三个红红的大字。

两人找石头，砸了好一会儿，才把锁砸开，走了进去。

院子很大。中间是一条长长的通道，两边各有几排房子。

左边最前排，当初应该是办公室什么的，现在门上还伸出一块小牌子，不过油漆剥落，字迹也早就没有了。

右边屋子和围墙之间，有几个用水泥抹面的大水池子。两人先跑到水池边看了看，几个水池都是干的，没水，也没人。

两人从最右边房子开始，挨个房间拍着门窗喊人，一直喊道最后一排，在最后排东北角的房间里，传出了黄榕的微弱的应答声。

杀手手中早就准备好了一块石头，他几下把门砸开，走了进去。

这个房间应该是放牛饲料的。空阔的大房子里，还残存着一些草料。杀手是农家子弟出身，看到这些铡成碎块的玉米秸，闻到房子里淡淡的玉米秸味道，脑子里陡然闪过山东老家的父亲和那头老牛。他心里叹息了一声。

然而，空阔的屋子里，却不见黄榕的身影。

李师刚喊道：“黄榕，你在哪里？”

从一个角落里传来黄榕的应答声。两人循着声音找去，在一堆乱草中，看到了黄榕挣扎着露出来的一只胳膊。

杀手过去，把乱草扔到一边，看到了受了重伤的黄榕。

黄榕腿上挨了一刀，腹部和肩胛各挨了一刀，鲜血流了一地，脸色惨白。

杀手惊讶："怎么能这样！你怎么到了这里？"

黄榕满脸痛苦，说："先……别问了，我觉得我身上的血快流光了……先送我到医院。"

杀手脱下衣服，把贴身穿的内衣脱下来，用刀豁开，给黄榕简单包扎了一下，抱起她，三人走出养牛场。

养牛场建在一座小山包下，远离市镇，养牛场门前是一条砂土路，从养牛场门口到他们过来的那条柏油路，大概也有七八里路。两人轮换抱着黄榕，朝着柏油路走。

此时的黄榕已经昏沉沉睡了过去。杀手怕她死掉，几次伸手试探她的鼻息，还好，鼻息尚存。

杀手急中生智，想到了刚刚留下的出租车司机的电话号码。他忙找出电话，给司机拨打了过去。司机问他什么事儿，杀手说他现在找到朋友了，要车送他们到医院，说如果他来了，不但能还给他那一百元钱，还可以多给他一百。

司机不愿意回来，说他现在拉着客人。杀手让他赔客人钱，可以赔一百，司机回来后，他再多给他一百。

司机跟他讨价还价，说他跑过来要耽误生意，最少要赔偿他二百。杀手说没问题，你只要能在半个小时内回来就行。如果能二十分钟回来就给他再加一百,十分钟回来再给他加二百。

放下电话，李师刚说他吹牛，他们两个人身上别说这么多钱，就是五块钱都没有了。

杀手说没别的办法了，先只能想法把司机叫回来，把人送到医院再说。

两人说了几句话，没想到黄榕突然插话了，她说："我有钱。我带着卡。"

杀手惊喜："黄榕，你没事儿啊。"

黄榕没接他的话，只是轻轻摇了摇头。

司机用了不到半个小时就回来了。看到浑身是血的黄榕，吓得不敢开车门，保持着时刻准备逃走的样子："你们……是不是杀人了？"

杀手骂道："扯你妈蛋！快开门！你没看出来，我们是来救人的！杀人还有把人杀了还抱着坐车的！"

司机想了会儿，大概觉得杀手的话有道理，勉强开了车门。

杀手抱着黄榕坐在后面，李师刚坐在前面，让司机赶紧去最近的医院。

司机掉回头，边开车，边偷眼看了看李师刚，问："两位……大哥，你们是……是干啥的？"

没等李师刚搭话，杀手抢着说："做小生意的，我在北林批发市场有个小摊位。我们欠了人家点钱，女朋友被人弄成了这样。"

杀手这么一说，司机有点放松了，很有些同情，说："做小生意不容易。欠了点钱就把人整成这样，这些人也太狠了。"

杀手说："师傅能不能快点，我女朋友血流得太多了。"

司机把他们三人送进最近的社区医院，杀手让司机稍等一等，他们先找医生给黄榕做手术，缝合伤口，杀手从黄榕兜里掏出银行卡，让司机拉着他到银行取了钱，杀手给了司机钱，又到医院交了住院押金，才回到病房。

黄榕身上的伤口已经被医生处理完毕，躺在病床上，带着吊瓶，昏沉沉睡了过去。李师刚躺在另一张病床上，鼾声如雷。

此时，杀手才陡然感觉到了无边无际的困乏，他倒在李师刚的旁边，呼呼就睡了过去。

杀手是被饿醒的。他梦到一头被烧熟了的肥猪，浑身散发着香味，摇摇晃晃走到他的面前，他探身要去抓一只猪腿，肥猪朝他笑了笑，转身要跑，杀手起身便追，没想到猛然从床上掉了下来，狠狠地摔在水泥地上。

杀手爬起来，推醒了还在酣睡的李师刚，问他："饿不饿？"

李师刚睡眼蒙眬坐了起来，吧嗒一下嘴说：“我正做梦要吃烧烤呢，你怎么偏偏这时候把我叫醒？让我吃一会儿也好啊。”

杀手看了看黄榕，说：“别做梦了，走，出去买点东西吃。黄榕一时半会儿醒不过来，咱快点吃快点回来。”

李师刚穿上鞋，两人轻轻走出病房。杀手先跑到护士站，叮嘱护士帮忙照看一会儿黄榕，两人就从医院走了出来。

医院斜对面有个山西刀削面，两人走进去，要了两个菜，两碗刀削面，四瓶啤酒，两人先狼吞虎咽吃了一碗面，才开始喝酒。

此时还未到中午，小饭店人不多。李师刚看看四周没人，小声说：“兄弟，我觉得这事儿太怪了。从那个旧屋子到这里，起码有二十里路吧，黄榕怎么就能出现在这里？是不是咱忽略了什么，他们根本没进屋子，从别的地方转出来，跑到了这里？”

杀手摇头，说：“等黄榕醒了问她吧，这事太怪了，我一点头绪都没有。”

李师刚说：“这简直比盗古墓都惊险。”

杀手看着外面小街上的行人，叹口气，说：“这个世界上秘密太多了，咱这种人，是真正的草民一个。没有钱没有地位，祖辈也没干过什么大事儿，不管是现在还是将来，都是干巴草一棵。”

李师刚端起酒杯，跟杀手碰了一下杯，说：“草民就可以了，平平安安过日子多好。那些当英雄当皇帝的，很多连后代都没有，有鸡巴用。喝酒。”

杀手把酒杯端到嘴巴边，刚要喝下，突然停止了动作，两只眼看着大街，一动不动。

李师刚把一杯酒喝完，看到杀手的样子，很奇怪：“咋了？喝酒啊。”

杀手慢慢把杯子放下，两只眼依旧看着窗外，说：“你快看外面！”

李师刚顺着杀手的眼神看出去，外面大街上走着七八个黑衣壮男。这八人皆黑衣黑裤，一脸冷酷。

饭店男服务员刚好走过来，杀手问：“兄弟，这几个人是这个地方

的吗？”

服务员从窗子里朝外看了一眼，说：“JL集团的保安。”

李师刚抽了口冷气：“保安……怎么看着像黑社会？”

服务员小声说：“这周围黑社会都属于他们管，没人敢惹，包括公安。你们要注意点，千万别惹他们。”

李师刚问：“兄弟，这JL集团是干什么的？”

服务员笑了笑，说：“什么都干。房地产、五星级饭店，听说还在下面很多地方投资旅游，钱多了去了，没人知道老板是谁，大概是火星上的吧。呵呵，我忙去了，你们慢慢吃啊。”

杀手还是看着外面，皱着眉头，说：“我怎么看着他们像是昨天晚上杀进冢头村旧屋子那些黑衣人呢？”

6. 神秘的JL集团

李师刚倒了一杯酒，喝了一口，说：“别神经病了。那些黑衣人都是江湖高手，船帮瞎子这种组织才能有这种人，一个公司……除非这个公司是江湖门派，还是个大门派。人家服务员刚刚说了，JL集团是个做大生意的公司，怎么能是江湖门派？”

杀手摇头，说：“我怎么感觉那么像呢。”

李师刚说：“别瞎琢磨了。赶紧吃喝，黄榕还在床上躺着呢。”

李师刚这么一说，杀手这才想起黄榕。两人忙吃完饭，起身回到医院。

黄榕还没醒。杀手问护士，这人怎么这么能睡。护士说给她打的药里有止疼药，这药有点麻醉作用，睡觉是正常的。

两人守着黄榕坐了一会儿，觉得发闷，就走出病房，在医院门口附近溜达。医院所处的地方，是城乡结合部，这里有高档轿车，也不断有手扶拖拉机穿街而过。小街太小，只一会儿，两人就转了个遍。杀手知道黄榕喜欢吃火龙果，看街上有卖火龙果的，就买了两个，两人溜达着回到医院。

没到医院，两人老远就看到医院门口，站了几个黑衣人。杀手和李师刚大惊，两人一路小跑，跑到医院门口，看到几个穿着黑色制服的壮汉，正从医院里扶出几个人。这些人中，有吊着胳膊的，有的腿上打着石膏，还有两个竟然是从担架上抬出来的。

这些人都上了停在门口的一辆大面包车，面包车启动，上了马路。医院的几个护士和大夫站在医院门口，看着面包车远去。

杀手看一个大夫在摇头，就走过去问他："大夫，这些人怎么还没治好病就走了啊？"

大夫看了看杀手，应付说："大概……是到别的医院去了吧。"

杀手看站在门口的大夫和护士都是一幅讳莫如深的样子，就没再问下去。

两人回到病房，看到一个护士正在观察黄榕。护士对两人说："你们两个别再一起出去了，要留下一个照顾病人。"

杀手忙说："好，谢谢您。"

看护士很和善的样子，杀手就问："护士，刚刚那些穿着黑制服的人，怎么把一些还躺在担架上的病人都拉走了啊。"

护士抬头看了看杀手，问："不是本地人吧？"

杀手说："不是。"

护士说："那就不要问。JL集团的事儿咱老百姓少打听。听说这家公司全国各地都有分公司，势力很大。"

杀手笑了笑，说："这么厉害？这么厉害更得给人治病啊？那些吊着胳膊腿的是他们的人吧？"

护士白了杀手一眼："不是跟你说少打听吗？"

杀手只管说："没想到JL集团这么没有人性，我有个兄弟也在JL集团呢。"

护士斜眼看了眼杀手，很惊讶的样子："你兄弟……在JL集团干啥？"

杀手继续扯谎："不是亲兄弟，表兄弟，听说是……跑业务的。"

护士说:“那你还是劝你这个兄弟别在这个公司干了，这家公司……”

护士大概意识到了什么，不说了。杀手问:“刚刚他们接走的那些人，好像都受了伤，怎么这么多人受伤啊?”

护士说:“不知道，也没人敢问，受的都是刀伤。”

杀手惊讶了:“什么时候受的伤?”

护士说:“今天早上四点送来的。应该是昨天晚上两三点钟吧。”

杀手问:“那他们怎么不给这些人把伤治好再拉走呢?这么走能不出事儿?”

护士瞪了一眼杀手:“你这人怎么这么啰唆?这么爱打听事儿，自己到JL集团问去。”

护士转身走了，杀手和李师刚站着，目送她扭着屁股走出病房。

李师刚过去关了门，回来坐下。

杀手正坐在床上发呆。

李师刚长出一口气，说:“真不敢想象……那些人……真的是这个JL集团的人?这JL集团……怎么能有那么多高手?他们怎么能知道这个旧屋子?”

杀手拍着脑袋，说:“关键是他们怎么知道黄榕和那个黄家人昨天晚上要到那里见面。昨天晚上两三点钟受的伤，又伤了这么多人，应该跟那个顺脚僧有关。我靠，这也太惊人了。”

李师刚喃喃:“是啊……这里面的水太深了。这么大的一个公司……”

杀手拧着眉头:“这JL集团……跟追杀船帮瞎子的那个神秘组织，会不会有关系呢?”

李师刚惊讶:“兄弟，你可别吓唬我!这不能吧!你这么想也太吓人了!”

杀手摇头，说:“这个世界，只有你想象不到的，没有办不到的。当年的那些江湖组织，有的隐姓埋名，像船帮瞎子，有的就登堂入室，成立了大企业，像外国的黑手党，就有很多大企业，还有的成了市长、总统呢。”

李师刚在床上坐下，说:“要是这个JL集团真的是那个神秘的江湖组织……那就太可怕了。”

下午不打吊瓶，黄榕醒了。杀手叫女护士帮忙，扶着黄榕上了趟卫生间，他又给她弄了点儿吃的，黄榕稍微吃了一点儿东西，又躺下了。

李师刚和杀手又睡了一会儿，看看天色已晚，两人又出去吃了点儿饭。

回到病房，杀手给黄七打了个电话，问他是否知道JL集团。听杀手提到JL集团，黄七显然愣了："JL集团？你怎么突然问这个？”

杀手已经听出黄七口气中的惊讶，逼问："黄大哥，你跟他们打过交道吧？”

黄七勉强回答："打过。他们买过我的货。”

杀手说："就这么简单？那他们集团养着那么多高手干吗？他们自己也寻宝吧？”

黄七没回答他的问题，而是问："兄弟，你怎么知道他们养了不少高手？你现在在哪里？”

杀手这次多了一个心眼，对黄七说："我们在外地。”

黄七又问："黄榕呢？你们找到她没有？”

杀手说："正在找呢。”

黄七说："找到了跟我说一声。”

黄七挂了电话。

杀手放下电话，看着黄榕发愣。

李师刚问："怎么了这是？”

杀手轻轻摇头，说："黄七肯定知道这JL集团是干啥的……可是，他为啥不想告诉咱呢？”

李师刚说："兄弟，咱还是别管这个了。咱不跟人家做生意，又不跟人家抢东西，自己过自己的小日子，管他们是干啥的呢，别管多了惹火烧身。”

杀手说："不管也不行啊。要是连我们的对手是谁都不知道，那我们怎么能知道怎么对付他们，怎么能从他们的手里逃出去？”

李师刚惊讶："你的意思……现在咱是跟JL集团作对？"

杀手摇头，说："不是，是他们。是他们在跟咱作对，这太可怕了。这事不能弄下去了，咱得跟唐大哥说一说，让他知道。这事儿不能玩下去了，人家黑白两道通吃，玩下去会把小命玩丢。"

李师刚也有点儿慌了："那怎么办？黄榕还在这儿住着呢。"

杀手说："咱兵分两路。明天，你就回城里，等唐大哥回来，赶紧跟他说一说。我在这陪着黄榕，等她好点儿，我们也挪地方。现在想想，人家JL集团的人不是不让手下住院，人家是怕在本地弄得名声太大，特意把人送出去，送到别的地儿去。"

李师刚点头，说："应该是这么回事儿。"

杀手苦笑："这次可真是遇上大麻烦了。"

7. 逃亡

第二天一早，李师刚就坐公交车回城里去了。杀手一个人边照顾黄榕，边注意JL集团的黑衣保安。街上偶尔有他们的影子，但是没人到医院里来。四五天后，黄榕能自己活动了，杀手打听着，找到了JL集团在市郊的办公大楼。

杀手站在这个气魄宏伟的办公楼前，四下看了看，心中暗暗点了点头。大楼选址颇为讲究，后面隐隐有山脉环绕，前方视野开阔，前方公园里，有一个颇大的池塘。

显然，在这样的一个地方，能找到这么一个风水之地，也算不容易了。

杀手听人说起过，有些有势力的盗墓团伙，找个代理人，以代理人的身份成立公司，这些公司一是为了洗钱，二是以投资旅游或者考察的名义光明正大四处探宝寻找古墓。找到古墓地址后，就向政府打报告，在此地投资旅游，盖庙挖湖，其实是在盗墓寻宝。

这种公司的办公大楼是非常有讲究的。正因为此，有些江湖高手能通过这些大楼，就知道公司是否是暗中做古董生意的。

从大楼门口出来了几个穿着制服的黑衣男子，他们行色匆匆，上了停在大楼外的越野车。汽车疾驰而去。

杀手临时起意，在大门口搭了一辆出租车，让出租车紧跟着他们坐的越野车。

黑衣人直奔城外，在公路上疾驰了一会儿，转进乡间砂土路，顺着砂土路上了山，停在了一个寺庙外。

寺庙比较破旧，好像也有些年头了。寺庙外正在施工，一个大围墙已见雏形，围着破旧的寺庙，一些配殿也正在施工。

杀手明白，这个地儿应该是JL集团的工地了。

五个黑衣人从车上下来，走进了寺庙。杀手怕出事，不敢久留，让出租车掉头，把他送回了医院。

黄榕正靠在病床上吃苹果。看到杀手急匆匆走进来，问他："你到哪里去了？怎么脸色这么难看？"

杀手有些惊讶："我脸色难看？"

黄榕点头，艰难地笑了笑："很难看，像被鬼压着了。"

杀手一脸恐慌："你真是说对了，我真遇到鬼了。"

黄榕有些惊异："我随便说说，你还当真了。"

杀手走过来，在黄榕面前坐下，说："黄榕，我在街上看到那些追杀你的黑衣人了。"

黄榕一时没明白过来："什么黑衣人？"

杀手说："就是那天晚上，在冢头村的那个旧屋子里，追杀你的那些黑衣人。"

黄榕惊讶了："他们？你也没看到人，你怎么能认识他们？"

杀手点头，说："感觉。我能感觉他们身上的气息。黄榕，你得相信，人的感觉有时候很准的。唐大哥都很佩服我的感觉。还有……我现在想起来了，那次在那个老母教的山里，出来追杀我们，后来又跟老母教的人打起来的人，就是这些人。"

黄榕有点相信了:“他们在街上干什么?”

杀手摇头,说:“重要的不是他们在干什么,而是他们是什么人,他们到底是谁的手下。”

黄榕惊愕了:“你知道他们是什么人?”

杀手点头,说:“是。我现在基本可以肯定,他们是JL集团的人。”

黄榕惊讶:“JL集团?”

杀手说:“对。JL集团。大公司。据说这家公司在全国各地都有分公司,这儿的分公司,只是其中一家。这个JL集团做的都是大生意,比如房地产,还有大酒店,旅游开发。那些追杀你的人,是他们公司的保安。”

黄榕摇头,说:“那些人都是高手,精于机关,哪家公司有这样的保安?”

杀手点头,说:“真的是保安,他们也真的是江湖高手。因为这家公司是一家以盗宝盗墓为主的盗墓集团。那些业务只是洗钱的手段。我打电话问过黄七,黄大哥承认他跟这家公司做过生意,他们买过他的古董。我问他这家公司的底细,他不说。你还记得咱那次被那个神秘组织的人追杀吗?就是你去找船帮瞎子的那次,在那个有顺脚僧寺庙的小山上,是黄大哥骑着摩托车救了我们。现在想想,那些杀手也是JL集团的,唐大哥应该是听他们公司的人说了,才去救咱的。要不他怎么能知道咱被他们追杀呢?”

黄榕皱着眉头:“你这个黄大哥是不是跟他们一伙的?他去救咱,是双方导演的一出戏呢?”

杀手摇头:“这个不可能。黄大哥不会做这样的事儿。他这人脾气古怪,但是对人还是不错的。比方上次我们到老母教的那个山上救你,就是他叫我们去的。”

黄榕点头,说:“那……你怎么知道这个JL集团是盗墓集团呢?”

杀手脸色冷峻:“我还不敢确定。不过如果这些杀手真的是老母教追杀我们的人,他们也在追杀船帮瞎子,那按船帮瞎子的说法,他们就是那个在清朝时令天地会都害怕的神秘帮派。也就是那个传说中的大阳教。至于他们怎么变成了盗墓集团，这个我不知道。”

黄榕愣了一会儿，喃喃地说：“可是他们怎么知道那天晚上我要到那个旧屋子去呢？”

杀手摇头：“这个现在没人知道。我就是在怀疑，给你用黄家暗语写信的人，会不会是这个神秘帮派的人呢？”

黄榕还是缓缓摇头：“不可能。”

杀手拍了拍脑袋：“咱能不能别这么肯定啊！万一你们黄家的人被人家抓住了，受不住刑罚，把你们的联络暗语交代出来了呢？或者说……你们黄家的人也投降成了这个JL公司的人了呢。弄不好，当年你们黄家的那个叫黄徽柔的先祖，也是这个神秘组织给杀掉的呢。”

黄榕自然不相信杀手的推断。在她的心中，黄家人是天底下最有骨气的英雄。但是，杀手说的先祖是这个组织杀掉的这个话，却让她心里一动。当年这个组织曾经与清廷勾结，对付天地会，先祖黄徽柔又不是清廷抓去的，被这个组织灭掉，倒真是有可能。

她让杀手帮忙调查此事，杀手嘴上答应，心里却明白此事的难度。吃饭的时候，杀手让她给他讲一讲她到那个旧屋的情形，黄榕边吃饭，边缓缓跟他讲了。

她进那个老屋的时候，那个黑影正在等着她。

黄榕问他是不是黄家人，那人点了点头，让黄榕跟他走。黄榕跟他走进一个房间。两人还没来得及说话，外面就传来了一阵急促的脚步声。黄榕问他是不是有人来了，那个黑影却问她紫铜匣子的下落。黄榕对这个人警惕起来，没有告诉他。外面的脚步声来到门口，黑影不知道触动了什么机关，房间里出现一个洞口，黑影打开手电，两人进入地洞，在地洞里跑了一会儿，从一个管道爬了出来。

不过，让黄榕没有想到的是，他们刚出来，就被一队黑衣人包围了，那个一直带着黄榕奔跑的黑影也不见了。正在危急之时，一个和尚冲了过来。和尚武功非常厉害，却也照顾不到黄榕。黄榕挨了几刀，又被人踢飞，就昏了过去。她醒来的时候，发现自己在一个大屋子里。她摸到自己

的手机还在，用手机照着看了看屋子。黄家在墨西哥有个养牛场，她看到那些铡成碎块的玉米秸，就知道这是个养牛场，就给杀手发了信息。

杀手瞪着眼听完黄榕的话，疑惑不解："你是怎么到了那个养牛场的呢？"

黄榕摇头："我也不知道，我醒了的时候，还以为自己回到墨西哥牧场了呢。"

杀手摇头说："这也太扯淡了。难道……是那个和尚救了你？"

黄榕摇头："一点儿都想不起来了。"

杀手预感到JL集团应该到处在找黄榕，他们早晚会找到医院来，因此他时刻注意。第二天上午，杀手发现有两个黑衣人进了医院。他跟踪他们，看到这两人走进了院长办公室。杀手跑回病房，让黄榕赶紧穿衣服。黄榕不敢怠慢，胡乱穿上衣服，杀手背着她，从后门溜了出去。

杀手已经事先探听好了，知道从后门出去走不远，就有当地的黑出租，他背着黄榕一溜小跑，上了黑出租，让出租车拉着他们朝乡下跑。

出租车司机让杀手给他一个地址。乡下地方大了，朝哪儿跑啊。杀手说随便，跑出几十公里，找个乡镇就行，赶紧走。

出租车司机启动车，拉着两人上了马路。

一番疾驰，出租车到了一处乡镇。杀手和黄榕下了车，又另搭车跑出了几十公里，到了一个小村子，找到了村医疗所，让黄榕继续治疗。

村医疗所打吊瓶都是在排椅上坐着打。黄榕不能久坐，医疗所大夫就把家里的一张小床让给了黄榕。

晚上睡觉的时候，杀手就躺在排椅上。

杀手怕那些黑衣人追查过来，白天，他没事的时候，就跑到村口的公路上监视着路口；晚上，他都是和衣而卧，并让黄榕也尽量穿着衣服睡觉。

小村子很安逸。没几天，杀手就跟村里人熟悉了。杀手跟他们说黄榕是他媳妇儿，两人是外地人，跑到附近的山上玩，被人抢劫了，黄榕受了伤，在医院住了几天，钱不够，听人说这个医疗所治病不错还便宜，就跑到这里来了。

听杀手这么说，村民们就很同情两人，常有人给两人送吃的。村民的淳朴，小村子的安静，让杀手的戒备心消除，两人在村里很安逸地住了一个月。

黄榕的伤好得差不多了，两人准备再住五六天，就离开村子回洛阳去。

医疗所的大夫看着黄榕康复，也很高兴。他让妻子做了几个菜，请两人喝酒吃饭。黄榕心情不错，跟诊所夫妻两个喝了不少酒。

回到住处，黄榕洗了澡。带着一身香气走到杀手躺着的排椅旁的时候，她用手摸了摸杀手的脸。杀手睁开眼，看着如鲜花盛开的黄榕。

黄榕拽着他的头发，把他拽起来。杀手有些不明就里，问她："干啥？"

黄榕笑了笑，问他："这些日子，你在外屋睡，我在里屋，你跟我说，心里没有坏想法？"

杀手尴尬地笑了笑，坦白说："有时候有。"

黄榕看了杀手一会儿，突然对他说："亲亲我。"

杀手一愣："啥？"

黄榕抱住了杀手，花瓣一般的小嘴朝着杀手吻了上来。

8. 黄榕失踪

杀手以前跟唐国军一起嫖过娼。都是来去匆匆，三下五除二办完事提裤子就走，没有情谊，温柔也都是假的。跟黄榕上床后，他终于知道了什么叫作柔情蜜意，什么叫作纵情狂欢。

两个年轻的，带着香气和腥膻味道的身体恨不得一天二十四个小时都搅和在一起，海枯石烂永不分离。

杀手闯江湖的雄心被黄榕的身体彻底打垮了。他跟黄榕商量，让黄榕跟他回山东老家，两人盖一幢新房子，一起放牛耕地过日子。

激情之中的黄榕，答应了杀手。不过在杀手积极准备回老家的时候，

黄榕又告诉他，回他老家，跟他一起过日子可以，但是她还是得先完成他们黄家的夙愿，把紫铜匣子找到。

杀手隐隐觉得，黄家的紫铜匣子牵扯广泛，黄榕恐怕难以如愿。不过话到嘴边，杀手又咽了下去。他不想让黄榕伤心。

天气越来越冷，黄榕让杀手到集镇上给她买件衣服。杀手也只是穿着单薄的秋衣，时节已经到了秋末，他也顶不住了，就跟着村民坐拖拉机去赶集。

杀手跟村里人一起到了镇上。在镇上转着买衣服，杀手总是有一种惶惶不安的感觉。仔细想想，却又觉得这种不安没有道理。那么安静的一个小村子，也从来没见过让人怀疑的人，起码他们现在应该是安全的。

匆匆买了衣服，杀手跟着拖拉机回到村里，几乎是一路小跑回到诊所，让他有些意外的是，诊所门反锁上了。杀手马上就有了不好的感觉。他掏出钥匙，开了门，诊所里的情形让他简直不敢相信自己的眼睛。

诊所大夫的妻子嘴里塞着东西，被五花大绑，锁在黄榕住的屋子里，黄榕不见了！

杀手抖着手，解开了女人身子的绳子。女人吓得好长时间一句话都说不出，趴在床上只是哭。

杀手劝住她，问她是谁绑走了黄榕。女人哭着告诉他，她也没看清是什么人，一帮男人，戴着墨镜，开着面包车，进来后，一帮人把她绑住，又绑了黄榕，抬进车里，车就开走了。时间很短。临走的时候，他们给她把锁反锁上，她听到有村民来看病，开不开门，只得走了。幸亏杀手带着钥匙，否则只能等着她男人从县城进药回来，才能给她松绑了。

听这女人说完，杀手一屁股坐在了床上。

杀手想哭，想杀人，想撞墙，当然，他最想去救人。他恨自己，自己早就有了不祥的预感，却没有做出行动。黄榕，这个美丽勇敢的女孩子，这个眼看就要成为自己妻子的女人，就是因为自己的大意，现在正在遭受磨难，自己真是该死啊。杀手木呆呆坐了一会儿，收拾了东西，走出诊所。

诊所的女主人已经恢复常态，走出来问他：“兄弟，你这是要到哪里去？我正要问你呢，黄姑娘的事儿，咱是不是得报警？”

杀手摇头，说：“谢谢，不用了。那些人……是开玩笑的，我自己去找他们就行了。”

女主人说：“那你先别忙走，黄姑娘交的钱还没用完，我找钱给你。”

杀手站住了，等着女主人找钱给他。

女主人拿出几张百元人民币，递给杀手，说：“还有一次药没结清，掌柜的没在家，也不知道花了多少，我只管留下五十，要不……你等等，等他回来再给你算清，晚上我做几个菜，你们再喝点酒。”

杀手苦笑，说：“不用了，谢谢大嫂，我走了。”

杀手坐着拉人赶集的拖拉机来到镇上，坐上经过镇上的公交车，朝着市郊赶。在车上，他给李师刚打了个电话，把事情简单跟他说了说，让他赶紧赶到黄榕曾经住过的医院附近，两人在医院门口集合。

杀手比李师刚来得早。他在医院门口等了一会儿，自己又溜达进医院，溜达到黄榕一个月前住过的病房里。看到黄榕曾经睡过的病床，杀手不由得走过去，轻轻抚摸着床单。想到这床单应该换洗过了，而黄榕曾经靠在床头上，头靠在墙上，杀手又把手放在大约黄榕头部的位置，在上面抚摸了一会儿。

有护士经过病房外，看到没有病人的病房里有人，走过去之后，又退了回来，她推门进来，问杀手：“先生是干啥的啊？住院吗？”

杀手笑了笑，说：“不是。我来……看望一个朋友，没想到他出院了。”

护士说：“这个病房没人，先生的朋友住哪个病房呢？”

杀手说：“他出院了，刚刚打电话跟我说了。啊……谢谢你。”

护士狐疑地看了看杀手，说：“病房外人不能随便进的。先生的朋友既然出院了，那你就应该去找你朋友去了。”

杀手答应着，走出病房。

一直到傍晚，李师刚才赶到医院门口。

杀手看到李师刚，真是百感交集。李师刚走过来，第一句话就问：“黄榕怎么能又失踪了呢？你这是怎么弄的啊？”

杀手叹了一口气，说："不说了。走，去吃点儿饭，边吃边说。"

两人走到他们曾经吃饭的那个小饭店。进饭店大门的时候，杀手抬头看了看西边的天空。

太阳已经落下，但是还有一束阳光，从下面斜着照向天空，又被天际的阴云压住，那照射的阳光就只变成了很压抑的一截，很亮，很愤怒的样子。

杀手觉得那阳光简直就是自己的心里写照，心情就更加郁闷了。

两人坐下，点了菜，杀手把他跟黄榕这些日子的经历一五一十跟李师刚说了。当然，他瞒了自己跟黄榕上床的那一段。

李师刚听完，说："这事怨你。你也太大意了。人家想要找你，挨个出租车司机问就行了。还有，我前些日子在洛阳也听到一些JL公司的事儿。有个老朋友说，这个JL集团的真正老板，是个独臂女人。说十年前，有一架直升机曾经在秦始皇陵墓附近转悠，准备盗墓，警察去了，没法制人家，只得联系军队，军队派飞机出动，把直升机逼了下来。当时，这个老大哥的朋友在当地警察局，看到从直升机上下来一个女人，女人只有一条胳膊。军队的人把这个女人接走了，此事也不了了之。警察局局长去打听消息，也被军队的领导骂了一顿。这个女人不简单吧。"

杀手说："都是传说。再说了，这个怎么能跟JL集团挂扯上？"

李师刚小声说："JL集团规模超过一般的上市公司，人家也不上市，不宣传，非常低调。天下人都知道联想老总叫柳传志，阿里巴巴老板叫马云，你听说过JL集团老板叫啥吗？人说，这个集团的财产，超过联想好多倍。"

杀手拧着眉头："李大哥，你还没说到点子上，他们再有钱，也没法证明这个集团跟那个独臂女人有关系啊。"

李师刚点头，说："我当时离着人家比较远，也没听清楚。本来人家说的时候，也只是点到为止，没把里面的内幕都说出来。说这个话的人你知道，不过不认识。"

杀手问："谁？"

李师刚说："铁蜈蚣。"

杀手惊讶："他？就是那个曾经独闯山东鲁王墓还进过故宫的铁蜈蚣？他不是在美国住着吗？你怎么能见到他？"

李师说："都是胡扯。他加入了美国国籍不假，人一直在中国。前些年他到埃及一趟，打算进到金字塔里去，后来没敢进去，又回来了。铁蜈蚣说，这个JL集团几十年前就到埃及去过，据说现在这家公司最值钱的东西，就是从埃及弄来的。"

杀手有些相信了："这么说，他说不定还真是知道这家公司内幕。"

李师刚点头，说："这人现在是国内盗宝界新秀，如果JL集团真是干这个的，他肯定了解。"

杀手问："李大哥，你怎么能接触到铁蜈蚣呢？"

李师刚笑了笑，说："幸运。我一个兄弟的老大有个宝物，铁蜈蚣看中了，这个兄弟替老大去送货，让我帮忙，我就这么跟着去了。哎呀，人比人气死人，人家一出手就是几千万，咱兄弟要是能混到那个程度，也算不白活一场。"

杀手摇头，说："不敢想。能赚点钱，在城市买个房子娶个媳妇就是烧高香了。"

李师刚摆摆手，说："不说人家了，白费劲。说说打算怎么找黄榕吧。"

杀手想了想，说："你说，要是咱找铁蜈蚣帮忙，他能不能帮咱？"

9. 诡异养牛场

李师刚摇头，说："这个没戏。别说求人家，凭咱的身份，见个面都不可能。"

杀手沮丧万分："那怎么办？JL集团那么强大，我们怎么能干过人家？我连黄榕被藏在哪里都不知道。"

李师刚安慰他说："别急，咱先摸摸情况再说。"

当天晚上，两人在附近找了个小酒店住下。第二天，两人吃了早饭后，商量到哪里去寻找黄榕。

李师刚提议说:“兄弟，我觉得咱应该先摸清附近跟黄榕和JL集团有关的所有情况，然后再想怎么行动。”

杀手点头，说:“怎么摸？现在连目标都没有。”

李师刚想了想，说:“监视这个JL集团。你不是说你跟着他们的人去过一个在山里的寺庙吗？知道那路怎么走不？”

杀手点头，说:“知道。”

李师刚说:“行。吃完饭，咱就先去那地方看看。找人没用，咱还得靠自己。”

吃完饭，两人雇了辆车，直奔那个山中的小寺庙。

寺庙还在施工之中。寺庙大门关着，其余的地方可以随便浏览。两人围着寺庙周围转了一圈，也没有什么发现。

杀手有些气馁。李师刚逼着低头耷脑的杀手跟他继续在附近搜寻，两人发现了几个JL集团的黑衣人，散落在寺庙东侧。杀手建议抓一个，审问一下。被李师刚否定了。

杀手突然想到了那个神秘的顺脚僧，说:“李大哥，你说要是咱找顺脚僧帮忙，能不能行啊？”

李师刚想了想，点头，说:“如果他知道黄榕的来历，那肯定行。不过……咱到哪里找他呢？”

杀手又泄气了:“没地方找。”

两人又转了一会儿，李师刚扯了扯杀手的衣服，小声说:“你看左边山坡上那人。”

杀手顺着李师刚的眼神看过去，从一边山坡上转过来一个瘦削的男子。男子约有四十多岁模样，头发蓬乱，脸色干黄，脚步却很麻利。他独自一人从山坡转过来，很警惕地扫视着周围。

看了一会儿之后，这个男子转身，顺着原路返回了。

杀手觉得此人行动怪异，就和李师刚在后面跟着他。

那男子转到寺庙后面的山坡，顺着山坡下去，上了停在山坡下的一辆面包车，面包车疾驰而去。

两人都看清了，这个男子的身形步伐，俨然就是一个多月前在冢头村，在黄榕之前进入旧屋子那个人！这人，也就是黄榕说的那个黄家人。

杀手一直觉得这个人应该是JL集团的人，现在此人出现，两人怎能舍弃。

两人从山背后转出来，一路猛跑，一直跑到山下，上了停在下面的出租车。

杀手跟司机说要绕到山后，追那辆面包车。司机笑着告诉杀手，山后没有路，面包车如果想从山里出去，还得绕过来。

司机话音未落，那辆面包车就从山坡一侧奔驰而出。杀手让司机跟上他，两辆车一前一后，顺着原路返回。

面包车在快要到达市郊的那个小镇的时候，突然拐弯，朝着一条砂土路驶去。杀手吃了一惊，因为这条砂土路，就是通往那个已经荒废的养牛场的。

杀手让车跟上。走到半路的时候，他们看到面包车竟然转回来了。

两车照面时，杀手和李师刚都朝车里看了看，那个一直坐在车前面的男子，没在车里。

两人让出租车加速，到了养牛场门口，杀手扔给出租车司机二百元钱，也不让他找钱了，和李师刚推开大门，跑进养牛场。

养牛场大院静悄悄，所有的大门依然都锁着。两人一路仔细搜寻，最终在那个当初发现黄榕的屋子里，发现了那个男子。

男子显然也已经发现了他们。

两人推门而入的时候，藏在门后的男子手中的木棍朝着杀手就砸了过来。杀手早就有了防备，猛然后退，同时拉门，让门替他挨了一棍子。

李师刚猛然冲出，抱住了男子。男子也算有两下子，扔了棍子，一个胳膊肘顶在了李师刚的肋骨位置，李师刚受不住，松了手。

杀手吼叫一声，拿出了当年跟地痞打架的狠劲儿，猛冲猛打。李师刚趁机捡起棍子，朝着男子劈头盖脸猛打，男子中了两棍子，又中了杀手几个拳头，蜷缩在了墙角。

杀手和李师刚把他用鞋带反绑上，两人坐在地上歇息了一会儿，开始审问他。

杀手问：“你是不是JL集团的人？”

男子朝外吐血沫，不出声。

李师刚站起来，把蹲着的男子一脚踹倒：“说话，再装大爷老子弄死你！”

杀手继续问：“是你给黄榕用黄家的暗语写过纸条吗？”

男子歪躺在地上，斜眼看了看杀手，说话了：“你们是什么人？”

杀手骂道：“现在是老子审问你，不是你审问老子！说，是不是你给黄榕写过暗语？”

男子冷冷地看了看杀手，说：“想让我回答问题，你得先告诉我你们是什么人。否则你们就是杀了我，我也不会说。”

李师刚抬起脚，又要踹他，被杀手拦住了，杀手点了点头，恶狠狠地说：“你行，还跟老子装大爷！老子就先废了你！”

杀手从腰里掏出短刀，朝着男子的腿上就要刺。

男子哼了一声，说：“要不是我受伤，就凭你们两个？”

杀手愤怒：“你还吹牛逼啊！”

男子突然朝后笑了笑，说：“你们朝后看，谁来了。”

杀手不上当，说：“糊弄老子，你是嫌死的慢了啊？！”

杀手背后传来一个阴沉的声音：“小兄弟，先放下刀子，不听话我可就开枪了。我打了几十年猎，还没打过人呢。”

杀手听着这声音有种阴森森的熟悉感，他惊愕地转头，看清来人后，手中的刀子当啷掉在了地上。

李师刚叫了一声：“大白天见鬼了！”

是老马！

那个他们和唐国军去找他，他坐着死在屋子外的大石头上的老马！老马手持一支双筒猎枪，正对着两人。

杀手和李师刚都不由得朝后退了一步，瞪大眼睛，看着这个不知是人还是鬼的老马。

老马用抢指着李师刚:“给他松绑!快点!”

李师刚瞪了一眼老马，哼了一声说:“别吓唬我，我还不知道你枪里是不是装了子弹呢。”

老马冷笑了几声，说:“要不你试试?我老马头不愿意杀人，要是你真想试试，我就杀一个。”

老马的话阴冷笃定，透着狠毒。李师刚有点害怕了，他看了一眼杀手。杀手说:“给他解开吧。”

李师刚不得不走过去，给男子解开绑着他的两个大拇指的鞋带。

男子走到老马身边，老马说:“我背包里有绳子，把他们两个捆起来。”

男子从老马背包里抽出绳子，先过来捆杀手。杀手笑了笑，说:“老马，你老人家装死人装得真像，不过，你能告诉我，这个人是黄家的后人吗?”

老马怒骂:“你算什么东西?你们这些挖祖宗坟、掘先人墓的畜生，以后再到我那儿去，我老马头见一个杀一个!”

杀手说:“老马大叔，我们现在不是在寻宝，我们是在救人，黄家的那个……”

李师刚打断杀手的话，说:“兄弟，不要乱说话!”

杀手把剩下的半句话咽进肚子里，不说话了。老马突然暴躁起来，对男子喊:“快点绑，绑紧点!”

男子绑完杀手，又过来把李师刚绑起来，然后，两人迅速从屋子里跑了出去。

10. 再回江西

老马和那个瘦高个男子跑得没影了。

李师刚跑到杀手身后，用牙齿帮杀手慢慢把绑着的绳子解开。

绑人的绳子用的那种现在很难见到的麻绳，这种绳子发涩，绑紧之后，很难解开。把绑着杀手的绳子解开，李师刚咬了一嘴的麻，累得牙帮子都快掉下来了。杀手被解开之后，他用刀子挑开了李师刚身上的绳子，两人从养牛场走出来，此时，太阳都已经西斜了。

两人垂头丧气，从养牛场走到柏油路，拦了辆车，回到住宿的小旅店。

喝了点酒之后，两人才上来了一点精神，杀手骂了老马一番，问李师刚："李大哥，你觉得黄榕被绑能不能跟这个老马有关系？"

李师刚摇头，说："我这一路上都在想，这两个人怎么能出现在养牛场呢？他们本来是藏在江西大山深处的人，他们能找到这里，说明他们肯定知道JL集团的事儿。或者说，他们也是JL集团的人。"

杀手一愣："这不可能吧？ JL集团能在那么远的地方还有人？"

李师刚说："你别忘了，JL集团全国各地都有公司。他们还是全国最大的盗墓集团，盗墓集团越是偏僻地方越喜欢。别说江西了，他们在新疆大沙漠，在无人区都有联络人呢。那个瘦子，就是在冢头村旧屋先于黄榕进屋的那个人，黄榕进屋后，那些黑衣人马上就进来了，你觉得这个男子不是JL集团的人？"

杀手缓缓点头，皱着眉头："我还是有点不相信。"

李师刚喝光一杯啤酒，说："兄弟，我觉得我们应该到江西去一趟。"

杀手摇头："没时间。我得找黄榕。"

李师刚说："到江西，就是去找黄榕。如果那个人是JL集团的人，那他肯定知道黄榕的事儿，甚至知道黄榕关在哪儿，咱只要抓住他，或者说服他帮忙，那救黄榕就有了希望。如果他真的是黄家人，我们跟他好好说说，把黄榕的情况告诉他，他能不帮忙救人吗？"

杀手点头，说："别说，你说的还真是有道理。"

李师刚说："那就这么定了，咱明天就去江西。对了，钱够吗？"

杀手说："钱够了。你觉得那个老马会回江西吗？万一他们不在江西呢，不是白跑一趟吗？"

李师刚说："他们不会在这里住下。这两个人的样子，不是在城里久住的人。要不这样，我们先在附近再观察两天，如果发现这两个人还在这里，我们就想别的办法，如果找不到他们，那咱就到江西去一趟，说不定就会有收获。”

杀手答应。

两人在附近又转了两天。这两天中，两人又去过那个寺庙，去过养牛场，甚至还打车去过冢头村的那个旧屋，都没有发现任何线索。

两人回到他们在洛阳的住处，杀手特意跑去找到黄七，问他是否知道JL公司的事儿，黄七拒绝回答。杀手说黄榕被JL公司抓起来了，你在江西还让我们去帮忙救她，现在就一点也不管了吗？

黄七愣怔片刻，才对杀手说，黄榕如果真的是被JL公司的人抓走了，那没人能救出她。船帮瞎子和顺脚僧也没这能力。当年的天地会曾经聚集高手，跟JL公司的前身，一个神秘的组织，进行过生死较量，双方俱死伤惨重，不分上下。当年腐朽的大清，如果不是跟这个神秘组织沆瀣一气，利用他们对抗天地会，大清早就被天地会推翻了。现在这个组织投资了JL公司还有别的大公司，黑白通吃，有钱有势，除非动用国家力量，否则，没有一个帮派或者组织能够跟他们抗衡。

杀手绝望了：“这么说，黄榕只能等死了？”

黄七摇头，说：“他们要的是东西，不是人命。只要黄榕交出他们要的东西，他们很快就会放人。”

杀手说：“黄榕手里也没有那个紫铜匣子啊。她到中国来就是找那个东西的，你不是不知道。”

黄七还是摇头，说：“他们要的应该不是紫铜匣子，而是别的秘密。如果黄家一点线索都没有，不会派黄榕到中国来的。他们要的是黄榕掌握的线索。”

杀手惊讶：“黄大哥，你怎么知道这个？”

黄七阴阴地笑了笑，说：“黄榕来到中国，她的资料在盗宝圈人人皆知，你们连这个都不知道，还想到JL集团找人？”

杀手看黄七丝毫没有帮忙的想法，跟他打听JL的情况他又不说，只得从他家走了出来。

第二天，杀手和李师刚坐上火车，来到了江西。经过两天颠簸，两人又来到曾经和唐国军一起住过的旅店住下。

杀手对这次江西之行，一直心存疑惑。他总是觉得，他们来江西，不会有太大的收获。不过在洛阳实在是没有别的办法了，他只得来江西试一试。

在小旅店里，两人边喝着白酒，边说起了唐国军。

两个多月音信皆无，这个唐大哥，现在给杀手一种恍恍惚惚，若即若离的感觉。自从两人进入医院的太平间，寻找顺脚僧的线索开始，杀手就觉得这个唐大哥开始变了，现在更是变得面目皆非，让他们捉摸不透。

大半瓶白酒下肚，看着旅店窗外的绵绵雨丝，看着那些匆匆的行人，李师刚感叹不已："当年我们去秦岭的时候，兄弟五六个，多热闹。现在大家四分五裂，唐大哥也变得神神秘秘的，唉，想起来真是凄惶。"

杀手说："李大哥，人说盗宝是缺德事儿，做多了会遭报应，咱……这是不是报应来了啊？"

李师刚笑了笑，说："这算什么报应。世道人心，人人都看着钱，把这情谊就看淡了。你这是多想了。"

杀手喝了一口酒，拿起筷子，说："我现在越来越觉得这个事儿不是好事。就像 JL 集团，干了多少缺德事儿啊。你说他们真正的老板是个女人，还缺了一只胳膊，这女人肯定是缺德事儿干多了，才丢了一只胳膊。"

李师刚点头："听说是在埃及丢了胳膊。算不错了，没丢了命就算大幸。你没看到这家公司现在到处修庙，这就是缺德事儿干多了，心里不踏实，才想办法补偿一下。"

杀手拍了拍脑袋："李大哥，你说咱干这个……会不会有报应？"

李师刚笑了笑："怎么报应？咱现在什么都没有，没钱没房子没老婆，就一条狗命，最多把这条命搞没了。要是搞好了，弄到钱，房子老婆都有了，咱以后多做善事，少做恶事就行了。"

杀手说："等我有了钱，买上了房子，我就不干这个了，回家种地去。"

李师刚摇头，说："到那时候，你的欲望恐怕就更大了。人啊，是很难知足的。JL集团那么有钱了，还朝死里忙呢。”

杀手说：“搞了那么多钱，造了孽，又花钱修庙补偿，钱又没了，这不是神经病吗？我才不这么干呢。”

李师刚感伤地说：“这人其实都是神经病。都在胡闹，直到自己把自己闹死。我看了本书，说这人啊，早晚要把自己灭掉，说得太有道理了。”

杀手举起杯子，说：“我不想这么玄乎的事儿，我就想找到黄榕，再搞到点钱，回家种地去。”

李师刚笑了笑，举起酒杯，说：“好事儿都成你的了。”

第二天，两人雇了一辆三轮车，直奔老马的小菜园。

两个月过去，小菜园显得荒芜多了。青菜被野草包围，一片枯黄。茅屋的前后也长起了青草，显得一片凄凉。

两人有些失望。显然老马没住在这里。

李师刚喃喃自语：“难道老马真的能住在洛阳？不应该啊。”

杀手坐在老马曾经坐过的石头上，说：“他不在洛阳，他也不会再在这里住下。唐国军知道这个人，肯定也会有别人知道。这种人生生死死经历得多了，马脚一暴露，肯定隐蔽得更深。”

他们在老马的菜地周围转了大半天，什么也没有发现，只好回到小镇。

两人在小镇打听这个老马，打听了不少人，包括旅店老板，却没人对这个老头有什么印象。

第二天，两人再次来到老马的菜地。转了半天，杀手坐在茅屋门前的大石头上歇息，李师刚在周围转着看，突然，他拽起了杀手，说：“快走，有人来了！”

第六章　荒山追杀

1. 蒙面人

杀手顾不得问明白，跟着李师刚跑到茅屋后躲起来。等了一会儿，只见一个人顺着小路匆匆走了过来。一直走到茅屋前，顺着菜园边的一条小路，朝着山里走去。

看着那人的背影，杀手终于想起来了，小声对李师刚说："村长！这个人是老马那个村的村长！老马死的那天，他带着三轮车来把老马拉走的！"

李师刚点了点头，小声说："跟着他！这里肯定有蹊跷！"

两人跟着老村长，从一条极为隐秘的小路上了山。

村长很警惕，走一会儿，就转身朝后看。杀手和李师刚好几次差点暴露，不得不离他远一点儿。

两人跟着村长翻过两座山头，却在一个小山谷里，把人跟丢了。

两人没别的办法，只能硬着头皮，循着似有似无的小路朝前走。

两人走到山半坡的时候，突然看到前面隐隐有几个人在走动。两人隐身在树后，观察了一会儿，看看四周没人，才小心翼翼地朝前走。

前面的人走得比较慢，好像还发生了争执，在一个半山坡上停了一会儿。两人趁机慢慢靠过去，躲在小树林子里观察。

看到的情景让他们大吃一惊。那个背着背篓的村长被人绑了起来，正在被几个人拳打脚踢。

打了一会儿，那几个人围着村长，坐在石头上休息。村长躺在地上，像是一条在沙滩上濒死的鱼。

杀手数了数，围着村长的打手是六个人。这六个人穿着各色衣服，粗看像是闲逛的山民。但是仔细看，就会发现这六人皆是二三十岁的青壮年男子，身形强健。

六个人歇了一会儿，扯起绑着村长的绳子，要带他走。村长身体受伤，勉强站起来，却走不了路。一个男子抽出短刀，威胁着村长，村长摇摇晃晃跟着他们走了。

杀手和李师刚跟着他们，一直爬到了山顶，来到一个山洞前。

六个人留下一个看着村长，剩下五个先后进了山洞。杀手有些着急，小声对李师刚说："李大哥，我觉得这六个人好像是JL集团的人，咱是不是应该去把那个村长救下来？"

李师刚犹豫了一下，说："等等。万一他们是好人，这个村长是JL集团的人呢？"

杀手怀疑李师刚的说法，不过他也没法确定，这些人到底谁是那一方面的，他只得闭了嘴，继续看下去。

等了不长时间，那五个人出来了。多了一个人，老马。老马也被用绳子捆着，瘸着一条腿，头上流着血。五人中的其中一个胳膊受了伤，从山洞出来后，另一个给他包扎了一下，他抬起腿，狠狠地朝着老马踹了过去，老马像一堆乱草一样散在了地上。

杀手暗暗骂这些混蛋，人都这样了，他们真下得去手。那个混蛋却还觉得不解恨，过去又狠狠地踢了老马两脚，同伴过去把他拉住，他才勉强住手。

其中一个过去扶起老马，几个人围住他，好像在问他什么。

杀手和李师刚听不见，两人朝前凑，企图听到他们在说什么。但是他们的面前树林稀疏，两人朝前走了几步，怕被他们看到，就不敢朝前

走了。

好像老马不太配合这些人的要求，众人围着老马说了一会儿，又有人走过去，朝着老马就是几巴掌。打得老马摇晃了好几下，才站住身子。

又站着审问了一会儿，几个人牵着老马和村长继续朝前走。

杀手和李师刚跟在众人的后面，观察情况。

众人顺着山路走，一会儿上山，一会儿下山。边走，他们边打老马和村长。从他们的动作上来看，显然他们认为两人带的路有些不对头。

终究是年纪大了，老马多次被打倒在地上，又被人拽起来，拖着便走。

杀手对这个老马本来没有什么好印象，看了一会儿，却痛恨起那些狠心的年轻人，同情起这个老家伙来了。从这些人的身手和行为上来看，现在两人都觉得这些年轻人应该是换了服装的JL集团的人。他们来找老马，显然也是因为宝藏。这个老马也是可怜，装死也没瞒过这些人的眼。

跟着众人走了一会儿，杀手突然听到右边似乎有人走路拨动树枝的刷拉声。他拉着李师刚藏好，朝右边看去。只见隐隐有几条身影从他们不远处的小树林里掠过，朝着前面一行人扑了过去。

杀手惊愕地张大嘴巴。

这一行人十分谨慎。到了前面那一行人经过的一侧的树林里埋伏了一会儿，又继续跟着前面的人。他们利用山坡和树林，尽量隐蔽着跟前面一行人缩短距离。

JL集团的人似乎发现了什么，走了一会儿，走在最后面的两个人，就转身朝后看。幸亏后面跟着的人动作十分麻利，赶紧闪身，堪堪躲了过去。杀手和李师刚在后面看着这惊险的一幕幕，汗都出来了。

但是，他们终究还是暴露了。

跟踪的人其中一个不慎摔倒，刚好被一个转身朝后看的JL集团的打手看到，打手大喊：“有人！后面有人！”

后面跟着的人从树林跳出来，朝前面的人甩去几把飞刀。JL集团走在后面的两个人中了飞刀，其中腹部中刀，立马躺在了地上。另一个看到飞刀过来，侧了侧身子，没有躲利索，被飞刀扎在了肩窝位置，疼得哇哇大叫。

后面的人挥舞短刀和木棍，冲了上去。前面的几个人慌忙迎战。

杀手和李师刚这才看出来，跟在后面的这些人全都蒙着面，只露出两只眼。蒙面人一共是八个，猛打猛冲，前面剩下四个JL集团的人措手不及，一会儿工夫，就有两个打手受伤，失去了战斗力。

蒙面人一帮也有两人受伤。但是现在蒙面人这边还有六个人，JL集团的人只剩下了两个能打的。这两个人拼命掩护着受伤的这三个人，六个蒙面人一时竟然得不了手。

杀手用短刀砍了一根木棍，挥舞着，从藏身的地方跳了出来。李师刚紧随其后。两人绕过交战的双方，绕到前面，想先救人。

受伤的这三人也颇坚强，三人互相掩护，死死的敌住了杀手和李师刚。

杀手略有武功，打架全仗着不要命。这三个腿残胳膊断的家伙竟然挡住了他们两个打架高手，杀手发狠了。他把衣服一甩，手中的木棍不管不顾，朝着对方猛劈。

JL集团的这些打手，都是个中高手。不过他们也被杀手这种不躲不闪的不要命打法打懵了。其中一个连挨了两棍，倒在地上大声哀号。杀手斗志大涨，挥舞棍子杀向另一个。剩下两个受伤的打手勉力支撑，李师刚趁机把村长和老马的绳子解开。村长身强力壮，走路还不碍事，老马年老体衰，加上刚刚被打得厉害，走路踉踉跄跄。李师刚背起他，三人朝后走。

杀手用棍子又砸倒了一个，另一个终于崩溃，转身就跑。杀手不管他了，跟着李师刚转身就朝山下跑。

这时候，蒙面好汉们已经放倒了一个打手，剩下的一个手持两把短刀，正在疯狂的做最后的抵抗。

杀手和李师刚刚走出五六步，突然听得身后一阵惊慌的喊叫。

杀手转身，看到十多个打手，正经过那个仓皇逃跑的受伤的打手身边，朝着蒙面大汉们冲了过来。

2. 绝处逢生

正满怀胜利喜悦的蒙面汉子们有些惊慌，忙转身迎敌。

刚刚陷入绝境的JL集团的打手绝处逢生，猛然反扑。蒙面汉子剩下的六人只得腾出两人抵住这个打手。剩下的四个，与那十多个虎狼一般的打手对阵，一会儿，就有两人倒在对方的短刀之下。

剩下的两人不敌，转身就跑。对方在后面猛追。李师刚背着老马，一会儿就落在后面。蒙面汉子回头救他，又有两人被对方砍倒在地。

老马从李师刚身上下来，让他快跑。李师刚刚重新背起老马，腿上就中了一飞刀，扑倒在地。

杀手要过去救人，被剩下的两个蒙面汉子拽起就跑。

两个蒙面人，加上杀手和村长，四人在村长的带领下，跌跌撞撞一路狂奔。后面的几个杀手紧追不舍。

村长体力不支，没力气跑了，那个蒙面人边跑边对杀手说："杀手兄弟，待会儿你带着这位大哥先藏起来，我们引开后面的人，你再带这位兄弟下山。"

杀手听着这声音耳熟，却一时想不起这人是谁。蒙面人从兜里掏出一个小布包放在杀手手里，说："你到镇上找驼子竹器店，就说是红瞎子有难，快找兄弟救援。你把这个布包给他，驼子就相信了。"

杀手很惊愕。他知道，像驼子这种暗线属于船帮瞎子的最高级机密了，这个红香主竟然如此信任他。红香主似乎觉出他有些意外，又说："兄弟……我们中计了……下水帮红堂能不能逃过这一劫，就看你了。"

杀手边跑边说："红香主，您放心，我杀手一定把信送到，搬来救兵。"

几个人跑到一个树林比较茂密的地方，杀手和村长看对方看不到他们，赶紧藏身在树丛后，红香主等人朝着另一侧跑去。

杀手隐身在树丛后，看着如狼似虎的十多个人朝着红香主等人追过去。村长累极，坐在地上不想起来，被杀手拽起，两人跌跌撞撞朝山下走。

让杀手崩溃的是，对这大山比较熟悉的村长竟然迷路了。

好在两人转了一会儿，差点绝望的村长终于看到一个熟悉的山坡，找到了路线，带着杀手匆匆朝山下走。

两人走到那个破庙的时候，突然从庙里跳出两个人，挡住了两人的路。杀手一看那表情，就知道他们是JL集团的人，忙拉着村长跑进了旁边的树林。

那两人不肯放过他们，在后面紧紧追赶。刚刚放松下来的村长声音带了哭腔，说："兄弟，我看今天咱俩是活不成了。"

杀手正疯跑着，听了村长的这话，突然站下了。村长急了："快跑啊！你这是等死啊你！"

杀手发疯般地挥舞短刀，砍下一根木棍，胡乱把枝叶砍掉，那两个追着的家伙蹿到了杀手的面前。村长一看情况不妙，扭头跑进树林里。

杀手猛然狼一般一声号叫，挥舞木棍朝着两人就扫了过去。

两个追击的打手显然没想到杀手能有这般速度，急忙后退。其中一个退得有些慢，竟然被杀手的木棍扫到了肩膀，身体猛然晃了几下，差点摔倒在地。

杀手大受鼓舞，疯狂地挥舞棍子，朝着此人猛攻，想先制服此人。

不过杀手还是没有跟这种人对阵的经验。他显然没有预料到，这些人跟社会上的痞子是截然不同的。痞子打架看谁狠，看气势，这些真正的江湖人，看的却是阴狠和势力。

那个挨了杀手一棍子的频频后退，似乎无力招架，杀手大喜，步步紧逼。杀手正以为要得势之际，突然听到村长大喊："小心后面！"

杀手大惊，转身看时，后面持短刀的打手已经悄无声息地冲了上来，短刀直逼杀手喉咙。

杀手下意识地忙朝后退，躲过这一刀，那个被杀手逼得一路后退的家伙又冲了上来，手中短刀直逼杀手的腹部。杀手无奈，还是用了自己擅长的自杀式打法，不躲不闪，手中棍子朝此人头上砸去。

杀手想拼命，人家可不跟他玩这个。这家伙看杀手招法狠辣，忙收

招躲闪。另外一个短刀已经杀到。杀手早就料到这家伙的路子，朝一边躲闪，没想到对方身手太快，杀手胳膊中了一刀，手中的棍子陡然落地。

杀手打架仰仗的只是狠勇。现在自己没有了趁手的武器，跟这两个武功高强的江湖中人拼杀，杀手明显处于劣势。

两人招招狠辣，显然是想麻利地收拾掉杀手。杀手此时威风尽失狼狈不堪，借着小树林，躲避对方的利刃。

村长也算义气，看杀手危险，折了一根树棍冲出来帮忙，被其中一个打手一脚踹飞，半天没有爬起来。

杀手腿上也中了一刀，疼得哇哇大叫。此时，杀手意识到自己恐怕是活不过今天了，眼中凶光毕露，抽出短刀，就要跟他们死拼。

两个打手一前一后，摆好了架势，跟杀手周旋着。他们是胜券在握。杀手则觉得反正是个死，能赚一刀是一刀。因此杀手破釜沉舟，只想杀人。

这两人前后配合，杀手又连挨两刀，他的刀却丝毫没有伤害到人家。杀手有点乱了方寸，虽然拼命躲闪，却几次险些被刺中要害，险象丛生。

此时的杀手已经大汗淋漓。他边躲闪，边朝着躺在地上的老村长喊了几声。老村长却躺在地上一动不动，好像一觉睡到了九天之外。

杀手终于彻底放弃了，他把短刀一扔，对着那两个人喊："我骂你们十八辈祖宗，你们杀了老子吧！"

那两人一愣。

少顷，其中一个举刀，朝着杀手的喉咙刺去。正在危急之时，突然一道亮光闪过，这人举到半空的手中了暗器，他手中的刀当啷一声落在了脚下的石头上。另一个不敢怠慢，手中短刀挥舞，朝着杀手的腹部便刺，又是一枚暗器飞来，这人有了准备，忙收招，躲过暗器。

几乎同时，一个蒙面人从树林中飘然而出。

躲过暗器的打手喝问："你是谁？来找死啊？！"

蒙面人不答话，手中一根铁棍，朝着此人就砸了过去。

受伤的那个握着胳膊，站在一边观战。

蒙面人武功不赖，铁棍又趁手，他先是用铁棍砸在对方拿刀的手上，对方承受不住，刀飞了。蒙面人继续猛砸，对方躲闪不及，肩膀上挨了一铁棍，踉跄了几下，蹿进了树林中。

胳膊受伤的这个紧随其后，逃了。

杀手捡了一条命，惊魂未定，说："多谢兄弟救命，兄弟怎么称呼？"

蒙面人淡淡地说："先别感谢了，包扎下伤口吧，否则流血也流死了。"

杀手这才想起身上的伤，陡然觉得疼痛难忍，一屁股坐在地上。

蒙面人走到村长面前，扶起了他。村长后脑勺刚好碰在一块石头上，脑浆迸裂，人已经死透了。

蒙面人背起村长，刚要走，看到杀手正笨手笨脚地在包扎伤口，他又把村长放下，过来帮杀手把里面的内衣撕开，把他腿上和身上的伤都包扎好了。

蒙面人看了看死去的村长，对杀手说："快走，我把你送到山下。"

杀手问他："兄弟，能告诉我你是什么人吗？等我办完事，我也好报答你啊。"

那人不回他的话，继续说："快走吧，我没太多的时间陪你。"

杀手边走边说："我好像认识你，我们应该是见过面。"

蒙面人不说话了，脚步匆匆走在了前面。杀手不得不紧紧跟在他后面。两人一前一后下了山，一直走到公路边。杀手刚要客气一句，说点儿什么，蒙面人转身走了。杀手只得闭嘴，赶紧到公路边搭车。

3. 驼子竹器店

杀手拦了一辆三轮车，直奔旅馆。

杀手走进旅馆，旅馆老板看到他的样子，吓傻了，问他怎么回事儿，是不是杀人了。杀手没时间跟他解释，问他驼子竹器店怎么走。旅馆老板惊讶，问他到驼子竹器店干啥，杀手说朋友让给竹器店老板捎个信儿。

老板说了个地址后，告诉杀手，驼子竹器店是个非常怪异的地方。虽说是个竹器店，却常年只卖竹斗笠。斗笠放在墙外挂着，谁要斗笠在外面

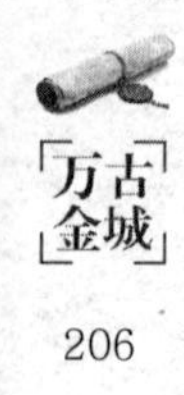

喊一声，里面报出价格，顾客同意了，就会有人开窗收钱。收钱的时候外面的人也只能看得到一只手，看不到人。大家觉得这个斗笠店太阴森，很少有人去买斗笠，墙外挂的斗笠都霉烂了，但奇怪的是，这个斗笠店却一直在那儿开着，像个老古董，几十年了，人人都觉得这个店应该早就没有了，到了一看，这个店依旧在那儿。

“最怪的是，很少有人看到这个店里的人出来。他们从来不出来买东西，不过常有人邮寄东西给他们，大概他们就靠着邮寄的东西过日子吧。”旅馆老板说。

杀手顾不得跟他唠叨下去，跟老板道了谢，跑到房间草草换了一件衣服，直奔竹器店。

杀手以为这么一个竹器店，应该在很偏僻的地方，没想到，竹器店跟这个镇最豪华的建筑，镇政府大楼仅仅一墙之隔。墙的一侧是现代化气息浓郁的镇政府大楼，墙的另一侧则是一幢看不出年代、残破不堪的狭小的竹器店，强大的反差，让杀手都觉得有些怪怪的。

杀手下了三轮车，在临胡同一侧的窗户喊道：“有人吗？我想买斗笠。”

竹器店窗户立马拉开了一条缝儿，好像有人一直在那儿坐着，专门等杀手似的。速度之快，吓了杀手一跳。他不由得朝后退了退。

从里面传出一个冷冷的声音：“五十元。”

杀手又一惊。他似乎觉得这里面应该传出几钱银子的报价方式。杀手抬头，看了看镇政府的大楼，把自己从时光错乱的感觉中拔出来。他从兜里掏出红香主给他的那个信物，从窗口递了进去，说：“这个人让我来找您帮忙。”

里面的一只手接过信物，等了一会儿，那声音说：“你从墙上摘下那个最破的斗笠，到天福茶馆去，放在最东南角的桌子上，能帮你的人会找你。”

杀手惊愕：“老板，红香主遭到追杀，他让我来求救，我还要跑到天福茶馆……这……这恐怕会耽误事儿啊。”

里面的声音冷冷地说：“你不赶紧去，才是耽误事儿。”

杀手无奈，摘下帽子，赶紧朝天福茶庄跑。跑了两步，他又折回来，拍窗。窗户开了，他说："红香主的信物，我得还给他。"

里面的人说："这是我给他的东西，他只能使用一次。"

话说完，窗咔的一声关了。杀手在心里恶狠狠地骂了这人一句，拿着帽子，朝天福茶庄跑去。

刚刚坐在三轮车上，杀手看到了天福茶馆的招牌，就在镇政府的另一侧，很近。

杀手顾不得身上的伤痛，用最快的速度跑到茶庄，本来想直接去喊老板，想到竹器店老板的话，就走到最东南角的桌子旁，把草帽放在了桌子上。他还没坐下，突然有人用面巾捂住了杀手的眼，一个声音在杀手耳边小声说："兄弟，如果你是红香主派来的人，就低头跟我们走。"

对方手劲奇大，杀手凭感觉，就知道自己没有反抗的余地。他心里说，我不跟你们走，我还有什么办法？

有人领着杀手，大约走了有二十来步，那人停下，对杀手说："上车。"

杀手说："兄弟，我得跟你们说清楚。红香主带着人在山上被JL集团的人追杀，JL集团有十多个高手，红香主他们就剩下两三个人了，你们把我不当回事，给我蒙面，我都没意见。不过，你们要想去救红香主，人少了可不行。JL集团的人可都是高手，别白白去送死。"

有人笑了笑，说："兄弟，你只管上车吧，别的你就不用操心了。"

杀手被他们推着上了车坐下，稍等了一会儿，有人给他解开了蒙眼的黑布，杀手转头看了看，看到他们是坐在一辆中型面包车里。车里大约坐了十五六人，皆黑布蒙面，盯着杀手。

杀手惊讶之极。自己刚到那个天福茶馆，虽然拿着那个破帽子，却也没跟他们说要去干啥，他们什么时间组织了这么多的人？还有……他们怎么知道自己是来找他们救人的呢？

坐在杀手旁边的那个蒙面人问他："兄弟，多谢您给我们送信儿。刚才对不起了，我们瞎子帮的规矩，不是本帮的人，不能让他看到我们的模样，还望兄弟理解。"

杀手笑了笑说："理解，我理解。不过你们的人可真是够怪的，那个竹器店的人牛的连面都不露，到了天福茶庄，我还没坐下，就被你们蒙着脸弄了出来，幸亏我胆子大，否则吓也被你们吓死了。"

后面有人说："竹器店的人可不是一般人。这要是在明朝，以他们家族的身份，你连听他说话的福气都没有，兄弟你就知足吧。"

杀手惊讶："还有这么牛的人？他是明朝皇帝？"

旁边坐着的蒙面人说："不说这个了。兄弟，您知道红香主他们能在哪个地方吗？"

杀手摇头，说："要是他们不乱跑，我或许能找到他们。不过JL集团的人在追他们，他们在山里乱窜，我怎么能知道红香主在什么地方？"

这人想了想，问："你知道山里的那个破庙吧？"

杀手点头："知道。"

他又问："你和红香主分手的地方离那个破庙远不远？"

杀手闭上眼想了想，说："不远。"

这人对司机说："加快速度，到那个破庙。"

面包车加速，在柏油公路疾驰了一会儿，停在山脚下。山脚下也有一条小路，蛇一样朝着山上蜿蜒。

众人下车。那个跟杀手说话的蒙面人一马当先，跑在最前面，杀手忍着身上的疼痛，跟在他后面，诸人紧随其后，飞奔上山。

这边果然路近，大家一会儿就到了那个破庙外。

那个一直走在前面的蒙面人让杀手带路，朝着他跟红香主分手的地方走。杀手凭着感觉，带着他们在山里一通胡走，竟然还真的带他们找到了几处他们拼杀的地方。船帮瞎子们看到了同伴的尸体，个个激愤，恨不得马上找到那些JL集团的打手，生吃了他们。

怎么找到红香主他们，剩下的就归船帮瞎子了。杀手精神一放松，腿上身上受伤的地方就开始作痛，竟然连路也不敢快走了。

走在前面首领模样的瞎子让众人稍微歇息。他从怀里掏出一个药瓶子，给杀手解开包扎的伤口，上了药，用他带着的纱布给杀手重新包扎好。首领的药很神奇，伤口包扎好，杀手就觉得浑身轻松，疼痛也减轻了不少。

瞎子们重新上路，仔细搜索，直到天黑透了，他们发现了一处亮光。众人朝着亮光走去，发现了一个山洞。

洞口处，一堆篝火在熊熊燃烧。十多个人围着火堆坐着，似乎正在做饭。

4. 智斗

首领模样的船帮瞎子让众人潜伏下来，他带着杀手，小心翼翼朝前摸了一段。两人走到一处略微高些的地方，观察着围着火堆坐着的十多个人。

因为离得远，杀手看不清楚是否是追他们的那些人，想朝前再走几步，被首领拽住了。

首领把嘴凑到杀手耳边，小声对他说："小心暗哨。"

杀手一愣，再也不敢乱动了。

首领问他："是不是这些人？"

杀手仔细看了一会儿，摇了摇头，说："看不清楚。好像……差不多。"

首领想了想，说："要不，抓个人问问吧。"

杀手有些惊讶："怎么抓啊？"

首领弯腰摸起一块石头，朝着不远处扔了过去。然后，他小声对杀手说："你朝着石头落下的地方走，速度快一点，动静弄得越大越好。"

杀手将信将疑，只管朝着那石头落下的地方走去。边走，他边朝后看。杀手也明白，在这附近肯定有对方的暗哨，如果这个首领掌控不了局势，等那个暗哨出来，自己的小命就很难保住了。

走了一会儿，杀手蹲下，果然发现在自己右前方，有一片小树摇晃着，朝自己这个方向奔来。

杀手转头，朝着首领躲避的方向看，首领似乎不知道暗哨出动，依然

一动不动。

杀手有些慌乱，不由得缩着身子，偷偷地朝前溜了十几步。现在的杀手又饿又累，能咬着牙走路就已经不错了，如果这个首领不是人家的对手，那杀手就只能束手就擒了。

黄榕还在他们手里，自己可不能就这么被人家抓住。杀手蛰伏着，从腰里摸出了短刀，侧着耳朵，仔细地倾听着对方的声音。

刚刚还比较清晰的人在树林里急速移动的刷拉刷拉的声音，突然变得模糊起来。显然对方也觉得情况蹊跷，开始隐蔽行动了。但是杀手凭借多少年在黑夜行动练就的敏锐，他知道对方还在行动，像一只虫子那样匍匐着，在树丛间爬行。

首领突然行动了。他的敏捷超出了杀手的预料。杀手惊讶地看着树梢如骤风掠过一般摇动着，朝着目标射了过去。

目标重叠，好像一急一缓两股暗流相撞，一阵波涛无声地翻涌了一会儿，就寂静了下来。最让杀手惊讶的是，自始至终，两者都没有发出一点声音，仿佛两人有了默契，在此打一场哑战。

杀手待了一会儿，才小心翼翼地朝两人会战之地移动过去。

半路，他遇到了背着人的首领，首领示意他朝后走。两人一前一后，顺着原路返回，来到众人潜伏的地方。

首领把背着的人放下，让人捂住他的嘴，伸手在他的头上拍了一下，此人慢慢地苏醒了过来。他看到围着的这些人，下意识地要叫，被人紧紧地捂住了嘴巴。

首领示意，身边的一个蒙面人掏出短刀，刀刃紧紧地贴着此人的喉咙。

首领慢吞吞地说：“兄弟，你听清楚了，现在你在我的手里。不过你是想死还是想活，你说了算。你要是想活，我的人松开手，你不能乱喊乱叫，如果同意，你就点点头。要是想死呢，你现在就摇摇头，我们都省事，我直接送你去见阎王。”

那人没犹豫，连忙点了点头。

捂着他嘴巴的人看了看首领，似乎对这个人不放心。首领点点头，说："松手。我就不信有人不怕死。"

那人松开手，手还没从嘴巴上完全拿开，此人突然歇斯底里地喊起来："来人了！船帮……"

没容他喊完，横在他脖子上的刀子就切了下去。后半句话呜噜呜噜就不成声音了。鲜血飞溅，呛人的血腥味因为夜晚空气的湿润，显得更加浓重。

首领有些恼怒，责备动刀子的人："怎么下手这么快？！应该捂着他的嘴！"

动刀子的人从那人的手里拿出一把非常小巧玲珑的匕首，说："老大，这人是个死也不会投降的人。你别想从这种人嘴里问出什么。"

首领摇摇头，说："把人扔远点，赶紧撤，他们的人很快就过来。"

两个人抬着这人的尸体，扔到不远处的山坡下，然后众人朝后走了一段路，隐蔽在小树林里。

在这里，隐隐约约能看到他们刚才杀人的地方。有几个人影在那地方转悠，然后，朝着这儿走了过来。

有人要继续后退，首领说："等等，等他们快过来了，咱再走。"

杀手着急："那……那不就暴露了吗？"

首领笑了笑，说："兄弟，你就等着看好戏吧。"

首领对后面的那个兄弟耳语了几句，又转身对杀手说："兄弟，你在这里待着，别跟着跑了。"

杀手有些懵："我……我自己在这儿待着？"

首领说："你跟他们一起。"

杀手还是不明白，首领却朝他摆摆手，示意他别说话了。杀手只得闭嘴。首领带着两个人，潜伏着朝前走了一段，隐蔽了起来。

等那几个人离他们还不到十米远了，首领突然爬起来，带着三个人冲了出去。

刚走到附近的那几个人一愣。首领等人似乎很惊慌，朝着另一侧的小

树林冲了过去。JL集团的几个人边喊叫着，跟着冲了过去。

这一边，剩下的众人也都起身，顺着来时的路返回，疾行一会儿，跑到一片小树林里隐蔽起来。

稍等了一会儿，那个首领带着三个手下突然从山坡下冲了过来。他们的后面，紧跟着那六个追赶的打手。

首领带着众人经过杀手他们潜伏的地方五六步远的空地，继续朝前跑。后面追着的五个人紧紧跟着他们，也从杀手他们的面前经过。那个带着大家一路跑过来的船帮瞎子又带着众人从树林里冲出，埋伏在他们的后面。此时，刚刚还在拼命奔跑的首领带着三个人猛然站住，转过身来，朝着追击的五个JL集团的打手就冲过来。

五个人没有料到这一变局，忙各持兵刃与四人搏斗。船帮瞎子的这个首领武功高绝，刚一交手，就有一个JL集团的杀手中了一刀，倒在地上。剩下的四人对四人，船帮瞎子们斗志高涨，JL集团的人有些颓势，首领猛打猛冲，又一个打手防备不及，喉咙被划了一刀，躺在了地上。

这三人大惊，没了斗志，转身就跑。

刚跑了几步，就闯到了埋伏的众人面前。伏兵齐出，这三人无路可逃，两人负隅顽抗被杀，其中一个举手投降，被众人擒住，送到首领面前。

首领审问，此人供出，他们确实是JL集团的人，他们在三天前接到密令，到这山里寻找一个人，没想到今天在山里遇到了一帮高手，现在抓了几个人，却没找到他们要找的人，他们没有完成任务，不敢下山，正准备明天向山上送信，派人增援呢。

确定了这些人就是他们要找的人，首领终于放了心。JL集团的这个打手告诉首领，山洞里的人，除了他们五个，还有八个人。这八个人都是JL集团的高手，他们这些人恐怕不顶事儿。

首领哼了一声，说："兄弟，你也算是高手吧？"

这人想了想，说："他们武功都比我厉害。"

首领点头，说："行，我记着你这话，要是他们武功不如你，我回来就杀了你！”

杀手不说话了。

首领让人把此人五花大绑，找了块布塞住了他的嘴，押着他，朝着山洞走去。

到了刚刚那个暗哨潜伏的位置，首领让众人分成三拨，其中两拨到洞口两侧埋伏起来。杀手跟着其中一拨，埋伏在洞口东侧。

首领带着两个人，大摇大摆朝着火堆走了过去。

围着火堆坐着的只剩下了六个人。他们显然还没有意识到危险来临，六人或坐或躺，围着火堆，有两个人面朝首领等人走来的方向，也低着头，好像在很快乐地谈着什么开心的事儿。

杀手边担忧地看着首领等三人走近，边想：这几个人是在谈论什么事儿呢？他们是否有老婆孩子？有的人应该有女朋友了吧？他们的女朋友知道他们的工作吗？如果他们跟女朋友说他们的大老板其实是中国最大的盗墓贼，他们的女朋友是会感到很酷呢？还是觉得丢人？如果他们的女朋友觉得他们的工作丢人，他们甩给女朋友一个几十万的银行卡，女朋友应该转变想法了吧？

李师刚前些天跟杀手闲聊的时候，曾经告诉他，JL集团的这些打手，可不是一般的打手或者是保安能与之相比的。这些人三教九流各种人物都有。非但个个武功厉害，且各怀绝技，寻墓探穴，绝地求生，无所不能。是JL集团真正的精英，几乎个个都是百万富翁。坐在办公楼的那些衣冠楚楚的白领，跟他们相比，就是一群打杂的。

杀手在心里感叹，要是自己像他们这么有钱，早就回家盖房子娶媳妇去了，何必还在为钱送命。

首领等三人几乎走到了他们的面前，才有一个发现了他们，惊叫一声，那六个人陡然跳了起来。

首领大吼一声，手中的铁管飞舞，朝着这六人就冲了过去。

5. 决战

这六个打手虽然看起来觉得很意外的样子，却也迅速投入了战斗。

六人散开，两人对付一人，跟船帮瞎子们打在一起。

船帮瞎子的这个首领是杀手亲眼所见武功最厉害的人，不过被两个打手围住，也一时不能取胜。

这边战斗正酣，从山洞里走出几个人。打头的是一个手持短刀的打手，后面是几个被捆在一起的人。杀手隐约看出有红香主和老马，其余的两个应该是被抓住的船帮瞎子了。最后面，还有一个手持短刀的打手压阵。

几个人走出山洞，没有犹豫，慌慌张张拐向左边的小树林。

杀手等五个人埋伏在小树林里，静静地等着这两个JL集团的打手进来送死。

从船帮瞎子成立至今，不到万不得已的时候，他们是很少杀人的。即便是对他们的死敌——JL集团的神秘组织，他们奉行的也是能避则避，能伤则不杀，杀少不杀多的原则。几百年里，船帮瞎子就像一群避世的老鼠，尽量让外人看不到自己。

但是今天晚上，那个首领发话了："杀人！躲没有用，我们躲了几百年，人越来越少。人家一直杀人无数，现在怎么样？现在人家富可敌国，势力擎天，再躲下去，人家不用动手，顺便找几个人就能把船帮瞎子给灭了！"

不知为什么，杀手对这个首领非常有好感。他把这个首领跟红香主和在洛阳郊外山洞里的那个上水帮舵主相比较，觉得船帮瞎子缺的就是这种能杀能打有魄力的首领。瞎子帮如果这种人多一些，也不至于躲在山洞里，还能被人杀光。

因此众人都在暗中抽出了短刀，静等着这两个打手自己把小命送上门来。

火堆旁，首领已经杀了两个打手。剩下的四个跟三个船帮瞎子在周旋，等待逃命的时机。现在，他们心里也清楚，他们遇到了高手，再打下去，他们的小命就会葬送在这里。

首领却不依不饶，刀刀紧逼，丝毫不想放过他们。这些横行天下的打手们终于开始慌乱了，在首领又一刀割开了一个打手的喉咙后，剩下三人拔腿就跑，朝着山洞另一侧跑去。

此时，那两个打手押着几个俘虏，已经来到了杀手等人的面前。

众人一跃而起，朝着两个打手就冲了过来。

两人后退了几步，拔刀迎了上来。

众人围住这两个人，杀手则用刀子割断了绳子，放开了红香主和李师刚等人。

红香主和两个船帮瞎子获救，各折了两棵小树，用杀手的刀子稍稍清理了一下枝叶，加入了战斗。

从首领手下逃出来的三人被首领和在山洞另一侧埋伏的五个人截住，三人一心想逃跑，斗志尽失，一会儿就被首领等人收拾了。众人冲过来，跟红香主一起，围住了仍在负隅顽抗的这两个人。

红香主对众人喊："不能让这两个跑了！他们是专门追杀下水帮的黑白无常！杀了咱无数好兄弟！"

杀手听红香主这一喊，愣住了："黑白无常？"

老马在他耳边说："黑白无常杀了不少船帮瞎子的人。这两人都是跟天地会有仇的清军将领的后人。"

杀手惊讶："这仇一直仇到了现在？"

老马笑了笑，说："什么叫江湖？中国最隐秘的帮派里，还有商朝的后人一直在追杀周的后人呢。几千年了，世世代代的，外人不知道而已。"

首领让红香主到一边歇着，这两个人他来对付。伤了一条腿的红香主退到了一边，首领手中的短刀飞旋，朝着两人就杀了过来。

这两人不愧是JL集团的高手，首领加上几个人凌厉进攻，两人虽然处于下风，却依然不慌不忙，进退有据。两人还趁两个船帮瞎子有些大意，用刀各伤了一人。

首领急了，让众人退后，他从腰里掏出流星锤，舞得虎虎生风，朝着两人猛打猛砸。

两人的刀和身手虽然凌厉，在首领的进攻和众人的围攻下，也是频频受伤。终于，其中一个不慎腿上中了一锤，倒在地上。首领挥起铁锤，就朝此人的脑袋上砸去。

倒在地上的这个在地上滚来滚去，躲着首领的流星锤，险象环生。另一个也被众人围住，虽然武功不错，却也频频受伤，稍一不慎，就可能一命归西。

正在危急之时，突然从小树林里传来一声长啸。首领一愣，手上的流星锤加速，朝着躺在地上的人砸去。然而，没等他的锤落下，一道流星般的亮光，就扎进了首领的胳膊。首领咬着牙，把锤砸下来，却再也没有力气抬起来了。

几乎同时，一道黑影从树林中冲了出来。黑影疾如闪电，手中持一把铁铲，众人有上前迎敌者，都受伤躺在地上。黑影掩护着黑白无常两人闪进树林，他人就站在树林边注视着众人。船帮瞎子这边的红香主和首领皆目瞪口呆，不敢上前。

稍等了一会儿，黑影方转身走进树林。

杀手过去扶起躺在地上的人，惊魂未定，就去问红香主："香主，这个人是谁？怎么这么厉害？"

红香主黯然摇头，说："我们只知道有这么个人，不知道他的底细。不过这个人轻易不出现，这些年追杀下水帮，他也没露面，今天……怎么突然露面了呢？"

首领模样的人走过来，对香主拱手："见过红香主。"

红香主笑了笑，说："多谢高头领相救。我就知道，今天这局，只有你高头领能解开。"

高头领哈哈一笑，说："咱下水帮高手如云，红香主过奖了。"

红香主摇头，说："下水帮是一日不如一日啊。咦，那个老人呢？老人家哪里去了？"

杀手扶着老马从树林里走出来。火堆的余光跳跃着，照耀着众人。老马朝着众人鞠躬："老马多谢各位英雄相救。"

红香主过来，扶起老马，说："老先生不要客气。只是我有一事相问，望老先生不吝指教。"

老马有些警惕，看着红香主说："我只是一个山野村民，没有什么能指教香主的。"

红香主笑了，说："老人家怎么知道我是香主呢？"

老马一愣，顿了一会儿，才说："我……猜的。"

香主宽容地笑了笑，说："老人家猜得好。您放心，我不会为难您。我就想知道，那些人为什么要跟踪您。"

老马恢复冷淡面孔，轻轻摇了摇头，说："不知道。"

香主依然笑着说："老人家您这是说笑了。据我所知，他们在这山上转悠最少也有两年了，像您这么精明的人，能不知道他们在找什么？"

老马依然说："老马确实不知。

红香主点头，说："不承认也罢。几百年前，下水帮瞎子和天地会舵主黄徽柔，都是天地会的分支，只是黄舵主失踪，黄家人一直怀疑此事是船帮瞎子从中作梗，从此黄家人一直视船帮瞎子为敌人。此事差矣，当年的天地会虽然鱼目混珠，良莠不分，船帮瞎子和顺脚僧却是天地会里最精良的两支人马，我听师父说，当年上水帮船帮瞎子听说清兵要围剿江西天地会，连夜派人通知黄舵主，只是晚了一点时间，使得江西天地会遭遇了灭顶之灾。此事，希望老马老先生能够明白。"

老马摇头，说："这些陈年旧事，与我老马头无关。我老马只是一个种菜的老人。"

红香主笑了笑，问："那这躲在山里的人是谁？"

老马不说话了。

红香主宽容地笑了笑，说："无妨。老先生不必紧张。黄家人到中国来，是寻找先祖遗物。船帮瞎子奉先祖之命，守护先祖圣物，我们几百年前是兄弟，现在虽然分道扬镳，却各守本分，互不干涉。我们共同的敌

人，是刚刚那帮人，是那些无恶不作的神秘组织。老先生以后要是有难，只要找到我红香主，必定全力以赴。”

老马点头，说：“那我先请教香主一个问题，你们是怎么到这里来了呢？”

红香主说：“这个简单。几百年来，船帮瞎子的首要任务，就是监视这帮混蛋。我听手下说他们十多人跑到这山里来了，知道这里必定有事儿，我就带着人赶过来了。”

老马拱拱手，说：“多谢香主坦诚相告，老马头告辞了。”

6. 老马的山洞

红香主看老马要走，很惊讶：“老先生，这天还没亮，您这么大年龄了……您到哪里去呢？”

老马转身，指着一边的杀手说：“我有这个小兄弟照顾，请香主放心。”

红香主一愣：“他？他是你的小兄弟？”

老马朝着杀手点头，说：“小兄弟，很多年了。是吧，兄弟？”

杀手忙点头，说：“是，是。红香主您放心。”

红香主满脸狐疑，却不得不说：“那……好吧，杀手兄弟好好照顾老人家。”

老马拽着杀手还有李师刚，告辞了红香主，朝着黑暗的大山里走去。

老马年龄虽大，又受了伤，步伐却还矫健，走在两人前面，两人要紧着步子，才能跟上。

刚刚被追和救人的时候，大概是紧张，还没有觉出饿，现在精神放松了，两人走了一会儿，就觉得饿得厉害，浑身乏力。杀手走着走着，眼前出现了许多星星，跟夜空中的星星不一样的，他眼前的星星金光闪闪，杀手一开始觉得奇怪，以为这山里出现了什么奇观，走了一会儿，终于明白了，他这是饿了，累了，脑子抗议了。多年以前，他们在秦岭寻宝，杀手有过这么一次经历，不过金光闪闪了一会儿，人就晕倒了。因此他忙说：“

老先生，不行了。咱得找个地方歇一歇，最好有点儿吃的。”

老马脚下不停，说：“快到了，前面有个山洞，里面有吃的。”

听说有吃的，杀手和李师刚有了希望，跟着老马又走了一会儿，来到一个黑黝黝的小洞口前。老马先进去，点亮了里面的一根蜡烛，杀手和李师刚随后走了进去。

山洞比较狭窄，三人一起进来，就觉得有些转不开了。老马让两人坐下，杀手这才注意到，地上竟然还有几个木头墩子。他和李师刚坐下，老马朝着山洞里面走了几步，提着一个竹篮。

他把竹篮在两人面前放下，掀开盖在上面的蓝花布，露出几块大饼。杀手和李师刚也顾不得客气了，各自抓起一块，大口嚼着吃。

大饼太干，杀手只咽下了一口，嘴里发干，再也无法下咽了。

老马笑了笑，对两人说：“别忙，这种吃法不行。得先喝口水，才能咽得下。”

老马又从里面拎出一把老式的军绿色水壶，递给杀手。杀手咕咚咕咚喝了几口，递给李师刚。两人边吃边喝水，一块饼下肚，浑身终于有了重新活过来的感觉。

老马从篮子里又拿出几块饼，递给两人各一块，自己也拿了一块慢慢嚼着吃。

老马感叹说：“两年前，这饼我一口气能吃三块，现在不行了，牙快掉光了，嚼不动了。”

杀手边吃边问：“老大哥，这山洞里怎么能有吃的啊？”

老马艰难地把一口饼咽下，说：“不瞒两位，这山里我常来，采点蘑菇打个野兔啥的，有时间晚上也不下去，就在这里留下点吃的。这些饼，就是我昨天来的时候放的，准备昨天晚上和今早上吃呢，没想到……野味没弄到，倒让人家给抓起来了。”

杀手点头，继续问：“老大哥，那些人为啥要抓你呢？”

老马摇头，说：“不知道。”

杀手笑了笑：“真不知道？”

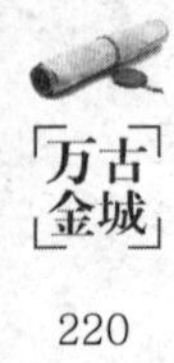

老马艰难地用仅剩下的两颗牙拽下一块饼，摇头说：“真不知道。我一个老头子，就在山下种点儿菜……我怎么知道他们为什么要抓我。我种的菜又没有毒。”

李师刚看了看老马，说：“老人家，他们打您的时候我们看着真是让人可怜。我们可是救您的人啊，您不跟他们说实话，总得跟我们说实话吧。”

老马停顿了一下，继续费力地嚼嘴里的饼。杀手喝了一口水，说：“老人家，我理解您。凡找您的人，没个好东西，您不用瞒我，我都知道，您是马营长的后人，您保护的，是那个从墨西哥来的黄家人的后人。不瞒您说，我们以前来找您，也是为了找到那个黄家人，为了找到黄家的那个紫铜匣子，找到天地会的宝藏。不过，这次我们兄弟来这里，可真不是为了宝藏。而是为了救人，也是黄家人，一个从墨西哥来的黄家的女孩子，叫黄榕。这个女孩子上次被老母教的人抓了去，是我们兄弟和船帮瞎子一起把她救出来的。我刚刚看到了，您很不相信船帮瞎子，不过他们为什么要救黄榕，我也弄不明白。这么说吧，我们救黄榕的事儿，您保护的这个黄家人一定知道。上次我们救出黄榕之后，带着黄榕到这山里来过，她看到了只有黄家人才懂的暗号，找到了那个山洞，不过……我们找到山洞，却看到一个人刚刚被杀。黄榕以为被杀的人是黄家人，哭了一顿，还把他埋了。现在看来，这事儿有蹊跷，死的人弄不好不是黄家人。是不是，老人家？”

老马认真地听着杀手讲话，杀手最后问他的这句话，他却没有反应，显然是在沉思什么。

杀手不急，等了他一会儿，觉得这个老马想得差不多了才说：“老人家，我说这些，就是让您明白，那个女的，真的是黄家后代，现在她失踪了……喔，对了，您一定也知道冢头村那个荒废的旧楼和郊外废弃的养牛场吧？我们找她的时候，找到养牛场，抓到了一个瘦子，是您端着猎枪，把他救了出来，呵呵，您刚刚还说您是一个种菜的老人呢。您见过种菜的老人端着猎枪救人的吗？”

老马慢慢嚼着饼，不说话。

杀手说："老人家，我跟您说这些，就是为了让您相信我们兄弟，帮我们找到黄家的这个女孩子。"

老马摇头，说："我没有办法帮你们。"

杀手说："可是你保护的那个黄家人肯定有办法。老人家，我知道您不想管这些事儿，可是这个小女孩也是黄家人啊。你们马家和黄家这么好，黄家人有难，您怎么能坐视不管呢？"

老马终于抬头，正眼看了一会儿杀手。

杀手第一次跟老马的眼神交锋，他这才发现，老马的眼神竟然很硬，这种硬度是几十年的沉淀，沧桑而坚定，那眼神，似乎能把杀手砍成几半。

看了一会儿，老马移开眼神，看了看李师刚，才问："我应该帮助黄家人，因为黄家人对我们马家有恩。小兄弟，你为什么要帮助黄家的这个小女孩呢？"

杀手说："因为现在她是我女朋友，我想把她带回家当老婆。"

老马点了点头，说："这个理由说得通。那行，看在你救过我的面子上，我就带你们去找你们想找的人，不过，我得把你们绑起来，蒙上眼，等见了你们想见的人后，他说放你们，我才能放，他要是想杀了你们，我也没办法，只能杀了你们。"

李师刚恼了："你这不是欺负人吗？"

老马摇头，说："你们可以走啊。是你们非要见那个什么黄家人，这可不是我逼着你们的。"

杀手对李师刚说："没事李大哥。咱是去帮他们黄家的，我就不信，他们黄家人还能杀了咱？"

李师刚问杀手："兄弟，您能肯定那个人就是黄家人？还有这个老马，咱跟唐大哥找到他的第二天，他就死了，现在又活蹦乱跳出来了，你能确定他就是那个老马？即便真的是，咱把他逼死了，他能饶了咱？"

杀手笑了笑，说："我相信这位老人家。为了报恩，几十年如一日地守在恩人的后人住着的山脚下，给他送吃的，送喝的，这种人你不相信，还

能相信谁？”

李师刚看了看眼前这个穿着破烂，脸如老树皮的老人，不说话了。

杀手帮老马先把李师刚捆上，然后，等着老马把自己绑好，老马又给两人用布蒙上眼睛，对他们说：“对不住了两位，你们现在要是后悔了，还来得及。”

杀手动了动手，老马绑得很结实，一动不能动。努力睁大眼睛，看到的也只是令人绝望的黑暗。杀手心里有些忐忑，他问李师刚：“李大哥，你觉得怎么样？”

李师刚叹气，说：“走一步看一步吧。咱来找人，那个黄家人怎么也不至于把咱杀了。”

杀手有些感动，说：“多谢李大哥，大哥对兄弟这么仗义，我杀手死也忘不了。”

李师刚笑了，说：“都是兄弟，说这些干啥？弄得跟上刑场似的，走吧，早早见到人，早早把黄榕救出来。”

7. 黄寻祖

老马拽着绳子，两人跟在老马的后面，走出山洞，又走进了茫茫大山中。

肚子里有了东西，杀手不饿了，却困得厉害，好几次差点睡了过去。

李师刚也在后面说：“兄弟，困死我了。”

杀手说：“我也困得要死。咱应该先在山洞里睡一会儿。”

李师刚说：“慢慢走吧。等这次回去，我什么不干，先喝一捆啤酒，再睡两天两夜。”

两人说着话，跟着老马，小心翼翼地走。老马也很照顾两人，走得比较慢。

杀手边走，边数着步子，估摸着距离，只走了大约有八百多米，老马站住了，对两人说：“你们两个先稍等一会儿，我去通报一声。”

两人站住。

杀手此时脑袋有些清醒，他吸了吸鼻子，说："天快亮了。"

李师刚似乎还没有从迷糊中醒过来，稍等了一会儿，才问："你怎么知道？"

杀手说："早上空气发凉发潮，我能闻出来。"

李师刚笑了笑，没说话。

老马走了一会儿，就回来了。他扯起绳子，对两人说："两位兄弟，小心点，这个山洞要弯着腰进去，待会儿我说弯腰，你们可要使劲弯着腰，别碰头。"

杀手说："知道了，走吧。"

老马拽着两人走了几步，然后，让两人弯腰。弯腰走了一会儿，他说："行了两位兄弟，到了。"

两人站直身子，杀手听到一个颇熟悉的声音，说："老马，给他们摘下面罩吧。"

老马给两人解下面罩。杀手睁开眼，眼有些痒，他想抬手揉眼，却发现手还是被绑着的。

他嚷道："绳子能解开吗？我要擦擦眼。"

朦胧的蜡烛灯光下，杀手看到面前这个瘦削的男人朝他看了看，对老马说："解开吧。"

老马犹豫了一下，说："这……这……"

男子走过来，亲手给杀手解绳子。杀手得以更近距离地看此人。现在他终于确定，这人就是他和李师刚在废弃的养牛场捉到的那个人，也是那个傍晚跟踪黄榕，跑到冢头村的旧楼房的那个人，还是昨天晚上从JL集团的打手那里把他们救出来的蒙面人。

老马过去，也给李师刚松开了绳子。

杀手和李师刚一言不发地看着这个神秘的看起来很憔悴的男子。

男子给他们松开绳子后，走到一侧的木墩上坐下，对杀手和李师刚说："坐吧。"

两人坐下，老马走到男子一侧，警惕地看着杀手和李师刚。

杀手打破沉默，说："我们见了不止一次了。"

男子点点头，说："是。"

杀手转头看了看山洞四周，感叹地说："你住在这里，真是太不容易了。"

男子没说话，一直注视着他。

杀手觉得不能说这些没用的话了，干脆直奔主题，他说："黄榕不见了，她是你们黄家的人，我们来找你，是想让你帮忙把她救出来。"

男子还是看着杀手，似乎没听到他的话。杀手不得不重复一遍，说："你肯定见过她，她是从墨西哥来的，来找你们黄家的紫铜匣子，现在她不见了。"

男子点了点头，说："我知道。不过……谁能证明她确实是黄家人？"

杀手有些惊讶，说："这个还能有假？她是从墨西哥来的啊，她为了找你们黄家的那个紫铜匣子，好几次差点把命都丢了。"

男子摇头，说："为了黄家的这个紫铜匣子，丢了命的太多了。他们都冒充黄家后人，都说是从墨西哥来的，我能都相信他们吗？"

李师刚说："她懂你们黄家的暗语，他们也懂吗？"

杀手补充说："对对对，上次我们带她进来找你，她通过山半腰那个破庙上的暗语，找到了山洞，不过……发现了一个死人。"

男子说："懂黄家暗语的也不止是黄家人。懂天地会暗语的人，差不多都能破解黄家暗语，这个不能证明什么。"

杀手急了："这么说，你是不想救黄榕了？"

男子想了想，说："我不知道她到底是什么人，我怎么救她？"

杀手恨恨地说："没想到你这么冷血！她为了你命都可以不要，那天在山洞里看到被杀的那个人，她以为是你，差点哭死！现在她生死不明，你还在这里说风凉话，你算什么黄家人，算我们兄弟瞎了眼，算了，我们走了！"

杀手和李师刚站起来，愤懑的杀手转身就要朝外走，老马说话了："小兄弟，麻烦你们两个先出去等一会儿，我们商量一下，行不？”

杀手正气愤，不搭话。李师刚说：“行，那我们在外面等一会儿。”

杀手和李师刚两人走出山洞，一阵小风吹来，空气清新，与洞里浑浊的空气断然不同。

杀手深深呼吸几口，对李师刚说：“这个黄家后人，真是让人失望。”

李师刚摇头说：“他也有他的道理，这个人能活到现在不容易。”

杀手点头，说：“确实不容易。”

两人在外面站了一会儿，眼看着东方越来越白，太阳似乎就要一跃而出了，却久久不愿现身。

老马从里面走出来，对两人说：“两位小兄弟请进来吧。”

杀手看了看李师刚，李师刚问：“老人家，他同意帮忙找人了吗？”

老马点了点头，说：“你们进来就知道了。”

两人重新走进山洞，刚刚一脸抑郁的中年男子脸色有些开朗，他对两人鞠了一个躬，说：“两位兄弟请坐，刚刚得罪了。”

杀手和李师刚坐下。老马对两人说：“我看你们两位都是好人，我也不瞒两位小兄弟了，我老马在山下种菜，确实是为了照顾黄家的后人。这位就是天下人都在寻找的黄家后人黄寻祖，是民国年间从墨西哥来中国的黄风堂老人的孙子。”

杀手朝着黄寻祖抱拳，说：“见过黄公子。黄公子这些年受苦了。”

黄寻祖黯然摇头，说：“幸亏马大叔，要是没有他，我们黄家人早就没了。不说这个了，说说黄榕吧，其实不瞒二位，我也正在找她。”

杀手惊愕：“您早就知道她是你们黄家人了？”

黄寻祖点头，说：“我们黄家除了暗语外，还有一种打招呼的方式，那就是三哭。那天你们在山洞里发现了一个刚刚被杀的人，你们把他埋了，黄榕趁机用黄家的三哭给我暗号，我就知道她是正宗的黄家人了。”

杀手惊愕：“三哭？什么叫三哭？”

黄寻祖略微笑了笑，说：“黄家的三哭简单来说，就是哭三声，不过腔调很有讲究，有哭死人，哭唱等各种方式，也是当年被满清官兵逼出来的

联络方式。”

李师刚点头：“我想起来了！那天我们把那个死人埋了后，黄榕突然哭了三声，然后又没事人似的就站了起来，原来……这种哭是给黄家人发信号？”

黄寻祖说：“是。从那时候我就知道她是真正的黄家人了。”

杀手有些恼：“那你为什么不出来跟她相认？刚刚还说不知道她是不是真的黄家人……你这不是没事儿找事儿吗？！”

黄寻祖摇头，说：“我相信她，但是我不见得会相信你们。你们两个不久前还跟着镇上的黑道人物到山下找马大叔，逼他带你们找我。你说，我能轻易相信你们吗？”

杀手有些尴尬，说：“我们当时不明情况，是跟朋友一起来的。不过……您现在怎么又相信我们了呢？”

黄寻祖说：“老马大叔说得对，如果你们是坏人，不会冒着生命危险到老母教那里去救黄榕，也不会帮船帮瞎子救人。”

杀手点头，说：“您相信我了，我还有一件事儿要问您呢。那天晚上在冢头村，您跟着黄榕进了那个旧楼，后面紧跟着的是JL集团的打手，我想知道，您就一点都没有注意到他们吗？”

黄寻祖正色说：“先生弄错了，那天晚上我根本没在洛阳，更没去过冢头村的大仙庙。”

杀手一愣：“你没去……不能吧，那个人穿的衣服跟您穿的是不一样，但是那模样动作……跟您一模一样的啊，看到您的不止我一个人，还有李大哥，我们两个都看到了啊。”

黄寻祖长叹一口气，说：“不瞒二位了，去的那位，是我的双胞胎兄弟。”

杀手惊讶：“您兄弟？他怎么能……”

黄寻祖打断杀手的话，说：“此事今天不谈了吧，以后再说。”

杀手点头，问：“您刚才说冢头村的那个地方叫大仙庙？那里没有庙啊？”

黄寻祖说："现在当然没有了。清初的时候，那个地方曾经有大顺军秘密建立的一个庙，是大顺军的联络点，后来被清军拆掉了。不过，这地方始终在天地会手里掌握，直到现在。"

杀手惊讶："现在？现在咱这儿还有天地会？"

黄寻祖笑了笑，说："自然是有。兄弟，雁过留声，人过留名，历史自然也会在现代社会留下痕迹。你不知道的角落里，说不定就有某个皇帝的后人在隐姓埋名地生活着，只是外人不知道而已。"

杀手点头，问："您知道镇上的驼子竹器店吗？"

黄寻祖正色说："当然知道。别看那个小小的竹器店，来头可不小。不说这个了，还是说那个旧楼吧。那个楼有地下暗道，你不知道吧？"

杀手摇头，说："我觉得那地方应该有机关，我们没找到。"

黄寻祖叹气，说："我曾经跟着我父亲去过一次冢头村，上次要不是你们在养牛场把我抓住，我也打算去的。我虽然不知道黄榕失踪，不过自从上次你们从这山里走了之后，我就一直想找到她，找个机会单独跟她谈谈。没想到，她竟然失踪了。"

杀手很失望："我以为您会知道她的下落，唉，您还不如我们知道得多。"

黄寻祖苦笑："我能背着黄家的背景活到现在，除了马大叔舍命相助之外，就是隐蔽。自从我记事起，每天都不能安安稳稳睡到天亮，睡一宿觉，要换两三个地方，每天我都提心吊胆防备有人到山里抓我，有时候……我不得不杀人。上次你们到山里找我，我为了让你们死心，就把一个前几天抓的人杀掉了，没办法。我现在恨不得全世界的人都忘了我，要不是找我们黄家的小女孩，我也根本不会到洛阳去，我跟一个废人差不多，能知道什么呢？"

杀手看黄寻祖很沮丧，忙安慰他说："如果能找到黄榕，您跟她见了面，让她联系到墨西哥黄家，您就可以回墨西哥了，就不用天天这么担惊受怕了。"

黄寻祖有些欣慰，点头说："但愿如此。"

杀手问："黄先生，我还有一个问题，你们黄家先祖是天地会的人，船帮瞎子也是天地会的，我怎么觉得你们对船帮瞎子不是很相信呢？"

黄寻祖轻轻叹口气，说："没错，黄家和船帮原本都是一家，应该互相信任。不过……我们黄家人到中国来，是寻找我们黄家的紫铜匣子，而紫铜匣子里，盛着江西天地会宝藏的秘密，船帮瞎子却是遵守天地会密令，守护大顺宝藏的人，各怀心事，我怎么敢相信他们呢？何况，据祖辈传言，当年船帮瞎子为了天地会江西分行的宝藏不外泄，曾经暗杀过先祖。"

杀手惊讶："这不能吧？当时清兵追杀天地会，他们应该一致对外才是，怎么能互相残杀？"

黄寻祖声音幽幽："几百年的事儿了，谁知真假。不过现在黄家只想找到黄家的紫铜匣子，因为那里面不只有天地会宝藏的秘密，还有黄家族谱，有黄家的诸多秘密，这些秘密的价值远远超过宝藏的价值。"

杀手说："那墨西哥的洪门也属于天地会吧？我听说现在唯一能调动天下洪门的只有顺脚僧，那黄家总该听顺脚僧的调动吧？"

黄寻祖摇头，说："我没在墨西哥住过，对墨西哥洪门不了解。不过我父亲在世时，曾经跟我说，顺脚僧是天地会永远的首领，所有天地会成员以及子女，见了顺脚僧都应务必听候调遣，赴汤蹈火死不旋踵。"

8. 诡秘讲话人

黄寻祖告诉杀手和李师刚，山下那个村子里，很多都是马营长部下的后人，包括村长。

前些日子，杀手等人找到老马，老马假死，就是村长出的主意。

现在村长死了，他要和老马处理完村长的后事，就跟他们一起到洛阳寻找黄榕。

天大亮后，老马下山，到村里通知了村长到山里采药，不慎摔死的消息。村里来了人，把村长抬下山，黄寻祖和杀手等人也随着下山，参加了村长的葬礼。

村长有一儿一女。儿子已经大学毕业，在北京打工，女儿还在读书。在父亲的葬礼上，女儿哭得死去活来，儿子却显得有些冷漠。杀手不由得想到了老家的父亲，他问自己，如果父亲死了，自己能跟村长的儿子一样还是跟他女儿一样呢？

在村里，老马俨然马营长再世。村里的老老少少，男男女女，皆对之毕恭毕敬言听计从。镇政府来了几个人送花圈，也笑称他为“马营长”，仿佛国共再一次合作的样子，杀手看得心里感慨万千。

给村长办完葬礼，四人在村里休息了一天，同时做各种准备，打算明天回洛阳。

第二天，四人一起到了县城。杀手带着黄寻祖去办了一张假身份证，四人商量了一下，决定留下老马，回村里帮着料理一下事物，同时联络几个年轻人，必要时做个增援，杀手和李师刚还有黄寻祖，三人直奔洛阳。

在路上，黄寻祖跟两人讲了他们黄家和马家与老母教的恩恩怨怨。

当年他的爷爷追查紫铜匣的下落，一直追查到老母教。那时的老母教被英国人控制，英国人让老母教的人把爷爷抓了起来。与黄寻祖的爷爷交好的马营长听说后，带着兵到老母教基地，把黄寻祖的爷爷救了出来。日本鬼子进了江西后，镇压老母教，老母教派人向马营长求救，马营长觉得这老母教的人都是中国人，就带着兵把鬼子引开，老母教的人才得以转移，生存了下来。

后来，老母教为了表示谢意，请马营长吃饭。马营长带着黄寻祖的爷爷一起去，老母教想花钱买黄寻祖爷爷手中紫铜匣子的线索，被拒绝。老母教翻脸，拘禁了两人。幸亏马营长留了后手，他的副营长带着人找到老母教，把人救了出来。

从此，黄家人与老母教成了仇家。

杀手问黄寻祖，他爷爷既然能从墨西哥来到中国，那为什么就不能再回去了呢？

黄寻祖小声说：“我听我父亲说，我爷爷来中国之前，黄家做了充分的准备。其实来中国的不止我爷爷一个人，我爷爷来的时候，还带了两个保

镖，并且黄家还在中国好多地方安排了人，可以随时有多种方式跟墨西哥那边取得联系。可是我爷爷自从一进入中国，就遭遇许多次暗杀。等我爷爷到了江西，他身边的两个保镖全部被杀了。墨西哥那边安排的所有联系人，全部失踪。不过他们不杀爷爷。爷爷认识了马营长后，得到马营长帮助，曾经想回到墨西哥，可是兵荒马乱，路上好多次差点丧命，回来后，就哪里也不想去了。在这边住了下来，唉，他老人家当年要是回去了，我何必在山里当野人。"

三人回到洛阳，先到杀手他们租的地方住了一宿，第二天，就坐公交车，直奔冢头村的老屋。

老屋一楼地下，依然是杀手他们那天晚上掀起来的乱七八糟的地砖，好像这些日子一直没有人进来过似的。

杀手抬腿就要朝里走，被黄寻祖伸手拦下。黄寻祖说："别忙，等一等。"

杀手收回步子。黄寻祖在门口蹲下，认真看了一会儿，说："我先走，你们跟我后面，我脚落那儿，你们就落那儿。"

杀手有些狐疑："我们来过这儿，这地下没机关啊。这地砖还是我撬起来的呢。"

黄寻祖指着地砖，问："你撬起来的时候是这个样子吗？你仔细看看，这些摞在一起的砖，都是有序排列的。"

杀手看了看，一惊："我靠，真的啊。这是摆八卦阵吗？这也没用啊。"

黄寻祖点头，说："说起来没什么用，这不是杀人的机关。不过这人这么摆起来，肯定有他的道理。比方他用这个监视是不是有人进过这个屋子。"

杀手点头，说："这个有道理。这是JL集团的人弄的，还是顺脚僧弄的呢？"

黄寻祖摇头，说："应该跟顺脚僧无关。走，别管谁弄的，小心便是。"

杀手有些惊讶："这么说……这JL集团的人也知道这个地下通道了？！"

黄寻祖点头："应该知道了。终南山里两千多年前墨家留下的巨门谷，是天下最大的机关，此机关运用整个终南山作为布局，听说这个组织租了飞机，于十年前将之破解了。中国之大，皆为人家天下，这个地方自然不在话下。"

杀手问："那这个组织的大老板是谁啊？怎么这么牛？"

黄寻祖摇头："没人知道。你们所说的这个JL集团的老总是全国人大代表，其实这人是个傀儡，不是这个神秘组织里的核心人物。"

黄寻祖进了屋子，杀手紧随其后，李师刚在后面关了大门。

黄寻祖带着两人走到堂屋正中，转着头四下看了看，感慨地说："二十多年了，这屋子还是老样子。"

黄寻祖声音刚落，突然有个声音幽幽地说："黄先生，别来无恙。"

声音阴气森森，三人都不由打了个冷战。杀手掏出短刀，要上楼找人，被黄寻祖拦下。

黄寻祖冷冷地问："阁下是何人？为何在此？"

那声音笑了笑，说："我是什么人，黄先生还是不要问了吧。有些事你知道了，反而对你没好处。我在这里是提醒你，黄先生，你还是待在山里比较好，这个世界，已经不是你了解的那个世界了。"

黄寻祖说："阁下能否讲明白？"

那声音说："黄先生是聪明人，我何必多费口舌？"

杀手喝问："你是什么人？说话当面说，何必鬼鬼祟祟的？"

那人冷笑一声，说："杀手先生，我也劝你一句，你这种人混混沌沌，不学无术，还是不要在这个行当里混了。否则你混到最后，能囫囵出去就算不错了。"

杀手恼怒："我怎么样关你屁事。你要真是个人，就给老子滚出来！"

那人不理杀手，兀自说："李师刚倒是个有福的人。可惜心不狠，你要是心狠，能杀了杀手，你倒是可以富贵一生，可惜了。"

李师刚惊讶地看看杀手，张大了嘴巴。杀手再也忍不住，拔腿就朝楼上冲。黄寻祖两人也跟在他后面。

他们搜遍了楼上所有房间，都没找到人。杀手惊异："妈的，这声音明明就在楼上，怎么没人呢？"

三人把楼顶的通道都找了个遍，没找到，只得下楼。杀手先把楼下所有房间都找了个遍，也没找到人。

黄寻祖说："别找了，人早走了。"

杀手恨恨地说："一个神经病，胡说八道。"

黄寻祖说："他说的也有点道理。我们这些人没权没势，出来肯定有风险。"

杀手看了看他，说："黄先生不是怕了吧？"

黄寻祖笑了笑，说："我在惊怕中活了四十多年，已经不知道什么是怕了。什么死了活了的，这个世界上还有永远活着的人吗？走吧，不到最后，谁也没法预料结局，怕有屁用。"

杀手看了看李师刚："李兄，你听了那人的话，有杀了我的想法没有？"

李师刚大笑："他说过，我这个人吃亏就在心不狠上，咱俩是朋友，我凭什么要杀你？走，快走，找人要紧，听这个神经病的。"

杀手笑了笑，心里却有了一种不好的预感。当然，他不确定这个预感会发生什么。他只能惶惑地跟着黄寻祖，走到旁边一个房间。

9. 旧屋的地下密室

这个房间也被杀手和李师刚把地砖都撬了起来。房间里放着两张破烂桌子。黄寻祖看了看，爬上桌子，用手拍了拍顶棚。

随着一阵低沉的声响，墙壁竟然侧转，黄寻祖带着两人从夹缝中进了另一个房间。这个房间是从里面反锁着的。让两人惊异无比的是，这个房间竟然有一张铺着铺盖的床和简单的家具。

床上被褥齐全，家具上，没有灰尘，他们对面中间的位置，摆着一面老式的梳妆桌和梳妆镜，从镜子里，杀手看到了头发乱糟糟的自己和李师刚，反而把自己吓了一跳。

李师刚喃喃："这里竟然还住着人！"

两人进来后，墙壁自动回位，竟然严丝合缝，一点儿痕迹都看不出来。

杀手问黄寻祖："刚刚就是住在这个房子里的人跟你说话吧？"

黄寻祖摇头，说："不是。"

杀手奇怪："谁能住在这里呢？"

黄寻祖笑了笑，说："一个很平常的人。这个房子的守护者。"

杀手惊讶："没见过这么看房子的。"

黄寻祖说："这个看守在这里可不是看房子的，这里……算了，不跟你们说了，咱还是继续寻找黄榕吧。"

杀手点头，又皱眉："这里跟黄榕有什么关系？"

黄寻祖伸手，在那个镜子后面按了一下，他们的面前竟然出现了一个大洞。最为奇异的是，从洞口处竟然透出光亮。

黄寻祖过去，顺着台阶朝下走。

杀手和李师刚虽然满心疑惑，还是跟着他走了下去。

下面竟然是一个非常阔大的大厅。大厅四周亮着蜡烛，因此下面虽然不是很明亮，却也能比较清楚地看清大厅的布局。

大厅正北，摆着一把大太师椅。这把太师椅不是一般的大，几乎能有普通太师椅的两三个大。用料宽厚，杀手过去用力推了推，太师椅纹丝不动。

大厅两侧，各摆了十多把椅子。椅子前方，摆着小桌子。蜡烛灯光摇动，椅子和小桌子皆干净光亮，仿佛有客人刚刚从这里起身离去，主人刚收拾了酒杯茶具，擦了座椅。

杀手和李师刚在偌大的空间里转圈，看着一张张完好的椅子，目瞪口呆。椅子们也静静地立着，仿佛也在审视他们。

黄寻祖站在大厅中间，对着那把大太师椅鞠躬，喃喃地说："二十多年没来了，没想到这里还是一点儿都没变。"

杀手怯怯地走过来，说："黄先生，这是什么地方啊？我怎么觉得这地

方……让人害怕啊。”

李师刚也说：“压人，不是害怕，而是觉得这里有股气……压人。”

黄寻祖轻轻点头，说：“此处在几百年前，是天地会秘密聚会之地。”

杀手和李师刚吓得倒退两步，杀手惊呼：“天地会？！怪不得！”

黄寻祖说：“不过你们也用不着害怕。我听家父说，这里最后一次聚会是二百多年前了。天地会的很多人被杀，也有很多人逃到了国外。那时的顺脚僧掌门召集天下洪门在此聚会，没想到散会时他们被清兵发现，遭到追杀，负责召集聚会的顺脚僧为掩护众人撤退，被清军杀害。从此，这里再没有聚会了。”

杀手狐疑：“你怎么知道的这么多？”

黄寻祖笑了笑，说：“当时来参加聚会的有我们黄家人。来了三个，只回去一个，那两个都被杀了。”

黄寻祖鞠躬完毕，带着两人从一侧小门走进一条地道。

地道漆黑，幸亏黄寻祖带了一个小手电筒，三人跟着黄寻祖顺着地道走。杀手狐疑：“这儿能找到黄榕？”

黄寻祖说：“找找看，说不定能找到点儿线索。”

杀手说：“上次我们跟着那些人进了这个屋子，后来他们都不见了，就是顺着这个地道走了？”

黄寻祖摇头，说：“他们不知道那个房间，走的是另一条地道。不过那个地道肯定被人监视起来了，里面什么也不会有。”

杀手狐疑：“既然他们没走过这里，那……咱从这儿走，有什么意义？”

黄寻祖笑了笑，说：“先别问了吧，待会儿你就知道了。”

地洞里霉味极重，还有隐隐的臭味儿。杀手对地底下的这种小空间有轻微的恐惧症，虽然竭力控制着自己，他还是出了一头大汗。

走了约莫一两个小时，三人终于从地洞里出来了。

地洞口是在一个破旧的小房子里，三人从挡着洞口的乱草里钻出来，发现这是一个堆着杂物的小房间。

黄寻祖敲门，敲了好一会儿，有人过来开了门。

杀手和李师刚怕出现意外，手里都握了短刀。没想到门开之后，他们面前站着的却是一个满脸稚气，约莫有五六岁的小女孩。

三人愣住了。

小女孩上下打量了一下三人，有些狐疑还有些好奇，问："你们找谁？"

黄寻祖顿了顿，笑了笑，说："小朋友，你爷爷在家吗？"

小女孩点了点头，转身朝着另一个屋子跑去："爷爷，有人找你。"

三人走进院子。一个小小的院子，破烂的窗户，院子中间放着一个破旧的人力三轮车。

一个约七十岁左右的矮个子老人从正屋推门出来。他看到黄寻祖等三人，像是被阳光晃了眼，略微朝后退了半步，才站稳身子。

黄寻祖走过去，小声跟老人交谈了几句。

李师刚小声对杀手说："他们应该说黑话吧？"

杀手纠正说："这叫暗语。"

黄寻祖和老人说了会儿话，老人转身进屋。黄寻祖示意杀手和李师刚跟上，三人一起跟着老人进了屋子。

屋子还算清洁。老人的屋子跟普通人家的屋子没什么不同。但是老人举止沉稳，步子利落，精气神也不是一般老人所能相比的。

进了屋子，老人没有给三人让座，而是先从桌子抽屉里拈出三支香，递给了黄寻祖。老人掀开后窗帘，杀手这才发现，后窗下的墙壁掏了一个四方洞，里面供奉着一男一女神像。

黄寻祖点了香，插进香炉里。老人在前面带着三人磕头行礼。

杀手在电视里，看到过洪门行礼，跟江湖上其他门派没有什么不同。然而，老人行礼却让他大开眼界。

老人先鞠躬磕头，起来之后，后退一步复上，又行礼磕头，如此多次，其复杂讲究，让杀手和李师刚看得目瞪口呆。

黄寻祖却显然对这套礼节很熟稔，他跟着老人行礼完毕，两人又互相行礼，老人才对他们说："三位先生请坐吧。"

三人坐下，老人用六十年代的大茶壶泡茶。

一杯茶后，黄寻祖说："老人家，我今天来，是想向您打听一个人，也是我们黄家的，一个女孩……"

杀手打开手机，找出黄榕的照片，递给老人，说："喔，就是她。"

老人拿过来，看了看，摇头，说："没见过。"

杀手很失望，接过手机，叹了一口气。

黄寻祖说："几个月前的一个傍晚，她来过这里。有人约他，不过……被那个神秘组织的人跟踪了。"

老人点头，说："这事我知道。大和尚救了那女子。要不是大和尚，她当天就被人抓走了。"

黄寻祖说："您再没见到这个女子？大和尚也没在你面前说起过？"

老人说："自从那个晚上，我再也没见到大和尚。他也没提起过。黄先生知道我这儿的规矩，您请便吧。"

黄寻祖抱拳站起来，说："多谢老先生的茶。我再问一句，上水帮的瞎子还在附近吗？"

老人稍微停顿了一下，好像是在寻思有些话是否应该跟黄寻祖说。杀手和李师刚也站起来，看着老人。

终于，老人叹了一口气，说："上水帮瞎子兵分两路，一路三个人到下水帮求援，一路出河南，准备进陕西，在路上遭到对方截杀，又逃回来了。"

杀手忍不住问："老先生，您说的大和尚就是顺脚僧吧？不是说这顺脚僧很有本事，还能召集国外的洪门吗？那他怎么不去帮助这些瞎子呢？"

老先生摇了摇头，说："这位先生，我只是个看房子的，这些事儿我不懂。先生还是请教别人去吧。"

三人从老人屋子里出来，杀手泄气地说："白跑一趟，什么都没问着。"

黄寻祖却说："没白跑。老先生说船帮瞎子回来了，咱可以去找他们。在天地会，船帮瞎子身份低，却最善于打听消息，天下的事没有他们不知道的。"

杀手说："那是以前。现在他们只顾得逃命，还能顾得上打探消息？"

黄寻祖说："去找找他们试试，总比咱乱找一气好。"

三人来到街上，租了一辆带篷的三轮车。三轮车经过那个通往废弃的养牛场的路口的时候，杀手突然说："咱去养牛场看看怎么样？"

黄寻祖点头，说："行。应该去看看。"

三轮车右拐，直奔养牛场。

过了一片小树林，能看到养牛场大门了，杀手突然看到从养牛场里跑出两个人，两人几步跑进旁边的小树林，一刹那没了踪影。

10. 刀断琴弦

这一情景，李师刚和黄寻祖甚至还有开车的师傅都看到了。师傅惊讶，说："这两人跑得咋这么快呢？"

三人都知道养牛场里肯定有蹊跷，催促开车师傅加速，冲到养牛场门口。三人下车，推开大门，冲了进去。

黄寻祖带着两人直奔东北角的那个房间，推门进去，看到一个人躺在血泊中，还在痉挛。

从他穿的土灰色对襟衣服上，杀手就看出来，这人应该是一个船帮瞎子。他冲过去，把瞎子扶起来，瞎子似乎还有些意识，却也只是颤抖了几下，在杀手的呼唤声中，一动不动了。

杀手放下瞎子，问黄寻祖："这个房间有什么机关？为什么人会出现在这里？"

黄寻祖走到角落，掀开乱草，出现了一个硕大的大石板。杀手和李师刚上前掀了掀，石板纹丝不动。

黄寻祖说："这个石板在里面有机关，只能从里面打开。想从这面打开，只能砸烂石板。"

杀手看了看，这块大青石板有半尺厚，坚硬无比，别说他们没有工具，即便有趁手的工具，也不是一时半会儿能就能弄开的。

杀手朝着大石头狠狠地踹了几脚，黄寻祖说："别管它了，快走，去山

里找人！山里应该出事了！”

杀手和李师刚跟着黄寻祖上了三轮车。在车上，杀手也顾不得避讳开车的师傅了，问黄寻祖这个养牛场到底是怎么回事儿，还有那个房间，怎么房间下面会有地道，这个地道是从哪儿通过来的，为什么黄寻祖、黄榕和这个船帮瞎子会出现在这个地方。

黄寻祖告诉他们，这个养牛场是谁弄的也不清楚，但是有一点，建这个养牛场的人肯定跟顺脚僧有关系，或者也可以说，是顺脚僧让人建了这个养牛场。现在养牛场为什么废弃了，为什么连个人都没有，他黄寻祖不也不知道。

他知道的是，这个养牛场下面的地道非常长，并且有三条。其中一条是跟大山里的一个洞连在一起的，另一条则通到冢头村某个隐秘之地。第三条现在废了，民国的时候，被人无意中挖到，不得已才堵死。

前些日子，他到此地寻找黄榕，被人追杀，遇到了顺脚僧。顺脚僧不认识他，但是认识追杀他的那些人，觉得他应该是船帮瞎子的人，就救了他。把他送到地道口，他通过地道，进入了养牛场。

黄寻祖对此地的了解就这么多，杀手等人守着开车的师傅，自然也不好问太多。

三轮车师傅比出租车好说话，一直把他们送到了山下，杀手付了车费，留了对方的手机号码，三人上山，三轮车师傅开车出山。

秋日的山上，天高云淡。想到几个月前的那个夜晚，跟着那个瞎子，第一次来到这山上，看到一帮瞎子在进行神秘的膜拜仪式的时候自己的惊愕，想到自己被人家抓进山洞时的恐慌，仅仅几个月，在自己眼中神秘强大的船帮瞎子竟然走到末路，杀手不由得连连叹息。

黄寻祖跟在杀手后面，他机警地看了看四周，皱着眉头说：“有危险！”

杀手看了看不远处山坡上隐隐的庙墙，说：“肯定有危险。这里没危险倒不正常了。能不能找到个活着的船帮瞎子，都是个问题。”

杀手边说话，脚下不停，继续朝山上爬。黄寻祖犹豫了一下，跟了上去。

三人都算是江湖老手了，谁都明白，现在船帮瞎子这里，是JL集团的幕后力量，那个神秘组织绞杀的重点。不过他们为什么要追杀这帮迟暮的瞎子，杀手想了很多日子，一直想不明白。

他们要钱没钱，要势力没势力，跟如日中天的那个神秘帮派相比，实在是不值一提，为什么他们还要大动干戈置之死地呢？

杀手忍不住，还是问黄寻祖："黄兄，这帮人为什么要追杀船帮瞎子呢？"

黄寻祖摇头："我也不是很清楚。不过这个神秘组织与天地会是几百年的死对头了。清朝时期，这个组织就勾结清政府，对付天地会，天地会曾经调动人马，与之对决，神秘组织失败。你到过江西，应该知道江西的边钱会吧？"

杀手摇头，说："没听说过。"

黄寻祖说："这个组织'以钱描朱，以金为字'，打的旗号也是反清复明。后来，这个边钱会受天地会首领委托，寻找那个神秘组织的老窝，锁定组织中的主要人物，用计将他们调到江西后，边钱会发动起义，官府请这个神秘组织帮着清兵平定起义，天地会精英趁机出手，先在江西大败这个神秘组织，然后在全国各地发起攻击，杀得这个组织一百多年没有在江湖出现。"

杀手问："那这个边钱会后来怎么样了？"

黄寻祖说："后来被官兵镇压下去了。"

李师刚问："边钱会的首领也是船帮瞎子的人吧？"

黄寻祖摇头，说："不是。边钱会的幕后首领是先祖黄徽柔。"

杀手惊讶："那黄舵主是在此之后做了天地会江西分会的舵主？"

黄寻祖摇头："不是。先祖早就做舵主了。边钱会是江西天地会的另一个分支，不过起义之前没什么影响。清兵屠杀天地会之后，先祖隐蔽下来，暗中壮大边钱会，组织起义。"

杀手想了想，问："当初镇压江西天地会，是不是也有这个神秘组织做帮凶？"

黄寻祖点头，说：“有。”

杀手叹息：“杀来杀去，几百年了，还是同一帮人。”

黄寻祖说：“这个神秘组织，也就是你们说的JL集团，可不好对付，大家多小心。”

杀手说：“又不是没见过他们。在江西山里，他们追杀老马和船帮瞎子，我可一直看着。我觉得论武功，还是船帮瞎子更厉害一些，怎么这些瞎子那么怕他们呢？”

黄寻祖说：“对方人多势大啊，船帮瞎子现在通算起来没有一百人，JL集团在江西就有五六千人，专门的打手上千，全国能有多少？奉命追杀船帮瞎子的可都是真正的高手，专业杀手。在天地会，船帮瞎子是搞情报的，武功是弱项，他们怎么能打得过这些杀手？”

杀手点头，四下看了看，说：“那咱可真得小心了。”

三人边观察着四周，边朝山上爬。

杀手虽然在前面带路，却一直暗中观察着黄寻祖。他隐隐觉得，这个人似乎还有什么秘密没有告诉他。他弄不清这秘密是什么，不过他总是觉得不可以对这个人完全放心。

黄寻祖似乎对杀手也不是完全放心，虽然一路与杀手说话，不过不说话后，马上开始与他保持着距离，并且爬山所走的路线，也与杀手和李师刚不同。杀手理解黄寻祖，一个几十年，几乎一直待在大山里的大老爷们，没呆成傻子就算不错了。

三人别别扭扭，终于爬到了半山坡的古庙遗址前。黄寻祖大概是在山里行动惯了，丝毫不觉得累，在遗址周围转悠。杀手和李师刚坐在遗址前的一块岩石上休息。

坐了一会儿，突然，黄寻祖从遗址里匆匆跑了出来。

杀手和李师刚知道有事情，都站了起来。杀手看到黄寻祖手里拿了一物，却看不出是什么。

直到他跑到两人面前，把手中的东西给两人看，两人才看出来，他手里拿的竟然是一把琴弦皆断的胡琴。

杀手接过来看了看，胡琴是旧胡琴，保养的却不错，油光铮亮，三根琴却从中间齐刷刷的断了。杀手细看，发现琴弦是被人用刀子割断的。

黄寻祖问:“你们认识这把胡琴吗?”

两人都摇头。

黄寻祖皱着眉头说:“刀断琴弦……我听家父说起过，这好像应该是船帮瞎子的求救信号，或者说……是告知此处有危险。”

杀手张大了嘴巴瞪大了眼睛:“啥? 有危险?”

第七章　古寺

1. 机关

杀手扔了胡琴，拔腿朝着破庙一侧就跑。

李师刚和黄寻祖跟在他后面。

三人只顾得朝前跑，没有注意到，他们刚刚离开那块大石头，就有一个一身黑衣的女人从旁边树林里缓缓走了出来。

女人约莫四五十岁的样子，个子高大，颧骨高耸，一脸凶相。她走到他们三人刚刚站立的地方，停了下来。她转身，朝他们跑去的方向看着，一脸不屑。

这时候，如果杀手他们回身，能很清楚地看到，这个女人只有一只胳膊。她没有左胳膊，左边的衣袖无奈地耷拉着，使得这女人凌厉之中多了一笔感伤。

女人的后面，跟着两个同样装束的年轻女子。年轻女子身后，站着一个蒙面男子。

四人不说话，看着杀手等三人消失在山坡一侧。

杀手曾经两次进入过船帮瞎子的山洞，却没有一次是自己找路进去的。第一次是被人家敲晕之后，不知怎么被弄进去的，第二次是被一个船帮瞎子带着，跟着人家转进去的。现在他凭着记忆走到破庙后的小路，走了一会儿之后，才发现，自己竟然不知道进洞之路。

杀手带着两人在他记忆中的洞口处转了一会儿，却丝毫没有发现洞口的痕迹。

黄寻祖狐疑："兄弟，你说的船帮瞎子的山洞呢？"

杀手茫然地看着四周："以前我上山的时候，都能在山半坡遇到他们，他们就带我进去了。我感觉这洞口就在附近啊，怎么一点痕迹都没有呢？"

黄寻祖摇头，说："邙山山势不高，地形简单，离着公路又近，船帮瞎子怎么能住在这里？"

杀手说："这里好像只是瞎子们聚会的地方，他们不是常年住在这里的。"

黄寻祖点头："这样啊。不过船帮瞎子行事非常讲究，即使是他们聚会的地方，也不能随便找个山洞就进去了。像老母教这种小教派，洞口都要设计机关，何况是船帮瞎子这种有背景的老帮派。你说他们带你就走进去了，那是你没注意他们是怎么打开了机关。"

杀手焦躁："这怎么办啊？这种地方设机关……怎么找啊这。"

黄寻祖说："船帮瞎子不是专门搞机关的，他们设机关是为了隐蔽自己。为了观察敌人和联络自己人，他们一般在这种机关外会设一个暗哨。"

杀手点头，说："我们原先每次来，都能遇到一个船帮瞎子。"

黄寻祖看了看四周，说："他们没出来，或者是跑了或者是被人家给搞掉了。咱也别散开，准备好家伙，到周围树林找找。"

黄寻祖带头，三人紧握短刀，在周围的树林里、大石头后找人。找了一会儿，他们在一处山坡下的几棵小树后，找到一个喉咙被割开的船帮瞎子。

这个船帮瞎子人还没硬，显然刚被杀不久。黄寻祖在他身上摸索了会儿，找到一个小小的铁牌，铁牌上画着几根线条。

杀手接过来看了看，没看明白。

黄寻祖从他手里把铁牌拿过来，说："这是天地会最古老的暗号，你看

不懂。”

看着黄寻祖拿着铁牌，找了一块小石头，在地上划着各种符合，杀手很是有些崇拜：“黄大哥，这个您也能看懂了。”

黄寻祖笑了笑，摇头，说：“暗号跟黄家的暗号大同小异，琢磨琢磨就差不多了。”

黄寻祖在地上划了一会儿，站起来，走到朝东一侧的一处峭壁前。

杀手对这个只有一人多高的峭壁很熟悉。他几乎每次上山，都要在此处路过。无论是他第一次和唐国军上山寻宝，还是他第二次和黄榕到山上跟人家船帮瞎子吵架，都要从这个不高也不显眼的峭壁下路过。

黄寻祖看着峭壁出神，杀手走过来，上下左右打量了一下这个石壁，说：“这么一块大石壁，应该没什么机关吧？”

黄寻祖摇了摇头，说：“机关不一定非得在隐秘之处，这种地方，出人意料之外，很多高手喜欢在这种地方设机关。”

黄寻祖在这块不高的峭壁周围转着看了一会儿。他们没有注意到，那个独臂女人等人，已经站在他们身后的树林里，一动不动地看着他们了。

黄寻祖走到一处有凌厉的夹角的石壁处，仔细看了看，蹲下，把地下的乱石扒拉了几下，一块规则的四方形石头露了出来。

黄寻祖用脚踩下去，一阵低沉的犹如滚雷的声音似乎从地底处传了出来。

杀手惊讶，说：“不对！我跟着船帮瞎子进过山洞，肯定没这种声音，也不是这个地方。”

黄寻祖点头，说：“船帮瞎子肯定不走这条路。这条路是给来拜码头的人走的。天下懂三合会暗语的人多着呢，懂机关的人也不少，这些人都有可能找到这个机关。但是这些人不一定个个都是好人，因此不能让他们走船帮瞎子们自己走的那个洞口。这条路，应该比较狭窄，两边有埋伏。不过……现在没法说了，如果我没猜错，这里面很难有活着的人了。”黄寻祖声音很凄凉。

杀手说：“JL集团的人，应该不知道这里吧？”

黄寻祖说：“他们没找到这儿。不过这帮人有更省劲的办法，他们是这个世界最厉害的跟踪高手，他们能闻着味儿一直跟踪他们到洞口。”

杀手还是有些不相信：“你是说……山洞里的船帮瞎子……”

黄寻祖叹气，说：“他们应该是都被杀光了。”

轰隆隆的声音过后，夹角慢慢扩大，顶上的泥沙随着裂缝哗哗流下。随着一大块泥土轰然落下，一个狭窄的能容一个人侧身而进的长条形状洞口，豁然就立在了三人的面前。

干燥的泥土纷纷扬扬，呛得杀手和黄寻祖连连咳嗽。黄寻祖捂着嘴，咳嗽几声，走到洞口处。为了避开光线，杀手蹲下，朝山洞里看了看。

洞里黑黝黝的，因此他只能看到洞口不远的地方。洞口是朝下走的，杀手能看到几级不太规则的台阶朝下延伸着。杀手还想再仔细看一会儿，但是从里面汹涌而来的腥臭味儿熏得他不得不站了起来，喉头抽动了几下，差点吐出来。

黄寻祖站着，抽了下鼻子，说：“里面的人都死了。”

还用他说吗？这浓重的血腥味儿，即便是屠宰场，也是没法相比的。

站在后面的李师刚也朝后退了几步，说：“人血比猪血难闻多了。”

站在两人前面，离洞口最近的黄寻祖站在洞口，一动不动。站了一会儿，他就侧身，进了洞口。

杀手和李师刚对看了一眼，与这个黄寻祖相比，两人似乎都觉得自己有些矫情了，杀手忙跟在了黄寻祖后面，李师刚也跟着，三人进了山洞。

黄寻祖扭头，对两人说：“把那块方石头用别的石头盖上。这种机关很鬼，如果外面有人做点手脚，咱在里面就打不开了。”

李师刚跳出去，把那块方石用乱石盖住，又跳了进来。

黄寻祖打开手电筒，找到里面的机关按下，洞口轰隆关闭。

黄寻祖带头，三人顺着台阶朝下走。

不知道是心理原因还是别的，洞口一关上，杀手突然觉得憋闷得难受，好像下一秒自己就要憋死的感觉。杀手忍着，坚持着走了一会儿，这种感觉才慢慢地消失了。

他擦了一把头上的汗，仔细地观察起四周。

台阶不长，也就十多个，现在他们已经下到了底，踩在了还算平整的地面上。

山洞依然狭窄，杀手伸手试了试，两边伸不直胳膊。他的手触到了洞壁，滑腻的感觉，杀手忙收回手。

黄寻祖打着手电，在这极度的黑暗中，手电光显得惨白无力。光线模模糊糊，勉强能看清洞内的情形。

走几步，黄寻祖就蹲下，用手电很认真地照着地面，观察了一会儿。

杀手和李师刚不明白他在这地面上寻找什么，也没问。

如此走了一会儿，黄寻祖大概意识到得跟两人说明一下，就说："这里没人走。"

杀手问："瞎子也不走这里吗？"

黄寻祖点头，说："不走。这上面有一层浮土，要是有人走，这层浮土就散了。"

杀手有些狐疑："既然没人走，那这个洞里就应该没人，怎么有这么重的腥臭味儿？"

黄寻祖说："这个山洞跟别的洞应该通着的，这味儿是从别的洞里飘过来的。"

三人走了一会儿，他们的面前突然出现了岔洞。

黄寻祖停下，打着手电仔细在岔洞口观察了一会儿，带着三人继续顺着原先洞口朝前走。

腥臭味儿越来越重。杀手和李师刚怕有人埋伏，都掏出刀子，做好了战斗准备。

黄寻祖蹲下，照着手电端量了一下地面，对两人说："小心点儿，到了有人走动的地方了！"

2. 老舵主

杀手蹲下，朝地下看了看，果然，手电筒照着的地面上，浮土被踩平，脚印凌乱。

黄寻祖示意大家小心，走了一会儿，他们就发现了第一具尸体。是这个山洞里的第一具尸体。如果算上山洞外的那具，这算是第二具尸体了。

此人歪靠在洞壁上，手里还攥着一把短刀。他的颈椎骨大概是被打断了，因此头像一个土豆似的耷拉在胸前，后脖颈抻长，像是收拾得溜光的鸡脖。

黄寻祖低头看了看此人，继续朝前走。

从这个人开始，他们就不断地遇到死人。有单个的，有两个人在一起的，有三个人在一起的，最多的是在另一个岔洞入口处，十多个壮汉重叠着横七竖八倒在一起。三人仔细观察，发现死在门口的十多个人中，竟然有九个是那个神秘组织的杀手，却只有四个船帮瞎子的尸体。

黄寻祖黯然，说："这四个应该是船帮瞎子的高手了。"

杀手看着这几个穿着破烂，满脸沧桑，一身鲜血的船帮瞎子，仿佛看到他们艰难背负着的一段沉重的历史正滑向尘埃深处，不由得满怀感伤。

他点了点头，声音凄凉："这个洞口是老舵主的地方，他们在这里应该是保护老舵主的。"

杀手说完，黄寻祖拔腿就朝洞里走。杀手和李世刚跟上，山洞里到处都是尸体，还是那个神秘组织的杀手占多数，船帮瞎子的尸体少，显然在这里的果真是船帮瞎子的顶尖高手了。

黄寻祖边走边哀叹："天地会的精英，都已经逃到地下了，还是逃不了被杀，这些混蛋！"

杀手看着这惨烈场面，也是不忍，说："太惨了！船帮瞎子这次肯定死绝了！"

三人继续朝里走，黄寻祖依然打开手电筒走在前面。李师刚打开手机里的小手电，也四下搜寻。

杀手对黄寻祖说："找找老舵主。"

黄寻祖说："我不知道老舵主什么样啊。"

杀手从他手里接过手电，走在了前面。

他们一直走到头，终于发现了老舵主。老舵主还是坐在他的那把大木椅子上，头仰靠在椅子背上，似乎睡着了。

杀手几步跳过去，扶起老舵主的头。老舵主胸部和腹部各挨了一刀，血流了一地。杀手喊了几声，老舵主竟然慢慢地睁开了眼睛。

杀手说："老舵主，您还认得我不？我前些日子上山，来跟您说山下有个船帮瞎子的人被杀了，您记得不？"

老舵主缓缓点头，示意他还记得杀手。

黄寻祖过来，问："老舵主，是那个神秘帮派的人杀的人吗？"

老舵主不认识黄寻祖，转头看了看杀手，杀手说："他是江西黄家后人。就是江西天地会黄徽柔的后人。"

老舵主闭了一会儿眼，似乎酝酿力量，然后，他睁开眼，说话了："谢谢……你们。杀了上水帮瞎子的……就是他们……几百年了，阴魂不散啊。黄先生……"

黄寻祖凑过脸，说："老舵主，有事您吩咐。"

老舵主缓缓地说："到了这种地步……你是不是黄家后人，我也来不及想了，只能看运气了。黄先生，我椅子下面有个盒子，麻烦您打开，把里面的东西给我。"

杀手和李师刚一听，都瞪大了眼睛。黄寻祖从椅子下面拽出一个木头盒子，打开，两人失望了，里面躺着一把胡琴。

黄寻祖把胡琴拿出来，递给老舵主。老舵主抖着手接过胡琴，轻轻拨拉了几下，喟叹："年轻的时候我带着它走遍了中国，咳咳……"

杀手等三人皆聚精会神，听老舵主能说什么。空气凝滞，万籁俱寂，静的能听到灰尘飞舞的声音。

老舵主稍事歇息，又说："这把胡琴，是上水帮瞎子的掌舵之琴，见琴如见舵主。现在……上水帮瞎子已经灭亡，请黄先生帮我把此琴交给顺脚大僧，他见琴既知，不劳先生解释。"

老舵主把胡琴递给黄寻祖，黄寻祖接过。

杀手忍不住，问："老舵主，您不是带着您的人出去了吗？怎么又回来了？”

老舵主长叹一口气，说：“他们布下了天罗地网，瞎子无路可逃，只能回来。”

黄寻祖问：“老舵主，我知道他们一直在寻找船帮瞎子，但是……这么多年了，他们为什么非要把你们斩尽杀绝呢？我看他们也是死了不少人。”

老舵主黯然：“几百年的怨仇，三言两语说不清楚。不止是船帮瞎子，洪门与这个凶残的帮派也必有一战。兄弟，你把我的话告诉顺脚大僧，让他做好准备。”

黄寻祖说：“老舵主您先别说了，我们设法送您出去，到医院。”

老舵主断然摇头，说：“没用了。刚刚我中刀之后，咬着牙吃了两粒续命丸，才能坚持到现在。待会儿药效过去，大罗神仙也救不了了。”

杀手突然想到了黄榕，忙问：“老舵主，黄家的那个女孩儿不见了。她到山里找过你们，叫黄榕，您知道她在哪里吗？”

老舵主想了想，说：“我们刚回来两天，各地线人的消息还没有汇报过来，黄家的那个女孩……她如果失踪，应该也跟这个神秘帮派有关系。”

黄寻祖点头，说：“我们也是这么想的。但是天下这么大，这个JL集团各地都有巢穴，他们能把她放在哪儿呢？”

老舵主说：“山下镇上有个竹器店，你们……拿着胡琴去找他，让他帮你们打探一下吧。”

杀手怀疑自己听错了：“竹器店？！这里也有竹器店？”

老舵主点头，说：“当年船帮瞎子里有很多竹器匠，这些竹器匠后来以开店的名义，成了船帮在各地的线人，现在留下的不多了。”

杀手点头：“原来如此。多谢老舵主。”

舵主轻轻颔首，突然脸色陡变，呼吸急促起来。杀手等人忙喊，黄寻祖问他药在哪里，老舵主在痛苦中摇了摇头，痉挛了一会儿，人就不动了。

3. 陷阱

杀手等三人对着老舵主鞠躬。杀手想把他从椅子上放下，被黄寻祖拦住了。他说："就这样子吧。这应该是上水帮最后一个舵主了，就让他升天之后，还坐在这舵主的位子上吧。"

黄寻祖背上胡琴，带着两人就朝洞外走。

李师刚拽住杀手，两人落后几步，李师刚小声对杀手说："兄弟，这里弄不好能有大顺宝藏的线索吧？我刚才以为老舵主能告诉咱的，他也没说，我也没好意思问。咱是不是得找找？"

杀手瞪了李师刚一眼："找个屁！赶紧走吧。"

三人还是从原路返回，一直走到头，黄寻祖找到了洞内的机关开关，按了按，竟然按不动了。

黄寻祖惊愕，让杀手给他拿着手电，他用两只手按，那块本来轻轻一按就能下去的方石，此刻却像铁铸的一般，怎么按也按不动。

杀手和李师刚看着这黄寻祖忙活了半天，从各个角度，又推又拉，又按又拽的，但是那石头依旧一丝不动，黄寻祖脸上的汗都下来了。

杀手把手电给李师刚，走过去，去按那块方方的小石头，那小石头丝毫没有给杀手面子，稳若泰山。

杀手又按了一下，说："这是被人破坏了。"

黄寻祖颓然点头，不说话。

李师刚不懂机关，问："破坏了？不能吧，这里好好的，怎么能破坏掉了？再说了，这里面也没进来人啊。"

黄寻祖说："这种机关叫通关，里外都可以控制。要不，他们怎么要在机关附近设置暗哨呢？"

李师刚惊讶："那就是说，外面还有船帮瞎子？"

黄寻祖摇头："外面是那个神秘组织的天下，应该不会有船帮瞎子。"

李师刚声音都变调了："这……这么说……是JL集团？是他们把咱关在这里面了？"

杀手说："外面应该没别人。"

李师刚挣扎着说："可是……咱也没看到他们的人啊。"

黄寻祖摇头，说："咱没看到他们，不等于他们没看到咱。咱是大意了……太大意了。"

李师刚问："那怎么办？我们就没办法出去了！"

两人都低着头，不说话。

李师刚恼了："说话啊？怎么连个说话的都没有了？"

黄寻祖看了看李师刚，安慰他说："急也没用，咱进来的那个洞口，不是平常船帮瞎子出入的地方。不过……"

黄寻祖轻轻摇头，说："瞎子门走的那个出入口，应该也是那个神秘组织进来杀人的洞口，他们出去后，肯定也给破坏掉了。找到洞口也不容易。"

李师刚不问了，张大嘴巴瞪大眼睛，看着两人，看了一会儿，颓丧地靠在洞壁上。

沉默了一会儿，杀手站直身子，狠狠地说："不能这么等死，找找别的出口。我就不信了，三个大活人能被这山洞憋死。"

杀手拿着手电，走在前面，李师刚和黄寻祖紧随其后，三人转头朝后走。

这次走到第一个岔洞口的时候，杀手犹豫了一下，朝着另一个洞口走了。后面的黄寻祖在洞口也稍稍犹豫了一下，也跟着走了进去。

黄寻祖小声说："小心点儿，这个洞应该有埋伏，或者……有机关。"

杀手说："有埋伏也被他们杀了。"

李师刚忍不住提醒说："黄先生说还有机关呢。"

杀手走得慢了点儿。

三人边走，边小心看着两边洞壁，期望能突然发现一个洞口，或者发现一束光线。走了好长时间，他们却什么都没发现。

没有别的洞口，没有光线，连个尸体都没有发现。

杀手开始觉得这山洞有些不对劲儿了。他似乎觉得脚步让人给控制了，停下都有些困难。他靠着墙壁站住，问黄寻祖："这里怎么连个尸体都没有呢？"

黄寻祖也站下，说："这山洞好像是个下坡。"

李师刚也说："下坡，我好不容易收住了脚。"

黄寻祖从杀手手里接过手电，照着看了看地面，说："这里有人走过，都是新脚印。"

杀手说："那咱就再走一会儿，说不定这地方是个出口呢。"

黄寻祖站起来，摸了摸洞壁，说："慢点走，仔细点儿。我觉得这山洞不那么简单。"

杀手接过手电，说："黄先生，您是说对了，这里面的任何一个地方都不简单。要想简单，我们也就不到这儿来了。"

黄寻祖说："兄弟误解我的意思了。这里不止是不简单，我觉得这个山洞有煞气。"

这话吓了李师刚一跳："煞气？什么意思？"

黄寻祖一字一顿地说："这个山洞是个大煞气。"

杀手听了这话都吓得站住了，他看了看四周："不能吧？这个山洞是自然生成的，洞壁也没凿印，大自然还能帮着这帮瞎子布设机关？"

黄寻祖仔细看了看洞壁洞顶，不解："可是我怎么感觉……这里煞气很重呢？"

杀手笑了笑："黄先生，您是在山洞里住的时间长了，神经过敏了。"

杀手继续朝前走。黄寻祖和李师刚跟上。脚下的路坡度越来越大，脚下的土也开始发滑，三人常常收不住脚，不由得就得随着坡度小跑几步，到了平缓的地方再停住。

越往前走，坡度越大，脚下越滑。走了一会儿，三人就没法停下了，他们为了保持平衡，只得不断加快奔跑的速度。

杀手也觉得这个地方似乎有问题了，他想停下脚步，却怎么也停不下来。他急了，问黄寻祖："怎么办啊？不对劲儿！"

黄寻祖说："停下！摔倒了也要停下！不能跑了！"

黄寻祖虽然这么说，他想停下来的时候，发现脚下踩的已经不是粘泥了，而是圆滚滚的石头蛋儿。现在他除了拼命朝下跑，保持平衡外，剩下唯一的一个选择就是摔倒。从这股冲劲来看，这一摔，不死也得重伤。

黄寻祖喊道："千万不能跑了！前面肯定有陷阱！"

黄寻祖勉强调整方向，边尽力刹住脚步，边斜朝着洞壁撞了过去。

脚步没刹住，因为身体失去平衡，他重重地摔倒在地上。在地上滚了几下，终于被墙壁挡住，停下了。

后面的杀手也硬生生地收步，摔倒在地，直接朝前滚了下去。

杀手没有调整角度，因此滚了好远，才勉强停下。他刚要支撑着想站起来，李师刚也翻滚着摔了下来。他撞击了杀手一下，因了这一阻挡，他停下了，杀手却禁不住这一撞，又朝前滚去。

黄寻祖已经扶着墙壁，弓着腰站了起来。他打开手电，看到离杀手不远处有一个黑洞洞的陷阱。杀手经李师刚这一撞，朝着陷阱就翻滚而去。黄寻祖大喊："快停住！陷阱！"

杀手急得哇哇叫，却一丝半刻都难以停下来。

李师刚离杀手比较近，忙半滚半爬，朝他扑过去。

杀手已经能看到那个张着大口的陷阱了，可是他还是无法阻止翻滚。杀手濒临崩溃，大喊大叫，声音悲切。李师刚豁出性命，拼命一跃，右手抓住了杀手的手，左手短刀刺入墙壁，两人终于停止了翻滚。

此时杀手已经到了陷阱边缘。陷阱边缘坡度近六十度，他全仗着李师刚拽着自己，因此一动都不敢动。

李师刚也只能暂时勉强拉着杀手，插进墙壁的匕首已经开始松动。

黄寻祖朝前爬了几步，看看前面坡度越来越大，自己过去也用不上力。他就停下了，从背上解下绑着胡琴盒子的绳子，扔给了杀手。

杀手拽着绳子，先爬了上来，黄寻祖又把李师刚拽了上来。

两人趴在地上大喘气，好半天一动不敢动。黄寻祖勉强站直身子，打开手电朝陷阱下照，陷阱深不见底，他们几个好像位于山崖边上。

黄寻祖汗都下来了："太可怕了！这里怎么有这么个大悬崖！"

李师刚勉强坐起来，说："我们往里走的时候看到有脚印了啊，怎么也没见到人呢？"

黄寻祖说："肯定掉下去了。这种地方防不胜防，能活着进来，很难活着出去。"

杀手趴在地上，说："这种山洞里如果有死人，应该有血腥味儿，我们怎么一点也没闻到啊？"

黄寻祖苦笑："老兄，那要看有多大空间。这下面不知有多深，有多大，下面弄不好还能有水，潮气又重，有味道也泛不上来。"

两人不说话了。黄寻祖弯下腰，说："快走吧。这地方不能待时间长了，要是这下面有个怪物啥的，我们就更没命了。"

听黄寻祖这么一说，两人不敢再矫情，忍着疼，咬着牙，爬了起来。

黄寻祖在前面，弯着腰，用匕首探着洞壁朝前走。两人都学着他的样子，三人小心翼翼，一步两滑，艰难地朝前走。

突然，杀手惊呼："前面有个人！"

4. JL集团的杀手

黄寻祖听杀手这么一说，忙关了手电，趴在地上。

洞里没有一点儿的光，漆黑一片，三人只能用耳朵和感觉，辨别着洞里的情形，同时做好了厮杀的准备。

可是洞里一点儿声音都没有。

趴了一会儿，黄寻祖打开手电，朝前看去。他们前面不远处，果然有一个人。

三人高度紧张，握着短刀，慢慢地靠了上去。

在离那人两三步远的地方，三人停下了。

现在他们能比较清楚地看清此人了。

这是一个精壮的小伙子，留着很抢眼的板寸，根根晶亮的发丝，标志着他正是旺盛的青春期。

现在他像一条死狗一样趴在地上，衣服也穿得整齐，似乎正在酣睡。但是从他身后长长的血迹来看，他受了重伤。

这是一个JL集团的打手。不久之前，他还生龙活虎，挥舞着武器，参与绞杀可怜的船帮瞎子。杀手两眼喷火，慢慢地举起了短刀，打算送他上西天。

小伙子似乎有了感应，就在杀手举起了刀子，却还没有落下的时候，这个年轻人的头动了动，然后，他缓缓地抬起头，看着杀手等三人一会儿，吃力地坐了起来。

杀手的刀还举在半空。

小伙子坐起来后，他腹部的一个大血窟窿就显露在大家面前了。他这一番动作，从血窟窿处咕咕涌出一摊血，血流到地面上，又围着他的身体周围朝着低处流，护城河一般。

小伙子看了看呆愣着的三个人，又恐惧地看了看杀手手中的刀子，声音羸弱:“别杀我……求求各位大哥了，别……杀我。”

看着他的样子，不用他们杀，放在这里一会儿，他就会自己死去。

三人互相交流了一下眼神，绕过他，朝外走，小伙子突然竭力大声说:“大哥，求求你们，带我走吧，我……我家里还有个老母亲。”

杀手转身，说:“你应该说我下有三岁孩子，上有八十岁老母亲。”

小伙子听出了杀手是在揶揄他，争辩说:“真的……大哥，我是外地人，老母亲有病，我带着她来洛阳看病，才在这里住下的。到JL集团打工，我是没办法，因为这里挣钱多，我母亲得的是尿毒症……”

黄寻祖突然骂道:“不管你母亲得的是什么病，你也不应该干这么缺德的工作！你这是杀人，你知道吗？你这是给你老母亲增添孽障，是损阴德的事儿！你还想让我们把你带出去，把你带出去继续杀人吗？”

黄寻祖说完，转身继续朝外走。杀手和李师刚木然跟在他后面。

小伙子沉默了一会儿，突然大喊:“大哥，我求求你们了！我求你们把我带出去吧，我这辈子忘不了你们！你们就是我亲大哥，亲爹，亲爷爷！大哥啊，我求求你们了……”

小伙子声嘶力竭，带着绝望的哭声。

三人沉默了一会儿，李师刚说："要不……咱只管带着他吧，不管怎么说，也是一条命啊。"

杀手看了看黄寻祖。黄寻祖叹了一口气，走过去。他先看了看小伙子的伤势，脱下了自己的内衣，撕成了条，把小伙子受伤的腹部给包扎了起来。

他腹部受的伤太严重。黄寻祖把内衣的前身叠了四层，放在他的伤口处，然后捆住，汹涌而出的鲜血只一会儿就把四层内衣都湿透了。

小伙子虽然还有些精神，却面色干黄，嘴唇发白，显然是失血过多。三人嘴上不说，心中明白，这个小伙子应该很难活着从这里走出去。

包扎完毕，黄寻祖问他："你能走吗？"

小伙子微微点头，说："能。"

三人朝后退了一步，看着小伙子艰难地站起来，两条腿像跳太空舞似的走了两步，就猛然摔倒在地上了。

黄寻祖和李师刚过去扶起小伙子，杀手打着手电在前面照路，四人一起朝外走去。

从这个山洞走出去，几个人开始在所有的山洞里寻找出口。有了那次差点丧命的体会，杀手他们谨慎多了，觉得有问题的山洞几个人干脆不进，忙活了大半天，三人还要照顾那个几乎流光了所有的血，却还是不肯死的小伙子，把觉得希望有出口的山洞走完，三人没找到出口，皆疲惫不堪。

杀手掏出手机看了看时间，已经离他们进山十四个小时了。他们是上午十点多到达山上，现在已经是晚上十二点多了。

几个人又累又饿。杀手带了几瓶矿泉水，大家都喝了点儿水。他们想在山洞里找点儿吃的，找了一会儿，什么都没有找到。

黄寻祖提议休息一会儿。现在他们浑身上下，一点儿力气都没有了。东找西找的，没有效率，反而浪费了手电筒里的电，等没有电了，那他们才麻烦大了呢。

大家同意了黄寻祖的提议。杀手在山洞里找了些木头，生了一堆火。有了火光，大家极度压抑的心好像散开了些。

受了重伤的小伙子开始进入半昏迷半清醒状态。似乎知道自己时日不多了，小伙子清醒之时，就跟三人说他的经历。

让杀手没有想到的是，这个说标准普通话的小伙子竟然也是山东人。不过他年少之时，就随父母在外面打工，去过北京、新疆、广东、江苏等地。他跟着父亲在北京的时候，父亲在工地当小工，建了一半的楼房坍塌，父亲被砸死，建筑商跑路，他母亲带着他在北京无法生存下去，来到了洛阳，投奔他母亲的表妹。

到了洛阳后，母亲才发现，那个在他们眼中光鲜亮丽的表妹竟然在洛阳卖淫。表妹给还算漂亮的母亲介绍的工作，就是穿着年轻点儿，给客人按摩和上床。

母亲实在是走投无路，只得做了这份工作。

母亲做了八年，儿子长大了，在工厂找了工作，死活不让母亲干了。母亲又找了个环卫工的工作，后来就病了，到医院一检查，已经是尿毒症了。

小伙子告诉杀手他们，为了弄钱给母亲治病，他白天上班，晚上跟人到舞厅卖摇头丸。因为争地盘的事儿，跟一帮地痞打了起来，他因为太能打，被JL集团的一个小头目相中，推荐他到了JL集团。

杀手叹气，说："小伙子，你活得也不容易。不过你不应该到这个缺德的JL集团上班，否则，你现在还好好的。"

小伙子说："要是不到这儿上班……我也没钱给我妈治病，我妈早就死了。"

杀手问："你在这个集团上班，一个月能赚多少钱？"

小伙子说："要看……业绩。我不管什么活儿都干，为了赚钱给母亲治病，分的比较多。"

杀手有些烦："具体说说，你一年能赚多少钱？"

小伙子说："三四十万。"

杀手惊讶："赚这么多！"

黄寻祖问："这么说你是地从的人了。"

小伙子眼神陡然锐利："你知道地从？"

杀手也问："地从是谁？"

黄寻祖说："地从是这个神秘组织的一个分支。是这个神秘组织的核心武力，就像……当年皇帝的御林军。他们不参与一般的事务，只做一些非常重要的大事。比方参与盗墓、绑架，甚至杀人。民国的时候，地从还帮日本人杀过中国人，日本人则掩护他们寻宝盗墓。"

杀手牙齿咬得咯咯响："妈的，你们竟然干了这么多缺德事儿。对了，黄榕呢？你是不是参与绑架了黄榕？"

杀手站了起来，两只眼珠子喷着火苗，盯着小伙子。

小伙子害怕了："我……我不知道谁是黄榕。"

杀手说："你敢说你不知道？你到这种地步了，还又臭又硬，你信不信我现在就一脚踹死你！"

黄寻祖劝解说："地从人很多，有各种分工。你先问问他分工是干啥的。"

杀手喝问："你说，你是干啥的？"

小伙子说："我们这一组是专门搞古董的。"

杀手不信："搞古董搞到这里来了？你骗谁呢！"

黄寻祖说："搞古董文物，说白了就是寻宝盗墓。"

杀手点头："这样啊。那你怎么到这里来了？"

小伙子说："头儿抽能打的高手，来对付船帮瞎子，我就被抽到这儿了。"

杀手问："这么说，你真不知道绑架黄榕的事儿？"

小伙子点头："我真不知道。不过，要是你们带我出去了，我可以帮你们打听一下。"

杀手呸了一声，不说话了。

杀手坐下，三人靠在一起一会儿就打起了呼噜。受伤的小伙子独自靠在洞壁上，迷糊一会儿，就被疼醒了，呻吟一会儿。三人被吵醒，也没人愿意搭理他。

早上六点钟的时候，小伙子不行了。

他坐不住了，倒在了地上。似乎意识到自己的生命走到了尽头，小伙子哇哇哭了，边哭边喊妈妈，声音之凄惨绝望让杀手等三人手足无措。

小伙子一动不动的时候，杀手看他实在是可怜，就把他扶了起来，安慰他，说他们会带着他从这里出去，把他送到医院，医院会给他输血，那他就有救了。小伙子显然心中明白，对杀手的话理都不理。他狂躁了一会儿，终于昏沉沉又睡了过去。这一睡就没再醒过来。昏睡和死亡的界限，就是他在睡梦中拼命痉挛了几下，仿佛灵魂正在从身体里挣脱出来。之后，一切复归静寂。杀手试了试他的鼻息，已经没有任何气息了。

杀手哀伤地说："他妈妈以后的日子怎么过啊。"

三人都被杀手的话触动，没人应声。

杀手抬起头，很决然地说："从这里出去，找到黄榕，我就回家。管他穷富呢，能给老爹养老送终，平平安安过日子就行。这个小伙子赚了那么多钱，有屁用？"

黄寻祖叹气，说："他走到这一步，也是没办法。要是他母亲不得这个病，他现在弄不好还在工厂里上班呢。"

5. 遇见唐国军

三人继续寻找出路。手电筒光线已经很微弱，他们不敢再用，就先用李师刚和杀手手机小手电照着路。

三人又整整寻觅了六个小时，还是没有丝毫的头绪。

三人实在走不动了，只得坐在地上歇息。

歇了一会儿，杀手有了说话的力气，说："我们三个恐怕是走不出去了。我不知道刚才那个小伙子是不是说的真话，我家里可是真有老父亲。老父亲七十多了，要是死在这儿了，没找到钱我没觉得有多遗憾，遗憾的是这些年，我只想着弄钱，从来就没认真想想我的老父亲，今年过年也没回去，唉，遗憾死了。”

沉默了一会儿，李师刚说：“我也是。我过年倒是回去了。朋友叫我去缅甸贩木头的时候，我老爹还在医院住院，我也没顾上跟他好好说说话，就跟着朋友走了。要是能有机会出去，我哪儿也不去了，就在家里陪着父母，穷点有啥？总比连命都没了强。”

黄寻祖坐着不说话。

沉默了一会儿，杀手问：“黄先生，如果咱出不去了，您就没什么遗憾？”

黄寻祖顿了顿，才说：“我没什么遗憾。人活着终究要死，活着不过是死亡的一个过程而已。我这些年看到过的生生死死太多了，很多人想杀了我，不瞒两位，我为了活下去，也杀过人。我时刻准备着被别人杀掉还账，没什么大不了的。”

杀手想了想，说：“你受了这么多年的苦，什么都看透了。”

黄寻祖深深叹了一口气，说：“不过说句实话，谁不想活下去呢？活着能看到大山，能看到太阳出来，看到那么多的花和草，死了之后，能看到的只能是黑暗了，想想都可怕。不过人总得一死，不管你活着怎么折腾，怕有什么用呢？”

黄寻祖说完，深深叹了一口气。

三人在无望中沉默了一会儿，杀手突然发现山洞深处似乎有光线一闪。

他慢慢站起来，盯着光线闪过的地方。

那光线似乎知道有人在盯着它，竟然抬起头，朝着杀手晃了一下。杀手不知是凶是吉，惊慌中带着激动，喊道：“有人来了！”

正垂着头迷糊的李师刚和黄寻祖豁然起立，李师刚说：“不是鬼吧？”

黄寻祖说：“大家做好准备，说不定是JL集团的打手。”

三人精神陡然绷紧，做好了厮杀的准备。

光线越来越明亮，人越来越近。三人不退不避，持刀站立，一直等着那人的手电光打在他们的脸上。

杀手半睁着眼，骂道：“孙子，你找死啊你？”

那人说话了：“兄弟，我可找到你们了！”

杀手一愣：“大哥？是唐大哥？”

那人放下手电，说：“是我。旁边这人是谁？”

李师刚激动了：“真的是唐大哥？你怎么在这里？”

唐国军说：“我昨天回来的，手机打不通，我找黄七打听你们的下落，黄七说你们在找黄榕，我就到这山上来了。没想到，看到两个盗墓的。这两个人从古墓里出来，恰恰让我看到了。他们走了后，我就顺着盗洞进到了古墓。这些混蛋收拾得太干净，我就找到一个汉代陶罐，我不甘心，就四处找，找到一个小铁门，我打开铁门，就顺着进来了。想不到你们竟然在这里。”

李师刚说：“唐大哥，你真是我们的救命恩人。要不是你进来，我们三个肯定要死在这里了。”

杀手点头，说：“唐大哥救了我两次命了，兄弟我死了都不敢忘记。对了，大哥，这位……是江西黄寻祖。就是……那个江西天地会舵主黄徽柔的后人。”

唐国军将信将疑，他打着手电上上下下打量了一下黄寻祖：“黄家后人？你真的是黄家后人？”

黄寻祖点头，说：“听说唐大哥专门到江西找过我，咱这也算是有缘分。”

唐国军哈哈一笑，说：“有缘分有缘分，绝对有缘分。走，这里不是说话的地儿，咱出去再说。”

杀手说：“唐大哥，您不知道这儿是什么地方吧？”

唐国军摇头：“什么地方，不就是一个山洞吗？”

杀手说：“这儿是上水帮船帮瞎子的聚会老窝。”

唐国军喔了一声，说：“真没想到，他们的老窝在这里。”

杀手说：“唐大哥，您不想进去看看？”

唐国军摇头，说："不进去了。走吧，这地儿阴气太重，不能待。船帮瞎子把老窝放在这儿，怎么能好？人家JL集团都住在城市里，风水也讲究，他们却跑到这种地方……唉，难怪一日不如一日。"

杀手想说你不是天天在找大顺宝藏吗？怎么又这么漠不关心了呢？但是看到唐国军很不以为然的样子，他又把话头咽下去了。

他只说："很多船帮瞎子都死在这个山洞里了。是JL集团的人杀的。"

唐国军喔了一声，说："那就更得快点走，走晚了是个麻烦。"

三人随着唐国军朝前走，他们经过死了很多船帮瞎子的山洞，七拐八拐，一直来到一扇小铁门前。

唐国军拉开小铁门，带着大家来到一个大厅里。

大厅死角点着蜡烛，中间放着一口巨大的棺椁。看到棺椁，杀手才明白，这儿竟然是一座古墓的墓室。墓室中间的棺椁已经被打开，棺材里，躺着一个骷髅。

唐国军朝着棺椁鞠躬："老人家，打扰了。我们只是从此路过，您多原谅。"

众人随着唐国军施礼，然后，跟着唐国军走出墓室，走进墓道。

墓道很长。

李师刚惊讶："人说北邙山古墓都是王公贵族，没想到这个偏僻的地方也竟然有这么排场的墓地。"

唐国军说："早就被人盗了。"

杀手问："唐大哥，那船帮瞎子的山洞怎么能跟这古墓相连呢？"

唐国军摇头，说："我也不知道。"

杀手说："那……这条路就是船帮瞎子的进出之路了？"

唐国军说："应该不是。这应该是瞎子的应急通道。"

杀手说："那他们怎么没从这里逃出去呢？"

唐国军说："你们说船帮瞎子被JL集团的人杀了，而我来的时候看到两个人从这里出去了，现在想想，他们两个应该是JL集团的人。他们控制了这个小铁门，让船帮瞎子无法逃出去，这才把他们一网打尽了。"

杀手说："这帮人真他妈狠。"

唐国军说："这年头，人不狠怎么能活下去？"

三人随着唐国军走出墓道，顺着一个还算比较宽敞的盗洞爬出来。看到了挂在西侧天上的太阳，杀手的眼泪差点落下来："终于活着出来了。"

黄寻祖突然说："我们应该趁那年轻人还没死的时候，问问他妈妈的住处。"

杀手一愣："问这个干啥？给她钱？咱又没有钱？养着她？咱凭什么？这个混蛋好事不干，杀人越货，死有余辜。"

黄寻祖看了看杀手，说："你是在干好事儿？"

杀手被黄寻祖呛着了，好长时间没缓过气儿来。

黄寻祖又说："老人是无辜的。再说了，那个年轻人也是被逼无奈，才加入了JL集团。"

黄寻祖跟着唐国军走在前面，杀手突然几步撵上他，说："我杀手从今天起，绝对再不干坏事了！"

唐国军和黄寻祖都被杀手的话惊着了，皆停下脚步，转头看着他。

杀手很郑重地点头，说："我说的是真的，我救出黄榕后，就回老家，安安稳稳过日子。"

下了山后，几个人找地方先饱餐了一顿。

此时已经是傍晚，繁星点点。众人皆疲惫不堪，唐国军建议先找个地方睡觉，明天一早再找那个竹器店。杀手不同意，他让大家先回去歇着，自己去找。杀手这么一说，众人也都不回去了，跟着他一起，转了一会儿，找到了那家竹器店。

这个竹器店跟江西小镇上的那家不同。江西的那家竹器店破落孤傲，有落魄帝王的冷峻和隐隐的霸气，这个小镇的竹器店就显得世俗多了。

在明亮的灯光下，店里的各种竹器和小日用品琳琅满目。一个瘦削的老年男子坐在店门口，默然看着杀手等人。

从店里跑出一个中年女子，似乎是老人的女儿或者儿媳妇，朝着杀手他们笑了笑，说了句很时髦的欢迎语："欢迎光临。"

杀手还沉浸在船帮瞎子的故事里，这女子的一句话让他有两世为人的感觉。他惊愕地打量着这画着淡妆的女子，脑子里乱云飞渡，觉得很是难受。

幸好坐在门口的老人站了起来。

老人身着看不清样式看不出颜色的旧衣，面容清瘦，两只眼睛像两把钩子，抓着黄寻祖背上的胡琴盒。

杀手从黄寻祖背上解下胡琴盒，问老人："老人家，您认得这个？"

老人点了点头，打开胡琴盒看了看，对中年女人说："他们是来找我的，你忙你的去吧。"

女人朝杀手等人笑了笑，转身打开一扇小门，走了进去。

老人问杀手："老舵主可好？"

杀手没接他的话，而是说："老舵主让我带着这个来找您，老舵主说您看到这个，就像看到他本人来了一样。"

老人叹气说："我知道，老舵主死了。"

杀手惊愕："您……您怎么知道的？"

老人脸上肌肉抽动了一下，眼神茫然："我看到这胡琴，自然就知道了。老舵主死了，这胡琴才能代替他出来发号施令。可惜……船帮瞎子已经快死绝了。说吧，你们来找我有啥事儿。"

杀手说："老人家，JL集团抓了一个叫黄榕的人，我们想知道她在哪里？"

老人眼神陡然锋利，他盯着杀手看了几秒钟，问："是不是一个二十多岁的女孩子？个子不高，长得很秀气。"

杀手激动了，两只手抓住了老人的肩膀："就是她！老人家，她在哪里？求您了，您快告诉我她在哪里。"

老人说："两天前她刚从这里被送走，你想知道她现在在哪里，你明天早上来吧。"

杀手惊愕："明天早上？真的？"

老人拍了拍杀手的两只手，杀手忙松手。

老人说："船帮瞎子别的不敢说，寻踪觅迹，刺探情报，无人能及。你们走吧，明天早上七点，准时来找我。"

杀手虽然满心疑惑，却不得不告辞老人，从他的竹器店（或者说是杂货店）走了出来。

四人找地方歇了一宿，第二天早上，杀手和黄寻祖两人来到竹器店，发现竹器店还没有开门。杀手正疑惑，黄寻祖看到门口挂着一个旧的帽子，他摘下来，看到里面夹着一张纸条。

两人回到住处，把纸条给唐国军看。

纸条上写着一行字："西八十里龙王庙。"

杀手狐疑："龙王庙？上次黄榕失踪，我们就到JL集团修建的庙里找她，也没找到。"

唐国军说："上次没找到，不等于这次她就不在庙里。JL集团现在到处投资旅游，实际是寻宝盗墓。他们把黄榕弄到龙王庙……这龙王庙莫非跟黄家的紫铜匣子有关系？"

唐国军看向黄寻祖，黄寻祖摇头，表示不知道。

李师刚说："应该没关系吧？他们只是想找个安全的地方关着他。"

唐国军疑问："那他们抓黄榕干吗？"

没人接话。

唐国军说："JL集团的人做事稳准狠，他们不会无缘无故抓人。如果我没猜错，这个黄榕身上肯定有紫铜匣子的线索，或者……紫铜匣子就在她身上。"

杀手表示不相信："她到中国来就是找紫铜匣子的，她来中国不到一年，还没跟黄先生见过面，她怎么能找到紫铜匣子？"

唐国军嘿嘿一笑说："她跟黄先生是否见过面，你们怎么知道？"

杀手惊讶："她失踪之前一直跟我在一起，她没说见过黄先生啊。你也知道，她先前被老母教的人抓过一次，后来又被JL集团的人追杀，差点被杀掉……"

唐国军打断杀手的话，说："你们还带着她到江西的山里找过黄先生？"

杀手说:“对啊。可是我们没找到人。”

唐国军冷冷地笑了一声:“兄弟，人家是不是找到了人，暗地里是不是见过面，能跟你说吗?”

杀手愣了愣，说:“黄榕不是那种人。”

唐国军说:“她如果身上没有宝藏的线索，JL集团会这么费力的抓她?你们两个傻瓜，被人家卖了，还替人家数钱呢。”

黄寻祖恼了:“唐先生，我知道我们不是一路人，您如果不想帮忙救人，那就算了。至于我们黄家的紫铜匣子在谁手里，这个跟您没关系。”

杀手忙劝黄寻祖:“黄兄，您别生气，我大哥是个好人，他不是那个意思。”

唐国军呵呵笑了笑，说:“黄先生不要这么激动。我知道，你觉得我唐国军是个寻宝探墓的，还到江西找过你，算不上什么好人。不过，黄先生，寻宝探墓的未必就没有好人，当官做名人的未必就没有坏人，三百六十行，行行都是人鱼混杂。我们弟兄几个干这个，都是没办法，穷，没别的赚钱路子。不过我们有自己的做事标准，有主儿的坟墓不盗，有主儿的财宝不动。人在江湖，要讲道义，我愿意帮忙找黄榕，因为她是我的好朋友托付我帮忙照顾的，我既然答应人家照顾这女孩子，我就要照顾好她，跟是不是一路人没什么关系。”

唐国军说完，对杀手说:“兄弟，准备下家伙，出去雇车，咱去救人。”

黄寻祖对唐国军抱拳，说:“唐大哥您别生气，刚才是兄弟我错怪大哥了。这些年我一直与这个JL集团打交道，知道他们的深浅。如果他们把人关在那个龙王庙，那这个龙王庙人肯定不少。凭我们几个人，别说救人，我们去了，恐怕也很难出来。”

唐国军叹气:“我知道他们人多势众，不过我们总不能不救人吧?”

黄寻祖缓缓点头，说:“这样……我出去联系几个人，你们在这儿等等我。我不回来，你们别行动。盲目行事，会出问题。”

唐国军眼一亮:“你在这儿还能找到人?找谁?”

黄寻祖不好意思地笑了笑:“这个得请唐大哥原谅，我找的这几个人，都不愿意暴露自己的身份，不好意思。”

唐国军也笑了笑，说：“我只是随便一问，不过兄弟要小心，别找错了人，反而坏事。”

黄寻祖点头：“这个请唐大哥放心。”

黄寻祖告辞出去，杀手出去找车，唐国军说要回家一趟，也走了出去。

下午，黄寻祖先回来，跟杀手说他找了几个高手。这几个人也了解那个龙王庙的情况，他们说最好晚上动手。

杀手高兴了，说：“这么说，救黄榕有希望了？”

黄寻祖摇头，说：“未必。这个JL集团深不可测，即便是加上他们几个人，能不能救出人，也不好说。”

杀手忧心忡忡，说：“如果是这样，那唐大哥能同意我们去救人吗？他年龄大点儿，比我们谨慎。”

傍晚，唐国军回来。杀手和黄寻祖把情况跟他说了。黄寻祖强调说：“我找的帮手说了，即便他们去了，也不一定能把人救出来。”

唐国军说：“他们知道会有生命危险吗？”

黄寻祖点头，说：“他们都是老派的江湖人，把义气看得最重。”

几个人吃了点儿饭，稍作准备，杀手打电话叫来出租车，几个人就上了车，朝着八十里路外的龙王庙前进。

在城外，他们跟一辆停在半路的面包车汇合。黄寻祖下去跟他们说了几句话，面包车在前面带路，两辆车像两支利箭，灯光劈开黑夜，朝着目的地进发。

6. 分头行动

不出杀手所料，这个龙王庙在大山里面。

他们从公路下来，在一段窄窄的水泥路上跑了二十多里，又在沙土路上跑了十多里，然后盘旋着上山。在山里转了十多分钟，前面带路的面包

车停下了。

从车上下来五六个人。唐国军狐疑："这怎么不往上走了？这是在山沟里啊。"

黄寻祖说："下去问问。"

杀手想了想，也跟着黄寻祖下车，朝着那几个人走过去。

这几个人脸色苍白，走近一看，杀手才看明白，原来人家是戴的面具。

几个人中的其中一个走过来，对黄寻祖说："都下车，让车掉头回去。"

黄寻祖问："还没到龙王庙啊？这怎么要回去？"

那人冷冷地说："这么开着车上去？你以为是去比武呢？"

黄寻祖还没想明白，杀手在一边说："还是人家想的周全。这车这么上去不是给人家报信吗？"

那人对黄寻祖说："让司机跟着我们的车走。你跟司机说一声，半路如果有人上山干啥的，就说是走错路了。"

黄寻祖说："这不像是走错路了啊。两辆空车回去，人家一看就是来送人的。"

这人说："我们车上有两个人，下来一个到你们车上去。"

黄寻祖过去跟司机如此这般地说了一番，李师刚和唐国军从车上下来，面包车上也下来一个中年妇女，上了杀手他们雇的车，两辆车掉头，疾驰而去。

杀手仔细观察了一下，从面包车上下来六个人，俱是精壮男子，步履轻捷。其中一个朝着黄寻祖招了招手，黄寻祖等人跟在他们的后面，朝山上爬去。

他们走的地方没有路。眼睛适应了黑夜，才能看出来，他们是在一处陡峭的山坡上朝上爬。山上各种杂木和灌木犹如高高矮矮站立着的人群，注视着他们。前面那几个人似乎对这里很熟悉，非常麻利地穿过这一片片"人群"，朝山上爬。

众人皆屏息静气，一行十个人，犹如一条黑色的游龙，在这黑色的山上，黑色的树林中穿行。

这儿方圆几十里，现在都是JL集团的产业。JL集团在此地大大小小投资了十多个旅游区和景点，那就是说明在这些地方肯定有宝物。那也会肯定有JL集团的暗哨。

不过杀手没想到这些人竟然这么谨慎。在他的想象中，他们应该开着车直达龙王庙门外，有人正面拍门，引诱对方，有人趁机翻墙而入，等正面打了起来，另一帮人则带着救出人从另一个地方出来。而现在，他们连龙王庙在哪里都不知道，他们所面对的，是茫茫黑夜中的大山。

终于爬到了山顶，杀手等人这才发现，在不远处更高的山顶上，有片片灯光。

那个带着他们爬山的壮汉小声说："那就是龙王庙。不过，这个龙王庙是刚建起来的，原先的老庙早就倒塌了。"

杀手问："这个龙王庙……是不是当年大顺军建的？"

壮汉停了停，才说："是。"

杀手说："那……这里跟大顺宝藏有关系吗？"

壮汉笑了笑，说："也许有关系，也许没有。江湖人都去找原先大顺军建的庙，其实很多都是徒劳的。这些庙是当年大顺军联系失散将士用的，跟宝藏屁关系都没有。"

杀手突然说："英雄，我能问一下您的真实身份吗？"

那人嘿嘿一笑，说："兄弟，你自然可以问。不过是否回答，那就是我的权力了。还是先别想太多吧，我们现在为的是救人，至于我的身份，你可以问黄先生。"

那人转头看了看众人，说："我们现在面对的是这个在江湖混了几百年的老帮派，他们不但人多势众，而且非常警觉狠毒。我可以肯定，我们早就被人家发现了，弄不好，在我们的周围，就有人偷听我们的谈话。"

汉子说到这里，停顿了一下。众人都受到惊吓，朝周围看去。

周围一点声音都没有。

汉子继续说："不过大家也不要过于害怕，天下诸事，相生相克，我们

敢到这里来，就自然有对付他们的办法。前面这段路，应该有暗哨，我们要十分小心。遇到暗哨，必须消灭。因此，我们要兵分三路，一明两暗，互相接应。”

接下来，汉子宣布了三路人马的行动方式。

他自己一路，先行十分钟后，李师刚唐国军在一个蒙面汉子的带领下，再出发。

他们出发二十分钟后，剩下的四个蒙面人和杀手黄寻祖一起行动。他们最后面这帮人，就是随时消灭跟踪李师刚他们的JL集团的人。

杀手惊讶：“消灭？那不是杀人吗？”

汉子冷冷地说：“没错，就是杀人。这些打手大都是黑人。”

杀手问：“黑人？什么意思？”

汉子说：“没有户口的人。JL集团有个救治中心，收养一些流浪儿童，或者从人贩子手里买一些孩子，这些孩子从小就送到JL集团的武校学功夫。长大后，就成了他们的核心打手。死了，也没人找他们的麻烦。”

杀手惊骇：“连户口都没有，真是太可怜了。”

汉子笑了：“户口有什么用？我们这些兄弟，很多都是没有户口的。我们属于另一个世界，兄弟，这很正常，没有什么值得大惊小怪的。”

杀手说：“没有户口，怎么上学？怎么上医院？你甚至都没办法到宾馆住宿，还有结婚生孩子……”

汉子很严肃地说：“我刚刚说了，我们属于另一个世界。我们有自己的办法娶老婆，有自己的办法养孩子。兄弟，这个世界不是单一的，像一片叶子一样，有正反两面。我们虽然与世无争，却不想融入你们的世界。所以，兄弟，你刚刚问我的身份，我无法回答你。”

杀手还要说什么，那汉子站起来，说：“我先走了。二十分钟后，第二帮人再行动。”

这个神秘的汉子行动起来干脆利落。像一只猎豹，兀自冲向两个山头之间的山谷，那种决绝和担当，让杀手感到羞愧。他仿佛觉得，只有这种汉子，才配得上黄榕这种精灵一样的美女。

众人看着壮汉灵猫一样消失在了黑夜中。山下的夜色和树林将他的行踪包藏得严严实实。

在这帮人中，他不止是个头儿，还是他们的精神领袖。

杀手从众人的肃穆中感到了这一点。这个人显然比山里的那个船帮瞎子的老舵主更有魅力，杀手仿佛看懂了一点这个百年老帮派生存至今的秘密，他有点欣慰。

他看了看黄寻祖。显然黄寻祖了解的比他多，但是他一声不吭。刚刚下车的时候，其中一个壮汉对黄寻祖自家兄弟般的叱骂，杀手就觉得他们有一家人的感觉。

难道……这个黄寻祖也是没有户口的另一个世界的人？他们不考大学，不上国家办的医院，甚至不上学，不上班，更不去报考国家公务员，他们有自己的生存策略和道德体系，他们幸福还是不幸福呢？

杀手想不明白。他在这个正常的社会中活得不幸福，但是他依然觉得他们的“另一个世界”似乎也充满黑暗。

不过刚刚这汉子神秘而充满魅力，显然人家有自己的幸福和满足。

大概十分钟已经过去。杀手看到李师刚唐国军在另一个蒙面汉子的率领下，也朝山谷冲了下去。

这应该是一场真正的战斗了。杀手看着他们诡异的背影，仿佛是在看一场电影。

二十分钟后，杀手他们也终于开始行动了。

作为最后一个小组，他们是人员最多的。六个人冲下山谷的时候，跟在最后面的杀手终于有了点进入角色的感觉。

几乎同时，他也感到了一种进入陷阱般的危险。这种感觉像两只魔爪，紧紧地攥住了他的左右心房，让他觉得呼吸困难，血脉贲张。

7. 竟然是跳楼的副市长

前面的四个蒙面人和黄寻祖脚步迅捷，五个人在这黑夜的山坡上小树

林里，犹如五只豹子。显然，他们都是善于在这黑夜里行动的。跟他们相比，杀手勉强算得上一个业余江湖人士。他使出浑身的力气，只能保证不掉队。

临走之前，有个蒙面人跟他们简短交代了一下他们的任务。今天晚上，他们六个是一支真正的杀手队伍。

前面的那个蒙面汉子武功最厉害，他一个人行动，可以保证他不被人发觉的直达山顶。

他在前面，一是在不暴露自己的情况下先观察一下龙王庙的情况，二是找到在龙王庙外的值班指挥部，并将之控制。这个指挥部负责调动夜里整座山上的暗哨和巡逻。山下发现了情况，除了打电话报告之外，他们还将是第一道防线，届时可以组织力量，阻击来犯之敌。

中间的那三个人，除了正常朝山上进发之外，还将起到打草惊蛇的作用。

像蛇一样潜伏在山里的暗哨发现了他们，除了向山上打电话报告之外，还应该会尾随跟踪他们，或者进行偷袭。

前面的三个人将会在行走一段时间之后，陡然后转，使得跟踪的暗哨仓皇后退，这样，最后面的这一组就可以乘机消灭他们。

一个完美的反击计划。

果然，当杀手他们通过了山谷，开始爬山的时候，觉得前面似乎有人了。

前面的唐国军他们同杀手这一帮有二十分钟的距离，即便是在这种山路上，二十分钟也已经出去了好远。所以，他们立刻就判断出，在他们前面不断弄得树枝乱晃的人，应该就是对方的暗哨了。

杀手掏出了刀。黄寻祖用手捅了他一下，示意他不必如此。

本来走在前面的黄寻祖在发现了前面的暗哨之后，停下了步子，等着杀手。他在示意杀手不必拔刀后，朝前走了几步，又停下等着杀手，把嘴巴凑到他耳朵，对他说："这是属于另一个世界的厮杀。"

黄寻祖的意思很明确，让杀手不要染指这场厮杀。显然在黄寻祖看来，他们的厮杀是应该的，是正当的，自然也不会有什么麻烦。杀手如果参与，会有不必要的麻烦。

杀手如释重负的同时，也有些疑惑，那自己这是来干什么呢？何况这起寻人救人事件，是自己发起的。而黄榕，现在是自己的女人，从亲属关系上来说，今天晚上来的任何一个人，都没有他跟黄榕的关系近，别人为了救她在冲锋陷阵，自己在后面看热闹，这也不像话啊。

杀手心中乱琢磨，前面的四个蒙面人已经悄然散开，空气一样消失在两边的小树林里。

黄寻祖怕惊动了前面的暗哨，和杀手走一会儿，就停一会儿，一直跟前面树林摇晃的地方保持着一定的距离。

杀手知道那四个蒙面人已经分成两帮，像两排牙齿一样，正准备把这暗哨合围嚼烂。但是，他现在看不到这两排牙齿任何的行动迹象。

杀手清楚，人家这才是真正的杀手。行动迅疾，无声无息，前面的暗哨死了，恐怕都不知道死在谁的手里。

他们又走了一会儿，在暗哨那位置树枝突然剧烈地摇晃了一会儿，又平静了下来。

黄寻祖和杀手走过去，那四个蒙面人已经站了起来。杀手和黄寻祖只来得及看了看躺在地上的两具尸体，就不得不抓紧时间，跟着前面的四个蒙面人继续爬山。

前面的蒙面人似乎什么都没发生。他们爬山的步子依旧不急不缓，杀手却要很努力才能跟上。黄寻祖走在了自己的前面，他又成了走在最后的那一个。

杀手边手忙脚乱跟着他们，边在心里感叹。没错，他们真的是另一个世界的人。他们冷血义气，有着超人的体力，有着在正常世界的人眼里极为隐秘的身份，他们没有正常世界里的人的狗苟蝇营和计较，秉持道义，视责任胜过生命。他们是这个世界经过几百年的残酷筛选后剩下的这个族群道义的坚守者，守着世界上最大的宝藏却穷困潦倒，随时都能丢掉性命。

他们虽然在另一个世界，其实是这个世界真实的写照。

没人能逃离这个世界，就像没人能逃离地球一样。

一行六人一直爬到了半山腰，再也没有遇到过别的暗哨。

两组人马在半山腰汇合，稍事休息，其中一个蒙面人出面，把人马重新分配了一下，一组四个，一组五个，两组人一左一右，全速朝着山顶前进。

蒙面人的首领在山顶等着他们。

龙王庙大门外的一个临时性的铁皮屋子里，两个警卫已经被蒙面人制服。两个人都被绑着手脚嘴里塞着臭袜子，尚在昏迷中。

而在他们身后不远处，龙王庙的山门正在夜色中与他们对峙。

龙王庙前是一个不大的广场，广场边缘，砌着漂亮的围墙。广场东侧还有一个没有完成的塔楼，一座高大到吓人的塔吊，在塔楼旁矗立。

广场上空无一人，没有车，静寂得有些诡异。

天上，不知什么时候已经出现了一小半月亮。这一小半月亮贴在天上，像偷窥的半只眼睛，杀手只看了这月亮一眼，心里就觉得毛燥燥的。

他对黄寻祖说："我怎么觉得有点不对头呢？"

黄寻祖点了点头，急匆匆走到头领那儿，跟他说话。

杀手正要招呼大家先隐蔽起来，突然灯光大亮，一束束亮光如倾盆大雨，骤然而至，照亮了整个广场。

杀手这才发现，他们十个人所处的位置，差不多刚好在广场的中心。

正在跟黄寻祖说话的首领知道不好，刚要带着大家隐蔽，空中突然有人冷冷地说："大和尚，你最好站着别动。你武功独步天下，我的弓弩手奈何不得你，不过，你觉得你能比子弹还快吗？还有你的这些手下。今天你动了，你这点家底可就输光了。"

众人站住。那个首领说："兄台是何人？能不能出来说话？鬼鬼祟祟算什么英雄？对了，我得告诉你，我不是什么大和尚，我们大和尚能轻易出来吗？"

空中的声音呵呵笑了笑，说："你既然觉得自己是好汉，还带着面具？

还不敢承认自己是大和尚？好了，我不管你是谁，你只要交出一样东西，我今天就放你们走。”

首领哼了一声，说：“你不用说了，尽管放马过来吧。我虽然不是大和尚，却也不是贪生怕死之辈。今天既然栽在这里，我多杀一个赚一个，你们不是人多吗？我倒要看看你们有多少不怕死的敢上来！”

那声音依然笑着：“大和尚，都已经是二十一世纪了，你的思想还留在五百年前啊。现在人命珍贵，别看我的这些孩子都是花钱买的人，我也不舍得让你杀。你觉得不怕死是本事吗？是英雄吗？呸！这说明你没本事。把别人弄死了，自己好好活着，那才是本事。几百年前，天地会和我们祖师爷不分上下，现在天地会在中国还有几个人？一个个跟乞丐似的，干点活儿还得大和尚亲自出马。我们老大现在要想灭你们，就跟灭个蚂蚱差不多。谁还跟你拼命啊。大和尚，说别的没用了，把我要的东西拿出来，今天你就可以从这里走出去。”

首领说：“要是我不拿呢？”

空中的声音冷冷地说：“拿不拿恐怕你说了不算了。”

首领边说话，边朝着杀手这边移动。他一直移动到众人中间，对旁边的几个人悄悄做了个手势，有三个人突然跃起，翻过围墙，跳下山坡。

也几乎在同时，杀手听到了令人绝望的枪声。

一阵清脆的枪响过后，三具尸体竟然被从围墙后给抛了上来，落在了众人的面前。

是冲锋枪的声音。杀手曾经在秦岭听到过这种枪声，那是几个来自新疆的盗墓分子用来抢劫的。中原和南方的盗墓分子甚至黑社会，都很少有人敢用枪，冲锋枪就更不用说了。可以说，在中国这个禁枪的国家，枪声几乎就代表着至高无上的霸主地位。

看到几个垂死的蒙面人，身上那几个鲜血喷涌的枪眼，杀手两条腿都软了。他知道，今天可到了真正的生死关头。别说救人了，他们能不能把自己救出去，都是个问题。

看着面前三个渐渐停止抽搐的兄弟，头领愤怒了：“你们竟然用枪！你

们破坏了江湖规矩！”

空中的声音叹息说：“大和尚，你又一次估计错了形势。现在哪儿来的规矩啊，能把对方整死就是最好的规矩。跟你说句实话，要是没枪，我还真不敢带着兄弟们在这儿等你。没办法，我们打不过你，不用枪怎么办？你别废话了，赶紧把我要的东西给我，我就放你们下山。”

首领冷冷地说：“我再说一遍，我不是大和尚。”

那个声音笑了：“你说一千遍我也不信。除非你把你的面具摘下来，让我瞧瞧。”

首领朝前走了几步，冷冷地说：“行，那你看好了。”

首领在杀手等人惊愕的目光中，竟然真的摘下了面罩。首领背对杀手和唐国军，摘下面罩后，他缓缓地转过身，这一转身，吓得杀手差点死过去。

这不是他和唐国军到太平间翻过他的身，到他家找到那个顺脚僧木雕的副市长吗？

8. 绝境

好在“副市长”只是缓缓地转了一圈，大概也没注意到杀手的脸色。

他转过身之后，杀手转头看唐国军。唐国军瞪着眼张着嘴，一脸的惊愕。

半空的那个声音笑了，说：“说真话，你揭下面罩也没用。我从来就没见过大和尚的，我们只知道，为了救这个自称是黄家后人的美女，今天晚上大和尚必定能亲自出马。没想到，能指挥动天下洪门的大和尚长得如此富态。”

“副市长”说：“我再声明一遍，我不是大和尚。我是大和尚的兄弟，你有什么话，我可以带给大和尚。当然，如果你想让我们今天都死在这里，那也随你的便。”

那个声音说：“今天还不到你死的时候，我不会让你死。你也别想回去，我管你是谁，把我要的东西送来，我就放你走。妈的，老子不跟你啰唆了，我给你两个选择，第一，把我要的东西拿出来，你们走人。第二，把你们手里的武器放下，投降。当然，你们还有一个我不愿意看到的选择，负隅顽抗，等我的人去收拾你们。”

首领想了想，带头把手中的短刀放在了地上，众人随后，都把带着的兵器放下，并朝后退了一步，与兵器保持着距离。

那个声音说：“大和尚，你虽然放下了武器，但是还是不行。你的武功也太厉害了，江湖上谁不知道你的铁胳膊啊，我的这些手下，对付个一般的小鱼小虾还行，像你这种大英雄，谁敢过去捆你啊。”

首领说：“那就不用捆了，你有枪，我铁胳膊再厉害，也反不出去。”

那个声音呵呵一笑，说：“不捆可不行。我没时间天天用枪找你玩。大和尚，你既然自认是英雄，今天也认栽，你的小命都在我手里攥着了，还要这铁胳膊干啥啊？要我说，你还是把你这胳膊废了吧。否则，你到了我手里，我也得找人给你废了。早晚的事儿，我就给你一个自行了断，大和尚，我够意思吧？”

杀手没听说过顺脚僧有什么惊人的功夫，自然也不知道他的什么铁胳膊。但是看对方的意思，就是想趁机先废了他的功夫，别待会儿再出变故。谁也能看得出来，他们虽然都交出了武器，但是个个都是武功高手，待会儿对方的人如果真来捆他们，那他们可就有了施展武功的机会，也就有了脱身的机会。现在杀手也听明白了，让他们忌惮的，就是这个首领的功夫，他们现在想逼着他自废武功。

众人都看着首领。首领阴沉着脸，一言不发。

那个声音说：“大和尚，我知道我的这个要求有点儿过分。要不算了，你这胳膊还留着吧，我用别的代替。”

声音刚落，枪声响起，首领身边的一个蒙面人应声倒地，在地上痉挛了一会儿，就一动不动了。

令人痛恨的声音又响起来：“大和尚，再给你一个机会，三秒钟，如果你还不舍得你那条破胳膊，你身边还站着的这五个人，会一个个死在你

面前，他们活着也没什么用处，死一个最多浪费我一颗子弹。我替你数着啊，一、二……”

那声音数到二，首领猛然转身，抬起右胳膊，大吼了一声，朝着城墙就砸了下去。

一声闷响和骨头断裂的清脆的咔嚓声，墙砖迸裂，碎石飞舞，大和尚的虎吼变成了狼嚎，那声音真是斩金裂帛，鬼神皆惊。

杀手闭了眼，待他睁开眼的时候，首领已经站在了他的前面。首领身体轻轻抖动，右胳膊像一根面条，无力地耷拉着。

那个声音哈哈笑了："好好好，你还算听话。号称天下第一帮派的老大不过如此。大和尚，你不要恨我，这可是你自找的。如果你乖乖听话，把我要的东西交出来，何苦如此？兄弟们动手吧，把他们都给我结结实实的捆起来。”

庙门大开。从庙里、旁边的偏殿里、前面的树林里涌出一队队人马，把杀手等人围了起来。

其中几个人走出来，拿着绳子，朝着首领就走了过来。首领一声虎吼，那只断掉的犹如面条的胳膊竟然变成了一根铁棍，朝着围着的这些打手就冲了过去。

杀手等人早就憋不住了，纷纷捡起短刀，朝着前面的人墙就杀了过去。

六个人在愤怒之极的首领的率领下，犹如六只拼命的老虎，所向披靡。

围着的众人显然没有料到首领的铁胳膊依然凌厉如铁，众人被打倒了几个，潮水一般朝后退了下去，不远不近地围着杀手他们。

首领屡次发起进攻，却无人接招，对方围而不打，与之对峙。

首领显然顾虑后面的树林里埋伏着枪手，因此想从右边的台阶上杀出。

那个声音冷冷地笑了："大和尚，你确实是一条好汉，不过你也太高看自己了。你真的以为就凭你们几个就能从这里杀出去？”

首领率领众人只顾得冲杀，大概也没听到这个阴气森森的声音。杀手、李师刚、唐国军、黄寻祖等人也明白，今天如果他们不从这里冲出去，被这些人抓住，恐怕死都不知道怎么死的。因此众人皆成了拼命三郎，边声嘶力竭地喊着，边猛冲猛打。冲在前面的，自然是那个毁了一只胳膊的大和尚。大和尚能用左手挥舞着短刀。不过终究是绝顶高手，大和尚的左胳膊和短刀浑然一体，犹如扯着闪电，遇上者不死也伤，众人纷纷后退。

杀手和唐国军黄寻祖李师刚紧跟在首领后面。让杀手吃惊的是，黄寻祖看起来比较瘦弱，武功却也不弱，一开始朝外冲的时候，有几个打手想把他围起来，黄寻祖辗转腾挪，几招就把那几个企图把他围起来的家伙放倒在地上。

那个唯一活着的蒙面人断后。

他的武功虽然在首领之下，却也功力深厚。看得出来，他的刀法深得首领真传，招招杀人，无人敢靠前。

众人一直冲到了广场的台阶口。从台阶下去，就是山林了，他们就有希望从这里逃出去了。

到了台阶口，围着众人的打手们陡然散去，众人发出一声喊，正要冲下台阶，从台阶下猛然冲上十多个端着各种枪支的打手，他们一字散开，瞄准了首领等人。

众人一愣，老老实实地站住了。

杀手不怕拼命，不怕打架挨刀子，但是怕枪。小的时候，他偷偷去刑场见过枪毙人，那么高壮的一个人，那么小的一粒子弹打进去，小命就没了，实在是太可怕了。

现在，十多支各种各样的枪支瞄着他们，只要他们愿意，随便一勾扳机，他们这六个人，小命就没了。

杀手也感到震撼。现在中国全面禁枪，连刀具都实行管制，这个集团能有冲锋枪、有手枪，他们的胆量和背景之深，实在是让人不敢想象。

六个人都一言不发地站着。台阶口远离广场中心，灯光微弱。瘦弱苍

白的月亮，也躲在了云层后面，台阶口处的这十多个人因此面容不清，犹如鬼魂。

那个诡异的声音又响在了半空："大和尚还有各位兄弟，你们很勇敢，兄弟佩服，真的很佩服。可惜你们是莽撞有余，智慧不足。你们也没想想，就凭着你们手里的破刀，能打过我的枪不？我告诉你们，别看我这些枪什么样的都有，这可是经过最科学的火力配置的。点射的，扫射的，还有那个长的，看到了没有，世界一流的狙击步枪。就你们六个，别的不用，一把冲锋枪就能把你们消灭好几遍！"

杀手说："老大，中国是个法治社会，你们敢用枪杀人，要是被警察知道了，你们都得蹲监狱！"

那个声音笑了，说："多谢兄弟提醒。你可别吓唬我，你们今天要是再敢朝前闯，我就杀了你们试试。"

戴着面具的壮汉悄悄朝前移动，似乎想冲过去，被首领摇头制止了。众人都站着，看着面前黑洞洞的枪口。

十二支枪，有两支杀手叫不上名的冲锋枪，八支手枪，两支猎枪。人家说得没错，即便他们武功再好，也绝对不是这十多支枪的对手。现在谁莽然出手，弄不好就能惹来灭顶之灾。因此杀手不安地看着首领和蒙面壮汉。首领那张跟跳楼而死的副市长一模一样的面孔冷峻肃杀，入定一般。

杀手又看了看蒙面人。蒙面人还是那张让人哭笑不得的娃娃笑脸。现在看看，却让人觉得有些心酸。六个蒙面人，现在只剩下了这么一个。杀手想到了看到的一个香港电影，里面有个笑着杀人的鬼娃娃。现在他多想这个蒙面人就是那个不怕子弹的鬼娃娃，把这些拿枪的统统杀掉。

可惜，他不是。

危险的对峙。

半空中的声音沉默了一会儿之后，又说："大和尚，你今天只有两个选择，一个是死，不过你死在新式的冲锋枪下，也应该不算委屈。第二个就是投降。说实话，即便你是大和尚的兄弟，你这样的身份，如果让中国人知道了，差不多也算是国宝了，就这么死了，实在是可惜了，所以，我劝你还是投降吧。你们天地会不是觉得我们这个组织很神秘吗？你投降了，我可以带你去见我们这个千年老会的正宗掌门人。我跟你说，全世界见过我们掌门人真面目的不到六个人，你大和尚要是有缘能见到掌门人，掌门人一高兴，说不定还能收你做个香主，你就不用当这个穷和尚了。”

首领一动不动，对这个声音充耳不闻。

那个声音继续：“算了，我知道你对这个没兴趣。不过你想想，你要是死了，你剩下的那些手下怎么办？那些秘密守护大顺宝藏的船帮瞎子怎么办？还有，你死了，全世界的洪门可就真的成了无根之木了。那些遍布世界各大洲的洪门帮派，就失去了你掌握的宝藏的援助，呵呵，那洪门可真就危险了。”

什么？这个大和尚真的掌握着大顺宝藏，还秘密援助天下洪门！

杀手惊讶地看了看大和尚。大和尚依旧脸若磐石，置若罔闻。

蒙面人小声说：“这么下去也不是办法，大哥，咱跟他们拼了吧。”

大和尚说：“等等。”

杀手也急了：“大……和尚，那我们怎么办？要是被他们抓住了，差不多也是一个死啊。”

大和尚说：“天无绝人之路，你们都不要乱动，否则满盘皆输。”

杀手自然明白，现在他们不管谁，只要一发动进攻，这十多支枪就能把他们打成筛子。可是不动，不动怎么办？就这么等着？等到最后怎么办？等天亮了，有人报警，公安来把他们救了……问题是人家能不能这么干啊。

那个声音似乎洞悉了杀手的想法，说：“大和尚，你是不是在这儿等着天亮，等着有人报警，等着公安来救你们啊？呵呵，你要是这么想，那就太幼稚了。这周围几十平方公里都是我们的土地，到这里来的每个路口都有我们的暗哨。别说人能不能进来，如果我们跟上面打个招呼，就是有人报警，公安也不会来，你信不信？”

杀手在心里说，我信，我太他妈的信了。

那个声音突然变大了，说：“算了，我知道给你做思想工作也没用。我

再给你们一次机会，我还是数三个数，如果你想投降，那我数到三之前，你们都把刀扔了，给我老老实实地跪在地上，否则，我就让我的人开枪。不过，我现在不想把你们打死了，子弹都会朝着你们的腿上打，把你们都打成残废，我再收拾你们。我开始数数了啊，一……”

“二……”

杀手看了看依旧石雕一般的大和尚，闭上了眼睛。

突然一阵枪声响起，杀手腿一软，倒在了地上。

9. 神秘的老马

有人猛然拽起杀手，喊道:“快跑!”

杀手一愣，从地上爬起来，这才发现，自己竟然没有受伤。仓促中，他朝前看了一眼，眼前的情景让他惶惑不解。刚刚还端着枪严阵以待的十多个枪手，有六个倒在地上，正在挣扎。剩下的都调转枪口，正朝着台阶下和山坡上，胡乱射击。

黄寻祖拽着杀手，六个人趁对方众人还在惊慌之时，冲到城墙边，跳了下去。

杀手边跳边听到那个声音在气急败坏地喊着什么。杀手已经不屑于听他的喊叫了。城墙下的山坡坡度比较大，杀手跳下后，没有站稳，朝前恶狠狠地摔了一跤，幸好没摔坏，他连滚带爬地爬起来，跟着众人朝山下跑。

子弹在耳边追击着树叶和树木。打在树叶上的声音很清脆，仿佛石子在水面上跳动，轻快连贯。打在树木上的声音就比较沉闷了，恶狠狠地，带着鱼死网破的决绝。

那些打手也回过味儿来，冲了下来，边喊叫着，边追上来。

不过杀手清楚，这个JL集团的人虽然也算勇猛，但是论在山地行动经验，他们应该没法跟首领和蒙面人比。黄寻祖自然也不差，略微差的是唐国军、李师刚和自己。但是人在逃命的时候，潜能被激发出来，JL集团的人想追上来，没多大希望。

杀手跟着众人一路撕心裂肺地猛跑，终于听不到枪声了，也听不到追击的声音了。众人停下，天还没亮，月亮也不知道跑到哪儿去了，山林静寂，此时的黑夜仿佛成了他们的保护色，让杀手觉得多了一些安全感。

从危机四伏的绝境，陡然安全了，杀手竟然有种落差很大的不安的感觉。他有些不相信，边喘粗气边问黄寻祖："咱这就没事了？那些枪手怎么突然就都倒在地上了啊？真是……太神奇了。"

黄寻祖说："没事了。没什么神奇的，大和尚早就料到了这一步，提前让我做了准备。"

杀手惊讶，小声问："他……真的就是顺脚僧？"

黄寻祖摇头，说："我也不清楚。没人见过顺脚僧的真面目，这些事儿还是少打听比较好。"

稍事休息后，众人朝山下走。

刚刚跑得比兔子还快的杀手，现在觉得两腿发软，浑身上下都有要散架的感觉。

前面的首领等人虽然走得也慢了很多，杀手和李师刚还有唐国军却是很勉强才能跟上。

边走，杀手小声问唐国军："唐大哥，怎么这个大和尚……跟那个副市长一模一样啊，这也太吓人了。他不会找咱的麻烦吧。"

唐国军摇头："我也闹不明白。不过他肯定不是那个副市长。咱把那个副市长从冰柜里抽出来的时候，人已经冻得跟冰棍一样了，他还能活过来？"

杀手说："我怎么心里就是害怕呢？"

唐国军断然说："那是你神经出了问题。"

众人下到山底，突然从旁边的小树林跑出几个人，朝他们走了过来，杀手惊慌，说："又来人了！"

黄寻祖说："不用慌，自己人。"

这些人过来，跟首领和黄寻祖打招呼，杀手这才看出来，这十多个人

中，竟然有老马。老马跟首领和黄寻祖说了几句话，过来跟杀手打招呼，说：“小兄弟，你们辛苦了。”

杀手瞪大了眼珠子：“老……马！你怎么来了？”

老马讳莫如深地笑了笑，说：“我老马怎么就不能来了，走，前面有车，咱得赶紧出去。”

杀手知道他们现在还没出人家JL集团的势力范围，也顾不得问别的，众人跟上老马等人，转过一个山脚，上了等在那儿的两辆面包车。

杀手等人和黄寻祖跟着老马上了一辆小型的面包车，那个大和尚等人上了那辆大型的面包车，两辆车一前一后，急速前行。

在半路，杀手他们这辆车接了两个等在路口的壮汉。这两个壮汉没有蒙面，却都背着背篼，一脸杀气。汽车出了沙土路，经过一段水泥路，在公路路口，老马让车停下，那两个壮汉下车，汽车拐弯，径直朝着城里奔去。

杀手一直注意着后面的那辆大面包车。让杀手疑惑的是，那辆大面包车上公路之后，却朝另一个方向拐弯，跟他们背驰而去。

杀手提醒黄寻祖：“他们走错路了吧？怎么朝着那边去了？”

黄寻祖笑了笑，说：“他们就应该朝那边走，没错。”

杀手不解：“那个大和尚是跟咱一起来的啊，他应该也是城里的吧？”

黄寻祖说：“大和尚四海为家，去哪里都一样。”

杀手满腹的疑问，看黄寻祖好像没意思跟自己闲聊下去，只好不说这个了。

此刻算是安全了，他又想起了黄榕。忙活了这么多日子，他们不但没有救出她，反而白搭了几条性命。想想黄榕竟然落入了这么一帮人手里，杀手觉得心底发凉，此生自己还能见到这个精灵古怪的女孩子吗？

回到住处，杀手等人先睡了一觉。一觉醒来，已经中午十二点多了。杀手起来，发现黄寻祖已经醒了，李师刚也从房间里走了出来，唯独老马和唐国军不见了踪影。

杀手到各个房间看了看，没找到两人，就问黄寻祖：“黄兄，老马和唐大哥呢？”

黄寻祖正坐在椅子上，看着墙角出神。听到杀手跟他说话，他抬起头看了看杀手，问：“你说什么？”

杀手走过来看了看黄寻祖瞪着出神的墙角，重复说：“老马和唐大哥呢？”

黄寻祖说：“老马走了，忙他的事儿去了。那个唐大哥也走了，刚走。他说过几天他会联系你，让你不必找他。”

杀手有些惊讶：“怎么都走了啊？黄榕还没救出来呢，怎么都走了？”

黄寻祖说：“他们在这儿，也没办法把她救出来。”

杀手颓丧：“在一起怎么也能想想办法，还有点儿希望，都走了……就真没希望了。”

黄寻祖说：“老马说了，他会想办法救人，救人的事儿就不用你管了。”

杀手一愣：“啥？老马？救人的事儿不用我管了？！不用我管，老马能把人救出来？开什么玩笑啊。”

黄寻祖很认真地点头，看着杀手：“不开玩笑。我相信老马能有办法把人救出来。”

杀手看着黄寻祖：“他？他凭什么能把人救出来？”

黄寻祖笑了笑，说：“兄弟，你别小看了老马。有些事儿，我们两个做不到，老马不一定做不到。”

杀手想到了老马拿着猎枪救黄寻祖的情景，又想到了老马在江西的山中差点被JL集团的打手打死的样子，说：“老马这个人确实厉害，可是不管怎么说，他年龄这么大了，平常就是种菜，也没什么大本事，他救黄榕？太不靠谱了吧。”

黄寻祖摇头，说：“兄弟，老马不是你看到的那个老马。无所不知的JL集团的人也不真正了解他。不信你可以走着瞧。”

杀手想了想，想不明白一个种菜的乡下老头会有什么神秘之处。他更不想把黄榕的命运寄托在他身上。他说：“我还得想法救人，实在不行……我就豁上蹲监，去报警！”

黄寻祖摇头，说：“那你就害了黄榕。不止害了她，会害死很多人。但是对 JL 集团丝毫不起作用，这个你应该知道。”

杀手绝望了：“这么说，黄榕只能等死了？！”

黄寻祖断然说：“不会。你放心，保证不出半个月，你就会看到黄榕。”

杀手愕然：“半个月？半个月她还能活着？”

黄寻祖摇头说：“那也没办法，最少要半个月。”

第八章　风水宝地

1. 谜团

在唐国军和老马走后的第二天，黄寻祖说要出去找个人，也走了。杀手和李师刚在出租屋里出出进进，烦躁不安。

经过一番较量，杀手不得不承认，他和李师刚没有能力救出黄榕。他似乎也感觉到，黄寻祖虽然是黄家人，却不像自己这么迫切想救出黄榕。他们虽然在与JL集团周旋，却好像瞒着他另有所图。

“这个世界并不是你看到的那个样子。”黄寻祖在临走的时候，神情忧郁地对杀手说。杀手虽然是个没有多少心计的莽撞汉子，但是黄寻祖那种穿透千古的沧桑劲儿还是让他浑身一震。

黄寻祖说：“兄弟，你得当心，别让人当了棋子。”

杀手觉得黄寻祖话里有话，就问他：“谁把我当成棋子了？”

黄寻祖说：“我还不敢确定，我只是感觉。我送给你一句话吧，人有时候连自己都不能相信。”

杀手迷糊了。但是没等他反应过来，黄寻祖已经转身下楼了。

杀手反应过来，觉得自己应该继续跟他深入交流一下，赶紧下楼找人，黄寻祖却空气一样消失了。

杀手懊悔，闷闷不乐，想了半天，也想不明白。他打电话给唐国军，唐国军关机，给黄榕打电话，自然也是关机。后来，他想到了黄七。

自从在江西黄七找过他救黄榕之后，黄七似乎就遁迹了。杀手找他多次，他都不见，杀手觉得自己诸多的疑惑，或许只有这个黄七能够回答一二，当然，他能否见自己，还是两说。不过杀手感觉这个黄七总是能在比较意外的时候，给自己一个小小的惊喜。

杀手拨通了黄七的电话。

杀手说："黄大哥，您在洛阳吧？我想……请您吃个饭。"

黄七阴森森地笑了："你请我吃饭？兄弟，最近发财了？"

杀手说："遇到难事儿了，我想请教一下黄大哥。"

黄七说："有事可以来找我，吃饭就免了吧。我对吃饭没太大兴趣。"

杀手心说，那正好，我还没钱请你呢。

按照黄七给的地址，杀手来到一家洗浴城。在二楼的一个粉红的房间里，杀手找到了黄七。

大烟鬼一般的黄七正躺在洗浴城的大炕上与一个陌生人下象棋。黄七看到杀手，抬头朝他点点头，继续下棋。

杀手在一边坐下，看着黄七聚精会神地下棋。跟黄七对弈的，是个只有一只手的中年人。中年人一脸阴郁，给人一种千年古尸的感觉。

一盘棋下完，独手男子起身告辞。黄七喝了一口茶，对杀手说："你应该知道这个人。"

杀手看着那人的背影，摇头："不知道。不认识。"

黄七说："听说过考古系吧？"

杀手点头："这个知道。很多大学都有考古系。"

黄七又喝了一口茶水："年轻人，此考古系不是彼考古系。南方盗墓寻宝三大系，没听说过？"

杀手摇头："我就听说过有摸金门。"

黄七哼了一声，说："那是小说。三大系都是江湖老门派，谅你也不知道。不过这三大系都老朽了，走货也都是几百年的老路子，市面上基本见不到他们的货，也见不到人。三大系中的湖南童家，听说过没有？”

杀手想了想，说：“听说过。我听人说，西夏王古墓，当年就是这个童家最先进的。”

黄七说：“童家在三大系中是比较讲究的。从民国开始，童家的很多高手都是真正的大学考古系毕业的。不过寻宝考古系有个叫冯立志的考古学家，后来被造反派打倒，家破人亡，逃到了湖南。童家听说后，找到冯立志，收留了他。这个冯立志的老婆后来被造反派强奸，自杀，儿子失踪，他心灰意冷，干脆从考古变成了寻宝。后来，冯立志跟童家闹矛盾，带着几个徒弟自立门户。冯立志的手下几乎都是考古系的毕业生，他们有的是他的学生，当然也有的不是，这些人干活特别准，手里的好东西不少。童家呢，后来到西藏寻宝，被藏人打死三个，童家嫡传，只剩下最小的童飞。这个童少爷当年与冯立志关系最好，是他的学生。童家失势后，童飞的叔叔想吞并童家的产业，逼着童飞传授童家的寻宝诀窍，童飞无奈，投奔了冯立志，两家合并，冯立志因此成了中国寻宝第一大家，因为冯是考古系教授，他的徒弟大多都是考古专业的学生，在业内，冯派被称为考古系。”

杀手点头：“那这个人，是考古系的人？”

黄七笑了笑，说：“他不但是考古系的，而且是考古系的重要人物，冯立志的大儿子。你别小看了他，考古系手里有些好东西，在中国，比他有钱的人不多。”

杀手惊讶：“真的吗？”

黄七点点头：“中国的有钱人，不是那些富豪榜上的，跟这些人相比，他们都是穷人。”

杀手张大嘴巴和眼睛：“他们这么有钱！”

黄七缓缓地说：“JL集团这么牛，其实也没什么钱。JL集团前身就是一帮杀手，跟金庸小说里的明教差不多。到了民国后期，国家动乱，国民党只顾打小日本了，盗墓寻宝的事儿他们根本不管了，不管是三大家族还是那些大大小小的盗墓分子都发了大财，这帮人才开始做这个营生。不过

这帮人盗墓太业余，还是喜欢搞一大帮子人，跟黑社会似的。真正探穴寻宝的高人，行踪非常隐秘，两三个人一伙，什么大活都能干了。还有学问。这些人的学问，要比一般的大学教授都厉害。就说当年的童家吧，很多有学问的历史教授和考古系教授，都把童家掌柜的奉若上宾，很多问题都要跟童家掌柜的讨教。跟他们相比，JL集团就是一帮土匪。”

杀手说：“这么说……这个冯立志的大儿子也不是一般人物了。”

黄七有些得意：“当然了，要不我怎么能跟他交往。”

杀手忙不失时机地拍马屁：“大哥交往的都不是一般人。”

黄七往后仰了仰，靠在墙上，说：“你找我什么事儿？”

杀手抹了把脸，叹口气：“唉，大哥，这事儿说起来简单，不过……我怎么觉得这么别扭呢？黄榕被JL集团的人抓了，我到处找人帮忙救人，也找过您，您说没时间。后来我找到了那个黄家后人，他帮我查到了黄榕的关押地点，我们去了一次，人没救出来，对方有枪，我们这边死了几个人。然后，这个黄家人竟然也对黄榕不那么关心了，走了。走的时候说不出半个月肯定能让我看到黄榕，妈的，半个月，这人还能活着？”

黄七问：“你确定此人就是黄家后人？”

杀手说：“应该……是吧。我们在江西的大山里找到的他。”

黄七说：“那也不尽然。这个世界真真假假的事太多。当初唐国军到江西找这个人，我就劝他没必要。不管能不能找到，都对他寻宝没什么帮助。假的不用说，如果是真的，那他能活到现在，算是个奇人了。这种人天生地养，集天地精华，不简单，弄不好反而能被其反制。”

杀手说：“我觉得这个人不错啊，很简单的一个人。”

黄七笑了笑，说：“所以我说，这个人不一定是黄家后人。或者……他是深藏不露。”

杀手还是疑惑：“真有这么多道道？”

黄七给杀手倒了一杯茶，说：“兄弟，要多动动脑子。黄榕上次被江西那个老母教的人抓去，我亲自带你们去救人，这次被抓，我为啥不着急？跟你说句到家的话，我觉得这里面很复杂，弄不好是个陷阱。”

杀手迷茫地摇头："这么复杂。"

黄七点头："双方都有算计。你说的这个黄家后人，我暗中观察过，这个人……不简单。一个一直在大山里隐居的人，能这么熟悉冢头村的地下暗道，能熟悉顺脚僧的线人，却不愿意跟船帮瞎子打交道，你不觉得有问题？他既然是黄家后人，而黄家先祖黄徽柔是天地会江西分会的舵主，船帮瞎子和顺脚僧都是天地会的人，现在船帮瞎子和顺脚僧依然为天地会效力，这顺脚僧还是普天之下天地会的共主，如果他没有蹊跷，他为什么不跟船帮瞎子合作？"

杀手说："黄家怀疑当年黄徽柔失踪，跟船帮瞎子有关系。"

黄七说："他们说的未必是真的，不说的未必没有。几百年的事儿了，当年怎么回事儿不重要，现在要做什么才是重要的。"

杀手一头雾水："黄大哥，我想救出黄榕。跟您说实话，那个小丫头跟我已经上床了。"

黄七呵呵一笑："好，没看出来，你小子还有这一手。不过我警告你，她和你不是一路人。人家是大家闺秀，你祖辈就是个泥腿子，人家跟你玩玩而已，不会跟你到山东农村当老婆的。"

杀手说："她不给我当老婆，我也得把她救出来！"

黄七点头，赞许说："行，有点山东好汉的气魄。这个事儿你别急，我找冯立志公子，除了想从他手里买点东西，主要是想让他帮忙找找JL集团的人，了解一下他们抓黄榕的内幕。放心，有了消息，我会打电话给你。如果我没有猜错，他们不会对黄榕下狠手。即便是黄家人手里有JL集团需要的东西，那也不在黄榕手里。"

杀手惊讶："这个冯大公子能知道JL集团的内幕？"

黄七笑了笑："这个JL集团有一点，是非常值得别人学习的。他们敬重人才。像冯大公子这样的人，跟JL集团的几个重要人物关系都很好，他如果真想打听他们的事儿，是能打听出来的。"

杀手还是有些怀疑："这么重大的事儿，这个冯公子怎么能帮您打听呢？"

黄七说："我下了大本钱了。我手里有一件宝贝，不是怎么太值钱，但却是独一无二的，是墨家巨子的一块佩玉，考古系的人喜欢墨家的东西，但是墨家的东西非常少，我手里的这块玉就比较珍贵了。实话说，我也真是舍不得给他们。"

杀手很感动："谢谢黄兄了！"

黄七摆摆手："你感谢个屁。我不是为你打听这件事儿的，不过赶巧而已。JL集团抓了黄榕，你们要救黄榕，这件事儿在寻宝界振动很大，谁都想知道其中机密，我也是为我自己打听的。"

2. 黄榕到底是谁

两天后，黄寻祖又回来了。

杀手问他这两天到哪里去了，黄寻祖疲惫不堪的样子，他先吃了点儿东西，才告诉杀手，这些天他找老马去了。这个老马竟然失踪了，找了整整两天，也没找到他。

杀手疑惑："他这么大年龄，也没多少文化，在这里也不认识什么人，他能跑到哪里去？"

黄寻祖摇头："老马……可不是一般人。"

杀手说："你不说我这还忘了呢。兄弟，那天晚上，这老马从哪里弄了那么些人，还都带着枪？他不就一个种菜卖菜的吗？我咋觉得他比你还有本事呢？"

黄寻祖笑了笑，说："这个……这个是我让他去找的人，他没这么大本事。"

接下来几天，这个黄寻祖哪儿也不去。杀手挂念黄榕的安全，天天问他怎么去救黄榕，黄寻祖总是推脱，说这事儿老马他们在努力呢，咱去也没用。

杀手看着这个好像置身事外的黄家后人，实在觉得有点不可思议。

杀手无奈，只得私下跟李师刚商量怎么救黄榕，李师刚也想不出什么办法。杀手打电话给唐国军，唐国军终于接了电话。

杀手问他在哪里，唐国军不接话，只告诉他，让他暂时哪儿也别去，在屋子里待着等他电话。杀手说他想救人，唐国军告诉他，别说他了，现在这个黄榕恐怕没人能救出来。

挂了电话，杀手郁闷之极，想了会儿，又给黄七打了个电话。黄七告诉他，他现在要去跟冯公子见面了，让他稍等一会儿，等他跟冯公子见面回来，会给他电话。

结束了跟黄七的通话，杀手心急如焚，数着秒等着黄七的电话。

整整过了四个小时，黄七才打来电话，让他到黄七家。

杀手出门，也顾不得自己是个彻头彻尾的穷光蛋了，花了三十多元钱，打车直奔黄七家。

黄七似乎很疲惫的样子。他坐在那把花大价钱淘来的明代太师椅上，杀手进来，他只是抬头看了他一眼，点了点头。

杀手在旁边的椅子上坐下。黄七的声音有气无力："兄弟，这事儿挺麻烦。"

杀手早就有了精神准备，因此并不感到很意外，他朝黄七探了探头，说："大哥您说，到底麻烦成啥样儿了？"

黄七皱着眉，心力交瘁的样子："这个黄榕现在不在洛阳。具体在哪里，冯公子也没打听到。"

杀手惊讶："没在洛阳！"

黄七继续说："我也想不明白啊。如果他们抓黄榕，是为了宝藏或者那个紫铜匣子，那他们没必要押着她跑出洛阳啊。"

杀手沉思了一会儿，说："那是不是他们带着她到了藏宝的地方了？或者……带着她去辨认啥东西，比方黄家的暗语啥的。"

黄七摇头："我觉得没有这么简单。"

杀手看着黄七，等着他的下文，黄七却闭着眼，好长时间没有一句话。杀手也不知道说什么好，只能看着黄七，等着他开口。

沉默了一会儿，黄七说："还有一个动向，冯公子告诉我，JL集团的

几个高手，都随着黄榕离开洛阳，一起走了。一个小小的黄榕，根本惊动不了那些老东西。我觉得，这个黄榕后面肯定有大事儿。”

杀手惊愕：“大事儿？！”

黄七继续说：“我总觉得……这个事儿好像是有精心策划的。否则，不会刚抓了黄榕这么几天，那些老东西就会有这么大的反应，行动这么迅速。你要知道，这些高手分居世界各地，美国加拿大都有，还有的在梵蒂冈。这么快就都从世界各地回来了……我总觉得有蹊跷。”

杀手也被黄七的话吓着了：“这个黄榕有这么大面子？”

黄七摇头：“不是面子的问题。我说的是时间，他们好像早早就知道黄榕哪天能被抓到，哪天要把她送往哪里，这太神奇了。”

杀手看着黄七沉思的样子，知道自己不能打断他的话，只得继续看着他。

黄七说：“所以，我觉得这里面有阴谋。”

杀手还是看着黄七。黄七斜了一眼杀手，说：“看我也没用。我现在也糊涂着呢。不过你放心，我让这个冯公子继续盯着这事儿，迟早我会弄明白。”

黄七绝望：“这么说，救出黄榕是没希望了。”

杀手说：“肯定没希望。这丫头……唉，看她的运气了。”

杀手从黄七家出来，心情低落，在街上乱逛，突然有人拍了一下他的肩膀。杀手恼怒，转身骂道：“干啥啊你？瞎拍啥？”

拍他的人是个穿着朴素的中年男子。男子笑了笑，很客气地说：“您是杀手兄弟吧？我们见过，您认识红香主吧？”

杀手一愣：“红香主？您是……”

男子点了点头，说：“我们也是为了黄榕之事而来的，红香主想见您。”

杀手点头，跟着男子穿街过巷，在一个破旧的小旅店里，见到了红香主。

红香主脸色干黄，穿了一身灰色的衣服，那样子，比黄七阴气都重，死人一般。不过红香主声音倒是中气十足，他开门见山，说：“杀手兄弟，我也不瞒你，我们到洛阳，也是为了黄榕。不过我们不是来救人的……”

杀手疑惑：“你们不救人……不救人来干啥？这个黄榕的先祖是天地会的人啊，你们怎么能见死不救呢？”

红香主说：“兄弟您别着急，先听我说完。我们的眼线今天刚传回消息，JL 集团抓黄榕，好像是别有深意。”

杀手想到了黄七的话，叹了口气，说：“你们一个说是有蹊跷，一个说是别有深意，不管是什么深意，抓黄榕不过是为了宝藏或者是紫铜匣子，你们不是大顺宝藏的守护者吗？即便是为了宝藏安全，也应该先把人救出来啊。”

红香主摇头：“不是这么回事儿。如果抓黄榕真的是为了宝藏，那这事儿倒是简单了。他们抓黄榕是为了钓鱼。”

杀手一愣：“钓鱼？”

红香主点头：“钓鱼。钓的还是一条大鱼。我的线人说，黄榕是在一个村子里被抓的，当时她跟您在一起，兄弟，这是真的还是假的？”

杀手点头，说：“没错。真的。黄榕跟人约会失踪，第二天早上，她打电话给我，我在一个废弃的养牛场救了她，当时她受了伤，我带他在郊区的一个医院住了几天，后来怕 JL 集团的人发现，就带她跑到了乡下。那天她让我赶集帮她买点儿东西，我回来后，她就被人绑走了。”

红香主缓缓点头，说：“这个黄榕没出现之前，船帮瞎子很安定，她来到洛阳，上水帮船帮瞎子遭到了灭顶之灾。她来到江西，我们红堂暴露，差点被 JL 集团的人包了饺子。这个黄榕……恐怕不是兄弟心中所想的那个黄榕。”

杀手瞪大眼睛：“红香主，她那么单纯的一个小女孩，能有什么问题？”

红香主微微笑了笑，说：“兄弟，你江湖经验还是太少。别说你，上水帮船帮瞎子，从大清至今，四百多年，经历生死无数，清末开始跟那个勾结清廷的神秘组织恶斗，也生存至今，他们应该也没想到，一个看来那么清纯的小丫头，打着黄家后人的旗号，竟然让他们丧失警惕，全部现身，让人家杀光了。唉，越是阴沟越容易翻船，此话确实不假。”

杀手都呆了："啥？上水帮是因为她……"

红香主点头，说："确实是因为她。兄弟，我们刚做完调查，这个黄榕曾经多次偷偷进入山中，我们怀疑，她的意图是摸清上水帮的活动规律。您知道，他们不是天天都住在那个山里的。并且，船帮瞎子有一套非常完善的反跟踪方法，他们落脚的山洞，有诸多机关暗道。能把这些情况都摸清，不是在船帮瞎子丧失警惕的情况下自己暴露了，非常之难。"

杀手说："或者是人家 JL 集团想法摸清了呢？或者是你们有内奸啥的。你们不能凭自己瞎猜，就冤枉人家了吧？"

红香主说："您说的也有道理，我们也只是怀疑。把您叫来，跟您说这些，是让您也注意一些，留一个心眼儿，总比让人家卖了好。"

杀手问："红香主，您打算怎么办呢？"

红香主说："我们现在就是在想法打听清楚，JL 集团到底是想干什么，这个黄榕到底是什么人。"

杀手问："具体是怎么个打听法？"

红香主微微一笑："这个是我们的机密，请兄弟谅解，我不能跟您说。不过今天请兄弟来，是有一事请兄弟帮忙。"

杀手一振："是黄榕的事儿？"

红香主点头："当然。"

杀手问："如果她真的是墨西哥派来的黄家人，你们是帮忙救人吗？"

红香主点头："如果她真的是黄舵主的后人，船帮瞎子必定全力以赴。"

杀手说："行，需要我做什么，香主尽管吩咐。"

3. 老马

红香主给杀手交代的任务比较简单，让他设法找到老马，说服老马跟他们合作。

按红香主的说法，民国的时候，老马的父亲马营长曾经受那个从墨西哥来的黄先生的委托，找过他。想让船帮瞎子帮忙，把他从江西送出去。当时的船帮瞎子不摸底细，不知道这个黄先生是否是真的黄徽柔的后人，就没答应。后来那个黄先生亲自来找到船帮瞎子，并送了两根金条给他们。船帮瞎子经过试探，觉得这个黄先生应该是黄徽柔之后，就答应了他。

没想到，当天晚上老母教的人就上了山，要不是那黄先生警觉，当天晚上，他就丧命在老母教的刀下了。此事之后，马营长和黄先生视船帮瞎子为仇敌，直到现在。

杀手心里说，怪不得看老马和黄寻祖对船帮瞎子一直不感冒，感情里面还有这个故事。

杀手说："红香主，这件事儿恐怕我不一定能完成。我跟老马也不是很熟，并且我们之间也有过误会。这样，我把您的话跟黄寻祖说一声，让他去找老马，这样是不是能更好点儿？"

红香主摇头，说："不行，这事儿不能让黄先生知道。这两人都对船帮瞎子有成见，黄先生知道了，反而多一层困难。咱先说服老马，只要老马答应，黄先生也就基本同意了，黄先生很尊重老马。"

杀手点头："那行。不过这老马在哪儿，我总得回去问问黄寻祖吧。"

红香主说："不必。老马在哪儿我知道，不过得到晚上，你先在这儿吃饭，晚上我让人带你去找他。"

晚饭后，红香主派人带着杀手，来到市内的一处立交桥下。在不断闪过的车灯照耀下，杀手看到桥洞两边躺了不少人。破烂的被子，蜷缩的身体，让杀手看了觉得心酸。当年他初来洛阳的时候，没有找到工作，也曾经在桥洞下睡过几天。在这儿睡觉，每天早上起来，脸都觉得很干燥，摸一摸，有层细细的沙粒。

两人刚进入桥洞，突然有个人影鬼一般站在两人身后。那人声音冰冷："两位找谁？"

两人转回头，刚好有汽车灯闪过，杀手看到了老马那张苍老却很坚毅的脸。

真的在这里看到了乞丐一般的老马，杀手心里真是有点难受。一个忠心耿耿将信义奉为人生信条的老人，竟然受此颠簸，实在让人同情。

老马眼神凌厉如刀，他看了看杀手旁边的人，说：“你是瞎子帮的？”

杀手旁边的船帮瞎子点了点头，说：“老先生，我知道您对船帮瞎子有误会，您……”

老马昂起头，凛然说：“请你走开。我对船帮瞎子不是有误会，而是不敢相信。”

船帮瞎子笑了笑，说：“那行，老先生，那我先走了。”

船帮瞎子拱了拱手，转身走了。老马哼了一声，拽着杀手走到桥对面的楼房阴影里坐下。

老马问杀手：“是黄寻祖让你来找我的？”

杀手摇头，说：“不是。是……我自己要来找你的。”

老马警惕了：“船帮瞎子让你来的吧？”

杀手摇头：“不是。”

老马问：“找我有什么事儿？”

杀手说：“也没别的事儿，就是……黄榕……我知道您一直在想法救人，我想知道她在哪里。”

老马叹了一口气，摇头说：“我也不知道她现在在哪里，要是我知道，我早就想法救人了。”

杀手急了：“您一点线索都没有？黄寻祖还在等你救人呢。他跟我说，您肯定能把人救出来。”

老马点头，说：“我豁上命，也得把人救出来。这点你放心。”

杀手说：“你现在连人在哪儿都不知道，我怎么能放心？”

老马停顿了一会儿，两眼茫然地看着前面车水马龙的街道。他们的对面，是一个大型超市。超市的屏幕上，还在播放着广告。

老马突然说：“我安排了人，盯死了JL集团的几个小头目，如果他们有行动，我会很快知道。他们抓黄榕，不会就放在那儿放着，肯定会有行动。”

杀手试探着说：“有人说……这个黄榕……不是黄家人，是JL集团的一个诱饵……”

老马冷冷地说：“我不管别人说啥，都要先把人救出来再说。”

杀手想了想，说：“如果这个诱饵，诱的就是您呢？”

老马说：“我扔了七十朝八十奔的人了，我怕啥？”

杀手看了老马一眼，说：“老人家，我咋觉得你对黄榕比黄寻祖还着急呢？黄寻祖是黄家人，我觉得他好像对此事……不太关心。”

老马很干脆地说：“这件事儿就是黄寻祖让我做的。况且黄家人与老马家跟一家人没什么区别，老黄家的事儿就是老马家的事儿。”

杀手盯着远处大屏幕上的电视看了一会儿，下了决心，说：“红香主想跟您合作，把黄榕救出来，您觉得怎么样？我觉得这个红香主是个好人，在江西的时候，如果不是他出手……”

老马打断了杀手的话，说：“红香主的情我会还。我不会跟他们合作。现在的黄家已经不是天地会的舵主，船帮瞎子是大顺宝藏的守护者，黄家人到中国来，是寻找他们先祖的遗物，他们先祖的遗物是什么？其实就是江西天地会的宝藏，是一部分大顺宝藏的藏宝图，船帮瞎子表面不管这件事儿，暗地里能不动心思？所以年轻人，别听他们的一面之词。船帮瞎子是JL集团的死敌，黄家后人也是JL集团的死敌，这并不表明，船帮瞎子跟黄家后人就是盟友。”

杀手说：“老人家，我就觉得奇怪。大顺国早就没了，他们一直还守着这宝藏有什么用啊？这些人为啥不弄出来分了？”

老马侧身看了看杀手，说：“抛开黄家跟船帮瞎子的关系不说，我觉得这船帮瞎子是一帮值得敬重之人。他们这些人，守护的是一份承若和信仰。这才叫真正的一诺千金呢。”

杀手说：“船帮瞎子的传人也越来越少了。据说顺脚僧现在只剩下了一个人，如果船帮瞎子将来也只剩下了一个人，那怎么办？他会不会把所有的宝藏都挖出来？他不能等自己死了，留着这些宝藏下落不明吧？”

老马笑了笑，说：“其实他们也不是完全孤军作战。天地会现在遍布世界各地，很多天地会在中国都有秘密线人。比方美国的天地会叫致公堂，

他们在中国各地都有分堂。顺脚僧跟他们肯定有接触。”

杀手点头：“那他们能帮咱救黄榕吗？”

老马摇头：“别指望他们。”

杀手突然笑了笑，说：“老人家，我觉得您非常神秘。那天晚上在龙王庙，您从哪儿找了那么多的人，还都带着枪？”

老马微微一笑：“这些你以后会知道的。现在我不会告诉你。这个世界啊，秘密太多了。你活十辈子，都只能看透一点点。”

杀手点头，说：“也是。那……我跟您一起救黄榕，您觉得可以吗？”

老马一笑，说：“得吃苦，不怕死。这两样你不怕，那就行。”

杀手拍了拍膝盖：“我不怕。只要能救出黄榕，我死都行。”

4. 招魂师

当天晚上，杀手没回去，跟老马睡在了桥洞下，同老马钻进了一个被窝。杀手怕感冒，钻进被筒，被子里一股浓重的酸臭味道差点把他熏吐了。他又赶紧露出头，用衬衣蒙着头。

老马每天的工作就是在JL集团大门口附近监视进出JL集团的人。他提着一个破袋子，提着钩子，把自己打扮成捡破烂的，每天在JL集团门口转悠。

这个JL集团有两个大门，老马不知从哪儿给杀手弄到了煮玉米的炉子和锅，杀手就在JL集团的北大门煮起了玉米。

老马交代杀手，让他密切注意一个剃光头的矮胖子。这个胖子脸上有一块很明显的紫黑色疤痕。此人是JL集团的上层人物，阴狠干练，外号九爪蝎子，专门负责绑架抓人这种事儿。

杀手在北门待了两天。老马为了不让别人认出来，则不断换装，在南门附近转悠。

每天傍晚，老马派出的在附近JL集团各地寺庙进行监控的人就会汇拢到桥下，向老马汇报。

第三天，杀手终于看到了那个九爪蝎子。九爪蝎子把车停在大门外，带着几个小兄弟，大摇大摆地走进了大门。

杀手正要将此事设法通知老马，抬头发现老马就站在不远处，盯着这个九爪蝎子了。九爪蝎子进了大门，老马走过来，对正在笨手笨脚煮着玉米的杀手说："看到旁边的黑色轿车了没有？最后三位数是627的，这辆车在这儿停着，待会儿如果这个九爪蝎子从里面出来，上了车，你就上车跟上他，我给你个电话号码，上车后你给这个人打电话，他会开车拉着我，一起跟上。"

杀手说："那这些玉米还有这锅呢？"

老马说："不要了。"

杀手觉得可惜，说："那还不如我把玉米吃了呢。这么香。"

老马点头，说："行。你想吃就吃，不过你得在跟上这个胖子后才能吃。我去南门等着了，他别从南门溜了。"

杀手说："他的车停在这边门口呢。"

老马说："还是小心些好。"

老马转身急匆匆走了。杀手拿起一个玉米，刚要啃，一个小女孩跑了过来："叔叔，玉米多少钱一个？"

杀手忙把玉米放进锅里，说："两块。"

小女孩买了玉米走了，杀手看着小女孩娇小的背影，突然想到了黄榕，玉米也没有心思吃了，一心等着那个九爪蝎子出来。

一直到了傍晚，这个九爪蝎子才从大院里走出来，上了他的车。

杀手不敢怠慢，忙上了一直停在一边的轿车，司机不用杀手吩咐，紧紧地跟上九爪蝎子。杀手给老马留下的号码打了个电话，说那个蝎子已经出来，他现在正跟着他们。接电话的大约也是个司机，他告诉杀手，他和老马已经跟上了，就在他们车的后面。

此时天还不是很黑。杀手从后视镜里看到，老马坐着的，竟然是一辆路虎。杀手惊愕。这还是那个蔫巴巴的在江西大山角落里种菜的老马吗？这个老头实在是太神秘了。昨天晚上还跟一帮乞丐一起躺在桥洞里，今天

竟然能指挥两辆汽车，其中一辆还是路虎。这个老东西究竟是什么来头？

道路两边的路灯亮了起来，吃了晚饭的城里人已经开始在两边的人行道上散步。杀手看着他们，心情复杂。这个世界上，占大多数的是这些碌碌大众，他们平凡而坚强，浮浅却快乐。他们愿意通过自己的努力挣得微薄的工资，对杀手这种人艳羡却保持着警惕。杀手觉得自己和他们几乎是两个世界的人。过去杀手有时候会瞧不起他们，现在看着他们悠闲的身影，杀手觉得人家的生活那才叫生活呢。

九爪蝎子的车在城里拐了一会儿，上了高架桥，一路疾驰出了城。

杀手和老马紧紧地跟着。三辆车在柏油公路上左拐右拐地跑了一会儿，下了柏油路，驶进一条狭窄的沙土路。

凭直觉，杀手觉得他们离洛阳不远。但是洛阳市郊哪儿有这么一条荒凉之地，他实在想不出来。

夜色漆黑如墨。车灯照着坑洼不平的沙土路，两边的树木不是很高大，树枝却几乎伸到了路中间，像是随时都能抓住行走的路人。

偶尔，紧靠路边竟然还有坟墓，看得杀手头发都竖了起来。这个九爪蝎子，跑到这种地方来干什么？莫非……他真的像红香主所说，是下了一个钓饵，把老马和自己引诱到这种地方来？可是，老马不过是一个国民党军官的后代，一个种菜的老农民，自己是一个不入流的寻宝人，堂堂JL集团九爪蝎子，不会费这么大的劲儿来钓这么两条小鱼吧？

害怕九爪蝎子发现他们跟踪，他们跟九爪蝎子的车拉开了距离。

汽车在狭窄的路上跑了一会儿，前面出现了一个小山坡。沙土路顺着山坡右拐弯。

到了拐弯处，九爪蝎子的车突然停了下来。杀手也忙让司机停车，关了灯光。前面九爪蝎子的车静静地停着，仿佛在等人。

杀手在车上坐了一会儿，看着拐弯处九爪蝎子的汽车尾灯。尾灯两只红色的鬼眼，杀手隐隐觉得有些不安。

他打通了老马留下的电话，让人把电话转给老马，说：“老马，我觉得我们好像真的被人家骗了。”

老马说："什么都不用想，盯死他。如果我老马没有猜错，这儿应该是JL集团寻宝人的密居之地。"

杀手惊讶："他们……他们能住在这种地方？"

老马说："真正的寻宝人是不会住在城市里的。JL集团这些年联络了不少高手，这些人行事诡异，你在前面千万要小心。"

杀手说："不就是些风水先生吗？老马，如果这里住着这么一些人，那JL集团能把黄榕关在这儿？不对头吧？"

老马说："也不是没可能。别看这些人外表松松垮垮的，办事都有自己的一套做法，如果黄榕真的在他们手里，那比在JL集团里要安全多了。"

九爪蝎子的车停了约有二十多分钟，才又起步，朝前走。

杀手的车也跟着拐过弯。然而，让他没有想到的是，拐弯走了没多远，就出现了一个十字路口，而九爪蝎子的车也不见了。也就是说，他们现在面对这个十字路口，不知道九爪蝎子跑到哪个方向去了。

杀手在路口停下，下了车，老马的车也到了。两人看着这小小的十字路口，又朝四周看了看，四处都没有灯光，这个九爪蝎子如果不是隐蔽了起来，那就是这个十字路口某一个方向，还有拐弯。

杀手问老马："怎么办？咱朝哪儿追？"

老马却拽着杀手朝后退了一步，说："有人过来了！"

杀手没发现，问："在哪儿？我咋没看到？"

老马说："左边，你朝左边看。有个蓝光。"

杀手朝左边路口看去，果然，有个蓝色的光点在朝着这边移动。杀手还是不相信："那是人？是萤火虫吧？"

老马笃定地说："是招魂灯。萤火虫飞起来忽高忽低，这个灯是平着过来的，有人端着。"

杀手惊慌："招魂灯？那咱不撞鬼了？！怎么办？"

老马说："没办法，看见这种事儿不能闯，只能等人家办完。先把车闭了，等一会儿。"

杀手："那九爪蝎子呢？"

老马说："他应该就在附近，跑不了。"

杀手让两辆车都熄了火，和老马躲到路边的一棵树后。蓝色的灯光越来越近，越来越亮，终于能看到那人的轮廓了。那人在夜色中缓缓移动，脚步平稳，蓝色的灯光冷淡，光圈很小，看不到此人的脸，却仿佛夜晚出来散步的鬼魂。

夜色浓重，空气清凉，有不知名的虫子在唧唧地叫着。

杀手看得浑身发冷。

此人走到十字路口中间，把手中的灯放下，人围着灯左走三圈右走三圈，蹲下，用灯点了一炷香，那香的味道很奇特，杀手闻着这沁人的香味儿，觉得非常舒服。

老马突然用一块布捂住了杀手的鼻子。那布条一股酸臭味儿，杀手伸手就要朝下拽。老马小声说："捂着！这香是迷魂香！"

杀手一惊。老马说："快回到车上，别让司机中毒。"

两人弯腰，分别回到了车上。

他们的车离路口只有几米远，那人肯定能看到他们。不过，那人若无其事，仿佛是另一个世界的人，杀手在他面前开车门上车，关车门，他都充耳不闻，只顾得低头拨弄香火。

杀手让司机捂上了鼻子。此时那人已经点上了冥纸，燃烧冥纸上橘红色的火焰周围被蓝光包围着，水一般跳动。

火光渐小，那人起身，朝着四个方向磕头，然后盘腿坐在了地上。一阵小风陡起，刮着还没有燃尽的纸灰，四散而去。

杀手看明白了。没错，这人是招魂师。很多大的盗墓团伙都有这么一个人。他们盗墓时，难免招惹一些不干净的东西，或者是墓主的灵魂，这些灵魂对他们存有怨恨，会一直跟着他们，等他们身体虚弱或者受到惊吓的时候趁机起事。招魂师的使命就是化被动为主动，按时召唤这些鬼魂，烧点纸钱给他们。

旋风散去，招魂师站了起来。杀手看着他，等着他走开，他却突然转身，朝着杀手他们走了过来。

5. 乾坤倒转

招魂师一改刚刚慢吞吞的样子，步伐迅疾，身形凶恶，朝着杀手就扑了过来。

杀手大惊，想让司机调转车头离开此地，张了张口，却一句话都说不出来。他努力转头看司机，司机也转过了头，在看着他，也是一句话都说不出来，一动也不能动。

杀手知道坏了，他们中了人家的招了。

虽然手脚不能动，说不出话，但是杀手脑袋却很清晰。后面的车也一点儿动静都没有，显然司机也未能幸免。

招魂师走到他们车旁，却只是看着他们，并没有动手。

杀手看着这个枯瘦如柴，面如干尸的招魂师，心里正考虑他一个人会拿他们四个人怎么办，这时，从旁边突然冲出几个人，他们打开车门，把杀手和司机捆了起来，扔到了后面的座位上。一条壮汉坐到了杀手旁边，前面又上来两个人，启动汽车就朝前走去。

杀手目瞪口呆，无能为力。

汽车驶过十字路口，在沙土小路上跑了一会儿，停在一座山脚下。杀手和司机老马等四人被人从车上拽下来，抬进旁边的一座破旧的小房子里。

大概是知道四人中毒至深，暂时无法活动，他们把四人扔进破屋子后，就走了出去，杀手听到有人在外面关门挂锁，咔哒一声锁上了。

一阵脚步声之后，四周一切归于沉寂。屋子没有窗户，因此屋子陷入完全的黑暗之中。

杀手被人扔在地上，虽然很不舒服，却一动也不能动。杀手心如死灰。像JL集团这样的组织，杀人越货那是常事。落在他们手里，恐怕凶多吉少。

杀手正在绝望，突然听到有人说话："小兄弟，睡了没有？"

杀手一愣，还没反应过来，这人又说："各位兄弟稍等，我带着解药

呢，我先解开绳子，这就过去救你们。”

杀手听清楚了，说话的竟然是老马。我靠，这个老马怎么没中毒？

大概是觉得他们中了毒，打手们捆他们的时候，随便捆了几下。杀手听到老马活动了一会儿，凑了过来。他先掏出几粒药丸，掰开杀手的嘴，给他放进了嘴里。

药丸很苦，杀手努力把药丸吞了进去。不一会儿，他就能略微动弹了，能说话了。他问老马：“老马，您没中毒……”

老马小声说：“先别说话。”

杀手不说话了。老马挨个喂了解药，然后解开了杀手身上的绳子。杀手动弹了几下，人浑身没劲，站不起来。老马小声说：“别闲着，赶紧动动手脚，咱得赶紧出去。”

老马解开了另外两人的绳子，那两人也无声无息地动弹着。

老马走到门外，听了听动静，蹲下小声对众人说：“都快点儿，咱先从这出去。这种迷魂散虽然厉害，却只有三四个小时的效力，所以他们一会儿就会有人过来。”

杀手动弹了一会儿，摇晃着站了起来。老马从兜里掏出一把短小却很锋利的短刀，一会儿就把简陋的木头门卸下了几块木头。接着又掏出一根小铁棒，把锁头撬断，推开了门。那两个司机也都能走路了，几个人踉踉跄跄出了门，跑到旁边的小树林里稍事休息。待三人都恢复了活动能力，老马便起身，带着几个人顺着一条窄窄的小路，朝前走去。

小路崎岖不平，杀手腿脚还没有完全恢复，走路不灵便，好几次差点被路上凸起的石头绊倒。老马着急，迅速走几步，就停下，等等他们。杀手看着老马的样子，觉得这个老马好像对这儿比较熟，起码他应该是来过。

几个人走了一会儿，前面出现了几座不太高的山峰。

老马带着三人走到路边的小树林，几个人坐下稍事休息。

老马问杀手：“小兄弟，怎么样了？”

杀手说：“好多了。老马，您以前是不是来过这里？”

老马小声说："是来过。说起来话就长了，等我有时间再跟你们说。看到前面那山了没有？这山没啥名气，风水却特别好，前临洛阳，坐拥帝王之气，阳气丰盈平缓。盗墓的人身上大多阴气很重，因此虽然都很有钱，却寿命不长。从元末起，就有盗墓者相中了这里的风水，在这里建屋居住，采补阴阳。相传当年刘伯温还在这里住过两年呢。"

杀手问："这个跟黄榕有啥关系？"

老马说："他们抓黄榕，不管是钓饵还是在她身上找宝藏线索，把她放在这里，是最妥当的。"

杀手说："妥当？这种地方也没几个人，救人太容易了。"

老马摇头："不容易。盗墓贼的仇家最多，他们在这里住着，并不清闲，很多仇家都能寻来。住在这里的人个个都是机关法术高手，别说进来找人了，一般人根本找不到这里。外面的路那不是一般的路，都是按照八卦阵法设计的。再往里走，阵法就更阴狠了。据说是学着秦始皇陵墓里的阵法，八卦阴府阵设置的，进去之后，犹如进了古墓里的死路。民国初年，燕子李三流落洛阳，有人雇他到这里杀在此修养的江南童家，李三在附近转了三个月，都没找到口进去。当然，现在很多地方都修了公路，阵法被破坏，不过这靠山附近还是不行，没人能进的来。"

杀手疑惑："我们不是进来了吗？"

老马说："我们是被人家带进来的。如果对这里不熟悉，即便是进来了，也很难出去。"

杀手坐的那车的司机害怕了："这么说，咱也出不去了？"

老马有些得意："这个嘛……这个阵法能困住别人，但困住我比较困难。大家放心吧。"

杀手问："那我们现在去干啥？"

老马说："找人！找不到黄榕，就找别人。能找到个活人就行。黄榕是黄家后人，我老马就是豁出性命，也要找到她。前面的小路就有点复杂了，八卦套八卦，大家要跟紧我，落下一步，走进死路，小命就没了。"

大家跟着老马，继续朝前走。

走了只一会儿，出现了一个米字路口。诡异之极的米字路口，在夜色中，线条青灰色，隐隐的煞气腾腾，别说走进去，看着都觉得阴气森森，后背发凉。

杀手也算是一个正儿八经的寻宝者。阴阳八卦的基本知识是他们这一行都必须学的。杀手也跟唐国军学了点儿皮毛。以前总觉得自己算不上高手，但是在这个行业，也算是门内汉了。今天看到这个路口，虽然暗含八卦，却是卦象不清，显然另有门道。杀手心里惊叹，跟人家相比，自己算是一个彻底的门外汉了。

老马看了一会儿，轻声念叨："卦象又变了！"

杀手问："咋不一样了？这路应该不会改了吧？"

老马看着路口，说："路没改。生死门换了。"

杀手看着这几条模样差不多的沙土路，把八卦的顺序在心里念叨了两遍，也看不出哪里是生门，哪里是死门。

可能是杀手念叨出了声儿来，老马说："别硬背你的阴阳八卦了。到了他们这种层级，八卦可以随意变换方式，一条直线，里面包含了两仪，他们就能生出四象八卦，没达到这种水平，你根本看不出来。"

杀手忍不住说："老马，您不是一个种菜卖菜的吗？怎么懂得这么多。"

老马笑了笑，说："卖菜之余学着玩的。别打岔了，我得好好琢磨琢磨。"

杀手闭了嘴，心里却清楚，这老马绝对不止是马营长的后人卖菜的老头这么简单。

老马让大家跟着他，先走到了路口的中心位置，他转圈看了看，带着大家从"米"的左上侧走了出来。走了几步，他们突然听到有人叹了口气，阴森森地说："此地无生门，进入就是地狱。"

大家都被这突然的声音吓得不敢动弹。老马哼了一声，说："篡改卦象，自封生门，是欺天破象，自寻死路。你们手段再高，也不能改了天道吧。"

那人冷冷地笑了笑，声音像猫头鹰："嘿嘿，我自然不能改了天道，伏羲再世，也更改不了。不过我们可以让卦象转变，你进的生门，下一刻就变成了死门。你能从这里进，我知道你也算是个高手了，不过这一步你应该没有估计到吧。”

老马惊愕：“乾坤倒转？”

那人哼了一声，说：“懂得还真不少。老人家，我不知道你是什么人，是谁派来的，不过我们不想杀人，此地是千年宝地，死人会破坏这里的风水，我奉劝你还是走吧，从哪里来回到哪里去，我保证不伤你们。”

老马抱拳：“这个世上能让乾坤颠倒的，只有江南童家，阁下是童家人吗？我老马跟童家还有段交情呢。”

那个声音说：“老人家错了，童家已经并入考古系。考古系半明半暗，已经不是老派，这里没有童家的位置了。”

老马继续说好话：“这位高人，在寻宝界，你们算是德高望重泰山北斗了，像你们这样的人物，真不应该跟JL集团混在一块儿，丢份儿。我老马到此宝地来，是找一个人，这个人被JL集团抓到了这里，希望您能高抬贵手，让我们进得来出得去。”

那个声音冷冷地说：“我们跟JL集团是互相利用，公平合作，不丢份儿。盗墓自古就是缺德营生，干这行的，哪个德高望重？越是高人，缺德事儿干得越多，老人家，给我们这种人戴高帽子没用。我不知道你找的人是否在这里，我只劝你一句，你赶紧带着人走。你也算个当世高人，应该知道进入此地的下场。”

老马还抱着希望：“您能告诉我，是谁能让乾坤倒转吗？”

那人哼了一声，说：“告诉你也毫无用处，此人是世外高人，家传绝学，你这种人绝对没机会认识他。当然，如果你能破了他的乾坤倒转，他也许会出来见你。”

老马一跺脚：“我老马就不信了，乾坤倒转也不过是八卦变化，万变不离其宗，只要我们应变方位，我就不信找不到生门！”

那人猫头鹰一般笑了：“那你就找吧。一个小时之内，八八六十四种变化，够你找两天的。走了，老人家，我祝你好运。”

几个人跟着老马朝前走了几步，杀手问老马：“老马，他变化的这么快，您真能找到破解的办法？”

老马说：“别听他吹。乾坤倒转一天只能有两回，一早一晚利用阴阳变换之际进行大挪移，一小时六十四种变化……哼，骗鬼呢。”

杀手问：“那我们能走出去？”

老马信心满满：“我二十年前来过这里，当年我顺利走了出去，现在我能被困住吗？”

杀手心里说，你二十年前年轻呢，现在都老朽了，能跟以前比？

6. 生之门

在接下来的不到一个小时的路程中，他们经过了三个十字路口，两个丁字路口，一个米字路口。经过那个米字路口的时候，杀手看到老马躬身观察路口的时候，脊背已经开始发抖了。

这个米字路口同以前的几个路口不同，十字交叉的两条路很宽很平,X型的两条路则细瘦，崎岖不平。

老马站直身体，看着眼前的路口，还是一动不动。不，他的身体在动，在抖动。

老马身边的两个一直一言不发的司机也发现老马在抖，其中一个问道：“老马，你是不是把我们带上了绝路？”

杀手听得出来，此人的语气中除了绝望，还有压抑不住的愤怒。

老马摇了摇头，说：“没到那个时候。”

司机说：“你现在已经不知道该怎么走了，是吧？而且情况越来越糟！我们不会看什么阴阳八卦，但是我们也能感觉出来，我们已经进入了死路！”

另一个司机语气也充满绝望：“没错。当你在第一个路口选择了生门的时候，其实就已经进入了死门。那个人说的没错，卦象是不断变化的，而不是你所说的一天只能有两次变化的机会。按照八卦理论，卦象可以自成体系，其变化也能在自身内进行变化，而不必按照日月轮换，我说得没错吧？”

杀手惊讶：“你既然知道的这么多，你咋不早早提醒老马？”

司机绝望的声音：“如果这个说法成立，我们无论从开门、休门、生门、伤门、杜门、景门、死门、惊门任何一门进来，都将变成死门。我也是刚刚明白了这个。”

杀手问老马：“老马，他们能让卦象改变，我们就一点应对的办法都没有？”

老马叹了一口气：“现在没有。现在有能力操纵卦象的人非常少，我一个都不认识，有能力跟这种人对阵的人，我更不认识。”

司机愤怒地说：“那我们就只能跟你一起寻死了？”

老马声音平静：“这种布在田野里的阵法对人最大的震慑力，就是通过阵法结合本地山水，改变风水，影响人的情绪。只要我们稳定情绪，遇到危险也能逢凶化吉。但是如果我们心浮气躁，别说到了凶地，即便在这里转上几圈，我们也能自己疯掉，并且自相残杀。大家如果相信我老马，就不要怕也不要急，大不了等到白天，咱打电话报警。我就不信了，现代化的警察还拿这里没办法了。”

那个阴森森的声音又说话了：“老先生，你太低估咱中国的古老文化了。你觉得你们在这里转悠一夜，还能有机会报警吗？”

老马哼了一声，说：“大不了我们在这里坐着不动，现在就报警。”

那个声音笑了：“别忘了，这里是JL集团的天下，恐怕不等警察来到，你们就成了JL集团的俘虏了。”

老马对空抱拳：“这位仁兄，我老马与诸位往日无怨近日无仇，你们何必赶尽杀绝呢？”

那个声音冷冷地说：“是你进入此地的。你刚进来的时候，我就警告过你，此地没有生门，你们不听，害得我跟着你们跑了半宿，现在已经进来了，说什么都晚了。凡是不听警告进入此地的，没有活着出去的。”

老马说：“仁兄，我老马八十岁的人了，不会无事生非。我们到这里，

一是寻人，二是被JL集团的人追杀，实在没法，才不得不进来。仁兄，我们都是江湖中人，您知道古家吧？当年古家老大曾经与我有一面之交。于人方便于己方便，请仁兄高抬贵手，给我们兄弟指一条生路。”

对方停了会儿，才说：“你在何地与古家老大有过交往？”

老马说：“江西。古家老大当时二十多岁，仁兄不信，可以问他。我姓马。”

对方长出一口气：“既如此……那马老先生，我可以放你出去。不过，您不是说要找人吗？”

老马反问：“兄弟是古家人吗？”

对方停顿了一会儿，说：“马兄，我是古家人，老大前年去世了。您救他的事儿，他对我讲过。我长兄曾去过江西多次找您，没找到人。他死之前还托我要找到恩人，不过今天我不方便出面，请恩人见谅，恩人救大哥之恩，古家一定会报答。”

老马说：“那就请兄弟今天放老马一马，就算是报恩了。”

那人沉吟片刻，方说：“那好，马兄。您别过这个路口了，实话跟您说，此地的阵法是按照墓道方式布置的，再往前走，就会有危险。您回头，走震位六十四步，再走生门，直走，就会到达你们来时的十字路口。这个阵你们就算出去了。不过……路上是否能有JL集团的埋伏，我就不得而知了。”

老马躬身：“多谢兄弟指点。我再问一句话，这里是不是关着一个小女孩？她叫黄榕，是当年江西天地会舵主黄徽柔的后人。”

那人说：“此事我无可奉告，只能请马兄原谅了。”

老马跟这个声音告辞，带着杀手等人回头，走震位，然后朝着右前方走生门。这个方向没有路，小路也没有一条，几个人只能走荒野，上坡下沟，跌跌撞撞，连滚带爬朝前走。

走了不知道多长时间，他们终于看到了那个路口。姓古的没有骗他们，生门直指这个十字路口。

到了这个路口，他们就知道怎么走了，也标志着他们终于从这个诡秘的盗墓人隐居的区域走了出来，众人都长出一口气，心情轻松下来。

心情放松，杀手又想到了黄榕。他不由得哀叹：“我们出来了，黄榕还不知道在哪里呢。”

老马说：“只要我们能出来，我就知道怎么回事儿了。咱还得回去，找不到黄榕，我老马誓不罢休！”

杀手惊讶：“回去？回去我们还能出得来吗？”

老马说：“能。这个阵千变万化，其实变的都是阵中之阵。他们没本事让星月移位，日出西山，这个大的天地八卦就无法变。这个生门就一直没有变化，知道了这个位置，也就知道了天地大八卦的各卦的位置，朝着这个方向走，我们就能够出来。”

杀手有些不明白：“老马，您的意思……他们的乾坤倒转，只是小玩意儿？”

老马摇头：“不是小玩意儿，这个可是要人命的。你应该知道当年诸葛亮布的八卦阵，差点要了东吴十多万大军性命的故事吧？那就是诸葛亮利用了山川地形，略加改造，摆了一个死门。当然那是故事，八卦没有那么大的威力，不过利用地形制造煞气，迷乱心智，引诱人走上绝路，是这些绝世高手的拿手好戏。”

杀手问：“那我们还敢回来？”

老马点头：“敢。”

几个人走到路口，老马在还隐隐残留着香味的十字路口站了会儿，对杀手等人说：“走，回去。”

杀手惊讶：“啥？回去？回去不是找死吗？”

老马笑了笑，说：“我已经知道他们是怎么回事了。咱只要把握了大八卦的方位，就能走出来。能改变天地大八卦的人现在没有了，他们只能玩点儿小花样，就他们那水平，玩儿不死咱。”

一个司机说：“老马，我们奉大和尚之命来帮你，我们跟你可不一样，上有老下有小的，不想跟你送命。”

老马笑了笑，说：“两位请放心，老马活了这么大年纪，最不愿意干的

活儿就是去送命。人活着都有使命，老马现在的使命是找到黄榕，了解真相，两位的使命是报答大和尚的抚养之恩，咱都不想死，都想完成自己的使命，请两位放心，我老马既会让诸位完成自己的使命，也会活得好好的回家。否则，大和尚也不会舍得让两位陪我一起冒这个险。”

杀手暗暗惊愕。他已经知道，“大和尚”这个称号，是船帮瞎子对顺脚僧的尊称。这个称号延续了几百年，想当年天地会诸人对以出家为掩护的李过，也是如此称呼。

这个老马竟然能直接跟顺脚僧联系，这实在是出乎杀手的意料之外。

老马转身，看了看十字路口四周夜色苍茫的山坡，又转身看着杀手：“小兄弟有什么意见？”

杀手离老马比较近，老马转过身，杀手清楚地看到老马苍老的脸上的疲惫和亢奋，看到老马微微抖动的眉毛。杀手不由想到自己在江西的大山里看到老马被JL集团手下殴打的时候，那苦苦挣扎的样子。老人仅仅是为了当年家族的交情，仅仅为了报恩，就不顾老命，黄榕却是自己货真价实的情人，自己能说什么？

不过，杀手还是提醒老马说：“老人家，也许……这里是个圈套。我刚跟着九爪蝎子来到这里，就中了人家的招，对方显然是早有准备了。”

老马说：“你不懂这个JL集团，他们从来都是真假难辨。那个路口的迷魂香，我早就知道，那是这些人每天晚上的必修课。否则，我怎么能早有准备，早早服下了解毒的药。没给你们服药，就是要让你们真的中毒，迷惑那些人。否则我们也逃不出来。至于这里的八卦阴府阵，更是不用说了。几百年的事物了。根本就不是专为我老马设置的。”

杀手点头：“那……就听你的。”

老马说：“这里真不一定关着黄榕。不过这几个一向与世隔绝的盗宝家族竟然与JL集团勾结在了一起，显然这里面有个大阴谋。我觉得这个阴谋应该与当年江西天地会的宝藏有关。咱此番进去，得设法抓个人，一探究竟。”

杀手惊讶：“抓人？抓谁？这些老古董咱能抓得住？”

老马笑了笑，说："抓不抓得住，还真没法说。不过咱不一定要抓他们，抓个JL集团的人就行。像那个九爪蝎子，就是个比较理想的家伙。"

其中一个司机哼了一声说："这个人狠毒着呢。当年在新疆，他带人活埋了五六个当地山民。抓他不容易。"

老马说："我知道他毒。这种货色也就是对老百姓毒，要真来硬的，恐怕他得拉稀。走，今天咱就抓这个家伙，我想看看他怎么个毒法。"

7. 铮铮琵琶声

杀手等人跟着老马朝后转，顺着原路走。走了一会儿，到达一处小山包下，老马带着他们围着山包走了半圈，调整了方向，开始踏着震位走。

杀手观察四周。四周都是普普通通的山包，田野，树木，看起来跟别的地方没有两样，杀手现在才明白，这里的每一根草，都暗藏杀机。

走了一会儿，一阵隐隐约约的乐器之声随着微风轻轻飘来，极其悦耳，却没等到杀手听仔细，声音又没了。

老马大概是有些耳聋，没有听到，那两个司机显然是听到了，都站住了，惊讶地问："怎么有音乐？"

杀手终究比他们懂得多些，说："应该是乐器。好像……有人在演奏。"

没错，应该是在演奏。没有合成音乐的浮华，却清绝，却铮铮，隐隐之中有金戈铁马之气。

老马问杀手："你们说啥？"

杀手说："有人在演奏乐器，刚刚还能听到，现在没有了。"

老马惊讶："演奏乐器……不能吧，谁会在这里演奏什么乐器。赶紧赶路，别乱想了。"

几个人又走了一段路，乐器声骤然响起。这次老马也听到了，他站住，静静地听了一会儿，大惊："江南康家！"

杀手听糊涂了："康家？"

老马点头："康家琵琶。当年唐朝有个西域乐师叫康昆仑，康昆仑的琵

琶弹得好，誉满京城。京城十万乐师，康昆仑名列第一。其时的唐宪宗最喜欢听他的琵琶，两人常彻夜谈曲，互为知音。”

杀手惊讶：“这么牛！这江南康家……难道就是这康昆仑的后人？”

老马点头：“唐玄宗时期，曾经发生过著名的六胡州之乱，唐朝经过十多年，才完全平息了这次叛乱。唐宪宗时期，六胡州的残余又准备叛乱，唐朝的乐师买通细作，向朝廷报告说这个康昆仑的后人参与了六胡州的行动，朝廷派兵抄了康昆仑后人的家，把康家人全部抓起来斩首。康家上下五十多口，只跑出了康昆仑的孙子康松一个人。康松慌不择路，跑到了山里，为了躲避官兵搜捕，康松无意中钻进一个盗墓贼打出的盗洞，顺着盗洞钻进了古墓。官兵走之后，因为盗洞是上下打的，盗洞离地面比较高，康松无法从盗洞出来了。直到三天后，盗墓贼再次进入古墓，才把他救了出来。”

杀手有些明白：“这康松后来也成了盗墓贼？”

老马点头：“曾经是江南三大家中的老三，势力不如古家和童家。不过现在童家败落，童飞成了新派考古派的人，古家人丁不旺，康家倒是成了江南三大家中势力最强大的。”

杀手问：“那这个弹琵琶的叫啥？”

老马摇头：“别说我，恐怕他叫啥，这个世界上除了他父母姐妹，别人没人知道。”

杀手惊愕：“这么保密！”

老马小声说：“江南三大家后来都跑到了国外，这次康家人也回来了，肯定有大事儿。”

杀手问：“跟……黄榕有关？”

老马说：“准确说，是跟大顺宝藏有关。走，不管他，咱走咱的。”

老马调整了一下方向，朝着跟琵琶声相反的方向走，走了一程，那琵琶声却越来越大，似乎就在眼前了。

老马又调整方向，带着三人远离这琵琶之声，走了一会儿之后，这琵琶声显得更近了。杀手觉得，他们好像在围着这琵琶声兜圈子，不管怎么兜，都无法离开这弹奏琵琶之人。

老马棋出险招，带着杀手走死门。他让众人捂住耳朵，不看四周，朝前疾走。众人一直走到一处山谷中，老马才让众人松开捂着耳朵的手。果然，那琵琶声没有了。

老马带着众人继续朝前走，走了不一会儿，他们发现，山谷的前面横着一条山脉。这儿是死路。

老马知道情势不好，忙带着众人匆匆爬上一侧山坡。众人奔波了半宿，皆筋疲力尽，爬上山坡后，都坐下休息。

老马和杀手四下看了看，夜色中看不清楚四周，两人都明白，这里没有路。他们想从这里走出去，得朝后走。

老马小声哀叹："果真是条死路。"

杀手安慰这个头发蓬乱的老人："只要人活着，就不是死路。"

突然一阵琵琶声起，有人呵呵一笑，说："这个小兄弟说的好，只要人活着，就没有死路。"

老马一愣，后退了几步，强撑住身体，转头寻找说话之人。

那人说："老马，二十年不见，你老人家可好。"

老马和杀手等人终于看清了离他们不远的半山坡上，坐着一个一身白衣的男子。男子怀抱乐器，乐器的形状看不清楚，但是杀手知道，那肯定就是琵琶了。

老马微微点头："果然是康家老大。真是想不到，这 JL 集团面子真大，竟然把康家人都请动了。"

康家老大嘿嘿一笑，说："此话差矣。几百年来，此地一直是康家静养之地，跟那个集团有什么关系。"

康家老大的声音很有磁性，标准的男中音，听着很是悦耳。康家老大坐在一块石头上，白云飘飘，风度翩翩，有从电视里走出来的公子的感觉。不过他既然在二十年前就跟老马认识，那起码也得四五十岁了。

老马说："康家在民国就移居加拿大了，没有大买卖多少年都不回来，这次回来，肯定是有大买卖了。"

康家老大说："这是自然。康家这些年坐吃山空，总得做点生意。老马，咱也算是老相识了，过来一叙如何？"

老马笑了笑，说："那请老大先回答我一个问题，JL集团除了请你们回来做生意，是否还要抓人？"

康家老大很痛快："老马知道的不少。今天你们恐怕很难出去了。"

老马压着愤怒："堂堂康家成了人家的帮凶，不知道康家大少爷有何感受。"

康家老大说："康家没有沦为任何人的帮凶，我们是合伙做生意，各有分工。江湖的规矩，先讲钱再讲交情，这也是康家多少年的老规矩了。"

老马说："江南三大家，康家行事狠辣，相比古家和童家，相差很远。当年康家先祖可是大名鼎鼎的唐朝第一乐师，德名远扬，这一千多年，康家的财富，可以说是富可敌国，康老大就没想着跟先祖学一学，做点好事吗？"

康老大呵呵笑了："天下还有人做好事吗？康家自从被灭门追杀之后，每天想的都是怎么能活下来，从来没想什么名德。在成堆的金钱面前，名德算什么？康家自从成了盗墓贼，就没敢想过名德。"

老马冷冷地问："这么说，今天你是不肯放过我了？"

康老大呵呵一笑，说："老马，今天不是我不肯放过你。是你自己跑到这里来了。你也算是一个懂规矩的江湖人，应该知道你这是咎由自取，于我有何关系？"

老马说："今天晚上的事儿，跟你没关系。那二十年前呢？二十年前，你带着几个兄弟去江西寻宝，被船帮瞎子堵在了山谷里，要不是我出手相救，你康老大就没机会在这里堵我了吧。"

康老大沉默了片刻，又说："那我想问一个问题，老马如果能如实相告，我就给你指一条明路。"

老马说："行，你问吧。"

康老大笑了笑，说："我想知道你的真实身份。老马，你说你只是一个国民党营长的后人，种菜为生，却精通八卦，对江湖之事无所不知，甚至能请得动天地会的大和尚，这个我不知道别人是否相信，我是不信的。今天你告诉我你的真实身份，我就给你指一条生路。”

老马长叹一口气，说：“老马确实是一个国民党小营长的后人，种菜为生。我从来没有骗人。不过……我还有一层身份，这个世上知道的人不多。我当年与顺脚僧的父亲是过命的兄弟，其父得病身亡，曾经托付我多照顾顺脚僧，仅此而已。”

康老大似乎比较满意，说：“还有呢？”

老马说：“没了。”

康老大呵呵一笑，说：“老马，咱哥俩也算有缘。二十年了，都老了，不知道还有没有缘分再见一面。你说得不错，人活着，应该做点好事。你走吧，不过前面没有活路，你还是回去，另寻生门即可。当年你救过我，今天我放过你，咱俩算是扯平了。走吧，下回见，恐怕就是在阴间了。”

老马朝着康老大鞠躬，说：“多谢大少爷。我还有一事要问，希望大少爷能略加指点。”

康老大有些不高兴了，说：“老马，你这有点过分了吧。”

老马执拗地说下去：“我就想知道康老大是否去过洲湖村黄家船屋，这里是否关着一个姓黄的女孩子，康老大是场面人，不会连这个都不敢说吧？”

康老大哼了一声，说：“这有什么敢不敢的？我们自然是去过洲湖村，至于你说的姓黄的女孩子，我倒是没听说过。老马，说起洲湖村，我倒是想请教你一个问题，洲湖村的万字符你说是什么意思呢？”

老马摇头：“没人知道。大家都是瞎猜。”

康老大得意地笑了笑，说：“老马，你这人算聪明，却还是差了一步。看在当年你曾经救过我的面子上，我再提醒你一次，这个“万”字，是指某一个地方。至于是哪里，你自己想。要是你能找到这个地方，说不定我们还能见上一面，哈哈。”

老马现在只想赶紧离开这里，去找自己想找的人，也没有认真思考这个康老大所说的事儿，四人匆匆朝后走，凄冷的琵琶声再次想起，这次却

似乎有了告别的意味。

他们刚走到山谷的另一头，突然两边一阵脚步声响，老马等人还没有醒悟过来，就被十多个人包围起来。

为首的正是九爪蝎子。他走到老马面前，哈哈一笑："老马，你们可真是有能耐，竟然逃过迷魂香的毒，厉害，厉害。要是再厉害一点就好了，能跑出这阴八卦，我九爪蝎子还真就没办法了。可惜，可惜了啊。"

老马笑了笑，说："九爪蝎子，我老马不过是一个卖菜的农民，你费这么大心思抓我，真是白白浪费精力。"

九爪蝎子哼了一声："还给我装。农民？你一个农民跑这里干啥？来卖菜？"

老马说："来找人啊。我朋友的亲戚不见了，被你们给抓住了，我就跟着你，想来把人找回去。咋了？"

九爪蝎子点头："行！太行了。走，你不是要找人吗？我带你去找。"

8. 蝎子变脸

十多个壮汉围上来，有几个扯出长刀，有几个拿着绳子，要过来捆绑四人。

老马给杀手使了个眼色，两人暗中攥着短刀，攥着绳子的几个人刚靠过来，两人短刀猛然刺出，伤了两人。司机出手更狠，直接把朝他们围过去的两人抹了脖子。

剩下几个人大惊，忙朝后闪。

老马阴森森地笑了："蝎子，我这几个兄弟可都是打架高手，我的高徒，比当年老马横行江湖的时候厉害多了。就你这几个人……呵呵，我看你还是趁早回去，别自找难看了。"

九爪蝎子恼怒："老东西，你以为这还是四十年以前啊？我师父那老东西没用，他怕你，我九爪蝎子可不怕你！"

九爪蝎子一挥手，一马当先，朝着老马就冲了过来。老马冷笑一声，竟然挥舞短刀，迎了上去。

老马身手矫健，连连躲过九爪蝎子的长刀，短刀猛攻，招招要命，九爪蝎子躲避不及，胳膊上中了一刀。

别说九爪蝎子惊惧不已，就是杀手，也看傻了。

这还是那个在江西的山上，被JL集团的打手一推一个跟头的老马吗？

九爪蝎子看自己的手下都还没动手，恼了："你们站着等死啊？！都给我上，不把这老东西拿下，你们就都别活了！"

他两边站着的打手发出一声喊，朝着杀手等人就冲了上来。老马说的没错，那两个司机确实厉害，他们手脚并用，手中短刀飞舞，一会儿工夫，又有四个打手躺在了地上。

跟杀手纠缠在一起的打手看杀手是个功夫差的，想先拿下杀手，被其中一个司机走过来，一脚就踹飞了。剩下的那个看看不好，赶紧后撤，站在了九爪蝎子旁边。

九爪蝎子知道今儿是遇上高手了，上是不敢上了，退又不甘心，站在那儿硬撑着，嘴里还在吹："老东西，你给我等着，今儿个我是大意了，让你老东西又耍了一次威风，你真是好汉，你就在这儿等着，我……我……我再回来抓你的！"

老马冷笑一声："你是回去喊人吧？不行就不行，吹啥牛啊？蝎子，你回答我两个问题，我就放你走，要是回答的让我不满意，老马今天就要了你的狗命，你信不信？"

九爪蝎子久经沙场，聪明人，看老马身边这三条龙睛虎眼的汉子，再看看老马手中扣着的飞刀，知道自己今天是栽了，人马上就软了下来，说："马老，我是给人干活混饭吃的人，以前得罪过您，都是没办法，您大人有大量，别跟我这种人计较。您也知道，我在JL集团不过是个跑腿干活的，您问什么，我也不知道啊。马老，您就高抬贵手，放我一马吧。"

老马说："那刚才你怎么不放我一马呢？蝎子，你在JL集团是干啥的，我很清楚。我想问的，肯定是你知道的。你糊弄别人好糊弄，想糊弄我，

不太容易。我就问你两个问题。第一个很简单，黄榕在不在这里？想好了再回答，要是以后我知道你骗我，你小命可就难保了。你应该知道，老马的飞刀有两种，一种是没毒的，一种是喂过毒的，我这喂过毒的飞刀，天下可没有解药。”

九爪蝎子干笑了几声，说：“马老，您说的这个黄榕……我真不知道她在哪儿。我知道抓了这么一个人，她是不是在这里，我……”

老马把手里的飞刀插进腰里，另拽出了一把，打断了九爪蝎子的话，说：“兄弟啊，既然你这么不老实，那就别怪老马心狠了。刚才那把是没毒的，我换了，现在它在我手里发抖，想吃人了。我问最后一遍：黄榕是不是在这里？你的回答非常简单，别的不用说了，你就说一个字或者两个字就行。再啰唆，我这刀子可就出手了！”

九爪蝎子看着老马指着自己泛着阴冷的亮光的刀子，终于垮了，声音里带着哭腔：“没在！”

老马继续问：“你故意引诱我到这里，是什么目的？”

九爪蝎子说：“我不是想引诱你的。抓了黄榕，黄家人肯定会出来找她，我们想引诱藏在幕后的黄家人出手，没想到……您来了。”

老马点头，问：“黄榕被你们藏到哪里去了？”

九爪蝎子几乎要哭了：“老马，咱是中国人，要说话算话，刚刚你还说问两个问题呢，您已经问了两个了，这都是第三个了。”

老马嘿嘿笑了：“你小子倒是记得清楚。我说的两个，不是俩的意思，是‘几个’的意思。我也不为难你，你就回答完这个问题就行。前面两个我比较满意，这个回答好了，我立马放你走。否则，我这带毒的飞刀……”

九爪蝎子喊：“我说，我说！黄榕不在这里，真的不在。您也别再问了，她在哪里，我真不知道，您用原子弹对着我也没用。我们的规矩，您应该知道，各干各的，不许打听，不过……”

九爪蝎子说了“不过”两个字后，又不说了。老马追问：“不过什么？”

九爪蝎子拍了下自己的胖脑袋，说：“我这张破嘴……算了，我跟你说吧，我听人说，他们确实抓了个叫黄榕的，早就秘密转走了，不在洛阳，好像带着她去解什么暗语……”

老马一愣：“解暗语？在哪里解？”

九爪蝎子忙说：“老马，这个我真不知道了。我先跟您说一下，就这几句话，我也不知道是真是假呢，我就是听人这么一说。前面三个我可以保证说的都是真的，这个是我自动跟您说的，您可以听也可以不听，但是如果后来不是这么回事儿，您可别拿这说事儿。”

老马哼了一声：“真不知道？”

九爪蝎子：“真不知道！要是骗您，我死全家！”

老马笑了笑，说：“行，我看你也就这么点脓水了。记着，以后少打大顺宝藏的主意，你坏事做多了，我不找你麻烦，船帮瞎子也不会放过你。滚吧，今天晚上我再看到你，就没这么便宜了。”

老马的声音刚落，有个声音陡然冒了出来：“呵呵，好大的口气。”

众人一愣。九爪蝎子首先反应过来，他朝后退了一步，对着老马拔出了刀。

几乎在同时，一阵脚步声响，像是从地下蹦出来，一大群黑衣人冲出，围住了老马等人 。

九爪蝎子看到来了援兵，上来了精神，边骂着老马等人，边指挥众人，让人赶紧杀了老马。

老马冷笑一声：“蝎子，你果然是个翻脸不认人的小人。今天我老马要是能出去，绝不会轻饶了你！”

九爪蝎子咬牙切齿：“老东西，你做梦吧你，今天我九爪蝎子不搞死你，我就不是我爹造的！你竟敢威胁我，你认为我真的怕你了啊？呸！刚刚那不过是老子的缓兵之计罢了！”

老马轻声对杀手等人说：“事已至此，说啥也没用了。你们听好了，咱四个背靠背，各朝一个方向，绝对不能分开，分开就会腹背受敌，明白了吗？”

三人都害怕，不过到了这种时候，害怕也没用了，虽然心情复杂，却

也同仇敌忾，都轻声回答：“明白！”

刚刚那个在暗中喊话的声音喊：“九爪蝎子，你刚刚泄露了本部机密，罪过不少。如果你今天能活捉这几个人我就给你记功，能杀了，我也饶了你。如果跑了一个，你就等着受死吧。”

九爪蝎子对黑暗抱拳：“蝎子明白！”

转过身，九爪蝎子对着众人一挥手：“给我上！”

一片刀光闪亮，朝着老马等人就围了上来。杀手心里哀叹，今天恐怕真是活到头了。他盯着离自己最近的一个打手，攥紧了短刀。刀光逼近，双方一触即发，突然有人喊：“慢着，老马，这是怎么一回事儿啊？”

9. 人心

声到人到，众人朝着声音看去，一个一身白衣，飘飘如仙的身影从山谷里飘然而出。

这不是刚刚他们见过的江南康家，那个大唐第一音乐圣手康昆仑的后人吗？

众人皆目瞪口呆，不明所以，看着这个仿佛方外之人的身影，一步步走了过来。

九爪蝎子摸不着头脑，看看老马，又转头看看康大少爷，一脸迷瞪：“康大少爷，您……您……您这是演的哪一出啊？”

康大少爷呵呵一笑，伸手指着老马：“哪一出？这位老马是我请来的客人啊。你怎么把我请的客人围上了？”

九爪蝎子愣了：“您请来的客人？康大少爷，您是做梦做迷糊了吧？这个人是跟着我来的，我是奉命引诱此人，并把人带了进来，什么时候成了您请来的呢？”

康大少爷陡然转身，伸手指着九爪蝎子，呵斥道：“你算什么东西！老马是什么人你知道吗？他是当年龙虎山清风道长的嫡传弟子，高人，江南三大家都曾受过清风道长的教诲，这种高人，如果不是我请的，老马能走死门，跑到我这里？老马曾经救过古家大少爷的命，也曾经救过我，此事凡是有些资历的都知道。就你这种玩意儿，想算计老马？呸！人家不跟你玩罢了，要是跟你玩，你十个蝎子也让人家踩死了！”

九爪蝎子被康大少爷当着众人如此羞辱，懊恼不已却又不敢发作，憋得蹦高：“这……这……”

康大少爷声音阴冷：“我住在这里，除了我家里人，唯一知道的就是老马。我让他今天晚上到这里，是有一事拜托，他说半路被你们这些杂碎绑架了，我正要找你们算账呢，你们又在此胡作非为。我刚刚说了，江南三大家，都跟老马渊源颇深，老马对我和古家大少爷都有救命之恩。现在古家大少爷已故，不过古家最重恩德。蝎子，你想杀老马，是不是瞧不起我们这三家老帮菜啊？”

九爪蝎子惊叫一声：“啊！没这事儿！不是这么一码事儿，我是受命……”

康大少爷哼了一声：“受何人之命？何人狗胆，敢杀康家的救命恩人？”

九爪蝎子不敢说了：“这……这……”

刚刚那个黑暗中的声音说话了：“康大公子，何必如此激动。这个老马真是你的救命恩人？”

康大公子傲然：“当然，他也是古家大公子的救命恩人。怎么一回事，我现在没心情跟你说，如若不信，古家有人在此，你自己可以问。江南三大家虽然做的是鸡鸣狗盗的营生，却也知道做人应该知恩图报，不像你铁蜈蚣，只知道杀人。”

黑暗中的声音笑了笑，说：“咱干的都是缺德的营生，何必把自己抬得那么高。你们的恩怨我不管，你说此人是你请他来的，可有证据？”

康大公子愤怒：“你们请人还要留下证据吗？江南三大家占据此地有几百年了，请个朋友来玩玩，还需要向谁请示不成？别说没有证据，即便是有，康大公子也用不着给你看。我今儿亲自送老马出关，我看谁敢拦我！”

铁蜈蚣冷笑一声：“康大公子，您可别忘了，这里不是江南，不是您在加拿大的庄园，这里现在是谁的天下，康大公子莫非忘记了？铁蜈蚣人微

言轻，势力单薄，康大公子自然不必放在眼里，可是铁蜈蚣现在是老大的人，掌管此地秩序，康大公子应该懂道理，您面前的这些兄弟，可不是我铁蜈蚣家的，都是老大的手下，您要是动手，可就伤了跟老大的和气。康家再厉害，恐怕也难跟老大相比吧？”

康大公子被西门几句话呛住了，一时无法反驳。正在此时，突然有人哈哈笑着说：“铁蜈蚣不愧是大清太监后人，狗仗人势这招用到了极致。我们没给人当狗，只知天下恩义最大。想害古家的恩人，古家舍死相拼。你说老大，老大也是江湖中人，他应该明白，古家和康家的恩人，天下没人敢动。蜈蚣，今天你如果跟我们康古两家做对，我们就先灭了你这条蜈蚣，你觉得老大是否会怪罪我们两家？”

那个声音一惊：“古家二爷……铁蜈蚣跟古家也算世交，您这么说……也未免太绝情了。”

古家二少爷一身黑衣，从山坡一侧缓缓走下来，一直走到众人面前，说：“老马对古家有救命之恩，你刚刚也听康大少说了，你如果真敬重我们古家，就应该对老马以礼相待，你只知有老大，恐吓康大少，我古二爷最瞧不起这种狗脸奴才！”

古二爷对着老马鞠躬：“老大哥不必担忧，康古两家虽然只有几个人，却也顶得上几千人马，谁敢动老大哥一根毫毛，我们兄弟必会让此人死无葬身之地！”

铁蜈蚣绝望地说：“行，行，你们两个今儿的言行，我会一字不落上报老大，老大追究下来，我看你们怎么跟老大交代！”

康家大少爷呵呵一笑，说：“此事不劳蜈蚣费心，蜈蚣慢走。”

那九爪蝎子不高兴了：“就……就这么放人走了？”

铁蜈蚣冷冷地说：“莫非你想见识一下康家的杀鬼阴阵？！”

九爪蝎子不敢说话了，一挥手，带着人灰溜溜地顺着山谷走了。

老马对着康家大少爷和古家二少爷分别鞠躬：“多谢两位兄弟仗义相救，老马当年不过做了那么一点小事，没想到二位能如此相助，老马惭愧。”

康家大少爷呵呵一笑，说："这里不是说话之地，请诸位跟我来，我们哥俩既然管了此事，必定保证诸位的安全。"

几个人跟着康家大少爷回头，在山谷中走了一段，康家大少爷牵了老马的手，又让老马牵着杀手，几个人都牵起手，跟着康家大少爷走。说来奇怪，这短短的山谷竟然变长了。众人在惊讶中，走了约莫一个多小时，面前竟然出现一处阴森森，两边怪石嶙峋树木遮天的小路。顺着小路走了几十米，一处茅屋陡然出现在众人面前。茅屋内点着蜡烛，那黄黄的亮光，陡然让杀手感到了温暖。

真是好地方。杀手明白，这夜晚阴森森的地方，在白天看来，就是幽静之地了。

老马也惊叹："好一个八卦阴阵！一个如此平常的地方，布置得这般阴险，江南三大家功夫厉害！"

康家大少爷笑了笑，说："见笑了。现在早就没有什么江南三大家了。诸位进屋稍坐，喝杯茶压压惊。"

康家大少爷亲自开门，老马和古家二少爷等人进了茅屋。

一个非常简单的屋子。唯一不一样的是，屋子里没有窗户，只有一扇窄窄的屋门。屋子里摆着一张长条桌，桌子下摆着几个木墩。地是泥地，不过整理得很平整。

众人坐下，康家大少爷给大家各倒了一杯茶水。

杀手真是渴了，端起杯子喝了一口。

茶味道很怪，有点酸，还有点苦，杀手怕有毒，不敢喝了。

康家大少爷看到杀手的表情，笑了笑，说："这是康家的秘制药茶，不是毒药。"

老马点头，说："这是好东西，滋阴补阳。能再次喝到康家的茶，是老马的福气。"

康大少爷笑了笑，说："老马，今天我们哥俩不惜得罪JL集团的人，救了你，你是否也该答谢答谢我们兄弟？"

老马一愣："应该应该。不过老马今天是空手来的，等老马回去拿点好东西，来答谢两位的救命之恩。”

康家大少爷摆手，说：“你家里的那点玩意儿我还真没看在眼里。我们就对一点东西感兴趣，是什么东西，你老马心里明白。”

老马摇头：“请康大公子明说吧，老马还真是不明白。”

康家大少爷笑了笑，说：“黄家的宝藏。也就是天地会的宝藏，或者说是大顺国李自成的宝藏也行。我们兄弟调查过了，大顺宝藏的一部分，就在当年的黄徽柔手下，黄徽柔失踪，现在真正了解黄徽柔留下的大顺宝藏下落的，天下只有你老马。”

杀手看着老马，老马脸上的肌肉抖了抖，说：“康大少爷，您弄错了。知道这部分宝藏下落的，大概只有黄家人了。马家虽然与黄家是世交，不过这种事儿，黄家不会告诉马家的。况且即便是黄家人，也不过是只知道一点线索而已。”

康家大少爷摇头：“老马，您蒙别人行，蒙我们兄弟可真不行。明跟您说吧，那个黄家人我们见过，那就是一块废铁。老马，当年你多次到过三王峪，到过幕阜山，在幕阜山，还杀了人。你应该知道，那个人不是一般人，他是JL集团的高手。当年你发现他跟踪你，并掌握了一些宝藏的线索，你就出手杀了他，我说得没错吧？”

老马轻轻点头：“我还真是太小看康家大少爷了。我如果不说呢？”

古家二少爷笑了笑，说：“老马，您这就糊涂了。这个世上最值钱的东西，是自己的性命。没错，您救过我们两人的命，不过今天晚上，我们两个可是救了您两次。怎么说，您也应该报答我们一次吧。”

老马点头冷笑：“好，你们两家不愧是世家，精明。不过，在我这没用。我当年救人没啥目的，就是不想看着人在我面前被人杀了。大顺宝藏我知道一些线索，不过不会告诉你们，两位讲道义的江南世家，老马落在了你们手里，你们看着办吧。”

古家二少爷依然笑着，说：“老马，您看您这是说的啥话。您好歹是我们的救命恩人，我们自然不会亏待您。不过，您要真不说，我们就得暂时把您留在这里，等您想通了再说。”

康家大少爷说："老马啊，您这么倔，其实是糊涂。您也太小看我们江南世家了。我们手里掌握的资料不比您知道的少，即便您不告诉我们，我们只不过多费点时间而已。刚才你走到山谷尽头的时候，我跟您说过，洲湖村的那个'万'字符，根本不是一些人说的啥万提喜的姓氏，而是一个地址，藏宝之地。这个藏宝之地，想必你也知道，那就是广东乐昌的万古金城，我说得没错吧？"

老马很惊愕，他抬头看着康家大少爷："你既然知道了，还问我干啥？"

康家大少爷笑了笑，说："这万古金城山区域太大了，并且这种宝藏肯定有机关，如果弄不好，就会玉石俱焚。只有找到正确入口，才能找到宝藏，这个入口，恐怕现在只有您知道。您说您是一个国民党营长的后人，即便黄家对您有恩，您也早回报过了，这大顺宝藏跟您有屁关系啊？咱只有把它挖出来，无论对于我们康家还是您，什么都有了，您何苦还要种菜卖菜？"

老马沉吟了一会儿，说："如果找到财宝，你们打算怎么办？你们是跟JL集团一起找，还是你们自己找？"

康家老大脸色一喜："老马，早想通多好？如果您能加盟，我们自然要撇开这个狗屁集团。至于分成……咱三三分，咋样？"

老马点头，指着杀手他们说："这事儿跟他们三个没关系，他们如果跟在一起，咱多少还得分点给他们，你们先把他们三个送出去，此事咱再细商量。"

康老大笑了笑，说："这个没问题，您放心，我们哥俩再无耻，也不会拿他们三人的性命要挟您。"

老马说："那你就先送他们走吧。"

康老大点头，说："行，没问题。古老二，你先把这三位兄弟送出去。"

古老二站起来。老马对杀手说："你们先走，我跟康老大再商量商量。"

杀手有些不忍："老马，我们还是一起进退吧。咱一起来的……"

老马打断杀手的话，冷冷地说："你是想分财货吧？别以为我不知道你是啥人，告诉你小兄弟，盗宝也是要讲资格的。你还没到能见这种大场面

的时候，赶紧走人吧。”

那两个司机早就发急了，站起来就朝外走。康老大笑了笑，说：“老马，你这么替他们着想，人家可不领情。”

杀手也站起来，跟着古家那个二少爷就朝外走。

不知道什么时候，门外已经站了几个人。古家老二对其中一个说：“送这三个兄弟出阵，送到十字路口。”

这些人躬身：“是！”

古家老二转身进了屋。有人把三人的眼睛蒙上，让三人牵了绳子，带着三人走了出去。

三人急走慢走，杀手约莫着时间，大概走了有一个多小时，前面的人喝叫一声：“到了。”

杀手站住，有人上来揭开他们的眼罩，对他们说：“前面不远是十字路口，你们快走，天马上就要亮了，天一亮，这儿的路就变了！”

三人不敢怠慢，朝着急走。走了约十多分钟，果然看到了那个十字路口。过了路口，能看到车的影子了，突然看到几个人从车后冒了出来。

杀手刚要躲避，有人喊道：“是杀手兄弟吧？”

杀手一愣：“红……红香主！”

第九章　万古金城

1. 藏宝地

没错，过来的正是红香主他们。

当下，红香主让众人分开，各上了车，汽车掉头，直奔城里。

大家先到了红香主的住处，两位司机跟杀手打了个招呼，开着车走了。筋疲力尽的杀手吃了点儿东西，小小地睡了一觉，才坐了起来，跟红香主说话。

杀手尽量简单地把他跟老马一起跟踪九爪蝎子的过程跟红香主说了。红香主惊愕地听杀手说完，惊呼："这个老马竟然如此厉害，我倒是小看他了。"

杀手有些沮丧："这个老马是个真男人。跟人家相比，我们三个都是孬种。"

红香主也感叹："这个老马……兄弟，你觉得老马会真带他们去寻找宝藏吗？"

杀手摇头："肯定不会。很明显，老马是为了让康大少把我们放出来，才那么说的。"

红香主摇头："这个没法说，不到最后，没人知道结果。"

杀手试探着问："红香主，那个啥……万古金城山里真的有大顺宝藏？"

红香主笑了笑，说："此事我确实不知。不过既然是大顺宝藏，那船帮瞎子就不能坐视不管。"

杀手哀叹："都在惦记着宝藏，想救黄榕的，我看只有老马一个人。"

红香主说："兄弟请放心，如果这个黄榕真的是黄家后人，那他们抓她肯定是跟宝藏有关，不会轻易伤害她。如果她是假的，是JL集团派出的诱饵，那就更没关系了，只是苦了兄弟的一片深情。"

杀手摇头："她肯定不是JL集团的诱饵。"

红香主说："但愿吧。兄弟，你先回去休息休息，老马的去向我会找人打听，有什么事儿咱随时联系。"

杀手叮嘱红香主一定设法帮忙救出黄榕，红香主答应，杀手告辞红香主，回到了住处。

李师刚和黄寻祖一见到他，都是又喜又恼。李师刚问他这是到哪儿去了，临走招呼也不打一个。杀手说在路上遇到了那个红香主，红香主叫他帮忙做了点事儿，就把两人应付过去了。

不知道为什么，杀手突然对黄寻祖这个黄家后人，有了生疏感，他不想把老马的事儿跟他说。

李师刚告诉杀手，黄七打电话找过他，因为电话打不通，黄七就跑过来了，他留下话，让杀手回来后，赶紧给他打个电话。

杀手拿出自己的手机，这才发现手机早就没有电了。

他借李师刚的手机给黄七打了一个电话，黄七让杀手到他家找他。此时已经到了午饭时间，李师刚下了面条，杀手匆匆吃了一碗，就朝黄七家赶。

公交车经过唐国军原先靠路边的出租屋的时候，杀手突然心里一动，在站点下了车。

他走到唐国军的出租屋，在出租屋外站了一会儿。出租屋的门锁着，外面贴了一张4A打印纸，上面写着"出租"两个字，下面写着联系电话。

杀手看着这个临街的棚屋，不由得想到了黄榕，想到了唐国军，想到了那个躺在地上已经发臭了的船帮瞎子，还有黄榕。

自己以后该怎么办呢？还能见到黄榕吗？

杀手正在瞎想，突然有两个人朝他走了过来。

杀手转身就走，那两人却猛然跑起来，追上了他。其中一个朝他亮了亮证件，说："我们是派出所的，麻烦您到派出所来一趟。"

到了派出所，他们先问了杀手的姓名和住址，他们上网查了查，没有什么问题。其中一个很失望："妈的，看着你像个杀人犯，却什么事儿都没有。你说你没杀人，你到那个屋子转啥啊。"

这次杀手有经验了，他说看到那里有个要出租的告示，自己才过去看的。

警察很随意地问杀手："你现在干啥工作？"

杀手说："在批发市场开了个小店，生意一般，打算转让出去，现在还没找到人呢。"

警察有些意外，看了看杀手："看不出来，还是个小老板。做啥生意？"

杀手说："批发包装用品。主要是塑料袋，给服装厂供货。"

警察更加心不在焉了，其中一个问："你看的那个出租屋杀过人，一个流浪汉，你知不知道？"

杀手惊讶："杀过人？不知道，我怎么能知道？"

警察说："那你今天就算知道了。那个屋子这是第二次出人命了，你最好不要去租那个屋子，否则等你死了，我们又多了一个没头案。这屋子不吉利。"

杀手忙点头："谢谢警察同志，你们真是好人。"

另一个警察说："这个批发市场不少人不干好营生，你知道不？"

杀手摇头："不知道啊。警察同志，您是说有吸毒的？"

警察苦笑："我倒是盼望他们吸毒呢。吸毒的好抓，一抓一大帮，抓几次，我就立功了。没听说这里有吸毒的，倒是寻宝盗墓的不少。上面也接到不少举报，这些混蛋比那个任我行都奸诈，老子抓了三年，一根毛都没抓到。听说他们都是半夜行动，你见过没有？"

杀手摇头："我忙活一天，累得半死，谁半夜跑出来啊？"

警察点头，说："也是。你们做点小生意也不容易，天天累得跟个孙子似的。以后帮我留点神啊，听说谁干这营生，给我们透个信儿。对了，我建议你把头发剪一剪，胡子也弄弄，现在这样子，跟潜逃犯差不多，哪个警察见了你这样的，也得问一问。"

从公安局出来，杀手找到一家发廊，剪了头，剃了胡子，自己照照镜子，觉得精神多了。

在警察局加上理发耽误了小半天，杀手不敢再耽误时间，打了个车，直奔黄七家。

黄七依旧一幅睡不醒的样子，他心情沮丧地告诉杀手，这些天他总是做噩梦："我梦到很多僵尸，跟《僵尸来了》的僵尸毫无二致。"

真是有钱人也有有钱人的忧伤。杀手笑了笑，说："这是您看电影看多了。"

黄七悲哀地摇头："没有。我很多日子没看电影了。我找你，你电话打不通，我去你住处找你，你也不在，你这几天忙活啥了？"

杀手想了想，就把这些天的经历都跟黄七说了。当黄七听到杀手说到康家大少爷说大顺宝藏在万古金城山的时候，睁大了眼睛："啥？万古金城？"

杀手点头，说："这是那个康家大少爷说的。不过他说他不知道具体地点。他说不知道具体地点，不知道入口，知道了也没啥用。"

黄七站起来，在房间里踱着步子，点了点头，说："跟冯公子打听到的几乎一样。没错，大顺宝藏肯定有一部分在万古金城。但是在万古金城什么地方，这是最关键的。"

杀手问："黄大哥，您到底是想寻宝，还是想帮我救人啊？"

黄七笑了笑，说："兄弟，你还是年轻了。如果这个黄榕真的是黄家后人，JL集团的人把她抓去，那肯定是为了宝藏之事。这个JL集团虽然混账，但也不是轻易就乱抓人的。他们应该是发现了目标，需要这个黄榕的帮助，才把她抓了去。如果我们找到宝藏的线索，就能找到黄榕，才能有办法救人。当然，有一个前提，就是她真的是从墨西哥来的黄家后人。”

杀手还是不解：“她来也是找宝藏线索的，她刚来不到一年，了解到的不会比JL集团知道得多，他们抓她有用吗？”

黄七点头：“肯定有用。如果这个丫头能跟我正儿八经合作，那我也能很快找到宝藏。你不明白？那我点拨你一下。咱先不说黄徽柔手里的大顺宝藏，黄徽柔本人手里的东西也价值连城。”

杀手一愣：“黄徽柔手里怎么能有好东西？”

黄七说：“这个得感谢历史学家。我去年看到一份材料，说1844年，黄徽柔带着天地会的人，劫了大清福建和江西两省的烟茶税。清朝时期，这个烟不是普通的旱烟，而是大烟，也就是鸦片，鸦片利润高，课税重，是清政府非常重要的经济来源。茶税每年能给清政府带来四五千万两的白银收入。而茶税的收入主要是安徽江西福建这几个省。鸦片也差不多，南方这几个省比较富裕，抽的最多，有钱人都抽，这在当时是一种时尚。这两省的烟茶税，我大体算了一下，如果折算成黄金，应该在一百万两上下。此事惊动了清政府，清政府派精兵围剿江西天地会，黄徽柔得到情报，带着家人连夜逃跑，因此在洲湖村留下了一幢还没有完全修完的船型古宅。”

杀手说：“跟电视上说得差不多。”

黄七点头，又摇头说：“这些专家有时候还是有点干货的。不过……黄徽柔劫持的黄金应该不适宜远途运输，从江西到广西的这个万古金城山有一千多里路，这么远的路，运这么多的黄金，太危险了。黄徽柔会冒这么大的风险，把金子运往万古金城山？”

杀手说：“要是我，我就在附近找个地儿埋了。”

黄七问：“你和唐国军去找黄徽柔的墓的时候，什么都没发现？”

杀手摇头：“早让人翻了一千遍了。再说了，那是真的黄徽柔墓还是假的，现在都没法说呢。”

黄七点头，说：“如果当年黄徽柔真的没有随着家人逃出去，那他也不可能留在江西，太危险，更不可能在死后还留下墓碑。如果留下墓碑，别

说是盗墓的了，就是清兵也能给他挖了。”

杀手有些烦躁：“说这些没用啊，黄榕又不会在他墓里。”

黄七笑了笑，说：“我不是跟你说了吗，要想找到黄榕，就得先找到宝藏的下落。”

杀手说：“如果黄徽柔把宝藏运往万古金城山了呢？或者是他掌管的别的宝藏，比方天地会的宝藏啥的，要不他怎么能在村里和祠堂的墙上留下那么多的万字符？”

黄七笑了笑，说：“那上面的万字符，应该是黄徽柔之后有人留下的。当时清兵抓了万提喜，他们对万字肯定很警惕，黄徽柔盖房子在村里留下万字符，那不是给大清细作提供情报吗？清兵能在烟茶税被劫之后，马上抓捕黄徽柔，说明清兵早就派人在跟踪他们。黄徽柔绝对不会傻到留下这么个线索。”

杀手点头：“这个有道理。”

黄七说：“所以我觉得当时的黄徽柔应该没有被清兵杀死。即便他后来没有回到洲湖村，也派人回去过。”

杀手问：“这些跟大顺宝藏有关系？”

黄七点头：“有关系！确定黄徽柔的行踪，就能知道大顺宝藏到底藏在哪里，也就能确定黄榕到底在那里。冯家老大告诉我，JL集团曾经派人到某个地方暗中探查多次。这个地方也有很多农民在寻宝，自然是没找到。不过，他说JL集团在山上一处建筑遗址中找到几块刻着暗语的石头，正在找人破译。他说这暗语应该是当年天地会的人留下的。如果这个黄榕真的是黄家后人，那她就应该被带到了此地，结合暗语在寻找宝藏的下落。”

杀手说：“难道真的是那个万古金城？我听说很多人到那里去过，但是什么都没找到。”

黄七笑了笑：“那些人是去刨地的。他们以为挖地三尺就能找到宝藏。宝藏这东西是历史的遗留，想找到他们，还得从历史上找。就像当年秦岭寻宝，当地成千上万老百姓都到秦岭找东西，谁找到了？不了解这宝藏的历史，这东西就在你脚底下，你都找不到。”

杀手问：“那……这东西真的就在万古金城？”

黄七摇头：“还不能百分之百确定。也说不定这是一个大圈套。是JL集团设置的一个大圈套，或者是天地会，是黄徽柔设置的一个大圈套。不过，你回去还是做一下准备，如果此事确定，咱兄弟几个还得合伙去。不管是救人还是寻宝，人少了不行，人不合适也不行。对了，那个叫黄寻祖的真的是黄家后人？”

杀手摇头：“我一开始觉得他肯定是，现在让您说的，我都不敢肯定了。不过，以我看他对黄家的了解和他的一些行为，这个人应该是黄家后人。”

黄七点头：“只管带上他，应该能起作用。真到了关键时候，如果他想坏事，咱再想办法。”

2. 晨曦

从黄七家里回到住处，李师刚提议，三人一起出去喝了点酒。黄寻祖一直脸色阴沉。杀手故意向他询问老马的行踪，黄寻祖笑了笑，说：“他正在寻找黄榕。”

杀手点头，没再问他。

黄寻祖问他是否知道唐国军的下落，杀手摇头。

他也奇怪，唐国军又到哪里去了呢？难道他也到万古金城山去了？万古金城，到底是个什么样的去处呢？

杀手已经知道，当年大顺军确实在万古金城山一带住过，可是黄徽柔的时代已经跟大顺军的时代差了一百多年，即便当年大顺军把宝藏藏在了万古金城，那黄徽柔为什么也要藏在那里？

吃完饭，三人回到各自的房间睡觉。杀手刚要躺下，李师刚敲门，进了他的房间。

杀手看他神秘兮兮的样子，知道有事儿，只好坐在床头，问他：“有事儿？”

李师刚也在床头坐下，小声说："兄弟，我觉得这个黄寻祖有问题。"

杀手已经是有些见怪不怪了，淡淡地说："他没问题那就怪了。咋了？"

李师刚说："他一直向我打听唐大哥的事儿。这家伙住在这里，是不是跟唐大哥有什么关系？"

杀手说："有可能。不过现在唐大哥的情况咱也不清楚，跟咱打听也没用。现在唐大哥也神秘兮兮的，不知道瞒着咱多少事儿呢。咱不管。"

李师刚叹气："还想跟着你们发财呢，我看是没希望了。"

杀手说："这里面的事儿太复杂了，简直就是另一个世界。怪不得寻宝盗墓的人寿命都不长，那个世界简直跟阴间差不多，什么稀奇古怪的事儿都有。我现在就想找到黄榕，她能给我当媳妇就算赚了，如果不跟我，那我也回家，回家种地去。咱不是世家，也没什么本事，想在这方面发财，不容易。"

李师刚颓然："干什么赚钱也不容易。不说了，越说越没劲，睡觉。"

李师刚走了，杀手关了门，刚要躺下，黄寻祖竟然又敲门进来了。

杀手只得打起精神，招呼他坐下。

黄寻祖说："兄弟，我跟你说几句话就走。唐国军……你们的那个唐大哥，你对他了解吗？"

杀手点头："当然了解，在秦岭，他还救过我的命。"

黄寻祖点头，说："我怎么觉得这个人不地道呢？"

杀手笑了笑，说："这说明你有问题。唐大哥的为人，我可以打包票。黄兄，你是不是在调查我们兄弟啊？"

黄寻祖说："不是你们兄弟，我在调查这个唐国军。大和尚带人抓此人，想夺回被他盗走的木雕和尚，却每次都有人出手相助，出手的人还不是一般人，老江湖。你们不是最好的兄弟吗？你们没去帮他，那谁会帮他呢？"

杀手也有些惊愕："这个……我也不知道。黄兄，我也问你一个问题，你说的这个大和尚，就是顺脚僧吧？也就是传说中李自成的侄子李过的传人？"

黄寻祖看了杀手一会儿，才说："是。"

杀手惊讶："我听唐大哥说……那个顺脚僧传到这一代，应该是那个自杀的副市长啊。怎么还会有顺脚僧？"

黄寻祖笑了笑，问："这个信息也是唐国军跟你说的吧？"

杀手点头。

黄寻祖说："能查到那个副市长身上，天下也没有几个人。真正知道顺脚僧是谁，这世上没有几个人。即便是船帮总舵主，也不知道真正的顺脚僧是谁，他们只认得信物。没错，那个副市长的父亲，就是上一代顺脚僧传人，他在这个社会的身份是一个普通的大学教授。大家还都知道，这个大学教授只有一个孩子。按照自从民国至今的秘传方式，顺脚僧只能是他的儿子了。"

杀手说："是啊。"

黄寻祖说："所以，有人为了寻宝，杀了那个副市长，还造了他自杀的假象。现在我怀疑是唐国军杀了这个副市长。"

杀手摇头："这个我敢用性命担保，人绝对不是唐大哥杀的。"

黄寻祖说："这个谁也没法下定论。不过我可以告诉你，副市长不是顺脚僧。上代顺脚僧不止一个孩子，顺脚僧也不会用他父亲的姓，他们有他们的传承方法，这种传承是怎么搞的，我也不了解。上次到龙王庙救黄榕，我联系了顺脚僧，他给我派了人，这些人都是谁，我不知道，里面有没有真的顺脚僧，我也不知道。我们叫大和尚的，或者真的是顺脚僧，或者那只是他的一个替身。所以，真正的顺脚僧是谁，没人知道。那天我们从那个龙王庙回来，唐国军说那个大和尚跟那个被杀的副市长一模一样。其实，那个死的到底是个什么人，也没法说。"

杀手惊讶："你是说……那个副市长也许没死？"

黄寻祖说："我也只是猜测，也许那个副市长有个双胞胎兄弟呢。"

杀手摇头："不说这个了。据说这个世界上，只有顺脚僧能调动天下洪门，那洪门的人应该认识他吧？否则他凭什么调动世界各地的洪门帮会？"

黄寻祖摇头："也许有人会认识，我不知道。顺脚僧调动洪门，肯定有

别的办法，这个不是咱要担心的，我今天就是想提醒你，这个唐国军不是你想象的那么简单，你要小心点。”

杀手点头，说：“行，我知道了。”

第二天早饭后，黄寻祖出去了一会儿，中午回来脸色阴沉。他对杀手说老马不见了。他找遍了能找到他的所有地方，还是不见人影。

事已至此，杀手不好再隐瞒下去，就在吃完午饭后，把他和老马那两天的经历，一直到最后那天晚上跟踪九爪蝎子走到那个十字路口，怎么进入了阴八卦阵，一直到第二天早晨怎么出来的，都跟黄寻祖说了。

黄寻祖听了之后，就要杀手带着他去那个地方。杀手说他们当天晚上是跟着九爪蝎子进去的，从洛阳怎么出去，走的哪条路，从哪里拐上了那段沙土路，他毫无头绪，没法找到那个路口。

黄寻祖无奈，只得让杀手带着他去找红香主。

杀手有些奇怪：“你们黄家不是不信任船帮瞎子吗？”

黄寻祖说：“此一时彼一时。如果红香主能帮我找回老马，黄家与船帮瞎子的恩怨就一笔勾销。”

红香主似乎早就料到黄寻祖能来，对他很是客气。黄寻祖提出让他帮忙找老马，红香主告诉他，他们无法救出老马，那个诡异的阴八卦，是江南三大家在一处阴宅里寻宝时，被困此阵十多天，三人精研此阵，这后来终于寻到阵眼，才走了出来。出来之后，他们将此阵加以改进，利用当地的山河道路，布下了那个阴八卦。

红香主跟两人说：“白天那个地方跟别的地方一样，我们去了什么也发现不了。也就是说，那个地方白天就跟隐身一样，我们发现不了那个阵，也就没法进去，找不到任何人。晚上可以进，但是九死一生。”

黄寻祖坚定地说：“那也要去。老马是我的恩人，他是为了救黄家人才进入此地，我黄寻祖即便是丢了命，也得去救人。”

红香主赞叹，说：“黄先生能为了老马摒弃对船帮瞎子的成见，本香主非常佩服，船帮瞎子一定尽力，帮你找到老马。”

当天傍晚，红香主让人雇了一辆面包车，三个船帮瞎子的高手，加上杀手黄寻祖和红香主，六个人上了车，在淡淡的暮色中，直奔那个神秘诡异的十字路口。

拐过山脚，他们一直来到十字路口，杀手等人下了车，眼前的景象却让杀手惊呆了。

那天晚上他们看到的宽阔诡异的十字路口，竟然变得很狭窄。杀手几步走到路中心，发现这根本算不上一个十字路口。他们来的路，是一条只有两三米宽的南北小路，穿过所谓的十字路口后，一直向前。而东西与之交叉的，是一条只有十多米长一米多宽的临时修出来的一个假路口。

如果没有那一段十多米长的细细的交叉路口，这个地方就是一条极其普通的乡村小路。自然，今天晚上没有那让人闻起来很舒服的香味儿，也没有那个诡异的烧香人。

杀手惊愕不已。红香主也走过来，用步子量了量那段临时修起来的小路口，说："没错，这儿就是阴八卦的出入口。这条临时小路，他们可以随时改变斜度和方向，可以带动整个卦象的改变。他们没本事乾坤大挪移，这种卦象的改变只是假象，不过能打乱人的心智，让人失去方向感。这个年代这种高手已经很少见了。"

杀手问："那天晚上我看到的这个路口很宽啊，那个端着平安灯的人，就是从西边走过来的，看着比较远，绝对有二三百米远，现在这一段看起来总共十多米，怎么回事儿？"

红香主笑了笑，说："他们没撤阵的时候，你在阵外就已经受到卦象的影响。你到了这个路口，头天晚上余下的香味儿就会让你心智迷乱，你看到的其实很多都是你想象的。现在他们撤了，这儿自然就恢复了原貌。"

黄寻祖急了："那他们人呢？老马哪里去了？"

红香主说："应该走了。上车吧，这里面应该没人了。咱开车进去看看，是不是能发现点儿什么。"

杀手等人上车，汽车过了路口，车灯劈开黑夜，冲刷着两边的各种树木，汽车在凹凸不平的山路上，颠簸着朝前走。

跟几天前的那个夜晚比，杀手觉得今天晚上简直太轻松。他们根本不

像是来救人的，而是来游玩的。

汽车一直开到他们被捆着扔进的小屋前。杀手站在小茅屋门口，这才发现，这个屋子竟然如此平常，跟他们随便在路口遇到的小茅屋一样。

茅屋没有门。那扇关着他们被他和老马弄坏了的门，已经无影无踪了。

从屋子里出来，他们继续开着车朝前走。经过几个小小的路口，约开出了二三十公里，前面到了一个似曾相识的十字路口。

杀手下车，发现这儿竟然就是他们进来时的那个变窄了的十字路口，也就是红香主说的阴八卦的入口。

他们没有发现死门，自然也没有找到那个康大公子镇守的山谷。

站在十字路口，杀手突然觉得自己像是在做梦。几天前他和老马进来的那个晚上变成了一个噩梦，今天晚上的行动本身也是一个奇怪得让人不得要领的梦。

他喃喃地说："我这是在做梦。"

红香主接过话，说："千年一梦，仅此而已。"

杀手说："可是那个康家大少爷住的地方，那条狭窄的小路，那个茅屋是真的啊，我们怎么一点痕迹都没有发现？"

红香主说："假亦真时真亦假，说不定我们经过那个地方，却没有发现。江南三大家的阴八卦能充分调动人的错觉，让人误判。所以，江湖人都说江南三大家能另造一个世界，即便你跟他住在一个地方，他如果不想让你发现，你在他面前走过，你也发现不了他们。"

杀手惊讶："这也太神奇了吧。我就不信，我们怎么能连一点踪迹都发现不了。"

黄寻祖救老马心切，自然也不信那些人能跑得这么彻底。在两人的要求下，面包车又经过十字路口，朝里走。

经过那个茅屋，杀手为了能正确找到方向，他走下车，自己在前面带路。

别说，经过几次调整线路，他还真找到了一条小山沟。不过跟那天晚上自己见到的山谷差太多了。他清楚地记得他和老马很费力地爬上山坡，看到康家大少爷坐在半山腰的石头上，弹奏琵琶的情景，这个几步就可以爬上去的山沟，跟那条山谷，实在是差得太大了。

然而，此地附近再也没有别的山谷了。纵然江南三大家的阴八卦再厉害，怎么也不能把几十里外的山谷搬运过来吧。杀手记得他和老马等人走路的过程，短短一两个小时，大都是在附近转悠，他们根本没有能力跑到几十里外的山谷里去。

红香主坚持说他们经过的那个山谷，应该就是这条小山沟。说这也是阴八卦的特点之一，能够持续不断地营造假象。

杀手迷茫地在这个小山沟里转悠了半天，什么也没有发现。

最后，还是黄寻祖提了一个建议。他说如果这些人真的走了，那这里就没有那个阴八卦阵了，也就是说他们白天也可以找到这里了。那就不如在这里待一晚上，白天看看，是否能找到什么线索。

杀手和红香主同意，几个人上了车，将就着在车上睡了一觉。

第二天早上，杀手先醒了过来。他下了车，看着车外阳光下的山和旷野，真有一种大梦初醒的感觉。

3. 古庙

众人先后醒来。根据记忆，杀手让司机开着车继续寻找那条山谷，还是毫无收获。

走到一处十字路口的时候，红香主让车拐向西北，走了一条杀手在记忆中没有走过，他们昨天晚上也一直没走过的线路。

车大约走了二十多里路，两边的树木多了起来，小鸟在前边飞来飞去。

红香主说："诸位发现了没有，这边开始有小鸟了。刚才那地儿，一只小鸟都没有。"

杀手看着在车前树上飞来飞去的这些小精灵，点头，说："是，我也在

奇怪呢。”

红香主说：“阴八卦是古人设在大墓里的阵法。古人讲究，这种阴险阵法，他们不用在人间。此阵卦象足以改变风水走向，扰乱人的大脑神经。人在古墓里走入此阵，脑子里会出现幻象，可让人发疯或者自己把自己吓死。这三大家将此阵经过改造，配上山川沟坎，比古人的阵法更加凶险。这些小鸟能觉察其中凶恶，自然不会进去。”

红香主继续说：“盗墓寻宝，本身就是损阴德的生意。干的时间久了，身上阴气加重，心也会越来越阴狠，其行为也会越来越背离人道。最终自己也没有好下场，所谓阴阳有道，报应不爽。”

杀手知道红香主这是在暗中点化自己，苦笑了笑，没吱声。

他觉得自己跟他们那些人相比，还是要比他们道德多了。他只想发点小财，买个房子而已。如果有了钱能在城市买上房子，少活个三年五年又何妨？

汽车顺着山路走了一会儿，拐过一个山坡，前面突然出现了一座破庙。

红香主让司机在庙前停车。几个人下了车，看着这座破旧，却门口洁净的小庙。小庙依山傍水，视野开阔，风水甚好。山门上，有着“龙王庙”三个金漆剥落的大字。

山门洞开。几个人走进小院，从正殿里走出一个穿着僧袍的老和尚。老和尚对着几个人合掌：“施主请进。”

红香主等人进大雄宝殿，上了香，捐了香火钱，走了出来。老和尚送他们出得殿门。红香主在院子里站住，问老和尚：“老师父，此地依山傍水，风水不错，应该有不少人来上香吧？”

老和尚苦笑，说：“小庙偏僻，哪里有人来？你们几位是这个月唯一的香客了。”

红香主仔细打量了一下庙宇，问：“老师父，这庙是什么年间建的啊？”

老和尚说：“明朝的。不过翻修多次了。”

红香主点头，说：“能留下这么一座古庙，真是奇迹了。”

老和尚叹息说："唉，也保留不了多少年了。政府把这周围都卖了，包括小庙。说是有大老板投资，要弄成一个什么太极八卦游览养生胜地，小庙要拆掉另建。"

杀手等人一愣。红香主问："是什么大老板？是不是叫JL集团的？"

老和尚点头，说："对，就是这个集团。前些日子有几个人一直住在后面的禅房里，就是这个集团的。有个一只胳膊的女施主，进出都戴着面纱，那些人见了那个女施主，都像老鼠见了猫似的。他们在这里住了十多天，把佛门清净之地，弄得乱七八糟，要是被他们翻建了，这儿不知是什么样子呢。"

老和尚黯然摇头。杀手大惊："政府卖了这庙？这庙是你们的啊，他有什么权利给你们卖了？"

老和尚苦笑："普天之下莫非王土，我等出家之人，哪里有说话的地方？"

红香主脸色突变，跟老和尚应付了几句话，带着众人匆匆出来。

上车后，红香主问黄寻祖："黄先生，你知道这个独臂女人是什么人吗？"

黄寻祖犹豫了一下，摇头："不知道。"

杀手说："我刚刚看红香主脸色都变了，你不会不知道吧？"

红香主长出一口气，说："杀手！这个世界最凶残最隐秘的杀手！十多年没听说过这个人了……我还以为她已经死了呢，没想到，她还活着！"

杀手看了看依然脸色惨白的红香主："莫非香主跟她打过交道？"

红香主眼神呆滞："有过一次交手，在缅甸。十多年前，部分洪门掌门在缅甸聚会，这个女人带人绞杀洪门中人。我当时也在缅甸。此事引起世界洪门愤怒，派高手将这个女人和她十多个手下包围起来。在缅甸密林中，双方动用了冲锋枪。这个女人的手下全部被杀，女人也受了重伤，一只胳膊被生生用缅刀砍了下来，身上挨了好几枪。不过寻找尸体的时候，没找到。缅甸密林是个环境非常险恶的地方，她受了重伤，只身逃了进去，大家都以为这个女人百分之百是死定了，没想到她竟然还活着！"

杀手惊愕："应该不是一个人吧？这个世界上，凶残的女人太多了。"

红香主摇头："肯定是一个人。当时我们就怀疑她就是那个跟洪门互相绞杀了几百年的大阳教教主的后人。JL集团，就是这个女人出钱成立的。这个女人出现了，他们肯定有了重大发现，也可以说，一场血雨腥风的大战不可避免了。"

众人沉默。汽车转回去，经过曾经的阴八卦阵地，大家也没心思去看了。

直到上了柏油路，杀手才说："红香主，按照您的说法，这天下洪门大和尚都能指挥，那这洪门也很厉害啊，对付这女人那还不容易吗？"

红香主苦笑："天下洪门说是一家，其实早就各自为政了。别的不说，现在大家连洪门老祖到底是谁都不知道。当年大顺皇帝兵败，成立天地会的时候，怕被清兵察觉，只能让手下化名到各地成立。后来这些手下有的被清兵抓到，有的死了，害怕祸及后人，将天地会的秘密带进了棺材。天地会起源因此扑朔迷离。跟顺脚僧还有联系的并不多。这些掌门还大都秘密活动，不敢公开结社。所以，我们所说的洪门，跟欧美的洪门，不是一码事儿。"

杀手很失望："这样啊。我还以为顺脚僧真能指挥动致公党呢。"

红香主说："不说这个了。咱得赶紧查明这个独臂女人到底去了哪里。她去的地方，肯定也是黄榕去的地方。"

杀手看了看红香主，说："黄七大哥说，JL集团这次肯定是查出了大顺宝藏埋藏的地方，您是船帮红堂香主，肯定知道大顺宝藏的埋藏地，你带着我们去那里不就行了？"

红香主笑了笑，说："兄弟，很多事儿你都想错了。你真的以为藏宝地船帮瞎子都知道？那有多少宝藏都被人挖空了。别说是我们，即便是宝藏附近的护宝人，也只是按照先祖密令守护着某一个地方，至于哪个地方有宝藏，哪个地方没有，连他们也不一定就知道呢。"

杀手想到了三王峪的猴子军，不由得问："红香主，您听说过猴子军没有？"

红香主摇头："还真没听说过。"

杀手狐疑："据说……这猴子军是大顺宝藏的守护者，您能连这个都不知道？"

红香主叹息："几百年的事儿了，都各自为政，互相防备，怎么能知道？清朝的时候，天地会船帮有十多万人，船帮瞎子都有上万人，为了不被牵连，这些天地会都是各自独立山头，这样的好处是抓了一帮，牵连不到别人，没人知道天地会的真正头领是谁。坏处也很明显，天地会的各帮派大都没有来往。"

杀手说："你们能传到现在，也算不易了。"

红香主苦笑了笑："还不知道能传下几代呢。如果没有人管，像船帮瞎子这种小门派，又不能像洪门那样各地立山头，不用多少年，恐怕真就没法传下去了。"

4. 奇怪的黄七

杀手和李师刚回到住处，静待红香主的消息。黄寻祖则暂时跟红香主住到了一起。

杀手和李师刚一起把这些日子发生的事情从头捋了一遍，觉得事情越来越麻烦。很显然，他们要跟红香主一起，跟 JL 公司做对了。红香主他们的目的是保护大顺宝藏，杀手他们的目的是救人，而这两个目的，却有一个共同的敌人，那就是 JL 集团。

想到这里，杀手不由得浑身上下一哆嗦。与这个最古老最神秘最为凶恶的帮会为敌，即便有那个神秘的大和尚帮忙，他们能有几分胜算？

杀手想到了他们在三王峪遇到的徐家人。那场惊心动魄的死战，让徐家人也元气大伤，据后来去三王峪寻宝的人说，徐家从此在三王峪绝迹。他们到哪里去了呢？这次是否能遇到徐家人？

杀手心乱如麻。他看了看李师刚，说："李大哥，这次如果真去那个万古金城，是去拼命的，寻宝是没戏了，现在唐大哥也不见了影子，我去，是为了黄榕，是死是活不知道，你……还是不去了吧。”

李师刚说：“去。咱是兄弟。在三王峪你救了我一命，现在你有了麻烦事儿，我转身就跑，那还算人吗？就咱这种人，活着也没钱没势，跟要饭的差不多，死就死了，给国家节省点粮食。”

杀手苦笑了笑，说：“谢谢大哥。”

饭还没吃完，杀手接到了黄七的电话，黄七告诉他们，唐国军给他捎信来了，让他火速赶到万古金城的万福仙庙，他在那里等他们。

杀手有些狐疑，说：“唐大哥怎么不给我们打个电话呢？”

黄七说：“他用公用电话给我打的，手机丢了。他只能记住我的电话号码，因此只给我打了一个电话。行了，话我说完了，你们去不去，是你们自己的事儿。”

杀手忙问：“黄大哥，您不去吗？”

黄七说：“这种事儿少掺和比较好，我还没决定去不去呢。唐国军叫你们带着那个黄寻祖一起去，别人谁也别带。还有，他让我给你五千块钱，你们打车和路上用，你马上过来拿吧，我这两天有事也要出去一趟。

杀手打车去黄七家，黄七让杀手打了个手锯，边点钱给他，边说：“唐国军神秘兮兮的，连我也看不懂了。前后从我这借了两万多元钱了，也不知道什么时候有钱还我。”

杀手接过钱，说：“唐大哥这个人你又不是不知道，他有钱了肯定会还你的。黄大哥，您真的不去了吗？”

黄七摇头：“我不想去。你们赶紧走吧，唐国军让我催你们快点儿。”

杀手从黄七家出来，直奔红香主处，把唐国军的话跟红香主和黄寻祖说了。

红香主点头，笑了笑，说：“你们这个唐大哥消息倒是很灵通。真是人为财死鸟为食亡啊。”

杀手忙说：“红香主，我们跟JL集团不一样，我们都是些穷人，想发点小财能把日子过下去而已。”

红香主呵呵一笑：“你们就是一帮出苦力的，算不上真正的寻宝人，别说是我们了，山里的护宝人都不会理你们这样的。这些大山里，几乎每天都有各种寻宝的进山寻宝，有人也能找到点东西，发点小财，这些人是找不到真正的大顺宝藏的。不过……这个唐国军这次跟JL集团的行动这么一致，兄弟，这可不是个好兆头。你去了，见到你们的唐大哥，好好劝劝他。找点好东西可以，让他别跟JL集团搅和在一起，离他们远点儿，否则真没好果子吃。”

杀手点头，说：“谢谢红香主。我现在的目的就是找到黄榕。找到她，不管她怎么选择，我就算了了一桩心事，我就回去做点小生意，安心过日子。这种不知道什么时候就能丢命的活儿，我是不想干了。”

红香主点头：“这样最好。让黄先生跟你们一起走吧。我们应该也去，不过还要请示大舵主。你们先去，小心点儿，黄先生知道我们的联络方式，到时候你们留下标记。”

杀手带着黄寻祖回到住处，李师刚已经准备好了行李。

杀手还是觉得有些不稳妥，试着给唐国军打电话，唐国军的电话却一直不通。他又给黄七打电话，黄七的电话竟然也打不通了。杀手想了想，下楼搭车直奔黄七家。

黄七家大门紧锁。

杀手突然想到了那个冯大公子。他听李师刚说起，好像他也认识这个人，还有过一点交情。如果黄七是通过这个冯大公子，了解到了大顺宝藏的下落，那找到这个冯公子，也许会知道黄七到底是去了哪里。

杀手回到住处，跟李师刚说到了黄七和冯公子的事儿。李师刚手机里恰巧有这个冯公子的电话号码，李师刚告诉杀手，前些日子他们去缅甸弄木头，其中最大的股份就是这个冯公子的小舅子的。他小舅子也赔了钱，赔的不是很多，却把他们的钱卷走了不少。

“这个冯公子，也不是什么好人。”李师刚边骂着，边给这个冯公子打电话，却一直打不通。

李师刚放下电话。杀手想了一会儿，缓缓点头，说：“我明白了，黄七应该去万古金城了。咱得马上走！”

李师刚有点惊愕："黄七一般不跟这些大户来往的。这跟大户合伙做生意，赚的钱是人家的多，要是遇到危险，大户会先逃，让别人替他送命。黄七这种老江湖，跟咱不一样，人家虽然不是大户，但是有自己的渠道和人，根本不用给大户当奴才。"

杀手点头："我也纳闷，这个家伙为什么要跟这个冯公子来往。我有种预感，两人肯定是联手了。如果他们联手，就说明他们的这单生意很大，一家拿不下来。"

黄寻祖点头，说："冯家我也了解一些，他们常跟别家联手。他们这一派虽然有文化的多，但是经验少，遇到怪事儿不知道怎么对付。他们找黄七,一点儿不奇怪。"

杀手说："我奇怪的是黄大哥怎么会找冯家。以往我们兄弟一起合作过几次，关系也比较好。"

黄寻祖说："有些地方你们兄弟不适合去，人家自然就要换人了。"

杀手说："他还捎信给我，说唐大哥让我们去万古金城，我问他什么时候去，他说他不一定去还是不去。如果他早去了，那等我们在万古金城遇到了，他不会感到尴尬？这人……"

黄寻祖说："这种人，只要能找到财宝，还管什么尴尬不尴尬。走，咱马上就走，这事儿太复杂了，去了再说。"

众人不敢怠慢，李师刚出去雇了车，三人把各种装备带齐，每人背了一大包，上车，直奔万古金城。

5. 山上诡影

杀手在地图上查了，从洛阳到乐昌的万古金城山，大约有一千四百公里，开车要十多个小时，他想请司机找个做伴的，路上有人换班，能跑得快点儿。司机不愿意，说找不到人。杀手问他自己能开十多个小时，直到韶关吗，司机说能，只要钱多点就行。不过不管怎么多，肯定比两个司机合算。

司机算了算路程，要四千五百元。杀手吓了一跳，说最多三千。司机咬定非四千五百元不干，说这都晚上了，要是白天还能好点儿。

最后，双方以四千元成交。三人请司机吃了点儿饭，四人上车，先奔湖南方向而去。

四年前，他和李师刚唐国军黄七去秦岭的时候，也是雇的车，不过那时候雇的是面包车。是杀手第一次出去跟人一起干大活儿。那时他心情激动，觉得他杀手终于到了咸鱼翻身鲤鱼跳龙门的时候了。现在，依然是穷人的杀手坐在车上，心情复杂，一点儿都高兴不起来。

黄寻祖似乎得了睡眠症，上车就呼呼睡了起来。李师刚知道不能守着司机谈他们的“业务”，两人陪着司机说了一会儿话，李师刚也呼呼睡着了。

杀手坐在副驾驶位置，瞪眼看着路，偶尔跟司机说几句话。

司机说他没事，不困，让杀手也尽管睡。杀手看了看手机，还不到九点，就说早着呢，他习惯晚上十一二点睡觉。

然而，因为劳累，杀手陪司机说话到十点多，就迷糊了过去。

迷糊不知道多长时间，三人突然被一声惊叫吓醒了。汽车一阵乱晃，杀手眼看着汽车跟前面的一辆大货要撞到了一起，司机猛打方向盘，在众人的一片惊叫中，终于有惊无险，停在了路边。

三人的睡意完全给吓没了，众人沉默了好一会儿，司机要继续走，杀手说：“别走了，找地方住宿。”

司机还嘴硬：“没……没事，我现在不瞌睡了。”

杀手说：“不瞌睡也不能走了。不差几个小时，先睡觉，命要紧。”

司机小心翼翼：“那钱呢……大哥，您可别扣我的钱。”

杀手笑了笑：“不能，讲好多少就是多少。”

朝前走了一会儿，到了一个服务区，杀手让司机把车开进去，四个人开了两个房间，安安稳稳地睡了一觉。

第二天一早，众人吃了点儿豆浆油条，继续赶路。

十点多，他们进入乐昌地界。边打听边走，用了两个小时，终于到了

山下。

杀手明白，这个地方现在肯定聚集了不少觊觎大顺宝藏的人马，特别是占有各种优势的JL集团，他们一定在这周围布下了不少的暗哨，任何人的进入，也逃不掉这个集团的监控。

因此杀手让车在村外停下，他付了车费，出租车离开，他们三人选择了一条小路，从村后进了村子。

他们在村里僻静处找了一个小店吃了点儿饭。边吃饭，杀手边跟老板聊，让老板给他们找一个向导。

老板精瘦，能聊。听说他们要找向导，就问他们要到哪里去，杀手说要到山上的一个万福仙庙。

老板笑了，问他们是寻宝的吧。

杀手还没接话，老板就神秘兮兮地告诉他们，最近这里来了不少人，都扛着家什，全国各地的都有，一看就是来寻宝的。

杀手笑了笑，说他们就是来看看的，什么家伙都没带，寻什么宝啊。

老板说寻宝不寻宝的无所谓，他们村里的人几乎都到山上寻过宝，多年以前，还有人在这里发现过好东西，现在这山都让人翻了好多遍了，什么东西都没有了。这些外乡人都是空着手来，空着手回去。

杀手问最近到这里来的都是些什么样的人。老板告诉杀手，有几个看起来仙风道骨，不像是寻宝的，倒像是修行的道士。还有些穿着很整齐的年轻人，这些年轻人大约有七八个，住在一个大院子里，看行动，像当兵的。

三人精神一震。杀手知道，JL集团的人应该是真的来了。

吃完饭，老板给杀手找的向导也来了。杀手要求向导带他们走一条别人没有走过的小路到万福仙庙，不能让任何人发现。

向导答应。说他知道一条小路，不过很难走。原先是邻村一个老中医采药的时候踩出来的，老中医现在跟着儿子进城了，这条小路就没人走了。

杀手说行，那就走这条小路。

谈好了价钱，向导要求先付钱。杀手不愿意。饭店老板帮向导说话，说向导是非常老实的人，前些日子，有人要他带路，到了地方后，人就钻进树林里找不到了，今年很多次遇到这种事儿了，他才不得不跟人家先要钱。

杀手觉得这个理由也说得过去，且看这个四十多岁的壮男一脸沧桑，老实人的样子，就先把钱付了。

向导高兴了，帮着杀手背了一个背包，带着三人，绕过村子，贴着山脚走了一会儿，开始爬山。

杀手他们看不出这里是一条小路。跟别的地方一样，草木茂盛，藤蔓缠绕，有时候，为了要绕过一段灌木丛和密集的树林，他们要翻过乱石嶙峋，极为陡峭的山坡。

走了一会儿，前面终于有了小路的样子。向导告诉杀手，这些地方就有游人能走过来了，没法避免的。

在小路上走了一会儿，黄寻祖突然抓住杀手的胳膊，对他使了个眼色。杀手不明白，问："咋了？"

黄寻祖小声说："有人跟着！"

杀手要朝后看，被黄寻祖拉着朝前走。边走，黄寻祖边小声说："前面有个小拐弯，拐过去后，赶紧藏起来，看看是谁在跟。"

李师刚惊讶："这里还有人跟着？不能吧？"

杀手说："听黄大哥的。人家在大山里住了几十年，比咱机灵。"

向导也有些狐疑："这地方乱七八糟生灵多，先生不是听错了吧？"

黄寻祖断然说："绝对不是。跟着咱的是两个人，很机灵，老手。人跟别的东西走起来声音不一样，请大家相信我。待会儿拐过去后，老李和向导大哥继续朝前走，我和杀手兄弟躲进树林里，咱福仙庙见。"

向导担心："你们能找到路吗？"

黄寻祖说："放心。这两个会跟着你们，一直跟过去。我们两个跟着他们便是。"

众人朝前走，在一山坡下，有个小拐弯，众人拐过来后，杀手和黄寻

祖躲进了小树林里。李师刚和那个向导继续朝前走。

两人在小树林里待了会儿，窥视着来路，果然，只一会儿，两个鬼鬼祟祟的影子从远处走了过来。这两人都戴着大帽子，帽檐拉得低低的，跟特务似的。他们一直走到杀手和黄寻祖的面前。两人这才看到了这两个跟踪者的面貌。

两个年轻人，三十上下的样子。

杀手知道，他们应该是JL集团的人。两个年轻人经过两人的面前，继续朝前走。走了一会儿，却突然不见了！就在他们面前约十多米的地方，消失了。

杀手有些惊愕。黄寻祖把嘴贴到杀手的耳朵边，小声说："这两个家伙发现少了两个人，躲起来了。"

杀手抽了一口冷气，也小声说："他们动作好快，我都没看出来他们躲到哪里去了。"

黄寻祖说："这两个是高手。"

杀手问："咱怎么办？要是朝前走就被他们发现了。"

黄寻祖说："走，跟我走。"

黄寻祖脱下外衣，披在一棵小树上，老远看起来像是一个人在蹲着。然后，他带着杀手在小树林里蹑手蹑脚朝后走。走了一会儿，朝一侧拐弯，兜了个大圈子，绕过那两个家伙藏身的地方又上了那条小路。

两人急速朝前走，前面不远出现了一段城墙。杀手有些激动，指着城墙说："快到了吧。"

黄寻祖朝前看了看，说："城墙下面有人！"

杀手说："这地方现在名声大着呢，很多人来这里玩，有人正常。"

黄寻祖说："不是来玩的。我能感觉出来。"

杀手朝前看了看，狐疑地看了看黄寻祖，说："这也太神了吧，就那么几个人影，离着这么远，你就能感觉出人家是干啥的？"

黄寻祖说："如果是普通上山游玩的，歇息的时候，无论是站，还是坐，基本都是离得不远，说话方便。这三个是分散站着，各自监视着一个方向，你发现了没有？”

杀手想了想，不由得点头，说：“说的有道理。”

黄寻祖说：“如果我没猜错，那附近不止这三个人。这条小路周围应该还有人。”

杀手担心起来：“不知道李大哥和那个向导走到哪里了，不能被他们抓去吧？”

黄寻祖说：“抓是不可能的。他们能跟着这两个人。如果唐国军出现，那他们就能收网抓人了。”

杀手急了：“那唐大哥不就暴露了？咋办？”

两人怕那几个人发现他们，暂时不敢朝前走了，侧身闪进路边的小树林里。两人正在想办法，突然从树林里传来一阵脚步声。

两人正要躲避，突然有人轻声喊：“杀手兄弟，是我。”

杀手一愣：“唐……唐大哥！”

6. 救出老马

正是唐国军。

他的后面，跟着李师刚。

唐国军示意两人跟着他走，几个人走进树林，转过一个山坡，一直来到一小山洞旁，唐国军才停住，让众人休息一下。

除了黄寻祖，大家都累坏了。唐国军从山洞里面拿出几瓶矿泉水，分给大家。杀手终于有机会说话了，他问：“唐大哥，您怎么能在这里啊？”

唐国军说：“你先喝口水，有话咱慢慢说。黄先生，您这一路上辛苦了。”

黄寻祖笑了笑，说：“不客气。我在江西山里过的日子，比这个辛苦多了。唐先生，我就是想知道，您把我也叫来，不知道有何吩咐。如果您是想让我帮你们寻找宝藏，这恐怕要让你们失望了。”

唐国军说：“这个我明白。黄家是洪门世家，天地会舵主后人，自然不

会帮我们寻找宝藏。我叫黄先生来，是想跟您做一个生意。”

黄寻祖一愣：“生意？我们……做啥生意？”

唐国军说：“黄家想找到的是当年黄舵主留下的紫铜匣子，但是直到现在，也只是找到了一些线索，还没有找到这紫铜匣子，是不？”

黄寻祖点头：“是。”

唐国军继续说：“紫铜匣子里有天地会宝藏的秘密，这是历史遗物，藏宝数量巨大，如果真能找到，我觉得黄家也不会轻易把宝藏据为己有，而应该世代守护下去，直到有了合适的机会，才能让其大白于天下。”

黄寻祖频频点头，说：“没错。现在这宝藏不止是金银财宝，而是已经有了历史意义，轻易挖掘，是一种犯罪。黄家自然不会莽撞。”

唐国军点头，说：“我唐国军虽然是个小人物，这点道理我懂。我这些日子，一边躲避顺脚僧的追杀，一边也找到了一些人，得到了一些线索。这线索里有紫铜匣子的下落，还有一个线索，那就是当年黄舵主藏匿这紫铜匣子的时候，还留下了一点金银财物。这财物不多，据说是黄舵主留下的，目的是让人得此金银后，把紫铜匣子想法送给黄家的。”

黄寻祖狐疑：“怎么听着像讲故事？这人要是看到了紫铜匣子，肯定也是懂得这匣子的宝贵的，先祖能相信有人会只拿点小财宝，把匣子送给黄家？”

唐国军点头，说：“他应该有这个自信。因为据说黄舵主还留下狠话，谁要是贪心不足，拿着这紫铜匣子，必定会惹来杀身之祸。谁要是敢按照匣中所记地址寻宝，更是九死一生，因为宝藏不但有秘传护宝者在保护，还有只有黄家人才能懂的标记，别人贸然闯进去，各种机关就会要了他的命。”

黄寻祖看了看唐国军：“唐先生，您说了这么多，您说吧，您是什么意思？”

唐国军说：“简单。我们帮您找到黄家的紫铜匣子，我们兄弟只要当年黄舵主留下的那点财宝。这点财宝不多，不过也够我们兄弟在城里买幢房子，做个小生意的。”

黄寻祖点头，说：“如果真是这样，那我倒要感谢唐先生。不过，我怎么能相信唐先生不会临时起意，抢夺紫铜匣子呢？你们这么多人，黄家可就我自己。”

唐国军说：“如果我们先帮您救出黄榕和老马呢？”

杀手和黄寻祖同时惊讶了：“救出黄榕和老马？！”

唐国军点头：“黄先生应该比我清楚，老马也在这里。”

黄寻祖看着唐国军：“你凭什么这么说？！”

唐国军笑了笑，说：“即便我不出现，黄先生也有办法把老马救出来，是吧？如果我没说错，那个康家大少爷并不是康家嫡传。当年康家大少爷带着他的堂弟一起到的江西，而这堂弟早就被老马买通，他们到江西寻宝的消息，是堂弟早早传给老马的，老马暗中找人包围了他们，他又出马救了这两人。不过真正的康家大少爷被老马杀了，他的堂弟则冒充康家大少爷，成了老马布局的一颗棋子。这次老马被他们抓住，是康家大少爷和老马商量好的，老马不管在何处，康家大少爷都会留下线索，所以救出老马并不难，黄先生，我说的对还是不对呢？”

黄寻祖目瞪口呆：“你怎么知道这些？”

唐国军笑了笑：“鱼有鱼道，虾有虾道，一只王八一条道。我怎么知道的您以后肯定会知道。现在我只想要黄先生和老马跟我合作，咱找到东西，紫铜匣子归你们，旁边的金银归我们兄弟。黄先生是否同意？”

黄寻祖想了想，点头，说：“那我有一个条件，帮我救出黄榕。”

唐国军点头，说：“这个我刚刚说了。”

黄寻祖说：“这个有难度。黄榕关在哪里，我一点儿都不知道。唐先生应该知道，这 JL 集团的人可不是吃素的。”

唐国军说：“那就先救出老马。”

当天下午，杀手等人一直在这个小小的山洞里躲着。山洞里有火腿有面包，还有矿泉水，几个人吃饱之后，闲聊了一会儿，四个人排了值班时间，就分头睡了。

一直睡到深夜，唐国军才把众人叫醒，让大家吃了点儿东西。稍事休

息，就带着众人朝山下走去。

下了山后，黄寻祖在村里找到了那个康家大少爷留下的暗号，众人循着暗号指引的方向寻找，一直找到了一处位于村西北角的低矮的小房子。

唐国军轻声告诉杀手他们，JL集团的人是分批来到这里的，总共得有二十多人，大概是为了不引人注意或者是监视村子，他们分成四五帮，住在村子的各处。

这座房子应该是他们其中的住处之一。

小房子不大，四间正屋，靠东有两间厢房。众人计议了一下，觉得此地最多能住五个人，加上老马，应该是六个。老马应该在正屋里，厢房住着两个值夜的。

只有先想法制伏这两个值夜的，才能顺利救出老马。

黄寻祖观察了周围的情形，他轻声对唐国军说："我先上院墙，藏在靠山墙的那个黑影里，我藏好后，您就轻轻敲门。记住，连拍三下，再拍一下。他们会出来一个人开门。你们预先埋伏两个人在门旁，把这个收拾了。剩下那个就交给我了。"

唐国军狐疑地看看他："能行？你如果在院子里出一点动静，咱可就完蛋了。他们只要一发信号，JL集团的人都就过来了。"

黄寻祖点了点头，轻轻一跃，就上了院墙，那动作，比猫都干脆利落，三个人看得目瞪口呆。

唐国军点头，说："牛，人家这才是真功夫。"

黄寻祖伏在墙上，爬到院墙与厢房接壤处的黑影里，唐国军过去拍门。他按照黄寻祖说的，三连一单，声音不大，却很清晰。屋子里果然发出吱呀一声门响，有脚步声从里面出来，走过院子，走到门旁，开了门。

那人大概以为外面站着的是自己人，大摇大摆地走出来，伸了个懒腰。隐在门后的李师刚和杀手扑了上去，李师刚伸出胳膊，夹住此人的脖子，杀手伸刀要杀人，被李师刚挡住。唐国军用一块破布塞进这家伙的嘴里，杀手掏出绳子把人五花大绑，用刀子在此人面前比划了一下，这家伙马上明白了，直点头。两人把他抬进胡同，扔在地上。

另一个值夜的听到外面有声音，走出来看究竟，被埋伏在院子里的黄寻祖捂住口鼻，一块砖头砸在了后脑勺上，这个家伙也软塌塌地倒在地上。

几个人小心翼翼走进院子。

正屋门没关。黄寻祖手持短刀在前进了屋子。堂屋里睡了两个人。一个躺在床上，一个躺在地上的木板上，睡得正酣。

为了不出麻烦，杀手和黄寻祖猛然下手，割断了他们的喉咙，这两人还在梦中，就不知不觉进入了地狱。

李师刚和唐国军进入了另一个房间，把第五个家伙摁住，刀子在那人眼前一比划，人就不敢动了。两人用破布塞住他的嘴，也把人五花大绑了，扔在地上。

杀手和黄寻祖借着淡淡的月光在屋子里搜寻，在一个封死了窗户的房间里，找到了被绑在屋子顶柱上的老马。

两人解开绳子，此时李师刚和唐国军也赶了过来，李师刚背起老马，四个人急速逃进了山里。

边跑，杀手边害怕，问唐国军："咱杀了人，村民不会报警吧?"

黄寻祖替他回答了："这个请放心，JL集团会替咱处理得好好的。要是报警，他们最先有麻烦。"

杀手稍稍放下心。不过，他总是觉得那地方不妥当，至于这不妥当的地方具体在哪里，他说不上来。这种感觉一直陪伴着杀手，跟着他走出村子，走进山里。

7. 暗语诗

老马身体虚弱，四个人轮换背着老马，一直爬到了唐国军在半山腰的那个山洞。

最后背着老马的，是黄寻祖。经过这么长时间的颠簸，老马身体里的血液已经恢复畅通，人也有了精神，几次要下来自己走，都被黄寻祖

拒绝。

唐国军也劝他，说现在是晚上，对这里的山路他不熟悉，还是老老实实待着好。

到了山洞，黄寻祖在杀手的帮助下，放下了老马。

老马靠在墙上，歇息片刻，说：“谢谢各位英雄舍命相救。JL集团会很快追杀过来，此地不可久待。”

唐国军说：“老马您放心，他们不过二十来个人，这么大的地方，他们想找到这里，也不是那么容易。您先吃点东西休息一下，咱商量下一步怎么办。”

黄寻祖问老马看到黄榕了没有，老马说看到了，她也被带到这里来了，不过不知道她被关在哪里。

黄寻祖半喜半忧，说她也被带过来，那说明宝藏真应该在这儿。这里JL集团的人少，咱得想法把她给救出来。不过，她被关在哪儿呢？康家大少爷怎么一点消息都没透出来？

老马让黄寻祖第二天想法跟康家大少爷联系一下，从他那儿打听一下黄榕的消息，黄寻祖答应。

第二天一早，黄寻祖和唐国军打扮成了山民，两人下山买各种吃用的东西，顺便跟康家大少爷联系。

下山后，两人兵分两路，唐国军去采购，黄寻祖在村里最繁华的地方贴了一张寻子的广告，然后在离广告旁最近的一个小饭店，等着康家大公子。

一直到中午，康家大公子才走进饭店，在黄寻祖身边坐了一会儿。他告诉黄寻祖，他和黄榕不是一起来的，但是他知道她来了这里之后，到处找她。前天刚差不多确定了她被关押的地方，昨天就发现那里的几个人都走了，成了空屋子。

黄寻祖问：“他们能到了哪里？你比我了解他们，你分析一下。”

康家大少爷想了想，说：“你们大概不知道，JL集团分三批进来二十多人后，又进来了两批人马。这两帮人只是在各自进来的当晚，到我们住的地方住了一晚，并且第二天一早就没了，早饭都没吃。”

黄寻祖皱眉：“他们到哪里去了？”

康家大少爷摇头：“不知道。第二批人马是前天晚上来的，前天早上我起来的时候，他们就都不见了。后来，我到关押黄榕的地方去，想确定一下黄榕是否关押在此。没想到，去了之后，发现已经人去屋空了。黄榕和那几个负责看押她的打手都不见了。”

黄寻祖拍着脑袋想了想，说：“也就是说，黄榕跟第二批来的人同时消失了。他们……能到哪里去了呢？”

康家大少爷说：“我也在想此事。我觉得，他们应该是去寻宝了。”

黄寻祖惊讶：“不能吧？你不是他们请来帮忙寻宝的吗？他们要是去寻宝怎么能不带上你？”

康家大少爷摇头，说：“你不懂。JL集团里高人很多。叫我们来，有时候真不一定用你。有时候是怕我们抢他们的生意，特意用这种方法把我们先控制起来。还有一件事，我前些日子一直没有想明白，我和古家二少爷是一起到洛阳的，不管干啥事儿，我们都是在一起，而这次到万古金城来，他们特意把我和古家二少爷分开走，我当时就觉得奇怪，这两天我特意想法寻找这个二少爷，发现他人没了。起码现在没在村里住着。”

黄寻祖皱眉：“那他……是寻宝去了？”

康家大少爷点头，说：“古家二少爷不见了，我才确定他们应该是进山寻宝了。”

黄寻祖问：“那他们怎么没叫你？怀疑你了？”

康家大少爷摇头：“这倒不至于。我刚刚说了，这是JL集团常用的招法，一部分人行动，一部分人待着不动，吸引对方的注意。或者是做多种准备，留一部分人后动。”

黄寻祖说：“我们还真是差点被他们给耍了。JL集团朝哪个地方行动，你是否知道？”

康家大少爷摇头：“不知道。这个是常识，谁也不会提前把行动地点透露出来。”

黄寻祖说："那行。我先走了，我得赶紧想办法救人。"

康家大少爷说："你们如果要行动，留个暗语给我。"

黄寻祖答应。黄寻祖从小饭馆出来，找到唐国军，两人急急忙忙朝后赶。

路上，黄寻祖又发现了跟踪的。好在唐国军熟悉地形，带着黄寻祖在山里三转五转，把人甩了。

回到山洞，老马已经好多了。看到黄寻祖，他就问："咋样？找到黄榕下落没有？"

黄寻祖心情沉重，说："麻烦。下落倒是差不多知道了，不过……救人很难。"

老马着急，说："你赶紧说说啊，到底怎么回事儿。"

黄寻祖把康家大少爷的话跟大家说了，众人都沉默了。沉默了一会儿，唐国军说："这也就是说，要想救出黄榕，就得先找到这宝藏的下落。"

黄寻祖说："是。不过谁知道这宝藏的下落到底在哪里呢？"

老马看了看唐国军等人，很严肃地说："知道了我们也不能进去。别忘了，我们是黄家人。"

黄寻祖说："老马大哥，您这是糊涂了。这次我们不进去，人家JL集团的人也能找到。说不定人家已经进去了呢。我们要是进去，说不定还能救了这宝藏呢。"

老马喔了一声说："我真是老糊涂了。黄少爷说的对，不过……我们现在不知道藏宝之地到底在哪里，有什么办法？"

唐国军说："昨天晚上我跟黄先生讲好了，我要的是一点点宝藏，你们要的是黄家先祖的紫铜匣子，还有帮你们救出黄榕，黄先生，这话还算数吧？"

黄寻祖点头，说："算数。"

老马看了看两人，问："讲好了什么？我咋不知道呢？"

黄寻祖把老马叫到一边，把昨天晚上唐国军跟他说的话跟老马说了。老马惊讶："这个唐国军怎么知道这么多？这人本事不少，不像是那种只为了点小财的人。不能相信他。”

黄寻祖担心起来：“那怎么办？要不咱就不跟他合作了？”

老马想了会儿，说：“不跟他合作，咱现在一点线索都没有。这人有本事也是好事，起码咱让他先帮咱救出黄榕。这几个人的本事我都了解，你我加上黄榕，打起来他们也不占便宜。”

黄寻祖说：“我也是这么想的。”

两人走回来，老马说：“唐先生，你们谈的条件，刚刚黄寻祖跟我说了。我同意。不过你要先帮我们救人。救人之后，再说别的。”

唐国军笑了笑，说：“老马先生，救人和寻宝，是要同步进行的。黄榕现在肯定被JL集团带进藏宝之地了。JL集团不是傻子，他们带人进去，肯定有目的。黄榕是黄家人，懂得黄家留下的暗语，他们把黄榕弄过来，应该就是为了破解黄家的暗语，找到宝藏。所以，咱得先找到藏宝之地，才能找到黄榕，才能找到机会救人。”

老马点头，说：“有道理。唐先生来了这么长时间了，对宝藏肯定也有所了解，你就明说吧，咱怎么才能找到藏宝之地。”

唐国军从身上掏出几张纸，摊开。纸是普通的A4纸，上面画了一些奇奇怪怪的符号。这些符号有箭头，有圆圈，有方块，有山头，还有类似铜钱样的东西。老马把纸拿起来，走到临近洞口阳光充足的地方，看了一会儿，回来问唐国军：“这是从哪里找的？”

唐国军说：“山上的石头上。应该是JL集团的人先发现了这个，我跟踪了他们，发现他们在给这些东西拍照，就在他们走了后，偷偷把这些符号记了下来。也幸亏我记得及时，现在你到山上找，就找不到了，被他们都抠掉了。”

老马问：“这些符号是刻上去的，还是画上去的？”

唐国军说：“刻上的。有的地方腐蚀得厉害，都快看不出来了。很多地方我是按照大约的模样画上去的。”

老马点了点头，重新拿到外面，仔细地看着。黄寻祖也走出来，从老马手里接过那几张纸，仔细地看着。

两人传看着，嘀咕了一会儿，黄寻祖走了进来。

唐国军问：“翻译出来了没有？”

黄寻祖摇头，说：“没。”

唐国军走出来，看见老马蹲在地上，在看着那张纸发呆。

唐国军在老马身边蹲下。

老马说：“这附近有河吗？”

唐国军说：“有啊，你来的时候没看到吗？河水看起来还很深呢。”

老马点了点头，继续看着纸上的信号。

看了一会儿，老马走进山洞，让黄寻祖找笔。黄寻祖没带笔，问问众人，大家都没有带笔的。杀手问老马找笔干啥。

老马说这些暗语他差不多翻译过来了，想找笔记下来。

杀手说那简单，你读着，我给你用手机记下来。

老马一字一句地读着，杀手用手机给打了下来，是两句古诗：水贯南北中，山居风过洞。

众人听着这两句诗，都觉得有些不明所以。

这是宝藏的线索？闲着玩写的打油诗吧？可是打油诗为什么还要用暗语分别记在各处的石壁上呢？JL集团的人为啥要把这些暗语拍照下来之后，又给毁掉呢？

李师刚说弄不好这是JL集团的诡计，特意让咱上钩。众人议论纷纷，只有唐国军，拿着杀手的手机一言不发。

老马凑过来，问唐国军：“兄弟，你觉得这句诗跟宝藏有关系吗？”

唐国军点头，说：“肯定有关系。您看，这诗有山有河的，这不就是藏宝地点吗？”

杀手说：“很多古诗不但有山有河，还有天有地呢。”

唐国军很认真，说：“兄弟，别抬杠。古代很多人喜欢在写藏头诗或者藏尾诗，南方的一些公侯墓主就喜欢在墓中弄几首诗，墓中明器的藏处就在这诗中。有意思吧？”

黄寻祖笑了：“有意思。死了还要跟人研究诗歌呢。”

杀手拿过手机，看着那两句诗说：“藏头诗？溪、山……这也没啥啊。中、洞……中、洞……中间有个洞？”

黄寻祖拿过手机看了一会儿，突然喊道：“有了！我知道这首诗的秘密了！”

8. 水洼

老马和李师刚凑过来，老马问：“是什么秘密？”

黄寻祖拿着手机，说：“这是一句藏头藏尾诗，每句诗的头尾两个字连在一起就是‘水中山洞’四个字，也就是说，写这首诗的人的意思是水里有个山洞，这个山洞很可能就是藏宝之地！”

老马点头：“不错！应该就是这个意思！唐先生，你来得早，你知道这水里哪儿有山洞吗？”

唐国军想了想，摇头，说：“没听说过。这首诗说的是水中山洞，也就是说这个山洞，应该是在河中，在水面下，这个谁能知道啊。这边的小溪长着呢，这个山洞又在水面下，怎么找？”

李师刚说：“说不定是在水面上呢。”

唐国军摇头，说：“这个应该就是水面下的意思。如果是在水面上有山洞，那根本不用古人留诗指点，早就被人挖空了。古人都严谨，如果山洞在溪水上面，那肯定不会说‘水中山洞’，而应该说‘水上山洞’了。”

老马点头，说：“唐先生的话有道理。不过我想啊……这水中山洞……那这水的这一段必须是靠着山的，并且这一段水还应该比较深，否则就没法遮挡住这山洞。这条小溪有枯水期，也有断流的时候，而山洞到现在也没人发现，说明断流的时候这个山洞也没有露出来，我觉得这种地方应该不多。我们设法打听一下，就问有哪几个地方小溪的水干了，水还比较深。”

唐国军说：“此地有个民谣：前三山，后三山，前面流水转九弯。左有青龙倚皇榜，右有白虎朝马山。当地人传说这个民谣跟宝藏有关系，但是

没人能够破解其中意义，我想了好几天，也按照民谣的意思在山里转了些日子，没找到什么线索。”

老马摇头，说：“这个没太大意思。很多流传下来的这种民谣，都是藏宝者故布疑阵，让人传下来的。”

唐国军说：“那行，咱明天就按照这古诗上的意思找这个河。对了，按照这个意思，这个宝藏的入口应该是在水下的山洞里，我觉得明天我们应该兵分两路，一路到城里买潜水设备和水下能用的手电，以便从水下进入山洞，一路找人打听古诗中说的这种地方，确定地址，准备晚上下水。”

众人同意，经过研究，决定第二天由黄寻祖和李师刚进城买东西，杀手和唐国军老马寻找这个神秘的水下山洞。

一夜无话，第二天一早，李师刚和黄寻祖就搭车进城，买潜水设备去了。老马和杀手等三人则找到他们第一次吃饭的那个小饭店，跟老板打听山里面哪里有比较深的水湾，水湾不但要深，还要从来没干枯过的。

老板想了想，告诉了他们几个地方。唐国军对此地地形熟悉，他跟老板要了纸笔，记下了这几个地方，匆匆吃了点饭，几个人就返回了大山里。

老板说的这几个地方相隔不远，几个人在每个水湾的附近仔细寻找，想找到点记号啥的，找了半天，什么也没找到。

约莫李师刚和黄寻祖差不多应该回来了，唐国军让杀手回山下等着李师刚等人，他和老马在几处水湾继续寻找线索。

两人终于在一处水湾上的岩壁上，发现了模糊不清的暗号标记。可惜标记的岩石已经模糊不清，看不出写了什么。唐国军很兴奋，觉得此处应该就是藏宝之地。老马说如果真的是藏宝洞入口，那JL集团的人也应该是从这里进去的啊，怎么一点痕迹都没有。

唐国军说弄不好有别的入口呢，别管了，先下去看看再说。

两人商量，决定先回到住处，晚上带着潜水工具，下去寻找洞口。两人回到山洞，李师刚等人也已经回来了。唐国军问是否发现有人跟踪，黄寻祖说遇到了，JL集团在路口都安排了人，不过跟踪他们的人被他们半路甩了。

唐国军跟大家说了那几个水湾的情况，众人兴奋。唐国军让大家好好歇息一下，今天晚上无论是否能找到宝藏，都将是奋战之夜，养好精神最重要。

大家各自领了潜水服，黄寻祖和老马不知道使用方法，杀手给两人示范一番，直到两人会用，大家各自歇息。

太阳落山后，唐国军把大家叫醒，吃了点儿火腿罐头，众人就在唐国军的带领下，朝着那个有暗语标记的水湾行进。

为了安全，杀手让有丰富的山地行走经验的黄寻祖断后。

一行人，各揣心事，在夜幕中一番急行军，来到那个水潭旁。

此时天已经黑透。树木如鬼魅，水湾闪着暗黑的亮光，显得神秘莫测。

水性比较好的杀手和黄寻祖先穿上潜水服，带上手电，潜入水中。

光线在水中穿透性差，照的距离短。两人在水中折腾了好一会儿，也没找到水塘边。杀手着急，朝着一侧努力游动，突然隐隐发现前面站了几个人！这几个人在水中缓缓移动着，朝他们走了过来。

杀手和黄寻祖掏出了短刀。

几个人越来越近。离得近了，发现这些人行动诡异，不像人类。两人心里害怕，正犹豫是否要转身逃跑，突然从那几个人身旁各涌出一物，朝着两人就冲了过来。两人不知是什么怪物，忙分头躲避。

让他们没想到的是，这几个东西竟然会拐弯，他们两人朝哪里跑，这些东西就朝哪里追。两人无奈，只得掏出刀子，迎了上去。

杀手一刀刺空，那物尾巴打在他的嘴巴上，杀手才发现这家伙竟然是一条鱼！杀手被鱼尾巴打得懵了好一会儿，才稳住身子。

这时候，那几个人已经飘过来了。两人虽然极度害怕，却知道没有退路，只得硬着头皮挥刀而上。两人还没有与那几个人接触上，那鱼竟然又从后面攻击两人，两人猝不及防，被鱼撞得飞了出去，直接跟那几个人撞在了一起。杀手被其中一个抱住了，越挣扎越紧，手中的刀子乱刺乱砍，

那人却丝毫不肯放松。

杀手正无计可施，觉得一个人影冲了过来，人影上下翻腾，挥舞刀子一番猛砍，终于把杀手解救了出来。

是黄寻祖。救出杀手后，黄寻祖让杀手配合他，两人对着一个人，一番猛砍，那“人”终于露出真相，竟然是一具骷髅！骷髅被水草缠住，在水中移动，与人无异。被他们砍光了水草的这具骷髅失去了水草的束缚，加上两人的砍剁，终于支撑不住，慢慢在两人的面前散架，落在了水底。两人朝水底看，竟然堆满了各种姿势或躺或卧的骷髅架子，两人看得头皮发麻，不敢待下去，忙从水里钻了出来。

唐国军听说水下有骷髅，大喜，说肯定是这里了。这些人应该就是寻宝人留下的尸体。众人踊跃，都穿了潜水衣，一起潜入水塘。

那几个站着的，也都是被各种水草裹起来的骷髅，被几个人用短刀把水草砍下后，骷髅都缓缓倒了下去，好像终于可以安心休息了。

水塘里的鱼却朝他们发起了攻击。这些鱼不咬人，却用它们硕大的身体，不断撞击他们。几个人一边躲避这些大鱼，一边对水下进行探索。水塘不大，四周是土质和岩石结合的机构，没有山洞的迹象。

杀手从水底的骷髅中发现了大量的锈迹斑斑的刀枪和盔甲等物品。几个人明白了，这个水塘应该是几百年前处决俘虏或者叛徒抛弃尸体的地方。这地儿显然不可能是大顺藏宝洞的入口。

众人从水中上来，一番商量之后，又到剩下的几口水塘侦探了一番，也是毫无发现。几个人从刚来时的踌躇满志变得垂头丧气。

休息了一会儿，唐国军跟老马商量，觉得还是他们第一次去的那个水塘应该有戏。那些人或许不是大顺军处决的俘虏，如果是处决的俘虏，那怎么还会有刀枪呢？他们是不是大顺军撤退后，偷偷来盗窃财宝的士兵呢？

老马说那就跟黄家的紫铜匣子没有什么关系了。唐国军从山上寻到的那行暗语，可是黄家的暗语呢，跟天地会的暗语相似，却不尽相同。

唐国军说，或许这里先是大顺藏宝之地，李自成成立天地会后，财宝由天地会的人保护，一直传到了黄徽柔手里，后来黄徽柔要藏黄家的紫铜匣子，觉得此地合适，就把紫铜匣子也藏到了这里，并在山上留了暗语。

老马对唐国军的这种说法不置可否。唐国军越说越兴奋，说这种反复藏宝，几代人的财宝藏在一处的做法当年特别是明朝很普遍。

没有别的办法，他们觉得唐国军的说法也不是没有道理，几个人只得又走了回来。

害怕有人过来，他们留下李师刚在岸上担任警戒，众人下了水塘。他们搬开那行骷髅，仔细搜寻，除了发现了十几枚铜钱之外，没有别的发现。铜钱有明崇祯通宝，还有乾隆通宝，这两个朝代差了一百多年，显然死在这里的人，应该有后来的盗墓者。

这里是否真的有宝藏呢？这些人是怎么发现了这里的线索的呢？

搜寻一番之后，还是没有发现，大家从水里上来。老马让唐国军带着他到山崖上，找到了那几个模糊的暗语。老马照着聚光小手电观察了半天，发现这暗语被人为破坏过了，那非常模糊的暗语符号残破不全，老马试图通过想象把残破的补上，发现补上后的解释也是五花八门，很多都根本不贴谱。

两人从山崖上下来，突然发现有人从他们身旁的树林里一跃而出。两人还没从惊愕中反应过来，从前面也蹿出一人，朝着旁边的山沟猛跑。

从他们身边跑出的这人狼一般追了上去。

老马对唐国军说："是黄寻祖。"

老马和唐国军在后面跟上。他们看不到在前面跑的那个人，只能看到黄寻祖。夜色漆黑，四周仿佛密布杀机，老马刚要喊黄寻祖别追了，黄寻祖突然在前面惊叫一声，人没了。

老马和唐国军跑过去，四处寻找，哪里有黄寻祖的影子？两人正惊疑，突然听到旁边一阵乱响，黄寻祖猛然咳嗽着，从地里慢慢钻了出来。

两人忙跑过去。发现黄寻祖竟然是从小沟旁的一堆乱草里钻了出来。黄寻祖浑身上下被水湿透，人也呛得厉害，正拼命咳嗽着。

唐国军和老马照着手电仔细看了看，发现这条湿润的沟里，竟然有个

小小的水泊。水泊很小，只有四五平方米左右，两边茂盛地长着乱草，覆盖着树枝，不仔细看，即便是白天，也很难发现这下面竟然有水。

黄寻祖压住咳嗽，说：“让那个家伙跑掉了。”

唐国军问：“是什么人？是JL集团的人吗？”

黄寻祖摇头：“不是。JL集团的人从来不单独行动。这个人跑的也不快，JL集团的人都是受过训练的，这么差的人他们不会要。”

唐国军说：“不是他们的人就好。你怎么跌在这个小水湾里了啊。”

黄寻祖说：“这不是个小水湾。这里水很深。我是直接掉进去了，我这还没到水底呢，手电也掉里面了。”

唐国军惊讶：“咋？没到底？这么个小水湾，怎么能这么深？”

黄寻祖说：“不是一个小水湾，好像是一个井。不过比一般的井要宽。”

杀手等人听到喊声，也循着声音找了过来。听黄寻祖说了这小水洼的情形，杀手惊讶，先穿上了潜水衣，潜了下去。

9. 水下山洞

黄寻祖说的没错，这是一口阔大的“水井”，能有一般水井的十多倍大。从那个小小的水泊下来一米多深后，渐渐阔。井壁用非常规则、大小一致的方石砌成，整齐漂亮，大气磅礴，让人惊叹，让人心生惧意。

杀手潜了十多米，用手电朝下照了照，下面还黑漆漆深不见底。杀手不敢再待下去，浮上了水面。

李师刚等人把他拉上去，唐国军问：“下面到底有什么？”

杀手摘下帽子，激动不已：“真是想不到……一口大井，非常大的一口井，咱都下去也能装得下。井壁垒得太牛了！所有石头都是一般大小，连缝都一样大，就像现在楼房贴的瓷砖一样……”

唐国军大喜：“这就应该是那个‘水中山洞’了！走，下去看看！”

大家纷纷穿上潜水衣，在杀手的带领下，潜入井中。

唐国军示意杀手，仔细寻找藏宝洞的入口。两人终于在水下大约十二三米的地方，发现一块稍稍凸起的石头。唐国军用力把石头按下去，周围的石头慢慢回缩，缝隙出现，周围的井水轰鸣着，冲向缝隙。老马示意大家赶紧上浮，离那儿远一点。

众人浮上。

冲下洞口的水下制造了一个巨大的漩涡，把众人朝里猛扯。大家赶紧几次紧急上浮，一直等到井下平静下来，才在杀手的带领下，朝着洞口潜了进去。

洞口不宽，一个人进去却也比较宽敞。山洞是平着朝里走的，洞壁也是用方石砌成，不过这个洞壁用的方石比井壁的石头能略微小点儿，却也很整齐。杀手边看边赞叹，这种地方还修得这么整齐利落，显然指挥这个工程的人，是个讲究人。

朝里游了约有三四里路的样子，他们的前面突然出现了一块大石壁。是那种常见的自然的石壁。游在前面的杀手看着前面那透着千年冰冷的石壁，惊呆了。

老马挤过来，用手电在石壁上下仔细地搜寻一番，找到了一行暗语。老马想了想，让大家跟在他后面，朝后游。边游老马边仔细搜寻两边的石壁。游了约有二十米左右，他在左侧发现了一块还是略微凸起的石头，老马让众人互相牵着手，以免被水流冲走，他按下了那块凸起的石头。

洞口出现口，水流涌进。等水平缓下来之后，老马带着大家钻进这条山洞，继续朝前游。

游了约有几十米，山洞朝上了。老马先游上水面，爬上了一个空旷的大山洞。众人随之上来，脱下潜水服，看着面前这空旷乱石嶙峋的山洞，皆一言不发。

黄寻祖上来的时候，还抓了一条小鱼。一条很瘦因之显得头很大的鲫鱼。小鱼虽瘦，却很倔强，在黄寻祖的手里蹦来蹦去，黄寻祖抓住鱼头，咬住鱼尾巴，咔嚓一口咬下小半条鱼，嚼了起来。

杀手看得目瞪口呆。黄寻祖笑了笑，说：“我当年在山里常这样吃，鲜。”

老马看了他一眼，说：“快走吧，前面还不知道什么情况呢。”

为了行走方便，唐国军提议把潜水服找个地方藏起来。杀手找到一处狭窄的岩缝，把潜水服塞了进去。

这是一个天然山洞。极不规则，到处都是石头，有的地方有水，有沙子，有的地方就是大小不一，奇形怪状的各种乱石。给人的感觉仿佛是老天爷心情不好，胡乱一拳砸出了这么一个山洞，里面也不收拾。

杀手差点被一块石头绊倒，骂道："这个鬼地方这么难走，大顺军把那井收拾得那么利索，这山洞咋就不收拾一下呢。"

老马说："当年应该是收拾了。这里面有水，雨季应该常发洪水，几百年了，收拾得怎么好也都冲毁了。"

顺着天然山洞走了一会儿，前面出现了一个岔洞。几个人商量了一下，决定兵分两路，唐国军和老马一路，杀手和黄寻祖李师刚一路。

他们确定，如果走了一个小时两帮人还没有相遇，那就要退回来，在此地相聚，交流情况。

因为黄寻祖的手电掉进了井里，他们三人只剩下了两支手电。杀手让李师刚把手电关了，节省电量，他们三人打着一支手电，朝前走。

三人走了一会儿，黄寻祖突然拉着杀手和李师刚，贴在洞壁上。杀手吓了一跳："怎么了？"

黄寻祖小声说："有人跟着！"

杀手张大了嘴巴："不……不能吧？就我们五个人……"

黄寻祖示意杀手别说话，他陡然转身，也没用手电，在一片漆黑中，兔子一般朝后跑去。

杀手怕他有失，和李师刚在后面猛追。

三人一直跑到他们分手的岔洞口，杀手却什么也没看见。

黄寻祖很奇怪："怎么连个人影都没有呢？"

杀手疑问："你不是听错了吧？"

黄寻祖摇头："不会！我这是在山里几十年练就的功夫，人的脚步是最奇异的，即便是没有声音，我也会有感觉。要是没这点功夫，我早就被人杀死了。"

杀手问："你听到脚步声……不，就是那啥……感觉到脚步了？"

黄寻祖点头："感觉到了。一个很诡异的脚步。"

杀手看着唐国军他们进去的那个山洞，说："他不会进了这个山洞吧？"

黄寻祖有些担心："老马年龄大了，这人如果进了这个山洞，他们就危险了。"

杀手说："走，咱也从这儿走。去接应他们一下。"

几个人顺着唐国军他们进入的山洞朝前走。这个山洞比杀手他们走的那个山洞要好走些，地下比较平整。他们疾走了半个多小时，终于看到了前面的亮光。

前面的唐国军听到他们的脚步声，转回头，看着他们走过来，唐国军狐疑："你们怎么从这里过来了？"

黄寻祖说："我们在那边山洞，听到后面有脚步声，就朝后追人，没追到，怕那人跑到这边害人，就在后面赶来了。"

唐国军说："没人啊。我们这走得好好的，没有什么声音。黄先生，你们听到的不是这山洞里的回声吧？"

黄寻祖一愣，说："这倒是有可能。"

唐国军说："算了，一起走吧，大家还有个照应。"

唐国军旁边的老马一直不说话，杀手跟他打招呼："老马大哥，您累了吧？"

老马突然咳嗽了几声，还没来得及说话，唐国军接话说："没大事儿。老马略微受了点风寒。咱抓紧时间走，早早回去，给老马找个医生看看。"

黄寻祖过来，问老马："没事吧老马？"

老马哑着嗓子说："没事。"

众人跟着唐国军继续朝前走。走了一会儿，洞口变窄朝下，出现了几级台阶。

下了台阶，前面又出现了两个洞口。

洞口一大一小，小的洞口很不规范，给人一种草草挖出来的感觉。黄寻祖自告奋勇去小洞口看看，唐国军让李师刚跟他做伴，两人就进了小洞口。

杀手和唐国军老马走进大的山洞。走了不久，山洞拐弯，他们的前面出现了两扇大石门。

三人上前推门，推不开。杀手围着石门看了看，看到石门上也有几个暗语，就让老马过来看。

唐国军说："这个不用看，石门肯定有机关。找到机关就行了。"

杀手有些奇怪，说："暗语在这种地方出现，肯定跟这门有关系。说不定这暗语说的就是开门的办法呢。"

老马不说话，慢慢走了过来。

杀手觉得老马走路的样子有些怪，就问他："老马，你咋了？病得厉害吗？"

老马摇摇头，还是不说话。杀手看着这个老马，突然就觉得这人有些不对劲。他朝后退了两步，就在这个时候，老马突然朝着杀手发起了攻击，手中的短刀，朝着杀手就劈了过来。

杀手大惊，转身就跑。老马凶神恶煞一般，在后面猛追。

唐国军在后面喊他，杀手也顾不得了，朝着来路猛跑。

他一直跑到他们进入洞口遇到的第一个岔洞口。再朝前跑不远，就是水井入口了。杀手站住听了听，没人追上来，他坐在另一个岔洞口处歇了歇，边想这是怎么一回事儿，好好的老马怎么要杀自己呢？

歇了一会儿，他突然听到从刚刚自己来的方向，传来一阵清晰的脚步声。

杀手忙躲到一边的洞口，仔细倾听着脚步声。

脚步声越来越清晰，终于来到杀手面前不远的地方。杀手的眼睛适应了黑暗之后，已经能模糊看到周围的物体了。那人立于杀手面前约五六米远的洞口位置，杀手可以确定，此人正是老马！

10. 迷宫

老马喘着粗气，站了一会儿，转身要走，杀手猛然跃起，朝着老马就扑了过去。

老马毫不含糊，转身朝着杀手就是一脚。

杀手没防备这老东西还有这么一手，肚子上挨了一脚，不由得哎呀一声，倒在地上。

老马大概听声音听出是杀手，怒吼："你这个畜生！竟敢偷袭我！"

杀手爬起来，说："老东西！你才是个畜生呢。还营长后人，我看你就是个鬼！恶鬼！"

刚刚倒下的时候，杀手偷偷摸起了一块石头，他边骂人，边将手中的石头朝着老马上就扔了过去。这老马不愧是老江湖，他躲过石头，手中的短刀朝着杀手就扎了过来。

杀手善于打架，那也得分情况。打那些没什么打架经验的，他的自杀式打法会把对方吓得屁滚尿流，但是面对老马，杀手看得出来，人家这是真正的高手。虽然年龄大了，功底还在，他如果动用自己惯常的不要命的打法，那基本上等于自己去送命。

他不敢接招，转身跳开，又趁机摸了一块石头，砸向老马。

这一下，老马中招了。杀手没看清他的石头打在了老马的哪儿，反正老马朝后倒退了两步，倒在了地上。

杀手心中大喜。又捡起一块石头，朝老马走了几步，用石头瞄着他，说："老东西，你别动！你要是敢动一下，我先砸烂你脑袋！"

老马呻吟着，咳嗽了几声，骂道："我老马眼瞎了啊，竟然带着你们这些畜生进来！你不是叫杀手吗？来，来杀了我吧！我可告诉你们，杀了我，你们一个也别想活着出去！"

杀手哼了一声，说："你还骂我？你才是个老畜生呢。好好的，你为啥要偷袭我？"

老马一愣："啥？偷袭你？我刚刚被你们的人偷袭了，晕了这么长时间，我刚刚走到这里，你又偷袭我，我什么时候偷袭你了？你怎么能乱扯呢？"

杀手手里的尖尖石头对着老马："你还胡说！刚刚是谁在大石门旁朝我

捅刀子？”

老马忙说：“不对！这里面有问题！你看清了，刚刚那个人……真的是我？”

杀手点头：“我打着手电呢，离着这么近，我还能看错人啊？”

老马惊愕：“易容术！难道是老母教？！”

杀手不明白：“老马，你神道啥啊？你是想说刚刚那个偷袭我的人，不是你老马，是老母教的？你开啥玩笑？老母教的人头上都带着一个大白脸……”

老马陡然坐起来，推开杀手手里的石头，说：“兄弟，你听我的，我们都上当了。想杀我的人不是你，想杀你的人也不是我。我们这些人里面有问题！”

杀手看了会儿老马，再想一想刚刚要杀自己的那个“老马”，两人的神态确实不像。这个老马一身草莽之气，刚刚那个要杀自己的“老马”却一脸阴森。

杀手站起来：“谁能有问题？我？李师刚？唐大哥？还是黄寻祖？”

老马说：“不是！说不定有人进来了！”

杀手刚要说话，突然听到一阵隐隐的水声。老马示意他止声，拉着他朝后走。走了一会儿，两人就看到前面有一片光线忽闪，显然是手电筒发出的光。真的有人进来了，还不止一个人！

两人不敢停留，转身朝后疾走。

他们一直跑到刚刚“老马”对杀手动手的石门前，老马看了看上面的暗语，找到门前约有五六米远处的一块有着隐隐标记的石头，按了下去。

一阵轰隆隆声响过后，大门缓缓开启。

两人进了大门，大门缓缓关上。老马和杀手朝前疾走，想追上唐国军，找到黄寻祖他们。

杀手一直担心，那个假老马对他动手，不一定不对唐国军动手。一直没见唐国军的影子，他是不是能被那个假老马给害了呢？

山洞让人意料不到的长。更加上岔洞无数，两人走了一会儿，竟然迷路了。他们走了好长时间，除了在一个岔洞里发现了几十具穿着铠甲拿着刀枪的尸体外，什么都没有发现？

宝藏呢？唐国军他们呢？

老马觉得他们肯定是错过了什么。两人转身朝后走，幸亏有杀手留下的记号，两人就要走到有大石门那个洞口的时候，老马到一边解手，杀手先走了几步，刚要停下等一等老马，突然从一个岔洞里蹿出一个人，挥舞刀子就朝杀手砍来。

杀手忙退向一边。杀向杀手的人是李师刚。李师刚边骂，边疯狂砍杀。杀手惊讶，喊李师刚，说是我啊，我是杀手。李师刚边挥刀边喊，杀的就是他，他刚刚和老马偷袭他和黄寻祖，黄寻祖为了救他，现在半死不活，他要杀了杀手，替黄寻祖报仇。

杀手大惊，喊着让李师刚住手。李师刚红了眼，说不把他砍成稀泥，他是不会住手的。

李师刚会功夫，人又比杀手强壮，杀手躲闪不迭，胳膊上中了一刀，手中的短刀拿不住，掉在了地上。

正在危急之时，老马尿尿归来，他趁李师刚不注意，夹住了李师刚的脖子，杀手冲过去，把李师刚的短刀夺下，两人把李师刚捆了起来。

杀手让李师刚先别骂，让他把过程说一遍。

李师刚告诉两人，他和黄寻祖在那个狭窄的山洞朝前走，发现了一个小门，两人推开小门进去，发现竟然到了一个大厅。大厅利用山洞凿建，四壁修得整整齐齐，地面由青石铺成，有石头做成的桌子和椅子，靠着一面墙壁，两边分列石凳。两人正惊讶，老马和杀手两人从另一边走了进来。

李师刚和黄寻祖高兴地过去跟他们打招呼，没想到杀手陡然出招，朝着李师刚就是一刀。黄寻祖扑过去拦挡，被老马一拳打在了头上。

李师刚和黄寻祖惊讶，边喊边还招。不过两人不忍伤人，黄寻祖被杀手一刀子捅在了肚子上，肠子都流了出来。李师刚说到这儿，边骂边问两人，他们为什么要杀人。

杀手问他，既然黄寻祖受伤了，那杀他们的人，怎么又放过了他们？

李师刚说他们听到轰隆隆的声音，那两个人就跑了。李师刚背着黄寻祖朝后走，没想到在这里看到了杀手。李师刚觉得自己能对付得了杀手，就冲了出来，没想到这个老马在后面。

杀手叹息，说："李大哥，我们都被人耍了。刚刚还有个老马要杀我，幸亏我跑得快，跑出来了。刚刚要杀你们的，不是我们两个，是另外有人。"

李师刚不信："能有谁？这里面除了我们四个，只有唐大哥。怎么还能有别人？"

杀手点头："很诡异。不过山洞里确实有人进来了。刚刚黄寻祖说听到有人进来了，咱三个还追过，没找到人。现在我明白了。那个人就是易容扮成老马，杀我的人。老马被人打晕了。打晕老马的人，就应该是那个在我们后面进入这个山洞的人。"

李师刚惊愕："那……当时老马不是跟唐大哥在一起吗？"

杀手说："唐大哥应该也遭到毒手了。请你相信我，要是刚刚真是我和老马想杀你们，那我现在杀你不是很容易吗？"

李师刚不得不信了杀手的话。

杀手给李师刚松了绑，三人找到黄寻祖。黄寻祖被李师刚用衣服缠得紧紧的，鲜血染透了衣服，人早就昏迷不醒了。

三人商量了一下，决定先找到唐国军，然后再说。

老马背起黄寻祖，杀手和李师刚握紧刀子，几个人朝着唐国军大约能去的山洞一路找去。

走了不远，在一个三岔洞口，他们看到了躺在地上的唐国军。

杀手忙把唐国军扶起来，李师刚拿了一瓶矿泉水浇到唐国军头上，唐国军缓缓地醒了过来。

唐国军看到老马，惊恐地要找刀子。被李师刚和杀手摁住。杀手把他们的遭遇跟唐国军说了，唐国军惊得目瞪口呆，好长时间，才喃喃地说："谁有这么高超的易容术？难道是孙悟空变的不成？"

唐国军告诉他们，刚才那个老马追杀杀手，他不知道是怎么回事儿。待会儿老马回来后，趁他不备，不知道用什么重物砸了他的后脑袋，他人就晕了过去。现在他身上的东西都没了。刀子、手电，所有的东西都没了。此事如果是有人易容装成老马，还装成杀手和老马的样子对李师刚和黄寻祖动手，那就说明这山洞里有人了。可是，什么人能变成跟别人一模一样的人？莫非这山洞里有千年老妖？

老马说应该是老母教的人。天下能有这么高超的易容术的，只有老母教。如果老母教的人进来了，那肯定后面会有很多人进来。老母教的人善于打群架，擅长易容，不过，没听说这老母教也开始寻宝了啊。

唐国军说不管是什么人了，现在这山洞里不安全了，他们必须赶紧找到宝藏，马上离开这里。

李师刚说到刚刚他们进入的那个大厅。唐国军大喜，他让李师刚带头，顺原路返回，找到那个大厅，然而，他们再次迷路了。那些山洞岔洞无数，互相串通，迷宫一般。

山洞有天然形成的，也有人工开凿而成的。有的地方是死路，不过尽头宽阔，还堆放着已经朽烂的衣物和锈成了渣滓的刀枪，好像是当年大顺军的临时仓库。

走了一会儿，老马长叹一声，说："别走了。这里应该按八卦方位开凿而成的。我们恐怕是走不出去了。"

杀手说："老马大哥，您不是懂八卦阵吗？如果知道了这是按八卦方位建成的，找到那个啥生门，我们不就走出去了吗？"

老马摇头："不是这么简单。我刚刚观察了一会儿，设这阵的人，应该也是特意搞乱了方位。他没有江南三大家的那种倒转乾坤的本事，不过明末清初，能人非常多，随便拿出一个研究八卦阵的，就比现在的人厉害。能从这个阵里走出去的，恐怕只有江南三大家了。"

杀手说："黄寻祖说三大家中的古家早就跟黄榕一起消失了，莫非古家就是到这里来了？"

老马摇头，说："他们应该还没有进来。这些机关都是很多年没有启

动了。”

唐国军惊愕：“很多年，您的意思，这地方很多年以前有人来过？！”

老马点头：“我不敢确定。不过这种机关如果几百年一直没有人用过，那启动应该很困难，这边的机关启动都比较容易，我担心是有人来过。不过……也有可能这机关造得好。”

杀手点头，说：“老马说的有道理。机关放的时间越长，需要启动的时间就越长。这边的机关都这么好用，恐怕真的有人进来过。”

唐国军说：“不能确定的事儿，咱不管了。先想法从这儿走出去再说。”

老马想了想，说：“我试试。”

老马带着大家在山洞乱转，走了好一会儿，毫无头绪。众人正在烦躁，突然听到一阵急促的脚步声。脚步杂乱，杀手也听得出来，至少有十个人，正在他们不远的某个山洞转悠。

唐国军叹气，说：“要是在这里能遇到康家大少爷就有救了。”

老马想了想，在岔洞口上显眼处写了几个暗语，带着大家隐蔽在另一个岔洞口外面。

过了一会儿，脚步声清晰，几个穿黑衣蒙着黑面纱的壮汉从一个山洞里走出来，一直走到老马留下暗语的那个洞口，几支灯光雪亮的手电乱晃，也不知道是否有人看到了洞口上老马留下的暗语。

这些人只在洞口稍做停留，就朝前走了。

老马从隐身处出来，打着手电，在洞口处找了一会儿，大喜，小声对杀手等人说：“康大少爷留下标记了！”

众人围过来，看着洞壁上三个三角形和一个圆形，杀手疑惑，问：“老马……这就是那个康大少爷留下的暗语？”

老马点头，说：“是。快走吧，先从这里走出去再说。康大少爷是咱的人，他不会带着JL集团先找到藏宝处的。”

杀手背起黄寻祖，几个人随着老马朝前走。康大少爷在每个洞口都留下了暗语，他们随着暗语一直走，虽然几次险些与JL集团的人撞在一起，最后还是有惊无险，走出了那些迷宫一样的山洞。

山洞陡然宽阔，两边渐渐出现了越来越整齐讲究的台阶，地面也由乱石变成了平整的地砖。

山洞寂静，除了他们四个人的脚步，没有一点别的声音，那些杂乱凶狠的JL集团打手的脚步声，似乎也凭空消失了。

几个人一开始很高兴。从那些乱石嶙峋的山洞里走到了这里，他们从这庄严里闻到了宝藏的味道。然而，走了些时间之后，这台阶依然伸展着，没有尽头的样子，几个人知道这里面有蹊跷了。

老马皱着眉，边走，边仔细地在两边的石头栏杆上寻找暗语，却好长时间什么都找不到。

无穷无尽的台阶，让大家不由得感到了杀机。

李师刚从杀手身上接过黄寻祖，杀手轻松了，他舒展了几下腿脚，前后看了看，忍不住骂道："这也太坑人了吧。都是自己家的暗语，自己家的人才能进来，还搞这些，这不是害自己人吗？"

唐国军忙说："别胡说！古人自有古人的道理。"

老马不搭话，自顾边搜索标记，边朝前走。

杀手突然看到前面站了一个人。

他轻声喊道："前面有人！"

众人都打开手电，朝前看去。

约二三十米处，站着一个一身黑衣，黑巾蒙面之人。此人站在台阶正中，抱着双臂，看着他们。

老马稍稍一愣，掏出短刀，继续朝前走。李师刚背着黄寻祖，其余众人都掏出了武器，缓缓地跟着老马，朝前走。

双方相隔约有十多米的时候，那人解下了脸上的黑纱，老马惊异："是……康家大少爷？"

康家大少爷呵呵一笑，没搭话。

杀手拽住老马："老马，别信他！康家大少爷跟JL集团的人在一起呢。那个会易容术的人刚刚装成您的样子，差点杀了我，这货是不是那个人？"

老马迟疑了一下，站住了。

众人都站住，看着前面的康家大少爷。

大少爷惊讶了："怎么不走了？快走啊，赶紧从这儿出去，你们一直在兜圈子，要是我不从这儿把你们带出去，累死你们你们也找不到出路。"

老马问："你真是康家大少爷？"

康家大少爷哼了一声说："爱信不信。老马，你要是不信，你就别跟我走，你们就都累死在这里吧。"

老马笑了："信！你这说话的调调，别人模仿不出来。"

康家大少爷让众人闭上眼，前后扯起手，他拽着老马，带着大家朝前走。

康家大少爷告诫各位："我可先把丑话说在前头。这个台阶别看什么都没有，却是阴八卦中最难布置的，表面杀气不足，却比任何阵法都阴险。我带你们出阵，必要经过几个险要之处，这些地方白骨森森，阴邪之极，谁要是看了，就只能留在那里了。各位谁要是不想活了，就尽管睁眼，谁要是想活下去，就乖乖闭着眼，跟我过去！"

众人答应，都关了手电，闭着眼，互相牵着手，跟着康家大少爷朝前走。走了一会儿，杀手觉得周围阴气渐重，浑身上下皆汗毛竖立。他咬着牙朝前走，竟然双腿颤抖，极度的恐惧让他五脏六腑俱抖动不已。

恐惧和无法抑制的好奇，使得杀手不由得睁开眼睛。杀手看到了极为恐怖的一幕。这一幕景象成了缠绕他一生的噩梦。当然，后来听了老马的解读，他才知道他看到的是真相。事物的真相，社会的真相，人生的真相。

他看到了自己。他西装革履，颇有些风度，却拿着一把鬼头小刀，正兴致勃勃地砍着自己的肋骨。他像一个自己曾经看到的乡下屠夫，砍开肌肉，把肋骨一根根拽出来，像是一行朝天的音符。

在他的旁边，站着一个面相凶恶的女人。女人头戴红花，身穿清代衣服，却青面獠牙，正拽出他的一段冒着热气的肠子，贪婪地张开丑恶的大嘴，正要享受饕餮大餐。

女人的旁边，坐着一个青衣小帽的古代学士。学士手持古书，看得津津有味。

杀手浑身冷汗直冒，手持短刀，朝着要吃自己肠子的女人就冲了过去。

女人不躲不闪，朝他笑了笑，杀手正疑惑，突然听到身后的唐国军吼了一声。这唐国军被短刀刺中，睁开眼，看到是杀手，大怒，一脚就朝他踹了过去。

两人的喊叫也让李师刚和老马睁开了眼睛。李师刚则看到一条巨蟒缠住了自己，他把背着的黄寻祖一扔，拿着短刀朝着巨蟒猛砍。

老马终究比众人见多识广，他睁开眼之后，看到一个没有头的道士朝着自己一步步走了过来，他赶紧闭上眼，咬破了舌头，一大口唾沫和着血，朝着这道士吐了过去。

道士消失，老马看到李师刚正挥舞着短刀，朝着自己冲了过来。老马躲过李师刚的短刀，一拳砸在这个家伙的后脑勺上。李师刚歪了两下，倒在了地上。

杀手正和唐国军你一拳我一脚打得正欢。两人的短刀都掉在了地上，互相揪着对方朝死里打。

老马过去想拽开两人，这两人竟然朝着老马发起了进攻。老马知道，如果被这两个迷失了心智的家伙捉住，自己被打死了，他们也不会撒手。除非他们自己也累死。

老马拼命挣扎。他撕扯开唐国军掐着脖子的手，踹开抱着自己双腿的杀手，刚要跑，又被两人拽着衣服拽了过去。

这两个家伙呵呵笑着，杀手朝着他的脸猛捣两拳，老马马上两眼冒金花，脑袋轰轰响，浑身一点力气都没有了。

但是他能感觉到有人在猛踹他的肚子。他在心里叹了一口气说，算了吧，一大把年纪了，死在这里算了。

他迷迷糊糊被人打了一会儿，就晕了过去。

11. 红香主出现

老马没死。

他在迷迷糊糊中，觉得半空中好像有一股气，缓缓地钻进了他的身体，就像一碗水，浇在了即将枯死的小草身上。水顺着小草的身体流向根部，草根吸收了带着土地芳香的液体，慢慢开始复活。

老马睁开眼。首先看到了站在自己旁边的康家大少爷。然后，扭头看到了坐在一边依然处于痴呆状态的杀手等人。

老马没有力气说话，又闭上了眼睛。

他又躺了一会儿，觉得自己身体里吸收了足够自己活动的水分了，他才艰难地动了动，咬着呀缓缓坐了起来。

现在他们似乎在山洞的尽头了。因为老马看到了一扇巨大的石门。杀手和唐国军李师刚坐在门旁，黄寻祖躺在台阶上，依然一动不动。

老马看了看站在他面前，一直打着手电盯着石门的康家大少爷，问："这……是哪里？"

康家大少爷转身，用手电照了照老马，又挨个看了看杀手等人，鼻子里哼了一声："就你们这帮乌合之众，还人五人六的想要寻宝？妈的，差点让你们害死我！"

众人没人搭理他。老马沉默了一会儿，又问："康家大少爷，这是哪里？"

康家大少爷说："你没看到这大石门啊？别说，这李自成还真是有样，这大石门造的……都赶上故宫的大门了。"

老马慢慢站起来，走到大门前。

这个大石门又高又宽，两扇石门上各雕着一条巨龙。巨龙腾云驾雾，霸气之极。康家大少爷看了看老马，说："开了这扇门，应该就是大顺宝藏的藏宝地了。老马，下面就看你的了。"

老马看了看康家大少爷，说："康大公子，我们可是有约在先。如果真的找到宝藏，康家只取字画一张，别的都不要。"

康家大少爷笑了笑，说：“老马，说到底你就是个土老帽。一张好画顶黄金万两，开门吧。”

老马先把唐国军、杀手还有李师刚都拽起来。他拍了一下杀手的脸，问他：“小兄弟，现在好些吧？”

杀手闭着眼点了点头，没说话。

老马挨个问了问，大家虽然精神还没完全恢复过来，却能勉强主导自己的行为了。老马在大门旁找到暗语，根据暗语找到隐蔽在门旁的机关，启动机关，一阵轰隆隆的响声过后，大门缓缓开启。

让大家没有想到的是，随着大门洞开，接连不断的骷髅突然扑了出来。众人忙后退躲过。那些骷髅掉在地上，纷纷断成几截。

大门完全开启，他们的面前出现了一个非常阔大的大厅。

大厅有三四百平方米之大，呈很规则的长方形，大厅一侧摆着阔大的石桌石椅，两边平行排列着几十张略小一些的石椅，那架势，跟电视上皇帝跟大臣议事的宫殿几乎没什么两样。众人看得目瞪口呆。李师刚说：“没错，我们就是在这里遭到那个假杀手和老马的袭击。”

为了证明自己说的没错，李师刚在大厅里找到一摊血迹。老马似乎对大厅里的骷髅有兴趣，他仔细地打量每一具尸体，检查他们留下的遗物。李师刚找到那摊血迹的时候，老马只是过来看了一眼，点了点头，把黄寻祖放在地上，就走了。

他在一具尸体上，找到一把小刀。

老马捧着小刀，两手颤抖。

杀手过来，很疑惑地看着老马。老马把小刀给杀手看，又从自己的腰里，掏出一把一模一样的刀子，对杀手说：“黄家的刀子。最少一百年前，黄家人曾经到过这里。”

杀手惊讶：“黄家的人……这么早就来到了这里。他们怎么死在这里了呢？”

老马蹲下，在那些乱七八糟的骷髅中看了一会。周围散落着六把长刀，死的人，算上那三个死在门旁的，共有七个人。其中一个骷髅上还插着长刀。

老马对着那个身子还插着长刀的尸体慢慢跪下，连磕了三个响头，站了起来。

杀手问他："这个人……就是黄家的先祖……"

老马摇头："应该是黄家人。是哪位还没法说。"

老马拿起一把长刀，刚要细看，康家大少爷走了过来，说："老马，别耽误时间了。这个大厅应该是大顺军开会的大厅，宝藏不在这个地方，走，快去找宝藏。JL集团的人也应该快找到这里来了。"

老马放下大刀，说："好，走吧。"

杀手有了精神，弯腰扛起黄寻祖，几个人在老马的带领下，找到了一个石门。

老马研究石门上的暗语，康家大少爷问他："进了这个门，就应该到了藏宝的地方了吧？"

老马点头，说："是。这标记就是藏宝之地。"

老马启动机关，几个人经过这个小石门，进入另一个山洞。

现在这支队伍，已经是一支伤残的队伍，大家都不同程度的受伤。老马没有受伤，却也因受到杀手和唐国军的打击浑身疼痛，走路都一瘸一拐的。

唯一没有受伤的是康家大少爷。康家大少爷精神抖擞，走在这几个残兵之中，显得很是有些怪异。

杀手首先感到有问题。但是这问题出在哪里，他还真说不上来。

他想到了那个伤害自己的"老马"和伤害了黄寻祖的"杀手"和"老马"。这两个人哪里去了？怎么连影子都不见了呢？

杀手背着的黄寻祖突然动了一下。杀手猛然意识到不好，想把黄寻祖环在脖子上的胳膊挪开。但是已经晚了，背上的黄寻祖胳膊猛然勒住了杀手的脖子。幸亏杀手有了预感，两只手拼命地抓住黄寻祖的胳膊，朝外掰。杀手走在最后面，走在他前面的是唐国军。杀手刚要喊叫，唐国军却猛然转过身来，捂住了杀手的嘴巴。没等杀手进一步动作，他的头部就重重地挨了一击，人就倒了下去。

走在前面的李师刚听到声音有异，转过身，竟然看到了站在面前的黄寻祖。李师刚还没有反应过来，就被黄寻祖一刀刺进了肚子。

李师刚惊愕地看着黄寻祖。黄寻祖冷冷地笑了笑。笑声诡异尖锐，犹如鬼叫。

老马听到了李师刚的嚎叫，转过身，没想到，康家大少爷的刀子已经顶在了他的脖子下。

老马惊愕："你……"

康家大少爷哼了一声，对"黄寻祖"说："把这个老东西捆起来！"

老马惊异地看着康家大少爷："你……你是谁？"

康家大少爷冷冷地说："老东西！我是真正的康家大少爷！你当年害了我，让我的叔伯兄弟冒名顶替，你没想到会有今日吧？"

老马张大了嘴巴："你！你竟然……"

康家大少爷说："你以为康家人就那么容易死啊。你当年捅了我两刀，以为我死透了，让人把我埋了，幸亏我康家大少爷命大，从土里爬了出来！要不是我将计就计，装成了我的叔伯兄弟，我怎么能在几十年之后，找到这天下最大宝藏。"

老马看着黄寻祖："他……他是谁？"

"黄寻祖"说："我是谁不重要。老马，你先歇一会儿，等待会儿我们找到了宝藏，再处置你。你杀害康家老大，可真是胆大包天啊。"

"黄寻祖"把老马绑了个结结实实。康家大少爷看了一眼老马，说："还留着干啥，都弄死算了。留着是祸害。"

"黄寻祖"过来要杀老马，老马叹口气，说："我老马真是没想到……唉，我就有一个问题，我问完了，随便你们杀。康家大少爷，行不？"

康家大少爷哼一声说："给你两分钟时间。后面JL集团的人要来了，康家大公子想独吞这桩买卖，他们来了我不好办，老马，你要多多体谅。"

老马点头，说："刚刚我看了，那些死在大厅里的人，是康家的人。也就是说，起码在一百年前，康家人就已经跟踪我们黄家人进入这山洞了，康家大少爷，你们既然已经知道这宝藏的埋藏之地了，为何还要设计让我带你们进来呢？”

康家大少爷说：“这个问题问的挺好。没错，康家从清朝就一直查找这宝藏和黄家人的下落。清末，黄家人秘密来到中国，康家先人就一直跟着他们。不过可惜的是，康家先人后来竟然同黄家人一起秘密失踪了，也就是在刚才，我才知道，竟然是黄家人在这里关了大石门，他们都没法出去，死在了这里。”

老马嘿嘿一笑，说：“康家大少爷，你就不怕一百年前的戏再在这里上演一次吗？”

康家大少爷呵呵一笑，说：“那机关我看过了，当年我们康家人没有从这里出去，是因为那个大门里面的机关在大门关上之后，机关就完全看不出来了。但是这大门关上之前，那机关是翘起来的，我已经在那块石头上做了标记。这种机关叫‘暗八锁’，我在西夏古墓里见过。”

老马点头说：“不愧是康家大少爷，厉害。不过康大少爷，你只记住了大厅里暗八锁的位置，你记住了刚刚这个山洞里暗八锁的位置了吗？”

康家大少爷一愣：“你说啥？这个小门也有暗八锁？”

老马呵呵一笑，说：“你要是不信，你就自己过去看看。”

康家大少爷让“黄寻祖”照看老马，自己回去看暗八锁去了。

老马闭着眼歇息。唐国军走过来，小声对“黄寻祖”说了几句话，“黄寻祖”走过去，要绑杀手。杀手却突然跳起来，一拳就砸在了“黄寻祖”的脸上。“黄寻祖”被砸得晃了几下，差点摔在地上。

“黄寻祖”恼羞成怒，挥刀朝着杀手就刺。杀手从裤腰里扯出腰带，跟“黄寻祖”周旋。杀手的腰带是自制的，腰带扣是用一块方形不锈钢打磨而成的，“黄寻祖”脸上挨了一腰带，血都流了出来。

唐国军看“黄寻祖”一时不能取胜，过来想帮忙。经过挨了一刀的李师刚面前的时候，却突然被李师刚拽住了脚。唐国军挥刀朝着李师刚乱刺，李师刚身子中了五六刀，才松开了手。

两人扑向杀手。杀手看看自己无法招架，只得转身就跑。

然而，他跑了不远，就被迎面过来的康家大少爷拦住了。康家大少爷手里拿着手电，照着杀手，笑了笑，说："小兄弟，还挺能折腾。"

杀手听得后面脚步声急，心下一横，挥刀就朝康家大少爷刺了过去。康家大少爷身影未动，杀手心口就挨了一脚，躺在了地上。

后面两人追过来，朝着杀手挥刀便刺。正在危急之时，突然洞里传来一声长啸，一道刺眼的亮光，朝着"黄寻祖"就飞了过来。

"黄寻祖"忙朝后跳。康家大少爷要朝着杀手下毒手，却突然人飞了起来，砸在了唐国军的身上。康家大少爷爬起来，带着两人，仓皇逃了。

杀手还没爬起来，就看到一阵手电筒光乱晃，一阵急促的脚步声，红香主带着几个兄弟，跑了过来。

红香主扶起杀手。杀手惊讶："红香主……你们怎么来了？"

红香主问："老马呢？"

杀手一愣，转身就朝后跑："快点！老马危险！"

三人跑到刚刚老马被绑的地方，老马却不见了踪影。只有李师刚血肉模糊地躺在地上，已经死透了。

众人朝前追，一直追到了一扇石门前，也不见老马的影子。

12. 大厅

看着眼前的石门和门旁的暗语，杀手和红香主一筹莫展。

杀手急了："红香主，您不懂这暗语，您怎么一直走到了这儿？要经过很多道石门啊。"

红香主说："你们不知道，老马一路都给我留下了标记，我可以轻易找到石门机关。这里两边都是石头砌的墙，谁知道哪块是机关，应该是朝一边按还是朝里按啊。万一按错了，出现弩箭，我们恐怕一个都不能活着出去。"

杀手皱眉："那怎么办？老马现在在那个康家大少爷手里，我们要是不去救人，老马死定了。"

红香主说："这个不一定。老马骗了这个康家大少爷，宝藏他们一时半会儿找不到，康家大少爷找不到宝藏，不会对老马下手。我们先想办法救黄榕吧，她应该在我们后面。"

杀手点头："我也发现了，这黄榕和JL集团的人根本就没在我们之前进入这山洞。老马要是早早知道这个，就不会带我们到这里了。"

红香主说："这应该是JL集团的一个诡计。他们不知道这里的暗语，没法找到山洞，就只能设了一个计，抓了这黄榕，利用这康家大少爷传话，说JL集团的人已经带着黄榕进了山洞了，让老马带着你们进来。这个洞不是藏宝洞，应该只是一条通道。老马也应该发现这里面的蹊跷，带着康家大少爷来到了这里。"

杀手说："那我们怎么办？"

红香主说："回去。想法跟在JL集团的人后面。他们的人既然能进来，也肯定有办法进这个石门。"

杀手跟着红香主返回，从小石门回到大厅，几个人打着手电，在大厅里仔细寻找，终于找到了躺在地上的黄寻祖。黄寻祖处于昏迷状态。杀手为了确认这个黄寻祖是真是假，揭开了他缠在肚子处的衣服，直到看到了他肚子上的伤口，才小心翼翼地重新把黄寻祖包了起来。

石门处传来轰隆隆的声音。几个人忙分别跑到角落，躲藏起来。

大门洞开，几十道手电筒光柱刺破黑暗，冲进大厅。

人随后走了进来。是十多个戴着怪异的大白脸女人面具的精壮汉子。十多人皆一身黑衣，脸戴面具，手持长刀，杀气腾腾。

杀手惊愕不已，怎么是老母教的人呢？这是怎么一回事儿？

十多人冲进大厅，站在大厅中间四下寻找，找到了杀手他们刚出来的这个小石门。其中一个大白脸过去，竟然很顺利地找到了石门机关，启动机关，十多个人不发一声，进了小石门。

红香主拉着杀手，暗示手下背起黄寻祖，一行人跟着这些大白脸朝前走。

他们一直走到刚刚杀手他们没有启开的石门前，竟然也顺利打开了石门。杀手跟着这些人一直朝前走，连续打开了六道石门，走到一个大厅。

大厅阔大，四方端正，四壁整齐。一端放着一个异常宽大的石椅子，石椅两侧，两排长长的石椅石桌。像是电影中皇帝与大臣饮酒议事的地方。

杀手仔细一端详，不由得惊愕了，这不是刚刚他们进来过的大厅吗？怎么又回来了？

更让杀手惊愕的是，大厅中间地上躺着唐国军，刚刚差点杀了他们的大哥唐国军。

那些大白脸发现了昏倒在地上的唐国军，把他拽了起来。其中一个朝着唐国军脸上打了一巴掌。唐国军醒了过来。他摇晃着站住，看到了面前的这些大白脸，突然抽出身上的短刀，朝着离他最近的一个就是一刀。

大白脸忙朝后闪避。唐国军趁机转身就跑。大白脸颇有打架经验，他们散开，围住了唐国军，慢慢缩小包围圈。

唐国军从地上捡起一把生锈的长刀，与大白脸们拼命。

杀手一开始不知道这个唐国军是否是真的唐国军。看到唐国军像一只被困的豹子，左冲右突，连连受伤，杀手坐不住了，要冲出去救人，被红香主死死的压住。

唐国军终因受伤过重，被大白脸们抓住。

大白脸把唐国军五花大绑，几个首领模样的人，凑在一起嘀咕了一会儿，似乎正准备从这里离开，突然那个小石门打开，老马竟然从石门里走了出来。

众人皆惊。大白脸们迟疑片刻，包围了老马。

几十支手电照着老马的脸。老马闭着眼，笑了笑，说：“不知道对面是哪方好汉，能否放下手电，让老马看一看。”

被绑着的唐国军听到老马的声音，喊道：“老马，他们是老母教的人，你可要小心点儿。”

老马一愣：“唐国军？”

唐国军挣扎着说：“是我。我刚刚被人打晕，现在落在他们手里了。老

马，你赶紧出去，找到我的那些兄弟们，带着他们从这里出去。这里不止有老母教的人，还应该有JL集团的人，你快走！”

其中一个大白脸冷笑一声：“既然来了，那就别走了！”

大白脸们上去，围住了老马。老马手里也只有一把短刀，面对十几把闪着寒光的大刀，老马又被手电筒死死的罩住，只能步步后退。

然而，只退了几步，他就退到了墙根，无处可退了。

大白脸们继续逼近。老马突然大吼一声，躲过一个大白脸的刀尖，朝着他的胳膊猛然一刀。大白脸没有防备，胳膊被老马的短刀刺中，号叫了一声，手中大刀落地。

老马想上前捡刀，旁边的几个大白脸冲上来，朝着老马乱砍，老马不敢硬冲，只得退后。

大白脸们看这个老家伙勇猛，不敢放肆了，互相配合，朝着老马逼近。

老马顺着洞壁朝着一侧角落后退。躲在角落里的杀手等人趴在地上，朝着另一边转移。

老马一直退到角落，大白脸们呈扇形排开，将老马围住。老马几次发起攻击，想从这个死角冲出去，却都被强悍的大白脸们逼了回去，身上还多了几处刀伤，鲜血淋漓。

这时，被扔在一边的唐国军突然从背后对大白脸们发起了攻击。

唐国军被反绑了胳膊，腿却没有绑。他挣扎着站起来，朝着两个正在攻击老马的大白脸撞了过去。

这两个大白脸没有防备，被唐国军这一撞，失去了重心，朝前扑倒。老马短刀朝着这个大白脸就刺了过去。幸亏此人旁边的人冲上来，挡住了老马。

被撞的这个大白脸和几个同伴转身，手电刺眼的光打在了唐国军脸上，朝着唐国军就扑了上来。唐国军看看不好，转身就跑。那几个人在后面猛追不舍。

幸亏大厅宽阔，唐国军还能跟这些家伙周旋一会儿。跑了一会儿之后，双手被捆住的唐国军终究因行动不便，被石凳绊倒，狠狠地摔倒在地上。

那几个大白脸扑过去，对着唐国军拳打脚踢，唐国军受不住，狼一般地号叫。

杀手一直暗中观察这个唐国军是真的还是假的。看到唐国军摔倒在地上，听到他的号叫，杀手终于确定，这个唐国军就是他们一直追随的大哥。

他没想太多，也没征得旁边红香主的同意，一跃而起，朝着那几个大白脸就冲了过去。

大白脸显然没有想到这洞里还有别人，几个人转身，略一迟疑，朝着杀手就扑了上来。

杀手手中的短刀没法跟人家的长刀打，勉强比划了几招，看看人家来势凶猛，只得逃跑。

围着老马的大白脸听到这边有声音，有几个转头看到杀手身手矫健，也挥着长刀过来堵截。杀手在七八人的夹击中左冲右突，险象环生。

那几个人移动到红香主他们躲藏之地附近，红香主带着手下突然冲出来，朝着几个大白脸猛杀猛砍。

四个大白脸被红香主等人的刀子刺中，倒在地上，哀号不已。杀手趁机跑到唐国军身边，解开了绑着他的绳子。

两人各捡了一把长刀，同红香主等人一起，朝着围攻老马的那些大白脸就冲了过去。

两边人数相当，大白脸们虽然也算勇猛，不过跟红香主这帮人比起来，还是差远了，打了几个回合，大白脸们死伤惨重。他们退到那个小石门前，开了石门，跑了进去。

红香主等人没有追。大家休息了一会儿，老马给黄寻祖重新包扎了一下，坐在一起商讨下一步行动。

老马听杀手说了他们跟着大白脸从那个小洞口又转回这个大厅的经过，分析说："大厅里应该有秘密，我们还没找到。"

红香主说："我也觉得如此。"

老马让大家拿着手电，在大厅四处找暗语标记。众人各自拿着手电散开。红香主走到杀手面前，示意他注意唐国军。杀手在心里笑了笑，走到唐国军旁边，各自打着手电在墙上仔细寻找标记。

两人转到墙角处，唐国军看周围没人，小声对杀手说："待会儿找到藏宝洞，咱想法甩开他们。"

杀手一愣："甩开他们？大哥……"

唐国军小声说："他们跟咱不是一帮人。咱是寻宝的，他们是护宝的。李师刚就是被他们杀的。"

杀手惊讶："杀李大哥的是个扮成黄寻祖的人，还有一个扮成你的样子。"

唐国军咬着牙说："我会给李师刚报仇！兄弟，听我的，他们不是好东西！"

13. 还会再来

红香主找到了暗语。

老马看了一会儿，走到那把最大的石椅旁，站着看了一会儿，却又转身，带着他们走到刚刚大白脸们进去的小石门旁，启动机关，开了石门。

老马带头走了进去。

红香主有些疑惑："老马，这个山洞我们刚刚走过了啊，不是跟你说了吗，从这边又转回去了。"

老马说："山洞里有岔洞，你们没发现。咱慢慢走，仔细找找。"

老马说得很认真，大家将信将疑，跟着老马走了进去。

众人打开手电，仔细地在墙上寻找暗语或者岔洞。

唐国军拽着杀手，两人在最后面。

走了一会儿，两人的距离离众人越来越远，唐国军让杀手关了手电，两人摸黑朝后走。

杀手不知道唐国军葫芦里装的是什么药，又不敢问，只得随他一直跑到洞口处。

唐国军启动石门，两人从洞口走出，再次来到大厅。

杀手问唐国军："唐大哥，你这是干啥？"

唐国军说："去找宝藏。"

唐国军边回答杀手的话，边朝前疾走。

杀手狐疑，跟着他一直来到那个最大的像皇帝龙椅一般的石椅前。唐国军蹲下，在石椅上转着圈找，边找边乱按，找了好长时间，也没找到。

杀手明白了。刚刚唐国军看到老马在这边站了一会儿，他怀疑藏宝洞的机关在这里。

唐国军围着椅子转了好多圈，终于在椅子前方的土里发现了一块小石头。唐国军踩下石头，石椅竟然慢慢转动。最后，椅子转到了一边，石椅下露出一个洞口。洞口不是很宽，有石阶隐隐露出。

杀手看得目瞪口呆。唐国军朝他笑了笑，率先走了下去。

杀手打开手电跟在唐国军后面，两人一前一后，下了台阶。石椅在上面轰隆隆关上。

下面也是一个长方形房间，不过没有上面那个大。房间正中摆着一张硕大的石桌。石桌两边摆着几把椅子。最惹眼的是石桌上摆着一个方方的木头盒子。

杀手要朝前走，被唐国军拦住。唐国军从兜里掏出几块石头，朝着前面的地砖分别扔了过去。

几块地砖塌陷，下面露出了黑洞洞的洞口。唐国军打开手电朝洞里看，洞里竟然有一具死人骷髅。骷髅四周，是刀尖朝上锈迹斑斑的尖刀。

杀手看得手心冒汗。唐国军说："这是最后一关，藏宝的人肯定会在里面设置机关。"

杀手点头。洞口的地砖缓缓升起，地面完好如初。两人小心翼翼，绕过洞口，一直走到石桌前。

唐国军双手颤抖。他伸出双手，把石桌上的木头匣子拽过来，打开了

匣子。

杀手也探过头去，朝匣子里面看，两人失望之极，匣子里竟然什么也没有。

唐国军仔细端详了一下这个非常完好的木头匣子，说："不好，我们被人耍了！"

唐国军转身要走，突然洞壁旁一阵轰隆隆响，杀手和唐国军转身，洞壁裂开，洞口出现，一个身穿破烂僧衣的老和尚出现在两人面前。

杀手像看到了鬼一样，目瞪口呆。这不是那个在唐国军的出租屋门口堵着自己的老和尚吗？

老和尚双掌合十，对着唐国军："施主，别来无恙？"

唐国军显然也认识这个老和尚，他朝后退了一步："老和尚，你……你怎么在这里？"

老和尚微微一笑，说："这里是大顺重地，贫僧是大顺后人，这里自然是贫僧常来的地方。苏七天，你身为老母教教主，这老母教虽然不是正统宗教，也已经创教五百多年，教众对苏教主也是忠心耿耿，你不在圣地教化民众，却跑到大顺重地寻找宝藏，苏教主，老母教有你这样的教主，前途堪忧啊。"

唐国军惊愕："苏七天？老和尚，你神经错乱了吧。我是唐国军，我这位小兄弟可以证明。没错，我是来寻宝的，不过跟老母教可没什么关系。"

从洞口又走来一个人，杀手用手电照过去，竟然是老马。老马背着黄寻祖，走到唐国军面前。

唐国军看着老马。

老马把黄寻祖放下，逼视着唐国军，说："苏教主，还认识老马吧？"

唐国军点头："老马，我是跟我兄弟一起认识您的。这个老和尚脑子坏了，你不会也老糊涂了吧？"

老马笑了笑，说："苏教主，康大公子被我们制服了，什么都招了。你和他都是受JL集团指派的。当年我杀了康大公子，让康大公子的堂弟冒充他，打进JL集团，没想到康大公子被JL集团的人救活，杀了他的堂弟，他反而冒称他的堂弟，跟我交往，让我稀里糊涂带着他来到了这里。不过，JL集团也棋输一着，他们杀了黄七，让你假冒黄七之名，接触唐国军，然后又企图谋害唐国军，幸亏这唐国军被我们的人抓住，我才知道此事。不过，我可以告诉你，你在那个副市长家找到的木雕和尚，也是个假货。是清朝时期的假货，那上面的信息，是大和尚特意留给你的，所以说，今天你到万古金城，是我们安排你来的。苏教主，你后悔了吧？”

唐国军脸色变了：“什么？！那这里没有宝藏吗？”

老和尚说：“宝藏自然有。不过施主，今天让你来，不是让你看宝藏的。我们是为了你后面的人来的。如果我没有猜错，今天那个疯婆子应该也在这里。我们看不到她，但是她必定能看到我们。疯婆子，你们和天地会有几百年的恩怨，当年天地会本可全歼你们这个作恶多端的神秘组织，可是先祖手软，放了你们一马，现在你们却到处追杀船帮瞎子，上水帮五十多人，被你们杀了四十七人，下水帮八人失踪，今天我等请您来，就是想跟您算算这笔账，天地会五十人的命，您得给我们一个说法。”

没人应声。

杀手转脸看唐国军，唐国军脸色苍白，却还是坚持说：“老和尚，你说我是那个什么苏七天，你有什么证据？”

老和尚笑了笑，陡然出手，抓住了唐国军，老马从唐国军的脸上揭下一层面具，唐国军竟然变成了黄七。

杀手看得目瞪口呆。

老马说：“黄家当年也算大家，不过黄家更善于隐身，江湖上知道黄家的人不多。苏教主，我也很佩服你。你杀了黄七，自己以黄七的身份露面，江湖上没人知道。也包括我等。你知道你是怎么暴露的吗？”

苏七天恨声：“不知道！”

老马说：“你不应该带人去老母教圣地救黄榕。黄家从来不做这种事儿。黄家人不作恶，也从来不助人为乐。你还低估了黄七。苏教主，你们老母教有传了几百年的教主令牌，你能拿出来吗？你大概没有想到，这令牌会被黄七趁你不备的时候，从你腰上摘掉了。如果你现在不介意，我应

该能从你身上找到老母教教主的令牌，不过那应该是假的。”

老马从腰上解下一个铜牌，放在桌子上，说：“苏教主，认得这块令牌吗？”

苏七天脸上冒出了冷汗。他脸色苍白，死死地盯着老马：“你怎么知道是我假冒了唐国军？”

老马说：“这个比较简单。你假冒唐国军，去了那个被杀的副市长家里盗取木雕和尚，你不知道这个木雕和尚是个诱饵。但是大和尚设这个诱饵是针对JL集团的。唐国军根本就没有能力知道这个副市长是顺脚僧的后人。副市长被人暗杀，大和尚就知道这是针对木雕和尚的，而有能力查到副市长身上的人，天下除了JL集团和江南三大家，再无他人。江南三大家消息灵通，但是他们自成体系，很少与人发生纠葛，更别说杀人了。他们杀了副市长后，却没有找到木雕和尚。大和尚觉得他们还会派人来寻找木雕和尚，因此弄了个假的木雕和尚放在副市长家里，你苏七天受命去找东西，我们自然知道你是JL集团的人了。

“船帮瞎子受命追杀唐国军，JL集团让唐国军追查船帮瞎子的落脚点，唐国军找了一个假黄榕，让黄榕想法找到船帮瞎子落脚的山洞，上水帮船帮瞎子因此全军覆灭。这根本不是一个唐国军能做到的事儿。当然，后来我们找到了真正的唐国军，才知道有人给了他一笔钱，让他躲到了某个神秘的地点。给他钱的这个人是黄七。黄七十多年前被人灭口，他的家人在他的手里发现了老母教的教主令牌。老母教的开山始祖，就是明末易容高手苏万，苏万曾经易容假扮清朝王爷爱星阿，让吴三桂退兵，救过永历皇帝。老母教的易容术绝对是天下第一，我没说错吧？这些事件串到一起，事情不就清楚了吗？因此大和尚将计就计，用假木雕和尚，将那个杀人不眨眼的疯女人引到了这里。苏教主，我老马说的有没有道理？”

苏七天脸色苍白如纸，他突然大喊一声：“来人！”

洞口突然大开，一阵急促的脚步声，二十多个头戴大白脸面具的人顺着台阶下来，他们贴着洞壁，绕开那个大陷阱，冲过来包围了杀手等人。

苏七天恶狠狠地说：“大和尚，你们很精明。不过，你们大概没有想到吧，老母教的人和JL集团的人已经把这里包围了起来。这上面大厅里，现在至少有上百个JL集团的高手。他们还有枪和炸药，你们既然知道的这么多，那你们就别想活着出去了！”

苏七天声音刚落，红香主带着十多个船帮瞎子从大和尚他们进来的山洞走了进来。

十多个船帮瞎子与二十个老母教的打手对峙。

红香主笑了笑，说：“苏教主，你应该明白，对付你的这二十个人，我五个船帮瞎子就绰绰有余。不过今天我们来的人多，闲着也是闲着，就陪着你听听上面的动静。”

红香主话音刚落，他们的上面就响起了惊天动地的喊杀声。双方刀枪铿锵，惨叫之声连连，却没有枪声更没有爆炸的声音。

苏七天脸色惨白：“枪呢？这些笨蛋，怎么不开枪？”

上面惨叫连连，声音巨大，红香主不得不大声喊：“你们的炸药早就掉到水塘里去了。JL集团的那几个枪手，早就去见阎王爷去了。苏教主，您还有什么高招没用，赶紧的都拿出来吧。”

苏七天暗中调整身体，手中短刀突然朝着老马就刺了过去。

老马离苏七天只有两三步，他正得意洋洋地看着红香主，没有防备苏七天。杀手等人离老马比较远，看到苏七天出招已经晚了。众人正惊愕间，躺在桌子上的黄寻祖突然跃起，拽住了苏七天。

苏七天只差不到一巴掌的距离，短刀就可以插进老马的喉咙了。此时被黄寻祖抓住，苏七天大怒，转身朝着黄寻祖就是一刀。

这一刀再次刺进了黄寻祖的腹部。

没等他再下毒手，大和尚已经扑了过来，一脚就将苏七天踢飞。杀手和老马冲过去，将他控制住。

老马过去抱起躺在地上的黄寻祖。

他将浑身是血的黄寻祖放在桌子上。黄寻祖朝着老马笑了笑，说：“老马……我不行了，不能……保护你了，你把咱俩的秘密跟大家……说了吧。”

老马看着脸色苍白如纸的黄寻祖，点了点头，转过身，两眼含泪："大师父和各位兄弟，这位小兄弟……其实不是黄寻祖，他是马营长后人，叫马奎。我才是黄家后人，黄寻祖。我们互换姓名，是当年马营长为了保护我们黄家人，想出的高招。马兄弟，为了我这个老头子，您受苦了！"

众人惊讶。黄寻祖看着老马，笑了笑，想说话已经说不出来了。他眼里流出了几滴泪水，缓缓闭上了眼睛。

苏七天哈哈大笑："好一个有情有义的马家后人！可惜可惜！要是早早跟了我苏七天，何必受此大难！"

杀手绷着脸走过来，问他："苏教主，你把唐大哥弄哪儿去了？"

苏七天摇头："怪我心太软！要是我早日杀了这个唐国军，怎么能有今日？妈的，当时我看唐国军可怜，给了他一笔钱，让他回了老家。谁知道能被这些瞎子找到。现在你唐大哥哪儿去了，你应该问他们，我怎么能知道？"

杀手点头："算你还有点人心。就为了这一点，我也会求大和尚饶了你一条命。"

苏七天看着黄寻祖，突然长叹一声，说："可惜啊，我苏七天无能，堂堂老母教教主成了人家的狗，不堪如此，活着何用！"

老马说："苏七天，你作恶多端，本来今天应该杀了你，不过你也是被人强逼，没有办法。你今天如果把那个疯婆子的底细说出来，我保证饶你一命。"

苏七天叹了一口气："你们饶了我，她可不能饶了我。动手吧，我死在你们手里无话可说。"

红香主说："苏教主，如果你愿意投靠船帮瞎子，船帮瞎子定会保你性命。"

苏七天心动了，他看了看大和尚，大和尚点了点头。

苏七天刚要说话，突然一道亮光闪过，他的喉咙处插进了一把飞刀。苏七天转着圈，惊愕地看了看山洞里的各位，人慢慢倒了下去。

众人皆惊。大和尚和杀手等人经过目瞪口呆的老母教打手面前，飞速越过台阶，来到上面大厅。

大厅的厮杀已经结束。地面躺满尸体。二十多个还活着的船帮瞎子和大和尚手下，或站或坐，看着大和尚等人。

红香主问："看到有人从这里下去没有？"

众人摇头。

杀手说："刚刚他们正厮杀呢，怎么能看到。"

红香主抽了口冷气："可是她也得抽身出来啊！此人身手实在是太快了。"

红香主声音刚落，突然有个阴冷之极的女人的声音说："红香主，你以为你们胜利了吗？今天万古金城我失算了，可是我还会回来的！"

红香主笑了笑，说："不瞒您说，这宝藏还真就在这万古金城，您真有能耐，就过来拿好了。"

突然一阵轰隆隆大门响，他们面前的大石门开启，杀手他们只看到一道黑影，利箭一般从大门冲了出去。

留下了一句话："我会回来的！"